O CLUBE DE XADREZ DA MORTE

JOHN DONOGHUE

O CLUBE DE XADREZ DA MORTE

Tradução de Waldéa Barcellos

Rocco

Título original
THE DEATH'S HEAD CHESS CLUB

Primeira publicação na Grã-Bretanha em 2015 por
Atlantic Books, um selo da Atlantic Books ltda.

EDITORA ROCCO LTDA.
Rua Evaristo da Veiga, 65 – 11º andar
Passeio Corporate – Torre 1
20031-040 – Rio de Janeiro, RJ
Tel.: (21) 3525-2000 – Fax: (21) 3525-2001
rocco@rocco.com.br
www.rocco.com.br

Printed in Brazil/Impresso no Brasil

preparação de originais
GISELLE BRITTO

CIP-Brasil. Catalogação na publicação.
Sindicato Nacional dos Editores de Livros, RJ.

D74c

Donoghue, John
O clube de xadrez da morte / John Donoghue; tradução Waldéa Barcellos. – 1ª ed. – Rio de Janeiro: Rocco, 2021.

Tradução de: The death's head chess club
ISBN 978-65-5532-112-8
ISBN 978-65-5595-071-7 (e-book)

1. Ficção americana. 2. Guerra Mundial, 1939-1945. I. Barcellos, Waldéa. II. Título.

21-70519 CDD: 813
CDU: 82-3(73)

Camila Donis Hartmann – Bibliotecária – CRB-7/6472

O texto deste livro obedece às normas do
Acordo Ortográfico da Língua Portuguesa.

Sumário

1.
O gambito letão

1944

Konzentrationslager Auschwitz-III, Monowitz

É fim de tarde, e o campo está em silêncio. O vento cortante de fevereiro sopra do leste e espreita ao longo dos becos entre os alojamentos de madeira, à espera do retorno dos prisioneiros, um inimigo numa longa lista de inimigos. Todos sabem que o vento em Auschwitz fala sua própria língua estranha. Ele não fala do mundo lá fora, do sol em montanhas distantes, nem da neve caindo com leveza em ruas de cidades. Ele fala apenas do que presencia dentro dos limites dos arames eletrificados que cercam o campo, de fome e privação, da solidão em meio à multidão que mora ali e da morte. Lâmpadas de arco voltaico rasgam a escuridão para iluminar o pátio de revista com um brilho artificial, gerando sombras bem delineadas entre os mourões que cercam o campo. O campo tem fome. A fome é outro inimigo permanente, um tormento pesado, um vazio voraz na boca de cada estômago, que nem a ração de pão de manhã nem a sopa rala ao meio-dia conseguem aplacar.

A exaustão é outro inimigo, mas o campo não pode descansar. É necessária uma vigilância constante para evitar possíveis infrações das regras — regras que não estão escritas, incognoscíveis, insondáveis; regras que podem ser criadas a cada instante; regras cuja única finalidade é aumentar as oportunidades para o sofrimento. Cada uma delas, escrita ou não, conhecida ou desconhecida, é mais um inimigo. O campo está em guerra, e para cada prisioneiro a única sensação de vitória é a de ter, de algum modo, conseguido sobreviver mais um dia.

Em seu escritório bem aquecido no prédio do *Kommandantur* com vista para o campo inteiro, o *SS-Obersturmführer** Paul Meissner olha pela janela, com uma xícara de café na mão. O café é de boa qualidade, não o falsificado distribuído para os soldados no front, pois o dever a cumprir nos campos é árduo e essencial para

* Ver apêndice para uma relação das patentes/graduações da SS.

o bem-estar do *Reich*. Meissner leva a xícara à boca e aprecia o aroma delicioso. Esse é um momento de tranquilidade. Ele levanta o olhar para o céu: nuvens de um cinza-chumbo enchem o horizonte. Sua perna dói: um sinal seguro — sem dúvida, vai nevar antes do amanhecer.

Meissner é alto, até mesmo para um alemão. Seu cabelo é escuro, mas seus olhos são de um azul tremeluzente, um tanto perturbadores. Ele é uma raridade no campo — *Waffen-SS*; sua gola tem o símbolo de dois raios prateados sobre preto, não o emblema da caveira das unidades da SS dos campos, a *Totenkopfverbände*.* Ele manca bastante ao andar — um presente de despedida de um tanque russo. É uma condecoração militar. Fora ele, poucos no campo serviram no front. Agora ele passa os dias no *Abteilung I*, respondendo direto ao *Kommandant* do campo. Suas funções consistem em supervisionar os muitos campos de trabalhos forçados que se encontram sob a jurisdição de Auschwitz, principalmente os antigos *Zwangsarbeitslager für Juden*, apenas para os judeus, Fürstengrube e Blechhammer, e outros ainda mais distantes. Ele é responsável pelo pessoal da SS; e dois *Scharführers* com suas equipes fazem milagres todos os dias para ele, com listas de homens e veículos.

A maior dor de cabeça de Meissner é a IG Farben *Werke*, o labiríntico complexo industrial de Buna, ao qual o campo de Monowitz foi construído para atender. Sua capacidade de produzir borracha e óleos sintéticos a partir das jazidas de carvão próximas é crucial para os esforços de guerra. No entanto, a construção está com meses de atraso. Até agora não foi produzida nem uma gota de óleo, nem um grama de borracha.

Sem aviso, o silêncio é rompido. A orquestra do campo** começou a tocar uma animada canção para marcha. Meissner vasculha a memória em busca do nome dela, mas sem sucesso. Olha para o relógio de pulso. Como o dia passou sem ele perceber?

---

* A SS era dividida em três ramos principais: a geral ou *Allgemeine-SS*; a militar, ou *Waffen-SS*; e os guardas de campos de concentração, as *Totenkopfverbände*, ou Unidades da Caveira. Somente as *Totenkopfverbände* usavam o símbolo da caveira na aba direita da gola.

** Uma orquestra composta de prisioneiros foi criada no principal campo de Auschwitz já em 1941. Subsequentemente, outras foram formadas em Birkenau e Monowitz. A orquestra tocava todos os dias, quando os prisioneiros saíam do campo e quando voltavam para ele. Segundo um relato, era exigido que a orquestra tocasse "em todas as ocasiões oficiais: para os discursos do comandante do campo, para transportes e enforcamentos. Ela também servia de distração para a SS e para os prisioneiros nos alojamentos médicos." A orquestra de mulheres de Birkenau foi a mais famosa. Sua maestrina era Alma Rose, uma musicista célebre, que morreu em Auschwitz em 1944.

Minutos depois, com o dia na fábrica terminado, os prisioneiros começam a voltar para o campo. A cena é quase cômica de tão absurda: medonhos espectros de homens, usando uniformes imundos, listrados de azul, acompanhando o compasso da melodia animada da orquestra. Alguns dos *Kapos** até mesmo conseguem que seus homens cantem. Eles são levados direto para o pátio de revista, onde formam colunas com a largura de cinco homens. Os que chegam primeiro terão de suportar o frio enquanto esperam. Há mais de 10 mil prisioneiros, e vai demorar um tempo até que todos estejam reunidos e a chamada possa começar.

Entre os prisioneiros, há um recém-chegado, da França. Ele ainda não adquiriu a fisionomia atormentada, de olhos fundos, do campo; e, apesar de já ter perdido peso e de seu uniforme cair largo sobre o corpo, sua saúde ainda é boa. Ele tinha um nome, mas isso foi em outra vida, uma vida que fazia sentido para além da luta diária de apenas sobreviver. Seu nome era Emil Clément, e ele era relojoeiro. Agora ele é simplesmente um prisioneiro, *Häftling*** número 163291.

Aos olhos do *Reich*, Emil é culpado de um crime para o qual não pode haver perdão: ele é judeu.

Um silêncio abate-se sobre o pátio de revista. Começa a chamada. Os prisioneiros devem ficar em posição de sentido e ignorar os dedos cruéis do frio que beliscam seus membros emaciados. O campo espera, dominado por uma ansiedade entorpecida. Se os números não baterem, a chamada terá de recomeçar. Mas não nesta noite. O *Rapportführer**** está satisfeito, e eles são dispensados. A expectativa seria ouvir um suspiro de alívio coletivo, mas não — os prisioneiros simplesmente passam de uma provação para outra. Não têm energia para desperdiçar num suspiro.

Emil desaba no seu beliche. Normalmente ele passa o dia numa oficina, produzindo pequenos mecanismos para consertar os muitos instrumentos técnicos que medem e regulam os processos essenciais para o funcionamento da fábrica de Buna,

* A SS usava prisioneiros selecionados, os *Prominenten*, para administrar os campos em seu lugar. Eles costumavam ser alemães enviados para um campo de concentração por algum crime ou transgressão política. *Ältesten*, ou supervisores, cuidavam dos alojamentos; *Kapos* supervisionavam os *Kommandos*, turmas de trabalhos forçados. Eles tinham privilégios, desde que mantivessem o controle dos colegas prisioneiros. Para manter essa condição privilegiada, os *Prominenten* muitas vezes agiam com uma brutalidade assustadora: há numerosos relatos de prisioneiros serem espancados até a morte por alguma infração insignificante ou imaginada.

** Ver no apêndice o glossário de termos estrangeiros.

*** Um suboficial da SS, responsável por fazer a chamada.

de modo muito parecido com o que no passado ele os teria criado para o funcionamento de um bom relógio. Mas hoje faltou eletricidade, e ele foi encaminhado para um *Kommando* de trabalhos forçados, para descarregar sacos de cimento de vagões de trem e empilhá-los num galpão. Ele nunca se sentiu tão cansado na vida: cada músculo e tendão dói, e seus pés estão esfolados por causa dos tamancos de madeira grandes demais que os prisioneiros usam, tanto que até o clamor constante da sua fome fica amortecido.

Ele divide a mesma cama do beliche com outro francês, Yves. Os dois chegaram a Auschwitz no mesmo transporte, proveniente do campo de internação de Drancy, embora eles não se conhecessem até serem designados para o mesmo beliche. De início, Emil ficou enojado com a ideia de compartilhar a cama com outro homem, um desconhecido. Agora ele sabe que foi uma sorte. É a única hora em que não sente frio. Eles se tornaram bons amigos e cuidam um do outro. Se um tiver sorte e conseguir "organizar" alguma comida — a mercadoria mais preciosa no campo — eles a dividem, mas não como os outros prisioneiros do seu alojamento. Emil percebeu que a maioria deles guarda tudo para si. Sua existência é tão precária que eles não podem tolerar a ideia de dividir nada. Essa solidão é a fonte tanto da sua fraqueza como da força dos que se encarregam deles. Auschwitz é um campo dividido contra si mesmo.

Yves sobe no beliche. A cama deles é a de cima. — Vem cá — diz ele. Emil geme enquanto força os membros cansados a obedecer. Yves abre um sorriso. — Tive um bom dia hoje. — Ele empurra alguma coisa na direção de Emil. É um naco de pão preto, tosco. — Um polonês largou um paletó de lã, esquecido. Quando ninguém estava olhando, eu o organizei. — "Organizar" é a gíria do campo para "roubar". Os prisioneiros são forçados a organizar se quiserem sobreviver. E, pelas regras absurdas de Auschwitz, organizar é uma atividade incentivada, mas punida com severidade se o ladrão for apanhado. — Peguei e escondi debaixo do meu paletó.

A roupa é um tesouro valioso, mas arriscado. Seria difícil mantê-la escondida, mesmo que por pouco tempo. Melhor negociá-la. No banheiro no canto do campo, que fica mais distante do alojamento do pessoal da SS, funciona um mercado movimentado. Todos os dias, assim que a chamada termina, centenas de prisioneiros se apressam a ir lá, alguns para vender, alguns para comprar. É um bom mercado para o comprador, para todos os estômagos vazios, e a moeda do campo é o pão. Quem está com os olhos vidrados de fome pode ser convencido a vender pelos preços mais baixos, em meio ao tumulto caótico da barganha. Colheres e facas, cada prisioneiro precisa de uma, mas as autoridades do campo não as fornecem. Elas precisam ser compradas. É nesse mercado que também são trocados outros itens que vários prisioneiros conseguiram "organizar".

— O que você fez com ele? — Emil pergunta.

— Eu o vendi para o supervisor do pavilhão 16. Consegui por ele duas rações de pão.

É um preço justo. Eles comem o pão em silêncio, saboreando cada pedaço, embora tenham a consciência pungente de que todos os outros prisioneiros no pavilhão estão com fome. Eles não ficarão constrangidos. É um código entre os prisioneiros. Todos fariam a mesma coisa se tivessem a oportunidade.

Logo, as luzes se apagam, e o campo mergulha num sono inquieto. Dentro de apenas algumas horas, a labuta vai recomeçar.

Yves é grato por ter sido designado para junto de Emil. Ele é um homem tranquilo, culto. Os dois conversam sem parar sobre a França antes da guerra. Yves também sente curiosidade pela paixão de Emil pelo jogo do xadrez.

— Me explica de novo — diz ele, baixinho, no escuro — como é o gambito letão.

2.
A defesa holandesa

1962

Grand Hotel Krasnapolsky, Amsterdã

A entrevista estava chegando ao fim. No entanto, o entrevistador, homem experiente que sabia extrair o melhor e o pior dos seus entrevistados, ainda não tinha feito a pergunta. Finalmente, com a destreza de um mágico, ele a apresentou de mansinho.

— O que muitos dos nossos ouvintes gostariam de saber é sobre seu tempo em Auschwitz.

O homem sentado diante dele ajeitou o corpo magro na poltrona e suspirou. Olhou de relance para o gravador como se tivesse esperança de que os rolos parassem de girar. Mais uma vez, alguém tinha feito a pergunta. Mais uma vez, a pisada forte nos freios, provocando uma parada abrupta no desenrolar da sua vida. Auschwitz: depois de quase vinte anos, o lugar ainda o acompanhava por toda parte. Dar testemunho do horror era um dever, mas um dever pesado. Ele não tinha esperado enfrentá-lo aqui. Levantou a cabeça para olhar para seu algoz. Seus olhos eram de um cinza ralo, turvo, como um céu com ameaça de chuva. Eles pareciam olhar para além do alvo da sua atenção, para profundezas e segredos que seria melhor que fossem mantidos ocultos.

O entrevistador reprimiu um calafrio. Percebendo que um silêncio tinha se instalado entre eles, ele se sentiu na obrigação de rompê-lo.

— É claro que sua relutância em falar sobre isso é perfeitamente compreensível...

— Relutância? — A palavra saiu áspera, como se o homem tivesse sido apanhado mentindo. — Não, na realidade, não. Não se trata tanto assim de relutância, mas de não saber o que eu deveria dizer. Tanta coisa já foi dita que talvez reste muito pouco a contar. É complicado. Se eu começar, em que direção a conversa vai seguir? E, naturalmente, lá no fundo eu me pergunto o que o senhor quer saber, na verdade. — De modo involuntário, os dedos longos e finos do homem agarraram-se aos braços da poltrona. — Quer saber como era realmente um campo de extermínio, ou quer ouvir histórias sinistras do que se era forçado a fazer para sobreviver?

O entrevistador sabia que seus ouvintes não iam querer que ele parecesse insensível; e mudou a abordagem.

— No seu livro, o senhor escreveu que não acreditava que qualquer alemão que viveu durante a guerra pudesse não ser contaminado pelo que aconteceu nos campos de extermínio. Culpa por associação, digamos. O senhor realmente acredita nisso? Que todos os alemães são culpados? Não havia nenhum alemão de bom coração?

A pergunta não gerou a resposta esperada. O homem abaixou a cabeça e passou a mão pelo cabelo, que estava raleando.

O entrevistador sentiu necessidade de incentivá-lo.

— *Mijnheer* Clément?

— Parece que todo mundo quer que eu passe o resto da minha vida procurando por um alemão bondoso. Para quê? Para ele poder pedir perdão? Não há perdão. O senhor quer um alemão bondoso? Ouça o que lhe digo, não vi nenhum. Nenhum. — Clément pronunciou a última palavra devagar e com clareza.

Percebendo que havia mais alguma coisa, o entrevistador insistiu.

— O senhor não mencionou o fato no seu livro, mas não é verdade que foi um alemão que salvou a vida da sua mulher?

Clément lançou um olhar penetrante para seu interrogador.

— É, é verdade, em termos. Não incluí isso no meu livro porque estava escrevendo sobre minhas experiências, não sobre as dela. Mas vou lhe contar o que aconteceu com ela, mesmo que seja só para desfazer o mito do alemão de bom coração. — Sua voz tinha se tornado áspera e tensa, como se ele estivesse lutando para mantê-la sob controle. Tomou um gole de água antes de continuar.

— Nós sobrevivemos ao campo, apesar de nenhum de nós dois saber que o outro ainda estava vivo. Demorei meses para encontrá-la. Sua ficha de registro em Auschwitz dizia que ela tinha morrido: "fuzilada enquanto tentava fugir", o que geralmente era um eufemismo para morta durante tortura. Mas ela não tinha morrido. Estava na Áustria, em Mauthausen. Hospitalizada. Com escarlatina. Se não estivesse tão fraca... — Sua voz ficou embargada, e ele tossiu para recuperá-la. — Tudo o que ela queria era me pedir perdão. "Perdão por quê?", eu lhe disse. "Você não tem nada a ser perdoado. Você não tem culpa nenhuma." Mas ela insistiu e, aos pouquinhos, me contou o que tinha precisado fazer para viver.

"Sua vida foi salva por um bilhete. É, um simples bilhete. Do tipo que poderia ser escrito por qualquer pessoa, por qualquer motivo: uma lista de compras, um lembrete, um pedido de desculpas, uma cobrança de pagamento, a marcação de um encontro. Uma bolinha de papel bem amassado que a atingiu de leve na nuca e caiu no chão. Ela sabia que devia ter vindo de um dos guardas. Cobriu-a com o pé e olhou ao redor para ver quem poderia tê-la jogado. Havia dois homens da SS ali perto — poderia ter sido um ou o outro. Ela se abaixou para apanhá-la e pediu licença para ir à latrina. O bilhete continha três palavras: '*Está com fome?*'

"Foi um alemão, um dos guardas. É, ele salvou a vida dela, mas ao preço da sua dignidade e respeito próprio. Ele salvou sua vida, mas teria sido melhor se não tivesse feito isso, porque ela achava que tinha traído não só a mim, mas à memória dos nossos filhos. Como poderia merecer viver se eles tinham morrido? Ela não conseguiu resistir ao instinto que exigia que ela escolhesse a vida, não mais do que eu ou qualquer outro sobrevivente, mas não conseguia se perdoar por ceder a ele."

Clément mudou de posição na poltrona, inclinando-se para a frente e erguendo um indicador para o outro homem como se fosse repreendê-lo. Sua voz assumiu um tom duro, amargo.

— O senhor quer saber se ele era um alemão de bom coração? Bem, se for bondade tirar proveito dos indefesos, dos que nada têm, dos que foram lançados à deriva, sem esperança, ele foi bondoso. Mas, no que me diz respeito, o que ele fez foi abominável.

Emil Clément voltou a pé do Grand Krasnapolsky e do alvoroço da praça Dam para o hotel onde estava instalado, um estabelecimento mais simples, com vista para o canal Singel. Não era longe. Seu quarto dava para uma pequena ponte, pela qual ciclistas pareciam deslizar com aquele jeito sonhador que os moradores de Amsterdã tornaram só seu.

Emil refletia sobre a persistência do entrevistador. Não tinha previsto isso. Não era como se ele fosse um político ou algum artista famoso. Era um jogador de xadrez, e só. Sentiu-se perturbado. Talvez não devesse ter voltado direto para o hotel. Ficou parado diante do balcão da recepção, imerso em pensamentos.

— Posso ajudá-lo em alguma coisa, *Mijnheer* Clément? Está querendo sua chave?

Emil olhou de relance para o homem atrás do balcão, um homem avantajado, com seus sessenta e poucos anos.

— É, talvez possa, sim. Existe algum lugar na cidade onde as pessoas joguem xadrez? Sabe, uma praça ou talvez um parque?

O homem sorriu.

— Existe, sim. O senhor deveria ir a Leidseplein. Tenho certeza de que encontrará um jogo por lá. É bem longe, mas dá para pegar um bonde na praça Dam. É fácil de encontrar.

Clément fez que não.

— Obrigado. Vou a pé. Estou precisando de um pouco de ar puro.

Com a rapidez que lhe permitiam a dignidade e os saltos altos, Lijsbeth Pietersen ia andando pelos corredores dourados do Krasnapolsky. Levava na mão um papel importante, muito importante: ele tinha o potencial para arruinar o Torneio Interzonal da Federação Internacional de Xadrez — cujo início estava marcado para dali a dois dias — antes mesmo que o primeiro peão fosse movido. Lijsbeth levava a sério suas responsabilidades. O Interzonal era importante: seus vencedores avançariam para o torneio dos candidatos e de lá para o campeonato mundial.

Na porta da sala que tinha sido designada para o árbitro principal do torneio, ela parou para se recompor antes de bater. Ali dentro, um homem de terno escuro estava em pé diante de uma janela, observando tranquilamente as idas e vindas das pessoas na praça lá embaixo. Ele se voltou quando ela entrou.

— Srta. Pietersen — disse ele, com um sorriso pouco sincero. — A que devo o prazer desta vez?

Com um cuidado afetado, ela pôs o papel em cima da mesa de trabalho que estava entre eles dois, alisando-o sobre a superfície lustrosa.

— Sei que o senhor já viu isso, *Mijnheer* Berghuis — disse ela, com a voz tensa de raiva reprimida. — Gostaria de saber por que não sentiu necessidade de me informar e também o que pretende fazer a respeito.

Harry Berghuis tirou os óculos do bolso interno do paletó. Na última semana, Lijsbeth Pietersen tinha se tornado uma espécie de irritação. Era ele o árbitro principal do torneio. Ela não passava de uma administradora, fato que ela parecia ter alguma dificuldade para captar. Ele se sentou à mesa e pegou o papel.

Era uma cópia do sorteio para a primeira rodada do torneio. Ele olhou de relance para o papel e o largou de volta sobre a mesa.

— Não entendo por que está tão perturbada — disse ele. — Quanto ao que "pretendo fazer a respeito", pretendo não fazer nada. Os jogos seguirão o sorteio, como sempre acontece.

Ela lhe lançou um olhar que dizia muito sobre a opinião que tinha da inteligência dele. Pegando uma caneta, traçou um círculo em torno de dois nomes.

— Olhe.

Ele olhou de novo e abanou a cabeça, sem entender.

— Qual é o problema?

— Emil Clément e Wilhelm Schweninger vão se enfrentar na primeira rodada.

— Sabe, srta. Pietersen? Vai ser preciso que você aprenda a se expressar melhor. O que está dizendo não faz nenhum sentido.

— Emil Clément é o representante de Israel. É um sobrevivente de Auschwitz. Ele escreveu um relato da sua experiência, que se revelou um sucesso de vendas, no qual disse que não existia nada que se pudesse chamar de um alemão de bom coração.

— E Schweninger é alemão. — Ele lhe lançou um olhar de desdém. — E daí?

— Schweninger não é simplesmente qualquer alemão. Durante a guerra ele trabalhou no Ministério da Propaganda.

Berghuis deu um suspiro.

— E daí?

Lijsbeth franziu os lábios. Será que Berghuis era assim tão tapado?

— Para trabalhar no Ministério da Propaganda, ele tinha de ter sido membro do Partido Nazista. — Ela deu um passo na direção da mesa e pousou a ponta dos dedos na sua superfície, inclinando-se para ele. — Será que agora o que estou dizendo começa a fazer sentido?

Berghuis não estava gostando do tom dela. Sentiu seu rosto ficar quente e levou a mão ao colarinho, tentando afrouxá-lo, na esperança de que lhe ocorresse um motivo para ignorar o que ela estava lhe dizendo.

— Montes de alemães eram membros do Partido — contrapôs ele. — Ele foi condenado por crimes de guerra?

— Não importa se foi condenado ou não. Se a imprensa pegar isso, eles vão fazer uma festa.

Berghuis voltou a apanhar o pedaço de papel, como se o simples fato de olhar para ele pudesse fazer saltar dali uma forma de resolver o problema.

— Droga — disse ele, baixinho. — Qual é sua sugestão?

— A única solução é refazer o sorteio, cuidando para que eles dois não se enfrentem, a menos que seja na final.

Berghuis fez que não.

— Não podemos fazer isso. Já saíram as notificações para todos os participantes.

— Nós podemos dizer que houve um erro, que é preciso refazer o sorteio.

— Que tipo de erro? O sorteio foi realizado diante de no mínimo vinte pessoas.

Lijsbeth não conseguiu se conter.

— Talvez agora o senhor entenda por que deveria ter me confiado a missão de fazer a pesquisa de antecedentes dos participantes. Ela envolve mais do que criar biografias de famílias felizes para a imprensa.

Berghuis baixou a cabeça.

— É verdade — admitiu ele. — Mas não é isso o que é importante agora. Precisamos decidir o que vamos fazer. Se fizermos um novo sorteio, é bem capaz que alguém desconfie de alguma coisa, e aí sim é que a imprensa vai querer descobrir o que é. Não. Vamos seguir em frente com as coisas como estão e rezar pedindo por um pequeno milagre.

— Quer dizer que não fazemos nada e só torcemos para ninguém tirar suas próprias conclusões? — Lijsbeth deu ao chefe um sorriso de superioridade. Era uma vitória pequena, porém satisfatória. — Bem, é claro que a decisão é sua. O senhor é quem manda.

Aos cinquenta anos, Emil Clément era alto e magro, com entradas no cabelo escuro e uma barba aparada bem curta que escondia a parte inferior do rosto. Descendo a escada do hotel, ele levantou a gola do casaco. Apesar de ser abril, um vento gelado vinha soprando do mar do Norte, trazendo junto rajadas de chuva, um pouco diferente do clima ao qual ele agora estava acostumado.

Ele seguiu o canal na direção sul, quase até o fim. Estava procurando por uma rua chamada Leidsestraat e, ao chegar a ela, virou à direita; depois de cruzar três canais, ele chegaria ao destino. Emil se encolhia com a chuva que respingava no seu rosto. Nuvens escuras se avultavam: ele teria sorte se encontrasse alguém imprudente o bastante para jogar xadrez na praça.

Quando chegou ao lado leste de Leidseplein, já estava chovendo pesado. A praça estava de fato vazia, a não ser por algumas pessoas intrépidas que se apressavam a atravessá-la, algumas lutando com guarda-chuvas ou se abrigando nas portas de lojas. Ele se enfiou no café mais próximo.

O barman estava limpando o balcão com um pano que já tinha visto melhores dias.

— *Nog regent het?*

— Desculpe — disse Emil em inglês. — Não falo holandês. Você fala francês ou alemão?

O barman sorriu.

— *Ja, Ich kann gut Deutsch sprechen.*

Emil pediu um café.

— Me disseram que eu poderia encontrar pessoas jogando xadrez por aqui.

O barman indicou com o polegar o salão nos fundos.

— É provável que encontre lá nos fundos uns dois jogos em andamento. São frequentadores da casa, entenda bem. Pode ser que seja preciso esperar um pouco até ter sua vez.

O café foi posto no balcão, e Emil entregou algumas moedas.

— Não faz mal — disse ele. — Apenas assistir já é um prazer.

3.
A abertura polonesa

Novembro de 1943

Oświęcim, Silésia ocupada pelos alemães

Em meio a nuvens de vapor, o trem proveniente da Cracóvia parou com um gemido na estação da cidadezinha de Oświęcim. O *SS-Obersturmführer* Paul Meissner abriu a porta do seu vagão com um empurrão e olhou pela plataforma. Deveria haver alguém ali para recebê-lo.

O chefe da estação estava prestes a levar o apito à boca para despachar o trem em seu percurso quando viu um oficial da SS vir mancando na sua direção.

— Um momento, por favor — gritou o oficial. O apito foi baixado. — Eu agradeceria se alguém desembarcasse minha bagagem.

Era comum ver oficiais da SS em suas constantes idas e vindas do campo, geralmente insuportáveis e exigentes. Mas enquanto esse oficial apoiava o peso na bengala, o chefe da estação detectou uma pequena humildade na sua postura, e seus olhos perceberam a Cruz de Ferro no bolso da túnica dele.

— É claro, senhor — disse ele. — Vou me encarregar disso de imediato. Deseja esperar sentado no meu escritório?

Quase uma hora depois, um *Rottenführer* embaraçado entrou no escritório do chefe da estação e se postou na posição de sentido. Meissner não ficou impressionado com o que viu: os restos de uma refeição escorridos pela túnica, pontas de gola que estavam se enrolando para o alto.

— Saudações do *Hauptsturmführer* Hahn, senhor. Devo levá-lo aos alojamentos dos oficiais.

Por alguns instantes, Meissner não falou.

— Seu nome, *Rottenführer*?

— Eidenmüller, senhor.

— Bem, Eidenmüller, vou lhe dizer uma coisa. Você não duraria dez minutos na *Waffen-SS*. Um homem que não tem orgulho da sua apresentação não é confiável. Da próxima vez que eu o vir, quero que esteja usando uma túnica limpa e passada, entendido?

O homem permaneceu totalmente empertigado.

— Sim, senhor.

— Ótimo. Agora, pegue minhas malas e me leve daqui.

Ernst Eidenmüller já estava na SS havia quase dois anos. De início, seu avanço pelas graduações mais baixas tinha corrido extraordinariamente bem. Ele era como um gato que sempre caía em pé. "Midas" era como seus colegas o chamavam: parecia que tudo que ele tocava se transformava em ouro. Naquele período, ele se orgulhava de se apresentar bem.

Em junho de 1940, quando os noticiários em toda a Alemanha mostravam Hitler fazendo turismo na Paris recém-ocupada, Eidenmüller não estava nas ruas participando das comemorações eufóricas com seus compatriotas. Ele estava numa cela em Leipzig, detido por estar de posse de uma bicicleta roubada. Suas alegações de inocência de nada lhe valeram: quem tinha feito a acusação era um pequeno funcionário do Partido. Um ano mais tarde, ele foi acusado de negociar no mercado clandestino. Nada foi provado, mas, com uma condenação anterior na sua ficha, bastou uma palavrinha ao pé do ouvido do juiz, por parte do chefe local da Gestapo, e ele foi condenado a dezoito meses num batalhão de trabalhos forçados. Eidenmüller se preparou para tempos difíceis: todo mundo sabia como era dura a vida nas turmas para obras em estradas. Em vez disso, ele se descobriu numa brigada agrícola.

Seu pai era um pastor luterano, homem severo, de cuja influência Eidenmüller se sentia feliz por ter podido escapar, mas que tinha dado ao filho um bom conselho. "São três as coisas que você nunca deve permitir que o controlem: as mulheres, o dinheiro ou os nazistas. Acima de tudo, os nazistas." As mulheres nunca tinham sido um problema. O tipo de mulher que ele apreciava nunca parecia ser o tipo que queria estabilidade. Quanto ao dinheiro, Eidenmüller nunca teve o suficiente para ser controlado por ele. Ele gostava de jogar. Adorava a emoção do jogo e nunca se preocupava com ganhar ou perder. Restavam apenas os nazistas.

O Exército não estava disposto a aceitar criminosos condenados nas suas fileiras, por mais insignificante que tivesse sido o delito, mas a SS era diferente, desde que os recrutas comprovassem uma linhagem ariana impecável. No início de 1942, todos os homens no seu alojamento receberam ordens de se apresentarem para uma palestra no refeitório. Lá estava a espera deles um oficial de recrutamento da SS. "Jovens saudáveis de sangue alemão, seu *Führer* os conclama a cumprir seu dever..." Ele tinha discursado nesse tom por quase uma hora. Eles escutaram as palavras do oficial sem se deixar comover por elas até ele acrescentar que ninguém teria permissão de sair dali sem ter se comprometido a entrar para a SS — os dez primeiros receberiam os melhores postos. Estava óbvio que não haveria como escapar, de modo que, com uma encolhida de ombros, Eidenmüller deu um passo adiante. Junto com outros nove, ele foi designado para as *Totenkopfverbände* e enviado para Dachau para treinamento. Os outros cinquenta foram alistados na *Waffen-SS*.

Eidenmüller logo percebeu que tinha tido sorte. A vida nas instalações de treinamento da SS não era exatamente um prato de *Zwetschgenkuchen*, mas também não era estafante. Os homens ficavam entediados, tinham dinheiro no bolso, e Eidenmüller era esperto. Ele se tornou aquela pessoa que sempre sabia como conseguir os inúmeros itens insignificantes que facilitariam a vida no alojamento. Não que ele estudasse, pesquisasse ou fizesse listas. Ele simplesmente tinha jeito para isso.

Foi nomeado chefe da turma. Nunca precisava gritar com os homens. Como parecia que ele sempre encontrava as coisas que eles queriam, os homens tentavam agradá-lo... na maior parte do tempo. Ao final do treinamento, sua promoção tornou-se oficial, e o *Rottenführer* Eidenmüller foi mandado para o leste.

Em Auschwitz, ele foi designado para a farmácia, como motorista. No armazém da ferrovia, na Cracóvia, ele recolhia suprimentos médicos destinados para a SS no campo e, quando necessário, fazia entregas nos campos-satélites. Medicamentos para a população civil estavam em falta, e ele tratou de fazer amizade com um dos farmacêuticos do campo, para então atuar como intermediário entre ele e uma farmácia na Cracóvia. Seu trabalho era leve, e logo Eidenmüller estava encarregado de todo tipo de tarefas para oficiais superiores e suboficiais. Apanhar, carregar, entregar: seu jeito tranquilo e seu faro infalível lhe conquistaram amigos em altas posições. Até mesmo o *Kommandant* Höss fez com que ele retirasse encomendas de um armazém em Birkenau a serem entregues num endereço perto do terminal ferroviário em Podgórze. No prazo de meses, ele tinha sido promovido a *Scharführer*, e cada vez mais portas se abriam para ele.

Quando, mais para o fim do verão de 1943, o *Obersturmführer* Morgen chegou, Eidenmüller soube que a moleza tinha acabado. Esse não era um oficial da SS comum, mas da polícia criminal, enviado para investigar a corrupção no campo. Ele ordenou uma busca nos alojamentos dos suboficiais. O armário de Eidenmüller estava lotado de sabonetes e tubos de pasta de dente. Sua explicação de como aqueles produtos tinham ido parar nas suas mãos foi descartada de imediato.

Foi rapidamente formada uma corte da SS, com o oficial no comando do campo de Auschwitz-I, o *Sturmbannführer* Liebehenschel, como seu presidente; e Morgen como o promotor.

Liebehenschel já tinha ouvido dois casos naquela manhã. Um dos suboficiais levados à sua presença tinha mais de uma dúzia de valiosas canetas-tinteiro no armário. Ele insistia que colecionar canetas era seu hobby. Estava claro que elas tinham sido surrupiadas dos pertences confiscados na chegada dos judeus enviados para Auschwitz, mas — perguntou Liebehenschel ao promotor — isso era importante o suficiente para ser levado a um tribunal? Ele ordenou que o homem fosse punido por seu próprio oficial comandante, sem nenhuma outra medida. O caso seguinte envolvia o descobrimento de moeda estrangeira. Isso era muito mais sério. O suboficial foi rebaixado e transferido como soldado para o front oriental.

Chegou a vez de Eidenmüller. Liebehenschel lutou para não rir dos "itens suspeitos" encontrados entre os pertences do suboficial.

— Sabonete, *Herr Obersturmführer*? — perguntou ele a Morgen. — Suspeito? É mesmo?

O promotor empertigou-se ao máximo.

— Realmente, *Herr Sturmbannführer* — respondeu ele, com seu tom demonstrando um toque de espanto por lhe ter sido feita uma pergunta dessas. — Essa quantidade não poderia de modo algum ser para uso pessoal do acusado. É uma prova nítida de negócios no mercado clandestino: um crime vil, tenho certeza de que o senhor há de concordar. Além disso, o sabonete era do tipo usado por mulheres e — ele lançou um olhar incisivo para Eidenmüller — por homossexuais.

Eidenmüller encolheu-se. Estava condenado.

Liebehenschel dirigiu-se diretamente a ele.

— As provas contra você parecem muito graves, *Scharführer*. O que tem a dizer para se defender?

— Perdão, senhor. O sabonete não era para mim. Era para minha namorada.

— Sua namorada? Só uma? — O oficial sentiu-se tentado a piscar um olho para o acusado. Liebehenschel não tinha coragem para despachar um homem para o front oriental por ele estar de posse de sabonete perfumado, mas ordenou que Eidenmüller fosse rebaixado e designado para uma função onde já não se deparasse com tentações.

Mais tarde, enquanto Eidenmüller arrumava sua mochila para voltar para o alojamento dos soldados, alguém falou com ele.

— Veja pelo lado positivo. Pelo menos, você não acabou sendo mandado para lutar contra os porcos bolcheviques.

Até que era verdade, mas por dias depois disso Eidenmüller não conseguia parar de ouvir seu pai lhe passando um sermão naquela voz tripudiante que ele tinha esperado nunca mais ter de ouvir: "... acima de tudo, os nazistas." Como ele estava certo, aquele filho da mãe metido a besta.

— Filhos da mãe — resmungou o motorista, baixinho.

— O que você disse? — perguntou, em tom áspero, o oficial ao seu lado.

— Nada, senhor. Eu estava pensando em voz alta, só isso. Peço desculpas, senhor. — Eidenmüller mantinha os olhos firmes na estrada à frente, mas seu xingamento entre dentes pareceu despertar o oficial.

— Exatamente para onde você está me levando?

— Para o *Stammlager*, senhor. É lá que os oficiais ficam alojados. Eles estão à sua espera — acrescentou.

— Eles estavam à minha espera uma hora atrás.

— Sim, senhor. Desculpe, senhor.

— Só por curiosidade, *Rottenführer*, por que você se atrasou tanto para me apanhar? Teve algum encontro clandestino na hora do almoço?

O motorista enrubesceu.

Não, senhor. Foi o manejo da frota. Sempre temos problemas com isso, senhor. Se há alguma *Aktion* importante em Birkenau, eles têm prioridade.

— E hoje de manhã, houve alguma *Aktion* importante em Birkenau?

— Não que eu saiba, senhor. Falta de peças sobressalentes foi o que me disseram hoje. Seja como for, assim que o senhor se instalar, vai ver como precisamos viver nos contentando com o mínimo. Os militares têm prioridade para a maior parte das coisas, e nós precisamos nos virar da melhor forma possível. — Como o oficial não respondeu, o motorista prosseguiu. — Se eu tivesse deixado por conta deles, o senhor ainda estaria esperando. O que aconteceu foi que o *Scharführer* encarregado do manejo da frota me devia um favorzinho, se o senhor entende o que quero dizer. Bastou uma palavrinha no seu ouvido, e de repente esse carro se tornou disponível. Só que me custou uns dois maços de cigarros.

Meissner não aparentou ter se deixado convencer pela explicação do motorista, mas não disse mais nada. Não demorou para eles chegarem à parte principal do campo, e o oficial teve uma boa surpresa com suas acomodações. Eram muito mais espaçosas e bem mobiliadas do que o nível ao qual ele estava acostumado. Um serviçal tinha sido designado para ele também, um homem baixo com a cabeça raspada. Ele usava um uniforme largo, listrado de azul, com um triângulo roxo invertido costurado na frente.*

O homenzinho tirou a bagagem do carro e seguiu, conduzindo o oficial a uma pequena sala de estar.

— Com sua permissão, senhor, vou desfazer as malas e arrumar suas coisas.

— Como você se chama?

— Oberhauser, senhor, mas aqui no campo é comum que usem meu número. Sou o 672.

— Você é alemão.

— Sim, senhor. De Elsdorf.

— É mesmo? E eu sou de Colônia. O mundo é pequeno, não é?

— Sim, senhor.

— Por que você foi mandado para cá, Oberhauser? Crimes políticos?

— Não, senhor.

— Você não é judeu?

— Não, senhor. Sou Testemunha de Jeová.

— Testemunha de Jeová? Eu não tinha ideia de que eles fossem tão perigosos.

— Nem eu, senhor. Posso seguir em frente?

— Claro, por favor.

---

* A condição dos prisioneiros nos campos de concentração nazistas era indicada por distintivos triangulares, coloridos, usados no peito da túnica: verde era para criminosos; vermelho, para prisioneiros políticos, geralmente comunistas; rosa, para homossexuais; roxo, para Testemunhas de Jeová; e, até o segundo semestre de 1944, um triângulo vermelho sobreposto a um triângulo amarelo, para criar uma Estrela de Davi improvisada, era para judeus.

* * *

Dali a uma hora, Eidenmüller ressurgiu, dessa vez de uniforme limpo.

— Saudações do *Sturmbannführer* Liebehenschel, senhor. O *Kommandant* pergunta se seria conveniente para o senhor ir ao gabinete dele.

O gabinete do *Kommandant* era grande, mas destituído de objetos pessoais, como se seu ocupante tivesse recém tomado posse dele. Meissner assumiu a posição de sentido, erguendo o braço direito com rigidez numa saudação.

— *Heil Hitler.*

A saudação foi retribuída com bem menos entusiasmo: o *Sturmbannführer* Liebehenschel estendeu a mão direita.

— Seja bem-vindo a Auschwitz, Meissner. Sente-se, por favor. Deixe-me lhe dizer que estou feliz por você estar aqui. Preciso de todos os bons oficiais que eu puder obter.

— Perdoe-me por mencionar esse ponto, senhor, mas minhas ordens são para que eu me apresente ao *Obersturmbannführer* Höss.

— O *Obersturmbannführer* foi chamado de volta a Berlim. Ele foi nomeado adjunto do *Gruppenführer* Glücks na Inspetoria dos Campos de Concentração. Assumi seu lugar, com efeito imediato. — O *Sturmbannführer* empurrou a cadeira para trás e se levantou. — Mas estou me esquecendo das boas maneiras. Deixe-me lhe oferecer um café.

O café foi servido num bule de prata trabalhada, por outro prisioneiro com um triângulo roxo. O *Kommandant* não demonstrou perceber a presença do prisioneiro, mas falou quando ele se afastou.

— Testemunhas de Jeová. Os soldados os chamam de "bíblias". Nós os usamos como serviçais. Que outra coisa se pode fazer com eles? Todos poderiam ir embora amanhã se ao menos assinassem o *Gottläubig.* Nós nem mesmo esperamos que eles acreditem no papel, só que assinem o maldito formulário que diz que eles não seguem nenhuma crença religiosa.

— E há muitos deles aqui?

— Não. Talvez uns duzentos. A grande maioria dos prisioneiros é de judeus.

— Alguma razão especial para usá-los como serviçais?

— Bem, para começar, eles são arianos puros; mas, para ser franco, é porque eles são os únicos no campo em quem podemos ter confiança de que não nos roubarão até as calças. — Ele riu. — Estou falando sério, Meissner. Talvez o melhor conselho que lhe possam dar aqui é não deixar nada onde possa ser encontrado por um prisioneiro. Você lhe dá as costas por um segundo, e o troço desaparece, eu lhe garanto.

O *Kommandant* apanhou uma pasta de cima da mesa e a abriu. A Meissner ele pareceu ser um sujeito afável.

— Você é mais jovem do que imaginei, Meissner. Eu estava esperando um veterano calejado, depois que li sua folha de serviços. Muito impressionante. Ela diz que você sozinho destruiu três tanques russos com um carro de combate leve enguiçado.

Foi a vez de Meissner sorrir.

— Não foi bem assim. Eu não estava sozinho, o *Wespe* não estava avariado, e o terceiro T-34 foi, de fato, abatido por um dos nossos *Tigers* que entraram no combate bem na última hora. Se não fosse por eles, eu não teria sobrevivido para contar a história.

— Mesmo assim, você recebeu uma Cruz de Ferro pela ação.

— Recebi isso também... — Meissner ergueu a bengala.

O *Kommandant* fechou a pasta.

— Modéstia. Gosto disso num homem. Acho que você vai se dar bem aqui, Meissner. Na realidade, creio que tenho o desafio perfeito para alguém com sua tenacidade evidente.

— Que é...?

— Preciso que alguém supervisione os campos-satélites. Não a rotina diária deles. Os campos estão muito espalhados para isso, mas temos problemas constantes com pessoal e transporte. Na realidade, é uma droga de um pesadelo, um pesadelo que estivemos fazendo o possível para ignorar. Até alguns meses atrás, nosso interesse principal era aumentar a capacidade em Birkenau, mas esse problema já passou. Tudo está funcionando perfeitamente como um relógio suíço. Mas agora recebi ordens de aumentar a produção de armamentos, e isso significa extrair mais dos campos de trabalhos forçados. — Liebehenschel levantou-se e fez um gesto para Meissner acompanhá-lo até um mapa preso na parede. Ele bateu com o indicador num ponto específico. — Nosso maior problema é aqui: a IG Farben *Werke*. Ela é um dos projetos prediletos de Himmler e está com meses de atraso. Preciso de pessoas que ensinem à ralé dos judeus o que o trabalho duro significa de verdade.

E é nisso que você se encaixa. Preciso de alguém preparado para ser determinado, que ignore os egos e os chiliques dos colegas: alguém que faça o que tem de ser feito. Isso tem prioridade máxima, e eu lhe darei todo o meu apoio. O que me diz?

A resposta de Meissner foi imediata.

— Digo que sim, naturalmente.

— Ótimo. Se você conseguir metade do que acho que é capaz, será *Hauptsturmführer* já no próximo verão: dou-lhe minha palavra.

4.
A defesa Benoni

1962
Amsterdã

Quando Emil voltou, o bilhete o estava esperando no escaninho do hotel. De imediato, ele entendeu o que estava por trás da pergunta do entrevistador.

Tinha sido sorteado para enfrentar Schweninger.

Emil esperou até a manhã do dia seguinte para ir procurar a srta. Pietersen no Krasnapolsky. Ela lhe disse que entendia seu ponto de vista, mas que era preciso seguir o regulamento. Se ele queria participar do campeonato, devia encarar Schweninger. Ele insistiu em falar com Berghuis. Com um sorrisinho presunçoso, ela o acompanhou ao escritório do árbitro principal.

— *Mijnheer* Clément — disse Berghuis, com tranquilidade. — Concordo que se trata de uma situação infeliz, mas não podemos mudar o regulamento porque um participante tem dificuldades pessoais com outro. Pense no precedente que seria criado. Não, sinto muito, mas o senhor deve jogar ou desistir.

Antes que Emil pudesse responder, uma quarta pessoa irrompeu no escritório da administração do torneio. Gordo e de cabelos ruivos, ele ficou parado um instante na porta de entrada para recuperar o fôlego, olhando para Berghuis com ar acusador. Era óbvio que estava furioso.

— Vocês ouviram o rádio hoje de manhã?

— Não. — Berghuis lançou um olhar alarmado para sua assistente, mas ela estava com os olhos fixos em Emil. Berghuis engoliu em seco, ansioso. — Por quê?

— Clément foi entrevistado por Piet de Woert no seu programa de cultura. Perguntaram se ele mantinha sua opinião de que não havia alemães de bom coração. Ele não só disse que a mantinha, mas explicou seus motivos. É abominável!

Lijsbeth Pietersen podia ver que um desastre se desenrolava diante dos seus olhos. Em pé, imóvel, com os lábios tensos num sorriso rígido, ela se sentiu forçada a interromper.

— *Herr* Schweninger, posso lhe apresentar *Monsieur* Clément?

Suas palavras tiveram um efeito semelhante ao de um carro que voa do alto de um penhasco a alta velocidade. Elas deram a impressão de pairar em silêncio no ar, enquanto as pessoas na sala lutavam para entender o que tinha acontecido.

Emil foi o primeiro a se recuperar. Ele se dirigiu ao alemão na sua própria língua.

— Abominável é o que o senhor diz, *Herr* Schweninger? Se considera a liberdade de expressão abominável, suponho que o senhor esteja certo. O que eu disse é abominável. Embora eu não devesse esperar nada menos que isso de alguém do seu tipo. — Ele fez que não. — Mas permita que eu lhe diga o que *realmente* é abominável. Quando milhões de pessoas são assassinadas por nenhum outro crime além de o de terem nascido judias, entre elas minha mãe e meus filhos. É isso o que *eu* considero abominável, *Herr* Schweninger.

— Talvez fosse... — Mas Lijsbeth Pietersen não chegou a terminar a frase.

— Como se atreve? — berrou Schweninger. Ele deu meia-volta e saiu furioso, fechando a porta com violência.

O árbitro, a administradora e Emil Clément se entreolharam.

— Bem, acho que poderia ter sido pior — observou Berghuis.

— Como? — perguntou Lijsbeth, abanando a cabeça. — De que modo seria possível ter sido pior que isso?

— Vinte anos atrás ele poderia ter nos mandado para um campo de concentração — disse Emil, com acidez.

Berghuis não conseguiu esconder sua exasperação.

— Quer fazer o favor de parar de dizer coisas desse tipo?

Emil voltou-se para encará-lo.

— Por quê? Porque é a verdade?

— Não. Porque estamos em 1962. Será que ninguém lhe contou? A guerra terminou. Hora de seguir em frente.

Só Lijsbeth Pietersen permaneceu calma.

— O importante é decidir o que vamos fazer a respeito da situação. *Mijnheer* Clément, o senhor pretende retirar-se da competição?

Alguma coisa tinha mudado em Emil: minutos antes ele estava a um passo de desistir, mas agora, não.

— Claro que não. Vou enfrentá-lo e humilhá-lo. Ele vai levar o que merece.

* * *

Emil voltou apressado a Leidseplein, sem ver nada nem ninguém enquanto abria caminho entre pessoas que faziam compras e funcionários de escritórios, sem reduzir o ritmo até chegar, sem fôlego, ao café.

O barman reconheceu-o e sorriu.

— Bom dia, *Mijnheer*. Um café?

— Não. Algo mais forte. Um conhaque. — O barman olhou de relance para o relógio, mas não disse nada. — Será que há alguém aí que se disponha a jogar agora de manhã? — perguntou Emil quando recuperou o fôlego.

— Acho que sim. Por sinal, o senhor sabia que está havendo um grande torneio de xadrez na cidade? Hoje de manhã só se falava nisso no rádio.

Emil pegou o conhaque e o bebeu de um gole só.

— É, eu sabia.

No salão, um tabuleiro estava arrumado, com um idoso sentado diante dele, à espera.

— Com licença — disse Emil. O velho fez que sim e, com um peão branco e um preto nas mãos, estendeu as peças para Emil escolher. — Se não se importar — disse Emil —, eu gostaria de jogar com as pretas.

— Nenhum problema. — O homem girou o tabuleiro para que as brancas ficassem para seu lado. Ele avançou o peão da rainha duas casas.

Emil não fez nenhum movimento, mas fechou os olhos, deixando que as mãos caíssem sobre seu colo, como que numa oração. Ficou imóvel por um instante.

— Peço que me perdoe — disse ele, ao abrir os olhos. — É um pequeno ritual que preciso cumprir antes de cada partida. — Ele moveu o cavalo do rei para a posição diante do seu bispo.

De imediato, o velho fez o peão do bispo da rainha avançar duas casas. Emil respondeu com o mesmo movimento. O velho ignorou o gambito e moveu seu primeiro peão uma casa. Emil fez seu peão do cavalo da rainha avançar duas casas. O velho capturou-o.

— Se minha opinião não for incomodá-lo — disse o velho — essa é uma defesa muito incomum. Acho que nunca a tinha visto.

— Tudo bem — respondeu Emil. — Ela se chama defesa Benoni. Significa "Filho da Dor".

5.
Um jogo do peão da rainha

Janeiro de 1944
Solahütte, clube de campo da SS, Silésia ocupada pela Alemanha
Apesar do frio, Meissner não se sentia ainda pronto para deixar a varanda e entrar para jantar. Quisera alguns momentos de solidão para acrescentar uma observação curta ao seu diário. Seus colegas oficiais não paravam de elogiar o clube de campo da SS, dizendo que aquele era um lugar excelente para relaxar depois dos rigores e tensões do trabalho no campo, mas essa era a primeira vez que ele o visitava. Não tinha sido exagero dos colegas. Instalado numa encosta com uma vista espetacular para os montes e florestas ao redor, ali era um refúgio de tranquilidade. Até o anoitecer, pelo menos, quando, inevitavelmente, depois de alguns tragos, alguém resolvia tocar piano, ou acordeão, e a cantoria começava. Aquilo o fazia pensar em dias mais felizes, antes da guerra. Havia até mesmo mulheres ali, *SS-Aufseherinnen*, supervisoras nos campos de mulheres e de famílias. Meissner sorriu sozinho. Elas demonstravam uma queda por ele, sua Cruz de Ferro era como um ímã. Ele se perguntava se elas gostariam tanto assim da sua perna de madeira. Dando uma última tragada no cigarro, ele o descartou por cima da sacada e entrou.

O jantar na *Solahütte* era informal, e ele se sentou à mesa com Vinzenz Schottl, o *Lagerführer* de Monowitz, e Erich Weber, um dos médicos da SS. Para surpresa dos três, a eles veio juntar-se o *Kommandant*, recém-promovido a *Obersturmbannführer*. Eles se levantaram quando ele puxou uma cadeira, mas Liebehenschel insistiu que não deviam ser tão formais.

— Senhores, por favor. Aqui somos todos colegas na SS, certo?

O jantar foi servido por garçons poloneses em paletós brancos imaculados. O aparelho de jantar era de porcelana Königliche e os copos de cristal da Boêmia. Depois, charutos e conhaque.

Paul Meissner estava relaxado enquanto soprava um jato de fumaça cinza, apreciando o sabor delicioso.

— De onde será que eles vêm? — perguntou ele.

— De Havana, creio eu — disse Weber, cujo pai trabalhava no serviço diplomático. — Passando por Portugal e pela Espanha.

— Um dos privilégios de servir nas *Totenkopfverbände* — atalhou Schottl. — Afinal de contas, é preciso que haja alguma compensação pelo que somos forçados a tolerar.

Meissner tinha ouvido comentários desse tipo antes. Dessa vez, ele contestou.

— Devo dizer que a vida aqui me parece bastante tranquila em comparação com a luta com os russos.

— Para você, pode ser — disse Weber, dando uma batidinha no charuto e deixando a cinza cair no chão. Ele lançou um sorriso de superioridade para Paul. — Minhas funções talvez sejam um pouco mais... árduas que as suas.

As horas que Paul tinha passado no hospital de campanha estavam gravadas a fogo na sua memória: a sujeira, o sangue, os gritos de dor e o constante ruído da artilharia.

— É mesmo? Você é cirurgião, não é? — O médico fez que sim. — Eu me pergunto — prosseguiu Meissner — quando terá sido sua última cirurgia sob fogo inimigo?

Weber enrubesceu e lançou um olhar de ódio para o *Waffen-SS*.

O *Kommandant* interferiu.

— Senhores, por favor. Não vamos trocar palavras ásperas. Todos nós estamos cumprindo nosso dever nos termos diferentes que são exigidos de nós. Vamos deixar por aí, certo? O *Obersturmführer* Meissner não está aqui há muito tempo. Demora um pouco para as pessoas se acostumarem ao nosso estilo, especialmente depois das privações do front. — Ele se levantou e ergueu o copo. — Lamento não poder ficar tanto quanto gostaria; mas, antes de ir, um brinde. — Ele fez retinir o copo com uma colher de chá de prata. Os oficiais de todas as mesas puseram-se de pé e ergueram seus copos. — Ao *Führer*. — Ele esvaziou o copo.

Passando por Meissner, ele pousou a mão no ombro do oficial subalterno.

— Uma palavrinha antes de eu sair, se for possível?

Junto ao bar vazio ali ao lado, o *Kommandant* esperou que o subordinado o alcançasse.

— Peço desculpas, senhor, se eu... — Meissner fez um gesto de cabeça na direção do salão de jantar.

O superior abanou a mão descartando a necessidade do pedido de desculpa.

— Aquilo? Não se preocupe. Weber é um bobalhão presunçoso. Não, Meissner, tudo o que eu queria dizer é que, apesar de só terem se passado alguns meses desde que você assumiu a administração, tenho conhecimento de como melhorou a produtividade dos campos de trabalho. Parabéns.

Um sorriso de alívio passou pelo rosto do oficial subalterno.

— Obrigado, senhor. Fico feliz em saber disso.

O *Kommandant* remexeu no bolso da túnica e dali tirou um pedaço de papel.

— Mais uma coisa. — Ele entregou o papel ao seu subordinado. — Como diretor da *Abteilung I*, suas funções incluem a responsabilidade pelo moral. Recebi isso aí na sexta-feira. — Ele indicou o papel nas mãos de Meissner. — É uma diretriz do próprio *Reichsführer-SS*, em que ressalta a importância do moral e determina que seja aprimorado. Ele é da opinião de que os oficiais da SS tenham um interesse vivo pela cultura superior. — Ele fez uma pausa quando um ordenança se aproximou com seu sobretudo e seu quepe. — Agora, não estou sugerindo que nós exageremos e tentemos criar um interesse pela ópera ou nada parecido — continuou ele, deixando o casaco sobre os ombros —, mas precisamos fazer alguma coisa para demonstrar que levamos a sério essas ordens. Deixo o assunto nas suas mãos competentes.

Meissner voltou mancando para o salão de jantar, enquanto lia as ordens. Ele retomou seu lugar.

— Olhem — disse ele, voltando-se para os homens à mesa. — Sinto muito se eu, bem... se eu disse alguma coisa que não devia ter dito.

Schottl bateu com firmeza nas suas costas.

— Esqueça. Você logo vai aprender. E o que é isso que você trouxe? — perguntou ele, apontando para o papel na mão de Meissner.

— É da droga da WVHA.*

— E o que eles querem?

— Parece que o *Reichsführer-SS* está preocupado com o moral no sistema dos campos. Recebemos ordens de reforçá-lo... *Eu* recebi ordens de reforçá-lo... em Auschwitz, pelo menos.

— Como?

* *Wirtschafts und Verwaltungshauptamt*, a sede econômico-administrativa da SS, que incluía a Inspetoria dos Campos de Concentração.

— Parece que pela cultura. Todos precisamos ser mais cultos. E eu vou ter de fazer isso acontecer.

Schottl começou a rir.

— E você achava a vida aqui um mar de rosas, não é? Isso vai te dar uma lição.

Meissner não pôde conter um sorriso envergonhado.

— *Touché.* Mas, se um de vocês dois tiver alguma ideia, estou aberto a sugestões.

— Eu tenho uma — propôs Weber. — O que acha de um clube de xadrez? A ideia me ocorreu há algum tempo. Eu jogo, mas nunca perguntei se alguém mais jogava.

Meissner tinha lá suas dúvidas. Estava pensando em algo no estilo de um coral. Afinal de contas, cantar parecia ser uma atividade popular no clube. Ele se voltou para Schottl.

— O que você acha?

— Bem, isso é bastante cultural, não há como negar.

— Você joga? — perguntou Weber.

Schottl deu de ombros, mas respondeu.

— É claro que sim. Quem não joga?

Meissner insistiu.

— Mas você acha que ia pegar?

Weber já estava se empolgando com a sugestão.

— Sim, sim. Quanto mais penso nisso, melhor me parece. Os oficiais que já jogam — ele indicou a si mesmo e a Schottl — poderiam dar apoio aos que não jogam e ensinar-lhes o básico. O clube poderia até ser aberto para as graduações mais baixas. Isso decididamente seria bom para o moral, não seria? Os oficiais viriam a conhecer melhor seus subalternos. — Ele se recostou na cadeira e tomou um gole de conhaque. — O que poderia ser melhor que o xadrez? Não foi inventado por um alemão?

Na segunda de manhã, Meissner estava no seu gabinete às sete. Eidenmüller estava lá antes dele, com um bule de café borbulhando no fogão. Meissner tinha percebido que seria útil ter o *Rottenführer* por perto, e estava certo. Eidenmüller tinha um dom para dar um jeito em qualquer coisa. Parecia magia como ele conseguia todos os tipos de itens que, de outra forma, seria difícil — se não impossível — obter.

Meissner cumprimentou seu ordenança com uma pergunta.

— O que você acha de abrirmos um clube de xadrez, Eidenmüller?

O *Rottenführer* manteve a expressão neutra.

— Como? Aqui, senhor? No gabinete?

— Não, seu pateta. Estou querendo dizer um clube de xadrez no campo, para todos os da SS.

— Oficiais *e* praças, senhor?

— Sim. Todas as graduações.

Eidenmüller pensou um pouco antes de responder.

— Bem, acho que depende, senhor.

— Depende? Depende do quê?

— Depende de a gente poder fazer umas apostas, senhor.

— Apostas?

— Sim, senhor. Se os homens pudessem fazer uma aposta ou outra nas partidas, tenho certeza de que todos aprovariam. Se não pudessem, acho que não haveria muito interesse, para ser franco.

Meissner reprimiu um sorriso.

— Supostamente essa atividade seria uma contribuição para a vida cultural do campo, não para criar oportunidades para mais um dos seus negócios escusos.

As feições de Eidenmüller continuaram impassíveis.

— Não, senhor.

— Então, vamos ver se entendi direito. Se eu permitir apostas nas partidas, você acha que um clube de xadrez seria um sucesso?

— Um grande sucesso, senhor.

— E exatamente quem cuidaria desse negócio das apostas?

— Pode ser que eu conheça uma pessoa ou outra, em algum lugar, senhor. Eu poderia perguntar por aí, com sua permissão, é claro.

Meissner apenas resmungou e se sentou.

Eidenmüller pegou o bule e, enchendo uma xícara até a borda, colocou-a na mesa do oficial. Virou-se então para sair.

Quando estava à porta, Meissner chamou-o de volta.

— Eidenmüller, enquanto você pergunta por aí, descubra quantos tabuleiros de xadrez você consegue arrumar, está bem?

— Com prazer, senhor — respondeu Eidenmüller, sorrindo.

6.
Zugzwang

Terça-feira, 11 de janeiro de 1944
Auschwitz-II, Birkenau

É noite, e o trem parou no meio de uma floresta. Apinhadas em quinze vagões para gado, mais de mil pessoas esperam ansiosas. Não há nenhum som, além do vento uivando por entre as árvores e das rajadas de chuva gelada que atingem as paredes do trem. Em cada vagão, as pessoas estão aconchegadas umas às outras, em busca de calor, pois as ripas de madeira das laterais oferecem pouca proteção contra o frio cortante.

Ainda está escuro quando o trem retoma sua viagem. O matraquear uniforme das rodas, que é uma companhia constante há quase uma semana, embala quase todos de volta a um sono precário.

Menos de meia hora depois, o trem para pela última vez.

São acesas luzes fortes, que agridem os sentidos entorpecidos dos passageiros, mesmo através das tábuas das paredes dos vagões. Com um estrondo que causa a impressão de uma explosão para quem está ali dentro, as portas são abertas com violência. E do clarão artificial lá fora vem o ruído áspero e raivoso de ordens gritadas para pessoas que não as entendem.

Para lá das portas abertas há uma longa plataforma de concreto. Os passageiros são forçados a sair e são conduzidos para longe do trem. Os pertences devem ser deixados onde caírem. Agora os passageiros conseguem ver seus carrascos: figuras sombrias no uniforme militar cinzento da SS.

Num vagão ocorre uma hesitação. Uma mão estende-se para a pessoa mais próxima — um idoso — e a puxa com grosseria. Ele cai pesadamente no concreto ali embaixo e se levanta, inseguro. Parece que quebrou um braço. Um dos homens de uniforme tira calmamente uma pistola do coldre e a encosta direto na cabeça do velho. Ouve-se um tiro. Uma mulher grita. Seu berro parece incorpóreo, como se algum espectro anunciador da morte estivesse gritando na escuridão por trás dos holofotes. O corpo é chutado da plataforma e cai entre as rodas do trem.

É como se um encantamento tivesse se rompido. Aos gritos de "*Raus! Raus!*", os passageiros restantes saem apressados dos vagões, sabendo que suas vidas dependem disso.

Na plataforma, um oficial da SS pergunta se alguém fala alemão.

— *Wer kann Deutsch sprechen?* — Emil ergue a mão relutante. — Venha comigo. — Ele é levado aonde alguns outros oficiais estão parados com um ar de impaciência, como se estivessem esperando no frio por um ônibus que está atrasado. Chegam mais alguns prisioneiros. Cada um deles deverá acompanhar um oficial para traduzir ordens.

Os homens são forçados a se postar de um lado, e as mulheres, do outro. O pessoal da SS separa os idosos e as crianças. Emil está ansioso, preocupado com seus dois garotos, mas o oficial lhe diz para não se preocupar. Adultos em idade laboral irão para um campo de trabalho, e as crianças serão mandadas para o campo de família, onde serão cuidadas pelos que forem velhos demais para o trabalho braçal. Ele diz isso com a calma entediada de quem já deu essa mensagem tranquilizadora cem vezes antes.

Tem o tom de normalidade, de verdade. Mas é a primeira de muitas mentiras na terra dos mentirosos. "Família" é uma palavra que os nazistas violaram tanto que ela perdeu seu significado natural. Em Auschwitz, "família" significa morte.

Com Emil como intérprete, o oficial faz uma triagem dos homens aptos para o trabalho. Quantos anos? Alguma habilidade específica? Parece que eles têm uma cota a preencher com trabalhadores fisicamente capazes. Os que tiverem conhecimentos técnicos são uma vantagem a mais. Emil tem sorte. Ele fala alemão e é um mestre relojoeiro. Emil vê que sua mulher, Rosa, recebeu ordens de entrar na fila de mulheres que foram selecionadas para trabalhar. Seus filhos, Louis e Marcel, estão à esquerda, com a avó.

Tudo agora está em silêncio. Uma execução basta para reprimir qualquer resistência; até uma mulher ver seus filhos e sair correndo das fileiras na direção deles.

Um único golpe com a coronha de um fuzil a derruba no chão.

— Vaca idiota — diz um oficial enquanto ela se levanta, trêmula, limpando o sangue que escorre por seu rosto. — Está bem... ela pode ir com eles.

A coluna da esquerda é levada dali e desaparece no meio da escuridão enevoada que cerca a área iluminada por lâmpadas de arco voltaico.

— *Au revoir* — Emil pronuncia sem voz para seus filhos. — Comportem-se com a vovó.

Ele não sabe que nunca mais os verá.

Emil acorda com Yves o sacudindo. Estava gritando enquanto dormia. Agora chora, inconsolável.

— Meus filhos, meus filhos.

Yves tenta reconfortá-lo. Se Emil não se calar, o guarda noturno o denunciará ao *Blockältester*, e ele será punido por perturbar o sono de todos.

— Meus lindos meninos... — chora Emil. — Eu nem mesmo tenho uma fotografia deles. Não consigo me lembrar do rosto deles.

7.
Elohim e o poder do discernimento

1962

Grand Hotel Krasnapolsky, Amsterdã

Foi na manhã de sexta-feira a abertura oficial do Torneio Interzonal da Federação Internacional de Xadrez, à qual se seguiria um almoço formal.

Circulavam rumores de que o grande mestre alemão não se apresentaria para seu jogo inicial contra o israelense. Numa coletiva de imprensa convocada às pressas, Harry Berghuis tinha dado a mesma resposta a todas as perguntas sobre a questão.

— Vamos precisar esperar para ver.

O enorme salão de baile do hotel, com suas paredes altas e seu espetacular teto de vidro, tinha sido esvaziado. Fileiras de mesas tinham sido instaladas, cada uma com duas cadeiras, um tabuleiro de xadrez e um cronômetro. A atmosfera era de alta expectativa, quando um grupo de árbitros se reuniu no lado oposto ao da entrada, à espera de que cada competidor ocupasse seu lugar.

Todos os olhos estavam voltados para a mesa 7, onde deveria se realizar a partida entre Clément e Schweninger. Do lado de fora, o corredor estava apinhado de repórteres e fotógrafos. Era raro que a imprensa demonstrasse tanto interesse por uma partida de xadrez.

Wilhelm Schweninger abriu caminho na multidão, usando seu corpo volumoso para forçar as pessoas a sair da frente.

Fizeram-lhe uma pergunta aos gritos.

— Então quer dizer que o senhor não vai se retirar da competição?

— É claro que não! — respondeu ele, esbravejando. — Você acha que eu sou o quê? Um covarde? Não tenho medo dele nem de nenhuma bobagem que ele diga.

Foram deixadas várias mensagens no escaninho de Emil no hotel, jornalistas pedindo entrevistas e um telegrama da sua editora. Ele não lhes deu atenção. Tinha um jogo para o qual devia se preparar. Preferiu fazer uma entrada mais discreta do que Schweninger, passando pelas cozinhas do hotel e chegando à entrada de serviço do salão de baile apenas um instante antes do horário.

Na hora marcada, as portas do salão foram fechadas com firmeza: não seria permitida a entrada de mais nenhum participante. Isso gerou uma vibração de expectativa na imprensa do lado de fora, que supôs que o israelense não tinha se apresentado. Ali dentro, a tensão foi ainda maior quando, sem nem mesmo uma palavra de saudação, os dois que eram alvo da atenção de todos ocuparam seus lugares. Uma árbitra estendeu as mãos, ocultando um peão preto numa e um branco na outra. Clément abanou a cabeça com desdém, indicando que o alemão deveria escolher.

Schweninger tocou na mão esquerda da árbitra. Ela se abriu revelando o peão branco. Sem cerimônia, ele avançou seu peão do rei duas casas e acionou o cronômetro.

Como tinha feito no café, Clément assumiu uma atitude de oração. Não fez caso do tiquetaquear do cronômetro, que parecia extraordinariamente alto. Quando abriu os olhos, perscrutou seu adversário por alguns instantes e então moveu seu cavalo do rei para duas casas diante do bispo. Schweninger sorriu. Como tinha esperado, o movimento inicial de Clément foi defensivo, concedendo a iniciativa a seu adversário. Ele avançou seu peão mais uma casa para atacar o cavalo solitário. O cavalo moveu-se para ficar ao lado do peão. O peão da rainha branca avançou duas casas. O peão da rainha preta avançou uma, oferecendo-se ao peão do rei branco. O alemão recusou o gambito e atacou o cavalo novamente, dessa vez com seu peão do bispo da rainha. Clément permitiu que seu cavalo recuasse para se postar duas casas à frente de seu irmão.

— Como está indo? — sussurrou Harry Berghuis, achegando-se à árbitra.

— É inacreditável. O alemão está usando um ataque com três peões, e Clément está empregando a defesa Alekhine.

Berghuis ergueu uma sobrancelha.

— Nós poderíamos ter calculado que Schweninger seria agressivo. Mas a defesa Alekhine? É uma insensatez, sem dúvida. Acho que ela não é vista num torneio importante há quase vinte anos. Qual é a do francês?

— Vai ver que ele sabe alguma coisa que nós não sabemos.

* * *

Na noite anterior ao torneio, Emil Clément tinha tirado da mala uma pequena bolsa de veludo. Ela continha dez peças de marfim nas quais estavam gravadas as primeiras letras do alfabeto hebraico. Ele esvaziou a bolsa na mesa, com as peças com as letras voltadas para baixo, e as organizou no formato das Sefirot, criando a estrutura dos dez atributos através dos quais a Divina Essência do Infinito é revelada. Ele virou a sétima peça, Netzah. Escolheu-a porque seu significado era ambíguo. Ela poderia denotar a "vitória" ou a "eternidade"; e ficava abaixo de Hesed, a promessa de misericórdia e cura. Ele virou a peça para mostrar a letra ה — He —, que representa a espada do Todo-Poderoso e a força que emana do poder ilimitado de Deus.

Assim seja: vitória, não compaixão.

Com o caminho limpo, Emil adormeceu. Quando no dia seguinte ele descobriu que a partida seria jogada na mesa número 7, sua fé no poder das peças foi confirmada.

A recusa de Emil ao empate deixou seu oponente perplexo. O ataque da abertura de Schweninger significava que seus peões estavam agora parados no centro do tabuleiro, com pouca finalidade.

Tendo conseguido desequilibrar o rival, Clément empenhou-se na sua destruição com uma calma aparentemente sem esforço.

Sua vitória gerou comoção. A derrota de Schweninger tinha sido obtida em menos de uma hora.

8.

A abertura Réti

Março de 1944

Konzentrationslager Auschwitz-III, Monowitz

É um domingo, um dos dois dias de descanso que lhes são permitidos por mês. O ar mais aquecido está chegando do sul, e o frio do inverno está desaparecendo. Embora o calor do sol da manhã seja fraco, ele ainda é agradável, pois os mosquitos que infestam o campo no verão ainda estão por surgir.

Emil está sentado na terra nua ao lado do pavilhão de dormitórios, com as costas apoiadas na parede, aproveitando essa folga infelizmente curtíssima. Faz tempo que ele está acordado. Nos dias de folga, os prisioneiros têm permissão de tomar banho, se houver água disponível. Ele foi um dos primeiros a entrar nos chuveiros, a passar pelo controle de piolhos e a ter a cabeça raspada. Agora está comendo sua ração matinal de pão, bem devagar, tentando se lembrar de como era a sensação de não ter fome.

O tempo não quer dizer nada aqui. É doloroso demais pensar no passado e é impossível conceber qualquer futuro. Só existe o agora, que fica gravado na consciência, como uma marca a ferro em brasa. A luta por este dia, esta hora, este minuto, é só o que existe.

Yves acomoda-se ao seu lado. Ele emagreceu muito mais do que Emil, o que é de se esperar, já que trabalha ao ar livre num *Kommando* de construções, enquanto Emil faz trabalho interno, que não envolve esforço físico pesado. Ele olha para o pão de Emil com cobiça, tentando simular indiferença, mas não conseguindo. Emil oferece-lhe um pouco, mas ele faz que não.

— Um de nós — diz Yves — tem de sobreviver para sair daqui, mesmo que seja só para contar ao resto do mundo o que está acontecendo.

Emil estende o pão de novo, mas Yves afasta com firmeza a mão dele.

— Você é um homem bom, Emil; mas, se tiver escrúpulos demais, não vai conseguir sair daqui.

— E se você acabar como um *Muselmann,** não vai adiantar nada para nenhum de nós dois — retruca Emil, enfiando o pão na mão de Yves.

Yves sorri.

— *D'accord*... mas só desta vez. E, se eu conseguir alguma coisa... — Ele saca uma faca de dentro do paletó e corta um naco do pão antes de devolver o que sobrou.

A faca de Yves foi um presente de Emil. Fazer facas tornou-se a especialidade de Emil no campo. Na oficina para onde foi designado, ele tem acesso a chapas de aço, com as quais produz e conserta vários instrumentos para a fábrica de Buna. A fábrica é um labirinto enorme, do tamanho de uma pequena cidade. Não se sabe quantos milhares trabalham ali, em constantes idas e vindas. Em Buna, Emil vê a fábula da Torre de Babel, pois ali são faladas muitas línguas diferentes, de toda a Europa e do Oriente. Nesse disforme emaranhado de concreto, ferro e fumaça, é natural que tudo seja insignificante e despercebido, como uma formiga. Desse modo, é fácil para Emil "organizar" um pequeno pedaço de aço, moldá-lo e acrescentar um cabo tosco, para fazer uma faca. Ele consegue uma ou duas por semana e as vende no mercado. O preço corrente é meia ração de pão. É alguma coisa, mas não é suficiente, não para Yves. Ele está, aos poucos, morrendo de fome.

Yves tosse, um ruído comprido, esforçado, antes de falar.

— Tenho uma notícia para você.

— Que tipo de notícia? — Emil reza todos os dias, pedindo notícias da sua mulher. Não soube de nada desde que foram separados durante a seleção naquela primeira noite. Ele quase não nutre esperanças por sua mãe e seus filhos. Tem certeza de que viraram fumaça no dia em que chegaram.

Yves ouve o leve despertar da esperança na voz de Emil.

— Nada muito importante — diz ele, depressa. — Só uma coisa que achei que seria do seu interesse. O *Blockältester* do pavilhão 46 tem um tabuleiro de xadrez. Dizem que ele joga toda noite.

Emil inclina-se para a frente, ansioso.

* Gíria usada em Auschwitz para designar prisioneiros que ficaram tão debilitados pela inanição e pelos abusos que tinham perdido a vontade de viver. Pouco mais do que esqueletos revestidos de pele, enrolados em cobertores esfarrapados, eles ficavam sentados ou em pé, com o olhar sem expressão, desligados, mergulhados no vazio da sua existência miserável, perdidos sem rumo no espaço entre a vida e a morte, fora do alcance dos gritos ou dos golpes de cassetetes dos *Kapos* para forçá-los a sair do lugar. Considera-se que o termo tenha tido origem numa suposta semelhança com a postura de joelhos adotada pelos muçulmanos em oração.

— Com quem ele joga?

— Não sei. Mas só tem um jeito de descobrir. — Yves termina o pão e se levanta. — Vou com você.

— Não. Posso ir sozinho. Você precisa descansar.

Os pavilhões em Monowitz foram todos construídos com a mesma planta: na frente, a porta abre-se para revelar uma pequena sala de convivência, provida de um fogão de tijolos que proporciona um calor fraco no inverno, se for possível encontrar lenha para ele. A sala de convivência dá para um dormitório muito maior, com fileiras de beliches de madeira, de três níveis, nos quais os prisioneiros se aconchegam para dormir. No pavilhão 46, Emil posta-se respeitoso à entrada da sala, com o boné na mão, e pergunta se pode falar com o *Ältester.* Um homem baixo, parrudo, vem à porta. Ele parece bem alimentado, o que não surpreende, pois o supervisor do pavilhão é um alemão, que usa no uniforme o triângulo verde de criminoso condenado.

— O que você quer? — O homem traga um cigarro. Mesmo que ele provavelmente seja feito com *Mahorca,* o horrível tabaco adulterado que circula no campo, Emil o encara com inveja. Ele não fuma há meses.

Emil pigarreia.

— Eu soube que jogam xadrez no seu recinto.

— E se jogarem?

— Gosto de jogar xadrez. Antes de vir para cá, eu era bom mesmo nisso.

— E você se acha bom o suficiente para se juntar ao nosso pequeno grupo, não é? — O supervisor do pavilhão arrota, dá mais uma tragada e joga a guimba ainda acesa aos pés de Emil. — O que eu ganho com isso?

— Eu faço facas.

O supervisor olha de relance para a Estrela de Davi vermelha e amarela no peito de Emil. Num instante, ele calcula o valor do que Emil poderia trazer para seu pequeno feudo.

— Nada de judeus — diz ele, fazendo que não, de leve, com a expressão tensa, e volta para dentro.

Emil conclui que, se quiser uma chance de jogar xadrez, precisará fazer alguma coisa extraordinária. Voltando para seu pavilhão, ele decide o que fazer. É arriscado, mas vai valer a pena.

* * *

Yves não consegue entender por que Emil quer se arriscar tanto.

— Se você for apanhado trazendo isso para dentro do campo — diz ele —, poderá receber doze açoitadas, ou mais. Não entendo por que se dispõe a fazer uma coisa dessas só por causa de um jogo.

Emil não consegue fazer Yves entender a natureza divina do xadrez. Trata-se de muito mais do que um jogo. É uma ligaçao com a intangível Sabedoria da Criação. É sublime. As possibilidades, ilimitadas. É o jogo criado pelos ofanins para agradar a Deus.

Emil preferiria morrer a nunca mais poder jogar.

Na segunda-feira seguinte, ele dá início a seu plano. No local de trabalho, ele faz uma oferta ao seu supervisor civil. A escassez dos tempos de guerra faz com que certos itens, como relógios de pulso, sejam difíceis para civis obterem, a menos que sejam baratos e pouco confiáveis. Emil pergunta ao supervisor se ele tem algum relógio comum ou de pulso que precise de conserto. Em troca de um relógio defeituoso, Emil dispõe-se a consertar outros dois, usando sobras e ferramentas da oficina de instrumentos. Ele faz esse trabalho no intervalo que os prisioneiros têm para almoçar. O supervisor fica satisfeitíssimo com o resultado. A notícia espalha-se rapidamente, e não demora para Emil receber pedidos para consertar relógios de outras pessoas.

Duas semanas depois, ele volta ao pavilhão 46. Pede mais uma vez para falar com o *Blockältester*. Quando ele vem à porta, Emil mostra-lhe o relógio de pulso que consertou.

— Eu me esqueci de dizer que, além de fazer facas, também sou relojoeiro.

O *Ältester* fica bestificado.

— Você me dará isso se eu deixar que jogue? — Ele mal consegue acreditar. O relógio vale um monte de pão. — Malditos judeus. Por mais que eu viva, nunca vou conseguir entender essa gente. — Mas ele se posta de lado e deixa Emil entrar.

O *SS-Obersturmbannführer* Liebehenschel recostou-se na cadeira de braços e descansou os pés no tampo da mesa, com a cadeira em equilíbrio precário sobre duas pernas. Eidenmüller, recém-promovido a *Unterscharführer*, tendo posto sobre a mesa duas xícaras de café, assumiu a posição de sentido, deu meia-volta com precisão e saiu do escritório de Meissner, com passadas firmes.

Meissner abriu um armário de arquivos e tirou dali uma garrafa de Armagnac. Serviu uma boa dose em cada xícara.

Liebehenschel sorriu enquanto observava a saída do suboficial.

— Devo reconhecer, Meissner — disse ele enquanto uma xícara lhe era passada —, que você conseguiu realmente transformar este lugar. Quanto àquele camarada, eu o considerava incorrigível, mas agora é outro homem. Nunca o tinha visto tão bem arrumado. Será que você conseguiu parar com a ladroagem dele, também?

— Uma coisa de cada vez, senhor. Uma coisa de cada vez.

O *Kommandant* riu.

— Está certo. Roma não se fez num dia. — Ele bebericou seu café. — Agora, quanto a esse clube de xadrez. Quando você fez a sugestão, achei que tinha perdido o juízo. Mas estou surpreso com o sucesso da coisa. Por onde quer que eu vá, vejo pessoas jogando. Segundo meu ordenança, até mesmo os soldados e suboficiais. É extraordinário. Como você sabia que o xadrez seria tão popular?

Meissner relembrou o confronto que tinha tido com o *Kommandant* acerca da ideia do clube de xadrez. Sua sugestão tinha sido recebida com frieza. "*Quando lhe pedi que cuidasse da questão, Meissner, foi porque eu sentia respeito por sua capacidade e devoção ao dever. E você me vem com isso? Uma ideia mal-acabada sobre algum tipo de clube de xadrez? Isso aqui é a SS, não um grupo de escoteiros. Eu lhe passei uma ordem séria, endossada pelo próprio Himmler, e é assim que você responde? Você sabia que em Majdanek eles fundaram um coro? Da próxima vez que houver uma visita do* Reichsführer, *eles poderão deleitá-lo com um pouco mais do que aquela droga da canção do Horst Wessel. Aqui, ele poderá assistir a uma partida de xadrez ou duas, se não dormir antes.*"

No entanto, como o *Kommandant* já tinha observado, uma das qualidades do jovem *Obersturmführer* era a tenacidade. Ele tinha defendido sua posição. "*Com o devido respeito, senhor, a ordem foi reforçar o moral, não proporcionar entretenimento para o* Reichsführer." Naquela ocasião, ele tinha sido dispensado com uma advertência lúgubre de que seria bom a ideia funcionar.

E tinha funcionado — principalmente por conta das apostas generalizadas e às vezes pesadas que eram feitas.

— Foi o *Obersturmführer* Weber que me convenceu, senhor — respondeu Meissner. — Afinal, o que poderia ser mais germânico do que o xadrez?

Agora Meissner queria falar com o *Kommandant* sobre como a ideia poderia ser ampliada, com a instituição de um campeonato anual do campo. Eidenmüller tinha apresentado essa sugestão, inspirado — disso Meissner tinha certeza — pelo fato de que um campeonato aumentaria em muito o movimento do seu monopólio de apostas.

Contudo, apesar de estar satisfeito com o sucesso inicial do clube de xadrez, o *Kommandant* precisou ser convencido de que uma competição era uma boa ideia.

— Exatamente de que modo ela funcionaria? Não me agrada a ideia de soldados ficando amiguinhos dos superiores enquanto jogam xadrez.

— Não, senhor. Pensei que poderíamos organizar dois campeonatos paralelos: um para os praças e suboficiais, e um para os oficiais. Poderíamos ter um campeão supremo do campo, com os vencedores das duas competições se enfrentando numa final.

— E os prêmios?

— Acho que deveria haver prêmios, sim, senhor. — Meissner já tinha pensado em quais deveriam ser eles: para o segundo colocado, um passe de cinco dias a Berlim; e para o campeão, uma licença de duas semanas.

Agora ele acrescentava mais um toque que, tinha certeza, a vaidade do *Kommandant* consideraria irresistível.

— Uma vez que tenhamos nossos dois grandes mestres, podemos desafiar os outros campos. O Campeonato de Xadrez da *SS-Totenkopfverbände* poderia se tornar um evento anual, patrocinado pelo K-Z Auschwitz. Isso não seria mais do que suficiente para levantar o moral?

9.
Abertura do bispo

1962

Amsterdã

A não ser pelas partidas da primeira rodada que ainda estavam por ser encerradas, o domingo era um dia de descanso para os participantes do torneio. Emil tomou o café da manhã bem tarde e saiu para um passeio a pé.

Nunca tinha estado num lugar como Amsterdã. Seus canais lhe conferiam uma tranquilidade que ele não havia imaginado — uma presença silenciosa e sutil que o envolvia, especialmente quando não ventava. O último toque do inverno tinha passado, e as árvores ao longo dos canais começavam a lançar brotos. O sol espiava por entre os ramos, projetando sombras sarapintadas sobre as margens. Pessoas estavam animadas, trabalhando em casas flutuantes, arejando-as e passando nelas uma nova camada de tinta. E as bancas no mercado de flores estavam cheias de narcisos e tulipas.

O passeio de Emil levou-o mais longe do que ele já tinha ido até então, ao Vondelpark. Lá, ele descansou um pouco num banco, observando a movimentação da cidade. Os jovens de bicicleta tinham uma beleza particular, tão despreocupados e cheios de vida. Já passava bastante do meio-dia, quando ele decidiu retomar o passeio, rumando de volta na direção de Leidseplein.

O café, onde ele tinha se tornado um freguês habitual, estava lotado de pessoas que tinham ido tomar um aperitivo antes do jantar de domingo. Numa fileira de mesas do lado de fora, havia partidas de xadrez em andamento. O velho com quem tinha jogado uns dias antes estava em pé, junto de uma delas, em conversa animada com um padre, um homem alto de cabelos grisalhos.

Quando viu Emil, o velho acenou.

— Boa tarde, meu amigo — disse, afável. — Estávamos mesmo falando sobre você: sobre a estranha defesa que usou, está lembrado? O Filho da Dor?

O padre voltou-se. Seu rosto estava abatido; a pele, sem viço. A primeira impressão de Emil foi a de que ele parecia cansado, como alguém que tinha envelhecido antes do tempo. Mas um sorriso transformou suas feições, tornando o rosto simpático e acolhedor.

O padre tirou uma luva preta de lã e estendeu a mão ossuda.

— Olá — disse ele, numa voz inesperadamente baixa. Não, Emil percebeu quase de imediato, não baixa... debilitada. — Eu estava esperando poder vê-lo. Nosso velho Marius esteve me falando de você e da partida que jogaram. Você o impressionou de verdade. E sua foto estava no jornal. Já a viu? Sua vitória contra o grande mestre alemão foi sensacional. Sou fã do xadrez, mas não sou bom jogador. Acho que ele exige uma mente mais sutil que a minha.

Emil aceitou a mão estendida, mas o cumprimento não passou pelos seus lábios. Ele conhecia o padre. Tinha certeza disso. Seus olhos eram espantosamente familiares: de um azul tão forte quanto o céu de verão em Tel-Aviv; límpidos como cristal.

— Olá — gaguejou ele, por fim, falando em alemão, sem pensar. — Emil Clément.

Um garçom estava anotando pedidos, e o padre acenou para ele se aproximar.

— Já experimentou o *advocaat*? — perguntou ele. Quando Emil fez que não, ele prosseguiu. — Pois deveria. Eles fazem o deles aqui, uma receita de família. Se não fosse um sacrilégio, eu seria tentado a dizer que é divino.

Ele pediu três copos.

— Desculpe — disse Emil —, mas tenho certeza de que nos conhecemos.

— Sim — respondeu o padre, num tom que sugeria que esse era um assunto sobre o qual não queria falar —, nós nos conhecemos. Mas, se me permite, creio que este não é o momento nem o lugar adequado para falarmos sobre isso. Por enquanto, vamos apreciar nossa bebida e talvez assistir a uma partida de xadrez, ou duas.

— Minha paróquia é onde o bispo mora — anunciou o velho Marius com orgulho. — Ele foi mandado para cá para se restabelecer... das missões — acrescentou.

— Bispo? — Emil ergueu uma sobrancelha. Não havia a menor pista de alto posto no seu traje, que era todo preto com a habitual gola de padre.

— Aqui esse é um título simplesmente honorífico — explicou o padre. — Minha sé é muito longe daqui, numa província no Congo Belga.

Havia alguma coisa na maneira do padre que incomodava Emil, enquanto sua confissão de que eles dois se conheciam era como uma comichão à qual ele não conseguia resistir.

— O senhor disse que nos conhecemos... Tenho certeza de que nunca estive no Congo Belga. O senhor já esteve em Israel?

— Não, mas acho que talvez gostasse do Congo se um dia visitasse o país. Leopoldville consegue ser bastante animada, e o interior tem uma reputação que se esforça muito para manter.

— Reputação?

— A África: sombria e misteriosa. — O garçom chegou com o *advocaat*. O padre ergueu o copo num brinde. — À África. — Ele tomou um pequeno gole, saboreando a bebida. Quando Emil não provou o dele, o padre continuou. — Desculpe, não é do seu gosto?

Emil depôs o copo numa mesa próxima.

— Não. O que não é do meu gosto é uma recusa incisiva a responder a uma pergunta perfeitamente direta.

— Sinto muito — respondeu o padre. — Não foi minha intenção ofendê-lo. Achei que seria melhor assim. Foi há muito tempo.

— Mas onde?

— Auschwitz. — A palavra foi como um choque elétrico. Seus olhos se encararam, e de repente Emil soube. Ele mal ouviu o resto do que o padre disse. — Meu nome é Meissner. Paul Meissner.

A memória pode pregar peças estranhas e às vezes lamentáveis. Para Emil, o nome foi como uma chave que destranca uma porta que dá para outra, que por sua vez leva a outra e mais outra, voltando assim, um ano atrás do outro, até aquele ponto no tempo, para além do qual sua memória não conseguia suportar ir: a primavera de 1944. Ele viu o bispo como o tinha visto na época; e novamente antes que ele desaparecesse. Lembrou-se do azul cristalino dos seus olhos, da certeza da sua superioridade, da sua segurança imperturbável. E agora ele ressurgia, como se o ilusionista que o tinha feito desaparecer quase duas décadas atrás tivesse, neste exato instante, decidido trazê-lo de volta. O tempo parou, na expectativa do aplauso que sem dúvida se seguiria a tamanha maestria na arte da mágica. E ele estava usando o traje de um homem de Deus — decerto, mais um truque. Se Meissner tivesse aparecido usando seu uniforme da SS, dificilmente teria sido mais espantoso. Ele tinha sido um príncipe no reino da mentira, de modo que essa nova identidade também tinha de ser falsa. Nenhuma outra explicação era concebível.

Emil ficou paralisado. Olhou inseguro do bispo para o velho e para as outras pessoas circulando diante do café. Seu cérebro buscava loucamente as palavras que ele tinha querido dizer a esse homem havia quase vinte anos, mas elas não lhe ocorriam. Em vez disso, ele se sentiu estonteado. A calçada pareceu adquirir as propriedades de um espelho de parque de diversões, entrando e saindo do foco dos seus olhos. Ele estendeu uma mão para se apoiar na borda de uma mesa, mas ela escorregou; e, com um arquejo quase inaudível, ele caiu, derrubando bebidas e pratos das mesas próximas nas pedras do calçamento. No limite da sua consciência, ele percebia gritos de alarme, mas eles eram distantes; não faziam parte do seu universo. Vinham de criaturas que habitavam um mundo de sonho, cujos protestos eram estranhos e ininteligíveis.

Ele ouvia de novo a lamentação que era a voz de Auschwitz.

10.
O destino de um peão envenenado

Abril de 1944
Prédio do Kommandantur, Konzentrationslager Auschwitz-I

Eidenmüller atravessou a entrada do *Stammlager* dirigindo o *Kübelwagen*, passando por baixo do arco enegrecido de ferro batido com as palavras "*Arbeit Macht Frei*" — *O trabalho traz liberdade* —, antes de virar à esquerda e seguir pela estrada até a *Appelplatz*. Ele parou para que o *Obersturmführer* Meissner saltasse diante do prédio de dois andares, no alto do qual esvoaçava o emblema de tudo o que o campo representava: uma suástica negra num círculo branco sobre uma bandeira vermelha.

O oficial apoiou-se pesadamente na bengala para poder saltar do veículo.

— Espere por mim — disse ele. Tinha uma hora marcada com o *Kommandant*. Não esperava demorar muito.

Lá dentro, Meissner não fez rodeios.

— Tenho uma sugestão, senhor, que algumas pessoas podem considerar chocante. Haverá quem a julgue desleal, mas peço que acredite em mim, meus motivos estão estritamente ligados à eficiência do campo.

Liebehenschel ficou intrigado.

— Chocante *e* desleal? Tudo isso num único dia. Não posso acreditar que uma coisa dessas venha de você, Meissner. — Ele sorriu e abriu uma caixa de prata lavrada, que ficava em cima da sua mesa. — Um cigarro?

Meissner pegou um e o acendeu. Soprou para o alto uma nuvem de fumaça.

— A questão, senhor, é que, a fim de manter uma produtividade aceitável, uma determinada quantidade de alimentos é necessária. Não faz diferença se o trabalhador é alemão, russo, polonês ou judeu. Receio que a condição física de muitos dos prisioneiros seja fraca, na melhor das hipóteses, e isso afeta sua capacidade para realizar trabalhos pesados.

As palavras de Meissner provocaram no seu superior um olhar penetrante.

— Você está totalmente certo, Meissner — respondeu o *Kommandant*. — É por isso que nossos médicos trabalham sem descanso para identificar os que já não são capazes de fazer o que é exigido deles e mandar eliminá-los.

Meissner deu uma forte tragada no cigarro.

— Peço que me perdoe por dizer isso, senhor, mas essa abordagem é ineficaz. Ela resulta em que a intervalos, que ocorrem com enorme frequência, novos trabalhadores precisem ser mobilizados, e eles terão de aprender técnicas que seus antecessores já tinham dominado.

— Suponho que você tenha uma sugestão.

— Sim, senhor. Proponho que a ração de alimentos seja aumentada. Assim, nós poderíamos extrair mais trabalho deles por mais tempo. Seria muito mais produtivo que o sistema atual.

O *Kommandant* espanou a manga da túnica, para tirar salpicos de cinza que tinham caído do seu cigarro.

— Você acertou ao me trazer esse assunto, Meissner — observou ele. — Com o rigoroso racionamento de alimentos no nosso país, alguns dos seus colegas considerariam, sem dúvida, desleal a ideia de dar mais comida para os judeus; e ficariam chocados por isso ter sido sugerido por um oficial da SS, colega deles. Mas compreendo perfeitamente seus motivos.

Meissner assentiu em silêncio, mas não contou ao oficial comandante o que tinha causado esse súbito interesse pelas rações dos prisioneiros. Alguns dias antes, ele estava tomando um pouco de ar, na mesma hora em que os prisioneiros estavam sendo conduzidos de volta da fábrica de Buna. Um homem tinha tropeçado e caído. O *Kapo* encarregado tinha parado a turma para chutar e espancar o homem caído, sem dó nem piedade.

Meissner tinha se intrometido.

— Você não vai conseguir que ele trabalhe se o matar — dissera ele.

O *Kapo* tinha tirado a boina e assumido a posição de sentido.

— Com o devido respeito, *Herr Obersturmführer* — ele respondera com um desdém na voz imitando o de muitos suboficiais da SS —, é só para isso que eles servem. Ele não passa de um judeu sujo, preguiçoso e vadio. De onde ele veio, vão vir muitos mais.

Meissner tinha olhado fixamente para o *Kapo*, com os olhos atraídos para o triângulo verde no seu paletó: um criminoso. Tão graves tinham sido seus crimes que ele fora despachado para Auschwitz, onde, de acordo com as normas desvirtuadas do campo, criminosos eram encarregados de supervisionar homens e mulheres honestos.

Meissner tinha se dirigido ao prisioneiro.

— O que você comeu hoje?

O prisioneiro ficou de cabeça baixa, sem responder.

— Ele não sabe falar bem o alemão, senhor — dissera o *Kapo*. — É italiano.

— Então traduza, droga!

Mal se podia ouvir a voz do prisioneiro. Ele tinha comido uma ração de pão e um prato de sopa. Sem dúvida a sopa tinha sido servida do alto do caldeirão e estava rala; não era como a sopa substanciosa do fundo, onde iam parar os pedaços de batatas e nabos. Isso o *Kapo* e seus amiguinhos guardavam para si.

Meissner tinha ficado uma fera. Sua missão era aumentar a produtividade dos campos de trabalhos forçados, mas a comida escassa e a brutalidade gratuita trabalhavam contra ele o tempo todo.

Agora, Liebehenschel uniu as mãos, como que em prece, pensativo. Meissner tinha razão, mas o sistema para alimentação dos prisioneiros já estava estabelecido de longa data, calculado para provocar uma inanição lenta entre os trabalhadores escravos judeus. Não havia nada que ele pudesse fazer para modificá-lo, por mais que a modificação fosse capaz de aumentar a produtividade. Mas ele precisava dar a impressão de levar a sério o interesse de Meissner.

— Muito bem, Meissner, falarei sobre o assunto com o dr. Wirths. Mais que isso, não posso fazer.

— Ele é o *Standortarzt*?*

— Correto. — Liebehenschel lançou para o subordinado um olhar que dizia que ele estava dispensado, mas Meissner não se mexeu. — Mais alguma coisa, *Obersturmführer*?

— Andei verificando a documentação referente à aquisição de alimentos. Os registros indicam que, na realidade, todos os dias são adquiridos alimentos em quantidade adequada para fornecer calorias suficientes para cada prisioneiro. Se a comida não está indo para os prisioneiros, para onde ela está indo?

---

* Médico principal da guarnição, com autoridade sobre mais ou menos vinte outros médicos da SS no complexo de Auschwitz.

O *Kommandant* suspirou. Meissner era, com toda a certeza, obstinado, como um cachorro com um osso. Em vez de responder de pronto, ele se levantou e andou até a porta, fazendo um gesto para Meissner acompanhá-lo. Na soleira, ele parou para encarar o oficial subordinado.

— Você nunca esteve no *Kanada*, esteve, Meissner?

Abril de 1944
Konzentrationslager Auschwitz-III, Monowitz
O alarme está se espalhando pelo campo. É o tifo. Ele espreita nas sombras de cada porta em busca de um jeito de entrar. É uma peste temida por todos. Nos banheiros, há cartazes em muitas línguas diferentes. *Basta um piolho para matar você* — pois é assim que o tifo pega suas vítimas e espalha sua pestilência pelo campo. Os cartazes estão entre os muitos absurdos de Auschwitz, porque os procedimentos para a prevenção dos piolhos são ridículos. Para os prisioneiros, banhos quentes de chuveiro com sabonete são tão raros como uma visita do papa. No entanto, como os piolhos são um inimigo mortal, quando os prisioneiros têm tempo, eles esmiúçam o corpo uns dos outros em busca das pequenas criaturas, espremendo-as entre duas unhas para matá-las. Mas agora parece que há um surto no pavilhão 51.

É claro que o campo está mais bem informado do que os médicos da SS. Todos os prisioneiros sabem que o surto começou dois dias atrás. Um homem do 51 foi à enfermaria após a chamada da noite. De início, os sintomas não foram conclusivos. Um dia depois, havia mais dois homens do 51 com os mesmos sintomas.

Os médicos da SS não se arriscam. Sob seu comando, o destino dos homens está selado: todos os três são mandados para a câmara de gás. Isso é de se esperar. Os doentes estão resignados ao seu fim, e ninguém levanta um dedo para ajudá-los.

E agora homens da SS fortemente armados estão marchando pelo campo, muitos deles com cães. A sirene do campo está soando, um som que abafa os próprios avisos frenéticos do campo. Quando a sirene toca antes do amanhecer, ela quer dizer "*Fora da cama. Acordem. Levantem-se de uma vez!*" Quando ela soa a qualquer outra hora do dia, trata-se de uma ordem para voltar para seu pavilhão e permanecer lá.

Em todos os pavilhões, os prisioneiros se encolhem.

Emil está jogando xadrez no pavilhão 46, quando a sirene toca. Ele está ganhando, mas isso quase não é surpresa. Desde que o *Blockältester* se dignou a permitir que ele jogasse, Emil ganhou todas as partidas. Ninguém diz uma palavra quando ele sai andando como um robô para seu próprio pavilhão. Widmann, o *Blockschreiber*, está fazendo uma chamada. Seu lápis faz uma marca diante do número de Emil. Prisioneiros estão apinhados em torno da porta, vigiando. É o mesmo em todos os pavilhões. Com gritos para dentro do pavilhão, os que estão à porta informam aos demais o que está acontecendo. Os homens da SS passam em marcha sem lançar um olhar sequer na direção deles.

— Estão passando. Estão passando. — Os gritos são quase exultantes de alívio. Aos poucos, mais informações vão se infiltrando a partir da porta.

— Pararam no pavilhão 51.

— Fizeram os cachorros entrar.

— Agora todo mundo está saindo.

— Estão sendo levados embora.

Os médicos da SS do lado de fora do pavilhão 51 não se apresentam como quem cura, mas como carrascos. Sem considerar se o indivíduo está saudável ou infectado, todos os prisioneiros do pavilhão são enviados para Birkenau. Somente ao *Blockältester* e aos outros criminosos que comandam o pavilhão para a SS é permitido o luxo de ir para a enfermaria. Eles vão correr riscos, mas pelo menos não vão virar fumaça na chaminé.

Os outros prisioneiros começam a respirar de novo. Eles não se importam com quem o destino escolheu para morrer nesse dia, desde que não tenham sido eles. Não é porque tenham o coração frio por natureza. É simplesmente assim que as coisas são em Auschwitz. Eles se iludem, dizendo uns aos outros: "Chegou a hora deles. Vai acabar acontecendo com todos nós. Quem tem forças para pensar em quando vai ser nossa vez, desde que não seja agora?"

Uma profunda sensação de vergonha percorre o campo. Ele presenciou mais uma barbaridade. Sua própria consciência é contaminada pelo que viu. Ele já não sabe distinguir o bem do mal: não existe bem, não existe mal — apenas a vida ou a morte. Mais de duzentos homens são postos em caminhões e levados embora. Eles serão forçados a entrar numa das câmaras de gás ou serão fuzilados. Um dia depois, suas cinzas frias serão espalhadas pelos campos ao redor.

Emil encontra Yves. Até agora, eles nunca tinham visto um pavilhão inteiro ter seus prisioneiros levados para serem assassinados.

— Foi um ato degenerado — diz Emil, na privacidade proporcionada pelo beliche. — Aqueles eram homens bons, saudáveis. Esse pessoal da SS, alguns deles são médicos. Será que não sentem vergonha?

— É claro que não — responde Yves. — Se sentissem, não conseguiriam fazer o que fazem. Seria intolerável para eles. — Ele fica calado por um tempinho e acrescenta. — Alguém precisa se lembrar deste dia, para dar um testemunho dele.

Emil põe as mãos na cabeça. Começa a chorar, soluços mudos chocalhando seu corpo.

— Que foi, Emil?

O relojoeiro perscruta os olhos do amigo, como que esperando por perdão.

— Estou com medo de ter sido infectado pela podridão deles... Se no futuro eu fosse olhar de volta para este dia, seria para dizer que foi um dia em que joguei xadrez. É demais pedir que eu me lembre desse... horror...

Yves segura as mãos do amigo.

— Você não pode pensar assim. Essa vergonha não é *sua,* mas deles. Eles agem assim porque nós não somos nada para eles. Não valemos nada. Já nem somos seres humanos. Para a SS, nós somos menos que sacos de feijão ou de batatas. Essa é a verdade deste lugar.

Mas Emil não está satisfeito.

— Como perdemos todo o nosso valor?

— Você ainda não entendeu, Emil? Você está tão envolvido nesse seu místico mundo paralelo de peões e reis, que não percebeu que estamos numa viagem para o nada?

Abril de 1944
Kanada, Konzentrationslager Auschwitz-II, Birkenau
Meissner examinou a cena diante dos seus olhos com uma indiferença aparentemente calma. Estava num grande galpão. Prisioneiros entravam apressados, com carrinhos de duas rodas sobrecarregados, esvaziavam o conteúdo numa enorme pilha no centro do piso e saíam de novo para voltar com mais uma carga. Um exército de gente, em sua maioria mulheres, algumas em uniformes do campo, outras em trajes civis normais, mergulhava as mãos na pilha, separando os objetos numa variedade de categorias: camisas, calças, casacos, vestidos, paletós, chapéus, sapatos, roupas de baixo, óculos, malas, bolsas femininas — as últimas respigas de tudo que foi roubado

dos judeus de toda a Europa. Ao longo das paredes do galpão havia montanhas desses pertences, esperando para serem redistribuídos.

Era difícil não demonstrar espanto com a escala da pilhagem que estava ocorrendo bem diante dos seus olhos.

— Trens chegam diariamente — disse o *Kommandant*, num tom baixo e neutro —, às vezes dois num dia. Geralmente podemos calcular de mil a mil e quinhentas cabeças em cada trem. Eles são forçados a deixar seus pertences na rampa de desembarque. Quando entram no campo, devem se desfazer das roupas e de pequenos pertences, como relógios de pulso ou joias. Tudo passa a ser da propriedade do *Reich*. Tudo é trazido aqui para o *Kanada*. Todos os tipos de coisas vêm acabar aqui. Há um *Scharführer* que passa todos os dias sem fazer nada além de cuidar de moeda estrangeira. Todos os meses, o dinheiro é enviado para o *Reichsbank*, onde é trocado por *Reichsmarks*; e o valor resultante retorna à SS. Outro militar é um perito joalheiro que seleciona itens de qualidade especial e avalia pedras preciosas. Peças de ouro e prata são fundidas.

— Por que esse lugar se chama *Kanada*? — perguntou Meissner.

Liebehenschel respondeu com um suspiro de enfado.

— Porque o *Kanada* é um lugar de riquezas incalculáveis.

— Por que está me mostrando isso, senhor? Está de algum modo relacionado à discrepância entre a comida que é adquirida e a que é distribuída?

O *Kommandant* afastou-se de lado para deixar passar um carrinho de duas rodas.

— Lamento dizer, Meissner, que nem todos os membros da SS são tão incorruptíveis como você. Uns meses antes da sua chegada aqui, a Inspetoria dos Campos de Concentração instaurou uma comissão de inquérito para averiguar a corrupção. Suspeitava-se de roubo em larga escala por parte de oficiais da SS. Alguns estavam com as mãos enfiadas tão fundo no pote de mel que não conseguiram limpá-las a tempo.

Ele olhou para Meissner.

— O que estou tentando dizer é que tenho certeza de que ainda acontece muita roubalheira, mas ela está mais discreta e numa escala consideravelmente menor. Nós tentamos controlá-la, não permitindo que graduações inferiores passem longos períodos por aqui, mas até mesmo oficiais nem sempre são tão confiáveis quanto deveriam ser. Alguns entram em conluio com os prisioneiros, como você talvez tenha imaginado. Objetos valiosos que os prisioneiros encontram no meio das roupas e da bagagem são trocados por comida ou privilégios. Em comparação, o que está acontecendo com as rações em Monowitz é insignificante.

Abril de 1944
Oficina mecânica, IG Farbenindustrie Buna Werke, Monowitz
É o dia seguinte à limpeza do pavilhão 51. Um funcionário civil polonês traz um relógio para Emil consertar. Em troca, ele oferece a Emil uma porção da sua *Zivilsuppe* — a comida preparada para os trabalhadores civis — durante as duas semanas seguintes. O relógio é pequeno e elegante, com um movimento delicado.

— Ele pertenceu à mãe da minha mulher — diz-lhe o homem. — Ela faleceu há algumas semanas. Significaria muito para minha mulher se eu conseguisse consertá-lo.

Duas palavras penetram fundo na consciência de Emil: "mulher" e "mãe". Ele tem vontade de gritar: "E a minha mãe? E a minha mulher?" Esses pensamentos, porém, ele precisa guardar para si. A manhã inteira, Emil mantém seus pensamentos trancados nos subterrâneos da sua mente, até que os acontecimentos do dia anterior entram ali à força.

Todos sabem que existe um campo para mulheres. Ele tem esperança de que Rosa esteja lá, mas o tifo está por toda parte. E a SS não teria mais escrúpulos em eliminar um pavilhão no campo das mulheres do que tinha tido em Monowitz.

Num momento desprecavido, esses pensamentos afloram, e Emil revela sua amargura para os homens que trabalham nas bancadas próximas.

— Vocês viram o que aconteceu com os homens do pavilhão 51 ontem? É só uma questão de tempo para eles fazerem o mesmo com o restante de nós. O pessoal da SS é degenerado — diz ele. — Todos eles.

Basta apenas um para denunciá-lo. Talvez ele sinta inveja do recém-adquirido status de Emil com os trabalhadores civis. Talvez não. O mais provável é que ele esteja simplesmente morrendo de inanição. Sua recompensa são duas rações de pão, um tesouro para lá de tentador para alguém que sofre com a fome de Auschwitz.

Quando os homens estão em fila para a ração de sopa do meio-dia, o *Kapo* ordena a Emil que se apresente ao *Rapportführer* de Buna, *SS-Scharführer* Gessner.

Emil está rígido, em posição de sentido, segurando o boné com firmeza, sem olhar para o homem da SS, com os olhos fixos na parede ali adiante. O *Scharführer* está sentado a uma mesa, almoçando: pão branco e salsicha. O aroma apetitoso da salsicha é uma tortura.

Parece que o homem da SS está de bom humor.

— Quer dizer que você é o 163291. — Por um instante, ele não diz mais nada, usando uma unha para desalojar um pedacinho de salsicha entre os dentes. E então revela a profundidade da traição a Emil. — O relojoeiro.

Ele faz um silêncio para suas palavras surtirem efeito.

— Você achava que eu não sabia disso, não é? Pois vou lhe dizer uma coisa. Nada acontece neste campo sem que eu saiba. — Ele espera pela reação de Emil. Como não ocorre nenhuma, ele continua. — Fui informado de que você disse que a SS é degenerada.

Emil sente uma contração nas entranhas, uma secura na boca e, por instinto, engole em seco.

De nada adianta fingir. Além do mais, ele fez uma promessa a si mesmo de que não contribuirá para as mentiras sobre as quais o campo se ergue.

— Sim, *Herr Scharführer*. — Sua resposta não é desafiadora. É apenas verdadeira.

O *Scharführer* recosta-se na cadeira e bate na coxa como se Emil tivesse lhe contado uma piada impagável. Um largo sorriso aparece no seu rosto, e ele dá uma forte gargalhada. Em cima da mesa, há um chicote de equitação. Com movimentos decididos, o *Scharführer* pega o chicotinho e, ainda rindo, sai de trás da mesa e golpeia Emil com violência.

Emil cai no chão. Mas ele já viu o que acontece com prisioneiros que não se levantam de imediato: a punição se intensifica. Alguns são espancados até a morte. Ele se levanta e volta à posição de sentido. A pele no seu rosto está rompida, e o sangue escorre pelo seu queixo e goteja no uniforme. A dor é lancinante. Seus olhos ficam marejados.

Parece que o *Scharführer* aprova essa atitude. Ele anda num círculo em torno de Emil, parando uma vez ou duas para examinar melhor o tecido grosseiro do uniforme listrado, esfarrapado.

Emil reza em silêncio pedindo que esteja com o número certo de botões no paletó e que não haja lama demais nas pernas das suas calças. Apesar de não haver instalações para a lavagem de roupas, é frequente que os prisioneiros sejam punidos por estarem com o uniforme enlameado. Emil fica retesado, certo de um segundo golpe, mas sem saber onde ou quando ele o atingirá.

O *Scharführer* volta a falar.

— Seu supervisor me diz que você trabalha bem. Dá para acreditar que ele o chamou de seu "bom judeu" e me pediu que não o espancasse com excessiva severidade? — Emil não responde. O alemão prossegue. — O que me espanta é que vocês, judeus, não entenderam o perigo que representam para a Pátria, especialmente depois que o *Führer* o explicou tão bem. Como podem ser tão ignorantes? — Ele se permite um segundo golpe com o chicote. Ergue a mão para um terceiro, mas desiste. De que adianta? É uma tolice esperar que um judeu entenda. Na realidade, de certo modo, um judeu dizer que a SS é degenerada é um elogio. Todo mundo sabe que, no estilo distorcido do pensamento dos judeus, tudo fica ao contrário: bom é ruim, rico é pobre e degenerado significa heroico.

O *Scharführer* olha detidamente para o rosto de Emil antes de dispensá-lo.

Se existisse alguma coisa que se pudesse chamar de bom judeu, *Relojoeiro*, tenho certeza de que você seria o único. — Ele ri mais uma vez. Acaba de lhe ocorrer que o que disse sem pensar é muito engraçado. *Um bom judeu?* É hilariante. Mas seu humor logo se acalma. — Agora, seu judeu fedido — diz ele, com a voz ameaçadora e raivosa —, suma da minha frente antes que eu mude de ideia e lhe dê a surra que você merece.

11.
Gambito da rainha aceito

1962
Kerk de Krijtberg, Amsterdã
Emil acordou num quarto escuro. Cortinas pesadas cobriam janelas altas. Ele estava num sofá de couro, com um cobertor por cima. Ao lado havia uma mesinha, com um copo d'água. À medida que seus olhos foram se acostumando à penumbra, ele pôde discernir as características do aposento. Em frente ao sofá, havia uma sólida lareira de pedra, acima da qual estava um quadro grande da Virgem com o menino Jesus. O quadro era velho, enegrecido por sua posição próxima ao fogo. O papel de parede estava tisnado de modo semelhante, o que aumentava a impressão de antiguidade. De cada lado da lareira, havia poltronas altas de couro, com os braços gastos até brilharem, e o estofamento de crina escapulindo em lugares onde dedos tinham tamborilado vezes incontáveis. No piso da lareira estava um conjunto de acessórios antigos de ferro, para cuidar do fogo. Na parede em frente à janela, havia uma estante lotada de volumes velhíssimos e, acima da porta, um simples crucifixo de madeira. No console da lareira, um relógio montado em latão. Quando Emil tentou ver as horas, ele soou quatro vezes. Momentos depois, a porta se abriu. Emil pôs-se sentado no sofá.

— Relojoeiro — disse o bispo, com a voz baixa. — Que bom que voltou a si. Como está se sentindo?

Chocado, Emil lutou para tirar algum sentido do que tinha ouvido.

— Relojoeiro? Ninguém me chama assim desde...

— Não. Mas você não respondeu à minha pergunta: como está se sentindo?

— Não sei. Péssimo.

— Você desmaiou. Suponho que poderíamos ter chamado uma ambulância, mas num domingo ela teria demorado horas. O presbitério não era longe, e consegui que um par de voluntários ajudasse a trazê-lo para cá. Você ficou desacordado um bom tempo. Eu já estava preocupado. Estava prestes a chamar um médico.

Emil respirou fundo, captando cheiros pouco familiares, de incenso e madeira encerada.

— Preocupado? Por que você se preocuparia? Você não é meu guardião. — Ele se levantou, meio sem equilíbrio. — Preciso ir.

O bispo não o deixou passar.

— Não concordo. Você precisa repousar. Deixe-me ajudá-lo. Você sofreu um grande choque.

Emil fez que não.

— É isso o que você quer? Me ajudar? Por quê? Para poder se parabenizar por ter me salvado mais uma vez? Não. Não preciso da sua ajuda, e não vou ficar aqui.

— Eu tinha esperança de que pudéssemos tirar um tempo para conversar.

Emil não conseguia acreditar.

— *Conversar?* O que você poderia ter a me dizer que eu fosse querer ouvir?

Meissner recuou um pouco e abaixou a cabeça numa atitude de contrição.

— Achei que talvez eu pudesse começar dizendo que sinto muito.

— Sente muito? — Emil descobriu que estava gritando. — Você está... — Ele parou de falar, sem conseguir encontrar palavras que exprimissem como se sentia. — Nós nos encontramos depois de um período de quase vinte anos, e você acha que pode apagar tudo o que aconteceu entre nós com um simples "sinto muito"?

— Não, não, é claro que não. Mas teria sido um começo. — O bispo afastou-se para um lado, fazendo um gesto na direção da porta. — Pode ir, se quiser — disse ele, com a voz mansa.

O rancor de Emil tinha irrompido depressa, mas a reação de Meissner o pegou de surpresa. Ele tinha esperado que sua raiva fosse recebida com mais raiva; mas, em vez disso, o oposto tinha acontecido. Sua fúria desfez-se. No lugar dela, ele encontrou os carvões apagados do que sua vida tinha se tornado.

Nem sempre ele podia confiar na sua raiva, mas nos carvões, sim.

— Olhe — disse ele, com a voz se tornando mais calma. — Não há nada que nós possamos dizer um ao outro que tenha a menor possibilidade de valer a pena. E, como não há como mudar o que se passou, eu realmente acho melhor que cada um siga seu caminho.

Meissner olhou para ele.

— Cabe a você decidir, é claro. Mas, se me permite, não concordo com a ideia de que o melhor seria cada um seguir seu caminho. Creio que temos muito a dizer um ao outro, coisas que podem ser duras, mas que mesmo assim precisam ser ditas.

Emil permaneceu parado, lançando um olhar pela sala, captando a estranha variedade de quinquilharias que a enchia, com a mente procurando razões para ir embora que não fossem o rancor que o preenchia.

— Eu me sentiria honrado se você ficasse para cear comigo esta noite — disse Meissner, rompendo o silêncio.

— Por quê?

Por hábito, os dedos do bispo foram parar na cruz sobre seu peito.

— Você se lembra do que disse uma vez para mim em Auschwitz? "Não existe porquê. O mundo lá fora não se intromete aqui. Nós fomos vacinados contra ele." Por ora, só posso lhe dizer que "por quê?" é uma pergunta complicada demais para eu entender. — Ele deu de ombros. — Já há anos venho atendendo a uma compulsão interior. Tentei resistir a ela, mas sem sucesso. Já disse a ela que não sou digno, que nunca serei digno, mas ela não me dá atenção. No seminário, eles me disseram que ela era "minha vocação", mas não consigo ver desse modo. — A voz dele assumiu um tom de anseio quase desesperado. — Ela é *mais* do que isso. É o amor de Deus abrindo caminho no mundo, usando como seu instrumento algo, ou alguém, que um dia serviu ao mal, mas moldando-o de acordo com seu próprio desígnio divino. Portanto, respondendo à sua pergunta em termos simplistas, porque sou uma espada que foi forjada até se transformar em arado.

1947
Cracóvia

Na cela de prisão, Paul Meissner aguardava seu advogado. Meissner não gostava do homem. Ele era dominado por um sentido descomunal da sua própria importância.

Por seu lado, o advogado de Meissner encarava o cliente com um desdém cínico. Era óbvio que o alemão era um criminoso de guerra. O Estado estava desperdiçando dinheiro ao designar um advogado para atuar na sua defesa.

Como de costume, o advogado tinha se atrasado.

— Se fosse possível encontrar pelo menos um prisioneiro de Auschwitz que prestasse depoimento para defendê-lo, isso faria uma enorme diferença — dizia ele, sem se dar ao trabalho de reprimir um bocejo.

Meissner retrucou, exasperado.

— Será que o senhor ouviu alguma coisa do que eu lhe disse? Eu não tinha nada a ver com os prisioneiros. Por que teria? Eu era um administrador, responsável pelo pessoal da SS nos campos-satélites. — Com raiva, ele deu um soco na mesa. — Já lhe disse que havia apenas um prisioneiro com quem lidei. É *ele* que o senhor precisa encontrar.

Só para constar, o advogado consultou suas anotações.

— Ah, sim, o "Relojoeiro". Mas você diz que não consegue se lembrar do nome dele, só do número.

— Não se trata de lembrar ou não. Todos o chamavam de "Relojoeiro". Mas deve ser possível localizá-lo pelo número.

O advogado estava cético.

— Isso, *se* os registros tiverem sido preservados e *se* ele tiver sobrevivido.

— Sim — concordou Meissner, abatido. — Se ele tiver sobrevivido.

Mas não tinham encontrado nenhum sinal do *Häftling* número 163291. Ele não tinha sido incluído em nenhum registro de prisioneiros que acabaram aparecendo em outros campos, como Mauthausen ou Bergen-Belsen.

O advogado bocejou de novo. Não havia esperança para o caso.

O presidente do tribunal dirigiu-se ao advogado de Meissner.

— Antes da leitura dos veredictos e da determinação da sentença, o réu tem alguma coisa a dizer?

O advogado levantou-se. Empertigando-se, ele arrumou as vestes, segurando-as com a mão direita numa pose que imaginava ser reminiscente de Cícero dirigindo-se aos tribunais da Roma Antiga.

— Com a permissão do tribunal, meu cliente gostaria de ler uma declaração.

No banco dos réus, usando calças sem cinto e camisa sem colarinho, o ex--*SS-Hauptsturmführer* Paul Meissner pôs-se de pé. Apenas semanas antes, seu ex-oficial comandante, Arthur Liebehenschel, tinha sido condenado à morte por enforcamento nesse mesmo tribunal. No entanto, quando Meissner falou, sua voz estava clara e firme.

— Não tentei esconder do tribunal a natureza e a abrangência das minhas atividades em Auschwitz. Crimes terríveis foram cometidos lá... crimes imperdoáveis. Não procuro reduzir o papel que desempenhei, nem fugir à minha responsabilidade. Reconheço ser culpado de crimes graves, mas gostaria que ficasse registrado que acredito ter feito o possível para manter minha honra. Antes de chegar a Auschwitz, eu não fazia ideia do que estava ocorrendo em Birkenau. Foi aos poucos que tomei conhecimento daqueles acontecimentos. Não estive de forma alguma envolvido em nada do que ocorreu lá. Jamais pus os pés na rampa de descarga e nunca participei de nenhuma etapa das *Selektionen*. Nem um único prisioneiro de Auschwitz morreu por minha causa. Assim que me dei conta de que não tinha nenhuma capacidade para mudar o que estava em andamento, adotei o que considerei a única atitude honrada: solicitei minha transferência de volta para o serviço ativo, muito embora meu antigo regimento estivesse na ocasião combatendo no front oriental. Tudo isso foi registrado em meu diário pessoal, que o tribunal teve a generosidade de admitir. Muitos imaginaram que eu estava indo para a morte certa, mas isso era preferível a ser um cúmplice de assassinato em massa. Quando me rendi, identifiquei-me como oficial da SS e, diferentemente de outros, não tentei ocultar esse fato. Isso também foi uma questão de honra para mim. Cumpri meu dever. Não peço clemência ao tribunal e estou pronto para aceitar a sentença que for considerada adequada.

Passaram-se apenas minutos para o presidente do tribunal proferir o veredicto e a sentença.

— Pela acusação de genocídio: não culpado. Pela acusação de cumplicidade com genocídio: não culpado. No entanto, por sua própria confissão, o réu é culpado do crime hediondo da escravidão. O réu administrou um sistema no qual dezenas de milhares de pessoas, principalmente judeus, eram usados como trabalhadores escravos. E embora eles não tenham morrido por sua própria mão ou por sua ordem, ainda assim muitos pereceram. Trata-se de um crime que exige punição exemplar.

Meissner preparou-se para o pior. O tribunal não tinha fama de ser brando.

— O réu é condenado a seis anos de servidão penal, com trabalhos forçados. A pena entra em vigor de imediato.

1962

Kerk de Krijtberg, Amsterdã

— Seis anos de trabalhos forçados. Uma reparação bem pequena para o seu papel — disse Clément, deixando cair nacos de pão branco num caldo substancioso de legumes.

— Bem pequena — admitiu Meissner. — Mas nada fácil, especialmente com uma perna artificial.

— Nada fácil? É isso o que você diz às pessoas? Devia escutar a si mesmo. Nada fácil? — Emil olhava fixo para ele, sem conseguir acreditar. — Mais fácil do que o que suportávamos todos os dias em Auschwitz, é isso o que eu diria. Eles lhe davam pão de serragem com lavagem para porcos? Você deveria ser grato por ter uma perna de madeira.

— A perna durou menos de dois meses. A peça mais primorosa que a engenharia alemã conseguiu produzir, e caiu aos pedaços.

Clément segurava a colher à sua frente, como uma arma, enfatizando suas frases com ela.

— Sabe o que isso está me parecendo? Que você está com pena de si mesmo. Você sabia que, quando os russos libertaram Auschwitz, eles encontraram milhares de membros artificiais de judeus que foram mortos nas câmaras de gás? *Milhares.* Talvez você devesse ter pedido um deles.

— Como eu poderia? Eu não fazia a menor ideia de que eles estavam lá. Além do mais, os poloneses não tinham nenhuma intenção de encontrar uma perna substituta para mim. E é praticamente impossível fazer trabalho braçal de muletas. É claro que eles tentaram; mas, por mais que me espancassem, eu não parava de cair. Depois de um tempo, os espancamentos cessaram. No final, eles me puseram nas cozinhas. Deram-me um banquinho e uma faca, e eu passava meus dias descascando e picando legumes. E me tornei bom mesmo na tarefa.

— Como caíram os poderosos!

Paul não reagiu à ironia de Emil, e os dois terminaram a sopa em silêncio. Depois, o bispo ocupou-se, tirando os pratos da mesa.

— Seis anos — refletiu Clément. — Não é nada. Quem tomou a decisão dos seis anos? Não foi um judeu, creio eu.

Meissner retomou seu lugar à mesa.

— Na realidade, acabei cumprindo só quatro anos na prisão. Acho que se cansaram de mim. Fui deportado sem nenhuma cerimônia para a zona de ocupação britânica, onde precisei me submeter à desnazificação.

— E o que isso envolvia? Forçá-lo a usar *tefilin* para ver se você tinha um ataque apoplético, ou a comer *matzá* para ver se você engasgava?

Meissner suspirou.

— Não. Eles me fizeram completar o *Fragebogen,* um questionário, e me submeteram a uma série de interrogatórios. Os britânicos suspeitavam de mim. Àquela altura, as relações entre o Ocidente e a Rússia estavam péssimas, e eles desconfiavam que eu fosse um espião comunista plantado. Demorei meses para conseguir meu *Persilschein,* o certificado oficial de inocência. Só então eu pude começar a procurar trabalho. Ofereceram-me um emprego na bilheteria da ferrovia, mas eu já tinha decidido o que queria fazer. Pedi para me formar sacerdote na Igreja Católica.

— Quer dizer que você trocou uma organização que cuidava de você e lhe dizia o que fazer, por outra. Não é exatamente uma vida dura, ao que me parece, a de padre. — Emil virou-se na cadeira. — Olhe este lugar, por exemplo. Você não está vivendo exatamente na pobreza extrema, certo? Muito pelo contrário, na realidade.

Meissner contestou.

— Você pode preferir ver dessa forma, se quiser, mas não foi essa a razão pela qual eu quis me tornar padre e acho que você sabe disso. Se eu quisesse uma opção fácil, poderia ter passado meus dias marcando bilhetes na *Bahnhof* de Colônia.

— Não. — O punho de Emil bateu forte na mesa. — Para sua informação, *eu não sei.* Não sei de nada sobre você. Há quase duas horas, você vem desfiando essas suas justificativas, mas sem responder à pergunta mais importante: *por quê?*

O bispo fez que não.

— A mesma pergunta de antes. E eu só tenho a mesma resposta: aquela voz interior que não quer ouvir um não.

— E uma voz dessas, que só você escuta... A Igreja não tem nenhum escrúpulo em aceitar no rebanho criminosos de guerra condenados?

— Claro que tem. Mas os próprios fundamentos da Igreja estão no perdão.

— Pai, perdoai-lhes... — recitou Clément.

— É. Há júbilo na Igreja com cada pecador que se arrepende.

— Foi por isso que você quis que eu viesse aqui, para poder pedir meu perdão? Pois já vou lhe dizer de uma vez... não vai consegui-lo.

O bispo estendeu as mãos por cima da mesa para segurar as de Emil. O francês afastou-se como se temesse algum contágio.

— Seu perdão não pode me ajudar, Relojoeiro — disse Meissner. — Para mim, é tarde demais. O único perdão que conta é o meu próprio; e, depois de quase vinte anos, ainda sou incapaz de me perdoar. Digo a mim mesmo que melhor teria sido eu ser posto diante de um pelotão de fuzilamento do que ter ficado de braços cruzados, sem fazer nada. Sei que tenho o perdão de Deus, mas ele não basta para mim. Você deve me considerar arrogante, mas eu lhe garanto que não sou. Sou culpado. Sinto vergonha. E vou carregar a culpa e a vergonha até minha sepultura. — Ele lançou para Emil um olhar penetrante. — O que tenho esperança de fazer é poder ajudá-lo a compreender que o poder do perdão trará a cura para *você*... não para mim, nem para mais ninguém.

A expressão de Clément azedou-se.

— Desconfio que esse seu jeito de falar seja muito parecido com o de toda essa gente que quer que eu encontre um alemão de bom coração, que insiste em dizer que a guerra acabou, que está na hora de perdoar e esquecer.

— Não estou aqui para lhe dizer para esquecer. Nem quero que você procure um alemão de bom coração. Mas eu lhe imploro que me escute quando eu lhe digo que *está* na hora de perdoar... se conseguir encontrar o perdão dentro de você.

Emil considerou incompreensível o raciocínio de Meissner.

— Você diz que eu devo perdoar; mas, se não for a você, a quem então?

— Você precisa aprender a se perdoar.

Mais uma vez caiu um silêncio entre eles. O bispo levantou-se.

— Peço que espere aqui. Vou trazer café. É uma das coisas em que os holandeses são muito bons.

Emil examinou o ambiente. A cozinha era espaçosa, com uma grande mesa de refeitório que acomodaria tranquilamente dez pessoas. Era verdade que não era exatamente luxuosa, mas tinha tudo que pudesse ser necessário para servir uma residência com muitos moradores, e sua limpeza era impecável. Numa parede havia a fotografia de um papa, embora ele não fizesse ideia de qual deles. Em outras duas, retratos de santos, isso ele sabia pelas auréolas douradas que lhes adornavam a cabeça. Emil não conseguia encontrar nenhuma ligação entre essas representações da santidade e a teimosa insistência de Meissner no perdão. Estava claro que o padre tinha pouca compreensão daquilo que Emil tinha sofrido, menos ainda dos motivos pelos quais ele poderia considerar a ideia repugnante. E no entanto... Ele estava ao mesmo tempo intrigado e irritado. Irritado por ter sido posto numa posição em que sentia que não exercia controle; e intrigado, a contragosto, querendo saber mais sobre o que Meissner tinha feito desde sua libertação da prisão. Emil se perguntava o que ele poderia ter feito no Congo Belga.

Meissner voltou, trazendo um bule de café de cerâmica, decorado com motivos tribais em cores berrantes, e canecas combinando.

— Esses eu trouxe comigo da África. Se tenho algum bem de valor, são esses. — Ele pôs tudo na mesa e serviu duas xícaras da bebida escura e forte.

— Depois da guerra, muitos nazistas fugiram para lugares remotos, principalmente na América do Sul — comentou Emil. — Você foi parar na África. Alguns poderiam encarar isso como mais um sinal de que você estava tentando fugir à responsabilidade pelo que tinha feito.

Meissner tomou um golinho do café, fechando os olhos um pouco, pensativo.

— Suponho que alguns pudessem, sim, se estivessem com uma disposição pouco generosa. Mas não era minha ideia ir para lá, não de início. Fui enviado a uma colônia de leprosos. — Ele fez uma pausa e então continuou em voz baixa. — Lá fui mais feliz do que na vida inteira. Na África, onde as pessoas têm tão pouco, onde a certeza da vida é tão tênue, onde a ignorância mata mais do que qualquer doença e a fome pode se precipitar sobre as pessoas sem aviso, existe uma alegria que precisa ser vista para que se possa acreditar nela. A pura alegria de viver, de amar e aceitar as dádivas do Senhor sem questionamentos. Eu não tinha vontade de voltar. Queria acabar meus dias com aquelas pessoas.

Emil tinha escutado sem interrompê-lo. Então perguntou.

— E por que você *acabou* voltando?

— Malária. Tentei aceitá-la como uma provação mandada para mim pelo Senhor, mas ela se tornou tão grave que eu não conseguia fazer nada. Fui mandado de volta para a Europa para me recuperar. Mas, quando cheguei aqui, ficou claro que estou com alguma coisa mais preocupante que a malária. — O bispo inclinou-se para a frente, com a expressão séria. — Relojoeiro, estou morrendo. Fui mandado de volta para casa para morrer, e isso aqui nem mesmo é minha casa. Estou com leucemia. Não entendo totalmente o que é, mas é um câncer que afeta o sangue. É uma questão de meses, talvez menos que isso. Mas ainda acredito que Deus tem um propósito definido para minha vida. Relojoeiro, esse propósito é você.

12.

A arma de Alekhine

Abril de 1944
Konzentrationslager Auschwitz-III, Monowitz
Está escurecendo mais tarde agora, e Yves habituou-se a ficar sentado no chão do lado de fora da entrada do pavilhão, só entrando quando já está quase na hora do toque de recolher. A alimentação precária e o trabalho árduo o reduziram quase a um esqueleto ambulante. Ele está olhando para o céu, temendo não acordar para vê-lo de novo.

Lá dentro, o *Stubendienst* encontra Emil oscilando devagar, para lá e para cá, em oração, como costuma fazer quando está sozinho.

— Relojoeiro — diz ele. — Brack me mandou procurá-lo. Ele quer falar com você.

Relojoeiro — o nome pegou. Emil não gosta disso: o nome o identifica, quando sua melhor proteção contra a atenção indesejada é o anonimato.

Bodo Brack é o *Blockältester*, um homem atarracado que está cumprindo prisão perpétua por assassinato. Ele nunca demonstrou interesse por Emil, até agora.

— O que ele quer comigo?

Com a missão cumprida, o *Stubendienst* dá de ombros.

— O que você acha que eu sou? Secretário dele?

Emil vai devagar à sala de convivência. Não consegue imaginar o que Brack poderia querer com ele, mas não pode ser nada de bom.

Emil tira o boné e fica em posição de sentido diante do supervisor do pavilhão. Brack está no campo há mais de dois anos, mais tempo que qualquer outra pessoa. Todos sabem que ele é o mandachuva entre os *Prominenten* — os prisioneiros privilegiados que se encarregam do campo para a SS. Ele pode conseguir comida melhor e até mesmo vales que podem ser usados para visitar o bordel instalado pela SS para os *Blockältesten, Kapos* e até mesmo os *Scheissministers*. Mas não para judeus. Brack não gosta de judeus. Passam-se dez minutos até ele se dignar de perceber a presença de Emil.

— Relojoeiro — diz ele, parando para lamber os dedos depois de comer um pedaço de queijo. — Este pavilhão não é do seu agrado? Eu não me encarrego de que todas as suas necessidades sejam atendidas?

— Sim — responde Emil, ansioso, perguntando-se aonde isso vai chegar. — Este é um bom pavilhão, e o senhor é um supervisor muito atencioso.

Sem aviso, Brack põe-se de pé de um salto e, com uma bofetada no rosto, derruba Emil no chão.

— Seu merda de judeu mentiroso — berra ele.

Emil luta para se levantar.

— Por favor — diz ele —, o que eu fiz?

Vem um segundo golpe. Agora Brack faz um sinal para seus camaradas que estão por ali, e eles vão fundo, dando chutes repetidos em Emil. Tudo o que ele pode fazer é se enroscar como uma bola e tentar proteger a cabeça com os braços. Depois de um tempo, os chutes param, e ele é arrastado para se levantar. Mal consegue ficar em pé. Escorre sangue do seu nariz e dos ferimentos infligidos pelo *Scharführer* dias antes.

— Isso — diz Brack, em tom ameaçador — é só o começo... a menos que você comece a cooperar.

— Sim. É claro que vou cooperar. Só, por favor, diga o que preciso fazer.

— Onde você estava no outro dia quando o pavilhão 51 foi expurgado?

— Eu estava no pavilhão 46.

Brack troca um olhar cúmplice com um dos camaradas.

— E o que você estava fazendo no pavilhão 46?

— Estava jogando xadrez. — Emil lança um olhar de súplica a seu atormentador. *Que mal pode haver no xadrez?*

Mas Brack não lhe dá atenção.

— Com quem você jogou?

— Não sei — diz Emil, fazendo que não. — A partida foi organizada pelo *Ältester* do pavilhão 46.

— Por acaso, eu conheço o supervisor do pavilhão 46. Ele não tolera os judeus tanto quanto eu. E, no entanto, ele o deixa jogar xadrez. O que você lhe deu para ele permitir que você jogasse?

De nada adianta tentar mentir. Brack já sabe a resposta dessa pergunta ou não a teria feito.

— Dei-lhe um relógio.

— E onde você conseguiu o relógio?

— Fiz um favor para um dos técnicos alemães em Buna. Ele me deu um relógio velho que estava enguiçado. Eu o consertei e o dei ao *Blockältester.*

O alemão chega a centímetros do rosto do francês.

— Mas você se esqueceu de uma coisa, não foi, seu judeu fedorento?

— Não sei o que foi — diz Emil, abanando a cabeça.

O *Blockältester* o golpeia de novo, mas dessa vez com menos força.

— Não minta para mim, seu bosta.

— Por favor. Diga. Do que me esqueci?

— Você se esqueceu de que, antes de dar um presente a um *Blockältester* de outro pavilhão, você deve primeiro dar um presente ao do seu próprio.

Um dos dentes de Emil foi abalado. Quando ele o toca com a língua, pode sentir que se mexe.

— Sinto muito — diz ele. Ocorre-lhe um pensamento longínquo, momentâneo, de como é absurdo que ele deva pedir desculpas à pessoa que acaba de espancá-lo. — Como posso reparar o erro?

Se ele espera que isso sirva para abrandar a disposição de Brack, fica desapontado.

— Acho que você já sabe o que precisa fazer — diz Brack, com as palavras carregadas de desdém.

— Sim — admite Emil. — Posso ir agora?

— Você irá quando eu disser, não antes. Ainda não terminei.

Nervoso, Emil engole o sangue que se acumulou na sua boca e espera pelo próximo golpe.

— De agora em diante, você só jogará xadrez com minha permissão.

Por essa Emil não esperava. É como se tivessem lhe dado uma pena de morte. Mas protestar só provocaria outra surra.

Brack percebe o efeito das suas palavras.

— Eu não disse que você não pode mais jogar xadrez. Eu disse que você poderia jogar apenas quando eu der permissão. De agora em diante, você joga xadrez para mim.

Abril de 1944
Ministério da Propaganda e Esclarecimento Público, Berlim
Com um piparote, Wilhelm Schweninger atirou na rua a guimba ainda acesa do seu cigarro e abriu a porta do Ministério da Propaganda. Seu nível hierárquico não lhe dava direito a entrar no prédio pelo pórtico imponente do Palácio de Leopoldo na Wilhelmplatz. Em vez disso, ele passava por baixo dos altos portais de pedra que davam direto para a Wilhelmstrasse.

Com um cumprimento de cabeça na direção do porteiro uniformizado, ele se dirigiu às escadas que o levariam ao seu escritório no segundo andar.

Há nove anos, Schweninger trabalha na Seção III, subordinado ao Secretário de Estado Hermann Esser, com todos os seus dias de trabalho dedicados a oportunidades para propaganda oferecidas pelo turismo. Schweninger é diferente dos seus contemporâneos, pois uma carreira nas Forças Armadas ou na SS nunca esteve aberta para ele. Seu pai, Otto, era agricultor. Aos catorze anos, quando ajudava na colheita, Wilhelm ficou com a mão presa numa enfardadeira. A lesão foi tão grave que uma amputação foi a única saída. Como um futuro trabalhando na terra era impossível, o jovem Wilhelm foi incentivado a estudar e chegou à universidade em Heidelberg, onde estudou inglês. Foi lá que ele descobriu sua verdadeira vocação: o xadrez. Entregou-se de modo tão completo ao jogo que acabou não terminando os estudos.

Para um enxadrista conseguir competir em qualquer nível mais alto, era necessário tornar-se membro do *Nationalsozialistische Deutsche Arbeiterpartei* (Partido Nacional-Socialista dos Trabalhadores). O fato de Wilhelm ser membro do Partido Nazista revelou-se duplamente vantajoso quando, em 1935, às vésperas da Olimpíada de Berlim, o Ministério da Propaganda estava procurando por rapazes arianos com talento para línguas para passar informações à imprensa estrangeira. Pareceu a solução perfeita para o jovem de vinte e dois anos, que já estava conquistando a reputação de ser um enxadrista temível. O Ministério da Propaganda era o maior dos ministérios do *Reich*, de modo que ele parecia estar se encaminhando para uma carreira interessante.

Nem mesmo a guerra tinha amortecido sua ambição de tornar-se um campeão internacional de xadrez, não no início. O trabalho na Seção III proporcionava muitas oportunidades de viagem, e ter um posto no ministério significava que seus talentos no xadrez eram incentivados, mesmo que só por seu valor como propaganda. Antes dos trinta anos, ele era o campeão inconteste da Alemanha e já tinha derrotado alguns campeões nacionais de países ocupados pelo *Reich* ou aliados a ele. Mas então tinham ocorrido os desembarques dos Aliados no norte da África e a reviravolta no destino da Alemanha em Stalingrado. O trabalho da Seção III tinha se tornado muito mais limitado na abrangência, assim como as viagens internacionais.

De todas as instituições do *Reich*, o Ministério da Propaganda era o mais intolerante para com conversas e atitudes derrotistas. Mesmo assim, agora, no início de 1944, para todos os que não fossem da miopia mais teimosa, era óbvio que o pior estava por vir.

Wilhelm nunca tinha emitido nenhuma opinião sobre isso, mas, nos últimos tempos, tinha decidido que sua carreira precisava de um novo rumo — um rumo que representasse um bom apoio depois da guerra. Ele tinha ouvido dizer que *Herr* Schweitzer, o artista gráfico tão prestigiado pelo *Reichsminister* Goebbels, estava procurando um assistente. Assinadas com o pseudônimo de "Mjölnir", as obras de Schweitzer podiam ser vistas em todos os cantos da Alemanha — pôsteres de impacto que instigavam alemães comuns a feitos heroicos, fosse no front, fosse em casa. O artista era alvo da maior consideração por parte de todos no ministério. Se Wilhelm conseguisse o posto, seria transportado para as alturas vertiginosas da Seção II, com suas inúmeras oportunidades no mundo do rádio, do cinema e das artes. Ele tinha sido entrevistado três dias antes. Calculava que saberia o resultado agora.

Seus passos estavam decididamente animados quando ele entrou no escritório que dividia com Georg Wetzel. Georg estava na casa dos cinquenta, um viúvo abatido, cuja mulher tinha sido morta num bombardeio. Ele agora vivia no temor constante da chegada de uma carta do Exército com a informação de que seu filho tinha sido morto em combate. Tanto assim que seu cabelo tinha ficado totalmente branco. Contudo, ele se considerava uma figura paterna para Wilhelm e tentava, no seu estilo desajeitado, promover a carreira do protegido.

Com a despreocupação de um artista de circo, o homem mais jovem atirou o chapéu no cabide e ocupou seu lugar.

— Atrasado de novo, Willi — disse Georg. — Não está certo. Se chegar aos ouvidos de Falthauser... — Ele indicou com a cabeça o escritório do supervisor, no final do corredor.

Wilhelm tinha ouvido tudo isso antes e deu de ombros.

— Não tive jeito, meu velho. Foi o bombardeio de novo. As linhas dos bondes foram destruídas ao longo da estrada Hohenzollerndamm. Seja como for, não vou precisar me preocupar com isso por muito mais tempo.

— Se as coisas continuarem nesse pé, logo não vai sobrar nada para bombardear. — Georg olhou com saudade para a fotografia na sua mesa, de uma mulher e um garoto adolescente. — Se ao menos a droga da *Luftwaffe* (Força Aérea Alemã) fizesse o que supostamente é seu dever... Agora é todas as noites, toda droga de noite enfiado num porão, esperando pela bomba que traz seu nome, e, no dia seguinte, ainda esperam que a gente chegue pontualmente ao trabalho. É um absurdo.

Wilhelm lançou para Georg um olhar de advertência.

— Fique calado, velhote, ou nós dois vamos acabar encrencados. Você sabe qual é a postura oficial.

— Sei qual é a postura oficial daquele sacana do Hermann... e ele que a enfie você sabe onde.

Schweninger tratou de abrir a agenda e a folhear.

— E não sei por que você está se incomodando com isso aí, também — continuou Georg. — Dizem que os Aliados vão desembarcar na França antes do início do verão. Quanto tempo você acha que vamos conseguir resistir depois que isso acontecer?

— Pare com isso, por favor! — Exasperado, Wilhelm olhou para o colega. — Desse jeito, você vai acabar numa droga de campo de concentração. Eu ouvi o discurso que o *Doktor* G deu lá no *Sportspalast*. Você devia ter ouvido também. "A guerra total é o que a hora exige", foi o que ele disse.

Georg bufou com essa menção a Goebbels.

— É, e ele também disse que os funcionários nos escritórios do governo vão cumprir expedientes mais longos para que um número maior de nós possa ser enviado para a porra do front.

— Bem, não há a menor chance de você ser enviado para o front... nem eu, por sinal. De qualquer maneira, como o *Doktor* disse, é bem possível que, uma vez que os britânicos e os americanos estejam na França, eles se juntem a nós e se voltem contra os russos, ou aceitem a perspectiva de uma Europa dominada pelos porcos bolcheviques.

O homem mais velho não concordou. Todo o pessoal do ministério tinha se reunido para ouvir o discurso de Ano-Novo de Goebbels pelo rádio, supostamente em um ato de solidariedade. Tinha sido uma sexta-feira. Em vez de fechar cedo, como era de costume, o prédio do ministério havia ficado aberto e foram servidos comes e bebes. Aparelhos de rádio tinham sido dispostos pelo prédio inteiro para que todos pudessem ouvir. Cronometradas com perfeição, as dramáticas palavras finais do discurso foram pronunciadas apenas um minuto antes que os sinos das igrejas por toda a Alemanha começassem a soar, recebendo o Ano-Novo. O aplauso entusiástico dos milhares de funcionários tinha se transformado em abraços, beijos, apertos de mãos e brados de "Feliz Ano-Novo!" Georg foi forçado a reconhecer que o *Reichsminister* era muito, muito competente. Ele próprio quase tinha se convencido. O aplauso pareceu autêntico e espontâneo, embora nem sempre fosse fácil dizer.

Agora, com uma ironia amarga, Georg repetia baixinho as palavras finais do *Doktor:*

— Povo, levante-se agora. Que venha a tempestade!

Abril de 1944
Konzentrationslager Auschwitz-III, Monowitz

O campo está mergulhado na escuridão. Todas as portas estão trancadas, e a SS patrulha o perímetro com seus cães e metralhadoras. No beliche que dividem, Emil pergunta a Yves o que ele acha que o *Blockältester* está tramando.

Yves é mais experiente e astuto do que Emil, mas está totalmente exausto e adormece no meio da frase. Emil reza pedindo que Yves aguente até o verão. Agora que o frio cortante do inverno polonês passou, talvez ele tenha uma chance.

Emil tem uma ideia. É de conhecimento geral que Brack tem seus contatos com a SS. Emil vai se oferecer para consertar seus relógios em troca de mais comida, que dará para Yves. Parece um bom plano, mas é certo que Brack vai querer alguma coisa em troca.

O sono chega devagar para Emil. Ele tem consciência dos sons noturnos do pavilhão, da movimentação dos seus colegas prisioneiros, dos suspiros pesados resfolegantes de homens famintos que dormem roncando, do choro eventual e das contínuas idas e vindas dos homens ao balde que serve de sanitário. Emil precisa ir ao balde também, mas espera. A essa altura, ele deve estar quase cheio, e Emil não quer ser quem o enche e é então despachado pelo guarda da noite para esvaziá-lo na latrina. Por fim, ele ouve o som da porta se abrindo e o barulho metálico do balde batendo na moldura da porta, ao ser levado lá para fora. Em dez minutos, ele poderá usá-lo tranquilamente.

Quando a sirene do campo toca de manhã, ainda está escuro. O guarda da noite acende a luz.

Apesar de não ter dormido bem, Emil se sente melhor. Ele tem um plano e tem certeza de que funcionará. Sabe disso por causa das regras de Auschwitz: os que se encarregam do campo para a SS são todos corruptos. Eles se dispõem a concordar com praticamente qualquer coisa, desde que tirem alguma vantagem dela.

13.
Um jogo fechado

Abril de 1944
Solahütte, clube de campo da SS, Silésia ocupada pela Alemanha

O *Obersturmführer* Paul Meissner estava parado na varanda, contemplando o vale, e respirou fundo. Adorava essa época do ano; e, em pé ali no meio da floresta de pinheiros, era para ele difícil imaginar que uma guerra estava em andamento.

Oficiais e suboficiais já estavam chegando para a grande final do torneio de xadrez do campo. A competição nas eliminatórias e nas semifinais tinha sido intensa. Até mesmo Eidenmüller tinha feito uma tentativa. "Conheço os movimentos", dissera ele. "Não pode ser tão difícil assim." Felizmente, ele teve o bom senso de não apostar em si mesmo. Meissner tinha feito um registro divertido sobre isso no seu diário. Até onde lhe fosse dado saber, seu *Unterscharführer* tinha ganho uma boa bolada, mas esse jogo final era mais difícil de prever.

Para espanto de todos, entre os oficiais, Otto Brossman, o taciturno *Hauptsturmführer* no comando da Primeira e da Segunda Companhia de Guardas, tinha se destacado. A SS tinha uma reputação de ser anti-intelectualista, de modo que Meissner ficou surpreso quando Brossman lhe contou que tinha lido muito sobre a teoria do xadrez e que, em Heidelberg, na década de 1930, chegara a ter aulas com o campeão da universidade.

— Tudo está ligado à tática — disse ele a Meissner. — Ataque, defenda-se, entrincheire-se, recue. Você leu *Da guerra*, de Von Clausewitz? — Meissner admitiu que tinha lido. — É como ele diz: "A guerra é muito simples, mas na guerra até mesmo as coisas mais simples são muito difíceis." O xadrez é igual. Os movimentos individuais são muito simples, mas combiná-los para criar uma estratégia vencedora é outra história. E — ele prosseguiu — não há duas partidas que sejam semelhantes. Cada uma tem sua própria personalidade, tão individualizada quanto os jogadores que ali se enfrentam. É fascinante.

Meissner ficou impressionado. Ele gostava de Brossman.

— Você será um campeão digno da SS — disse ele.

O outro competidor, proveniente dos postos subalternos, era um enigma ainda maior. O *Oberscharführer* Hustek era da Gestapo e trabalhava no setor político do campo. Com mais ou menos quarenta anos, o cabelo escuro penteado para trás com brilhantina e o rosto cheio de rugas, ele tinha derrotado todos os adversários. Pouco se sabia a seu respeito, além da sua reputação de brutalidade com os prisioneiros e seu ódio aos judeus.

— É um filho da mãe malvado, aquele ali — disse Eidenmüller a Meissner.

O oficial ergueu uma sobrancelha.

— É mesmo? Talvez seja uma vantagem se você pertence à Gestapo — respondeu Meissner.

— E mais uma coisa. Ele é dissimulado. Nunca se sabe o que ele está pensando. Eu não confiaria nele de jeito nenhum.

A avaliação de Eidenmüller revelou-se acertada: Hustek passou todas as partidas fumando um cigarro atrás do outro, abalando seus adversários com seu olhar fixo, sem piscar, até eles fazerem seu movimento.

— Acho que é alguma coisa que ele aprendeu interrogando prisioneiros — comentou Eidenmüller. — Mais eficaz do que qualquer tortura, na minha opinião.

— Bem, acho que ele vai descobrir que o *Hauptsturmführer* Brossman é um pouco diferente — respondeu Meissner. — Ele equipara o xadrez a von Clausewitz.

— Desculpe, senhor, von quem?

Eidenmüller estava oferecendo uma vantagem de dois para um contra Brossman. Pela primeira vez, Meissner apostou no resultado: o soldo de uma semana. *Isso servirá de lição para Eidenmüller quando ele for forçado a pagar*, pensou Meissner com um sorriso.

A partida deveria começar às 19h30. Vinte minutos antes da hora marcada, Brossman veio abrindo caminho, tranquilo, em meio ao pessoal da SS que tinha saído do campo para vir ao clube de campo.

— Então, Hustek ainda não chegou? — perguntou ele a Meissner.

Meissner fez que não; mas, antes que pudesse responder, o *Kommandant* entrou no salão, acompanhado por um alto oficial da SS, em visita.

— *Achtung!* — ordenou Liebehenschel. O zumbido das conversas cessou, enquanto os homens na sala assumiam de imediato a posição de sentido.

— Senhores — disse o visitante —, podem ficar à vontade. Nenhuma formalidade é necessária por minha causa. — O zumbido das conversas recomeçou rapidamente.

O visitante observou os ocupantes do salão.

— Você está de parabéns, Liebehenschel — disse ele, em tom de confidência. — Eu tinha minhas dúvidas se seu clube de xadrez era de fato tão popular como você tinha dito. Mas, agora que estou aqui, estou impressionadíssimo. O efeito que ele teve sobre o moral dos seus homens é óbvio. Eu mesmo relatarei ao *Reichsführer* o sucesso que ele faz.

— Obrigado, senhor. — O *Kommandant* inclinou a cabeça. — Mas o mérito é do *Obersturmführer* Meissner. A ideia foi dele, e foi ele que organizou tudo. Um oficial excelente, se me permite dizer. Uma pena que não tenhamos mais oficiais como ele.

— Gostaria de conhecê-lo.

— Pois não.

Daí a instantes, o *Kommandant* estava fazendo as apresentações.

— *Herr Gruppenführer*, posso lhe apresentar o *Obersturmführer* Paul Meissner, chefe de operações para os campos-satélites e organizador desta competição?

O *Gruppenführer* avaliou Meissner.

— Você é da *Waffen-SS*? Como veio acabar aqui?

Meissner mostrou a bengala.

— Fui ferido em combate, senhor. Infelizmente, já não sou considerado apto para o serviço ativo.

— E sua Cruz de Ferro. Onde a conseguiu?

— Kursk, senhor. No front de Voronezh.

— É raro Meissner falar sobre isso, senhor — atalhou o *Kommandant*. — É modesto demais. Ele encarou quatro tanques russos com apenas um carro de combate Wespe e acabou com dois deles antes que nossos *Tigers* chegassem para o resgate. Sua atuação salvou os outros dois Wespes que estavam sob seu comando, um dos quais já tinha sido atingido.

O *Gruppenführer* estendeu a mão.

— Muito bem, Meissner. É um privilégio dar-lhe um aperto de mãos. Você honra a SS.

— Obrigado, senhor. Cumpri meu dever, nada mais que isso.

— O *Gruppenführer* Glücks é chefe da Inspetoria dos Campos de Concentração — explicou o *Kommandant*. — Ele veio de lá de Oranienburg para assistir à final, e eu lhe pedi que entregasse os prêmios aos campeões.

Meissner sorriu e olhou de relance para o relógio de pulso.

— Com sua licença, *Herr Gruppenführer*, a partida final está para começar. Posso convidar o senhor e o *Kommandant* a ocuparem seus lugares?

Enquanto Meissner falava, Hustek chegou. Sem reconhecer a presença de ninguém, ele assumiu seu lugar à mesa que tinha sido instalada no centro da sala.

Meissner ficou indignado. A insolência de Hustek era insuportável.

— *Oberscharführer* Hustek — vociferou Meissner, com sua melhor voz de comando. — Sentido!

Devagar, Hustek levantou a cabeça e olhou com frieza para o oficial.

— Não tenho de acatar suas ordens, *Herr Obersturmführer* — disse ele. — Sou da Gestapo.*

Fez-se silêncio no recinto. As juntas dos dedos de Meissner ficaram brancas enquanto ele apertava com força sua bengala.

— É mesmo? — disse uma voz, proveniente de um lado. — Então, pode ser, *Oberscharführer*, que você acate ordens minhas. — Todos os olhos se voltaram para o *Gruppenführer*.

Hustek saltou para a posição de sentido e prestou continência.

— *Heil Hitler*.

— Não me venha com "*Heil Hitler*". Você se atreve a insultar um herói do povo alemão? Onde está sua Cruz de Ferro, hem? Estou mesmo pensando em transferi-lo para o front russo. Assim, nós veremos do que você é feito.

Hustek engoliu em seco.

— Não, *Herr Gruppenführer*. Peço que me perdoe, senhor. Meu comportamento foi inaceitável. Não voltará a acontecer.

O *Kommandant* amarrou a cara para o *Oberscharführer*. Tudo estava indo tão bem.

* A Gestapo estava presente em Auschwitz porque lá havia muitos prisioneiros políticos, principalmente comunistas. Na prática, a Gestapo operava acima e ao largo do código legal alemão e só prestava contas internamente.

— *Herr Gruppenführer* — disse ele, numa voz que era ameaçadoramente baixa —, eu consideraria um favor pessoal se o senhor permitisse que eu mesmo lidasse com o *Oberscharführer*... depois do encerramento da competição.

Com um último olhar furioso para Hustek, o *Gruppenführer* sentou-se. O jogo podia começar.

14.
Dois cavalos

Abril de 1944

Konzentrationslager Auschwitz-III, Monowitz

Depois da chamada, Emil precisa ir à latrina. Yves vai junto. As instalações são primitivas — uma tábua improvisada acima de um fosso, na qual os *Häftlinge* precisam se sentar, ombro a ombro. E o fedor é medonho.

Yves se senta ao lado de Emil. Está preocupado com o amigo depois dos espancamentos que ele sofreu.

— Sua cara está meio amassada.

Com a ponta dos dedos, Emil avalia a casca de ferida na bochecha.

— Já estive melhor — admite.

Yves dá uma risada cavernosa.

— E todos nós não estivemos? — Ele estende uma mão ossuda para ser inspecionada. — Olhe para mim... estou sumindo dia a dia. Jacqueline não me reconheceria se me visse agora.

— Jacqueline?

Yves olha para outro lado. A mágoa por dentro tinha se acomodado numa dor surda, constante, mas agora, num momento desprevenido, ela veio à tona.

— Minha filha.

Emil acaba de esvaziar o intestino. Ele se ergue da tábua e levanta a calça até a cintura. Vai à pia lavar as mãos. É só um filete de água, mas tem de bastar. Ele está enxugando as mãos na camisa quando Yves se junta a ele.

Com delicadeza, Emil põe a mão no ombro de Yves.

— Jacqueline... é um lindo nome — diz baixinho. — Queria que você me falasse dela. — Ele dá um pequeno aperto no ombro do amigo, cada osso assustadoramente aguçado ao seu tato. — Sabe, olhe só para nós... nós até compartilhamos uma cama. Seria de imaginar que soubéssemos tudo um sobre o outro, mas não sabemos, certo? No fundo, não.

— Ela era... — Yves para, com um sorriso grotesco, em agonia. — Não consigo.

— É difícil falar sobre eles, não é? — Emil faz questão de olhar nos olhos do amigo. — Mas nós precisamos fazer isso. Caso contrário, eles serão esquecidos.

Os dois caminham juntos de volta para o pavilhão. Seu avanço é lento e penoso. Hesitante, Yves conta a Emil parte da sua vida antes de Auschwitz.

— Minha mulher se chamava Annette. Nós teríamos feito dez anos de casados em setembro. Jacqueline era nossa filha única. Ela estava com oito anos, quando fomos apanhados numa das detenções em massa. Éramos só nós três. Mais nenhum parente, sabe? Tanto Annette como eu éramos órfãos. Engraçado, não é? Quer dizer, nós dois sermos órfãos. — Ele faz uma pausa para respirar. O simples esforço de falar é pesado para ele. — Jacqueline era uma criança linda. Inteligente, de um jeito tranquilo, e carinhosa. Vivia ajudando a mãe. E então fomos levados para Drancy. Annette estava grávida. Os alemães não ligaram a mínima. Fomos postos num cômodo com não sei quantas outras pessoas. E então Annette entrou em trabalho de parto, uns dois meses antes da hora. Ela teve uma hemorragia. — Yves passa a mão pelo rosto. — Veio um médico. Ele disse que, se ela estivesse num hospital, podia ser que eles a tivessem salvado. Ele disse que lamentava muito. O bebê também não sobreviveu. Era um menino, não que isso faça alguma diferença. Foi assim que ficamos eu e Jacqueline. Depois que a mãe morreu, ela se tornou muito calada. Era como se ela também tivesse morrido, por dentro, mas de algum modo conseguisse continuar viva, por fora. Acho que fazia isso por mim. Daí em diante, nos tornamos inseparáveis.

"Então veio o transporte para Auschwitz. Ela estava dormindo quando chegamos. Quando os filhos da mãe da SS começaram a bater nas portas, gritando com a gente feito loucos, ela ficou apavorada. E então fomos separados. Jacqueline berrava para ficar comigo até um dos guardas se aproximar com um cachorro, que começou a rosnar e latir para ela, o que só piorou as coisas..." Yves para. Ele não encontra as palavras certas. Consegue então se recompor e continua, com a voz rouca.

— ... até uma velha chegar e dizer: "Não se preocupe, *monsieur*, eu cuido dela até o senhor poder vir buscá-la." *Não se preocupe*: a frase mais idiota que ouvi na minha vida. Como pude deixar que a levassem embora?

Emil para de andar. A aflição do amigo é viva, como se tudo tivesse acontecido ontem mesmo.

— Yves. — Mais uma vez, ele segura o ombro do amigo. — Você não pode se permitir esse tipo de pensamento. Não havia nada que pudesse ter feito: eles o teriam matado ali mesmo.

— Pode ser. — O rosto de Yves é a imagem de uma dor inconsolável. — Mas não consigo suportar a ideia de minha menininha ter ido para a morte sem ninguém para tranquilizá-la.

— Eu sei, mas a culpa não é sua. Você não pode se culpar pelo que aconteceu. — Emil quase diz que "foi a vontade de Deus", mas para a tempo.

— Eu odeio essa gente — continua Yves, com a voz se endurecendo. — Quando a maioria das pessoas diz que odeia alguém, no fundo não está falando sério, mas eu estou. Nós tivemos o mais perfeito treinamento na arte do ódio, Emil, e temos o dever de aplicá-lo bem. Um dia, se Deus me der forças, farei com que paguem pelo que fizeram.

A história de Emil não é assim tão diferente. Ele se pergunta quantos dos homens em Monowitz têm uma história semelhante a contar, sobre famílias dilaceradas, mulheres largadas à morte, crianças assassinadas aos milhares.

Amargurado, Yves continua.

— Sabe como alguns prisioneiros puxam o saco dos *Kapos* e dos supervisores de pavilhão, tentando obter algum favor? Na maior parte das vezes, eles fazem isso por nada mais do que um pedaço de pão ou uma ração a mais de sopa. Mas prometi a mim mesmo que isso é uma coisa que nunca vou fazer, não importa o que aconteça. Seria uma traição. Eu preferiria fazer um pacto com o Demônio. Se houvesse um jeito de eu me vingar da SS e da ralé que manda neste lugar, eu o faria, e que se danem as consequências.

Emil está em silêncio.

— E você? — pergunta Yves.

— Eu? — responde Emil. Como ele pode falar a alguém sobre o que perdeu, quando a profundidade total da sua dor ainda lhe é desconhecida? *Mas Yves é meu amigo. Meu único amigo*, ele trata de se lembrar.

— Minha mulher se chamava Rosa... ela se *chama* Rosa. Quando chegamos à rampa de descarregamento, vi que ela foi selecionada para o trabalho, como eu. Ela pode ainda estar viva. Rezo para que esteja. Nós tínhamos dois garotos, Louis e Marcel. Os alemães os levaram também, mas pelo menos eles estavam com a avó. Quanto ao que aconteceu com eles...

Setembro de 1939
Paris
A palavra na boca de todos era "guerra". Bem no ano anterior, a Grã-Bretanha e a França tinham caído no blefe de Hitler sobre a Tchecoslováquia, e agora o Chanceler alemão estava fazendo ruídos ameaçadores contra a Polônia. Emil tinha certeza de que não haveria uma segunda recuada, mas decerto Hitler era astuto o suficiente para entender isso. No entanto, esses pensamentos estavam longe da sua cabeça enquanto ele seguia rápido pela Rue Cambronne a caminho de casa. Às vezes, Rosa punha Louis no carrinho de bebê e vinha andando ao seu encontro. Ele adorava quando ela fazia isso.

Olhando adiante, ele a viu vindo na sua direção à sombra das árvores ao longo da rua. Ela parecia absorta em pensamentos. Ele se escondeu num portal até ela o alcançar; e então com um salto saiu para surpreendê-la.

Sorrindo, ela lhe deu um soquinho no peito.

— *Fripon* — disse ela. Rosa deu o braço a ele enquanto os dois seguiam tranquilos para casa.

— E o Louis? — perguntou ele.

— Em casa, com sua mãe. — Ela olhou para ele, afetando um ar de inocência. — Tenho uma coisa para lhe contar.

— Verdade? O que é?

— Ah, não, não tão depressa. Você precisa adivinhar.

— Adivinhar? Você sabe que não sou nada bom nisso.

Rosa riu.

— Está bem... já sei. Le Quintette du Hot vai tocar no Le Chat Noir.

— Não, seu bobo, você sabe que eles só tocam no Le Grosse Pomme; e, seja como for, eles estão agora na Inglaterra.

Ele abriu um sorriso.

— Isso eu sabia. Foi só para testá-la. — Ele ficou sério. — A guerra não foi declarada?

— Ainda não.

— Então desisto. Vamos, diga o que é.

— Vamos ter mais um filho — disse ela, sorrindo.

— Mais um filho? — A alegria iluminou a expressão de Emil. — Quando?

— Em maio, o médico disse.

Rindo, ele pegou as mãos dela e a fez girar, como numa dança, até chegarem ao apartamento.

— *Maman* — gritou ele, subindo a escada correndo até sua porta. — Rosa já lhe deu a notícia? Vamos ter mais um filho! Em maio! Não é maravilhoso?

Sua mãe os recebeu, não com alegria, mas com um ar de preocupação.

— Imagino que vocês não tenham ouvido a outra notícia, então. A França acaba de declarar guerra à Alemanha.

1962
Amsterdã

Emil acordou, sobressaltado. Estava escuro, e, por um instante, ele não conseguiu se lembrar de onde estava. Sua respiração estava acelerada, e seu coração batia forte. Ele devia ter tido um pesadelo, mas não conseguia se lembrar dele. Pousou a cabeça de novo no travesseiro e tentou voltar a adormecer. Mas não conseguia se sentir confortável. O travesseiro do hotel, que antes parecia tão macio, agora estava sólido e rígido, apesar dos murros que Emil dava nele, e não importava como os posicionasse, seus membros pareciam desengonçados.

Havia um motivo para seu sono se tornar tão fugaz: a conversa com Meissner e a ideia absurda dele de que a única forma para Emil ter paz era através do perdão. E, o que era ainda mais absurdo, que a pessoa necessitada de perdão era ele mesmo. Emil rejeitava a sugestão. Não era ele quem tinha perpetrado um mal tão indescritível. Ele era a vítima. Virou-se mais uma vez na cama, com a frustração e a indignação crescendo, mas sua tentativa de relaxar foi em vão. Furioso, ele afastou as cobertas. Meissner que se dane. Que vão para o inferno ele e sua fé inexpugnável.

Mas não há como fugir às regras de Auschwitz. Tudo lá é ao contrário. Em Auschwitz os bons são castigados, os maus prosperam, e as vítimas, não os perpetradores, são quem sente culpa. É incompreensível, mas é verdade.

Fazia muito tempo que Emil tinha perdido a esperança de encontrar qualquer coisa que pudesse limpar o passado. E agora Meissner aparecia, com sua promessa de que era possível reacender a esperança... Mas a esperança zombava de Emil porque ela sabia o que o padre não sabia: que o preço do perdão era alto demais.

Perdoar? Isso ele não poderia fazer.

* * *

No café da manhã, Emil descobriu que seu apetite o tinha abandonado. O café e dois cigarros lhe deixaram um gosto amargo na boca, enquanto ele se dirigia ao Krasnapolsky para sua partida seguinte no torneio. Na caminhada, não percebeu nada. Estava absorto nos pensamentos que tinham se recusado a liberá-lo durante a noite.

Seria possível que ele estivesse negando o poder de redenção que o universo tinha a oferecer, só porque não conseguia perdoar? Ou, como Meissner considerava, só porque estava se recusando a perdoar? Se houvesse a menor partícula de verdade no que Meissner tinha dito, ele seria um tolo se não seguisse seu conselho. Mas será que Meissner estava certo? De onde vinha sua autoridade? Era verdade que a Igreja Católica pregava uma doutrina de perdão, mas suas ações desmentiam isso. Ser judeu significava ter uma consciência aguçada do tratamento escabroso que eles tinham recebido por parte da Igreja ao longo dos séculos e até os dias de hoje, tudo em nome de seu Salvador, amoroso e *cheio de perdão*. "Perdoar" — era uma palavra fácil de dizer. Fácil demais. A promessa de esperança que Meissner estava lhe oferecendo era uma ilusão.

Sem conseguir dormir, e no esforço de enxergar um caminho adiante, Emil lançou mais uma vez as dez peças nas pontas das Sefirot, mas o resultado não tinha sido claro. Parecia que uma sombra tinha caído sobre seus poderes de discernimento, e não havia nada que pudesse fazer para ver através dela. A peça que se revelou quando ele a virou para cima foi א — Aleph —, que significava a inacessibilidade da Luz Divina. Ela lhe dizia que havia coisas que estavam além do seu entendimento e que, para essas coisas, ele precisava ter fé. Mas fé em quê? Ele era judeu; e, apesar de todas as suas buscas na Cabala, a religião dos seus antepassados de pouco tinha adiantado para responder às perguntas que assolavam sua alma havia quase vinte anos. Sem dúvida, ela não podia estar lhe dizendo que tivesse fé nos dogmas fáceis e convenientes dos católicos. Ao longo dos anos, Emil tinha construído para si uma série de fortificações sutis para proteger as poucas certezas que lhe restavam. Era somente assim que ele acreditava que poderia sobreviver. Agora Meissner tinha conseguido plantar uma semente de dúvida no interior dessa fortaleza. Emil tratou de se preparar para se certificar de que ela não se enraizasse.

Na segunda rodada, Emil foi designado para jogar contra Lopez, um argentino. Emil tinha pesquisado algumas das últimas partidas do adversário, tanto vitórias quanto derrotas, procurando por seus pontos fortes e fracos. O sul-americano jogava num estilo tradicional, atacando pelo centro do tabuleiro, como Schweninger. Se estivesse com as brancas, preferia a abertura inglesa; se com as pretas, a defesa indiana da rainha.

Emil sentia-se à altura de qualquer dos dois desafios e venceu sem esforço. Quando o felicitou, Lopez fez um comentário.

— O senhor me surpreendeu, *Monsieur* Clément. Não usou nenhuma das defesas que empregou no nível mais alto nos três últimos anos.

Emil deu um sorriso de vencedor, generoso, mas sem superioridade.

— Esse é o segredo, *Señor* Lopez: ser imprevisível.

Com o resultado da partida registrado pelo árbitro, e seus lances gravados para a posteridade, Emil dirigiu-se à saída.

Meissner esperava por ele à porta.

— Bom dia — disse ele, simpático. — Você ganhou, é claro?

Emil fez que sim. Não tinha certeza se queria conversar de novo com Meissner. Tentou passar direto, mas o sacerdote acompanhou seu passo.

Emil parou.

— Olhe — disse. — Não quero parecer grosseiro, mas é provável que tenhamos falado o suficiente ontem.

— Você acha que falamos o suficiente? — Meissner olhou para Emil, com um ar de avaliação. — Pode ser que esteja certo. Quem sabe? Passei bastante tempo pensando no que dissemos. Eu me pergunto se você também.

Emil hesitou antes de responder, mas falou por fim.

— Há vinte anos que penso nisso. — Ele seguiu adiante, deixando o outro para trás.

— Há uma pessoa que eu gostaria que você conhecesse. E, nas atuais circunstâncias, quanto mais cedo, melhor — disse o bispo, em voz alta, para ele ouvir.

Emil parou e virou um pouco a cabeça.

— Quem?

Sorrindo, o bispo veio mancando e pôs a mão no braço de Emil.

— É uma surpresa, mas acho que lhe fará bem.

— Cheguei a um ponto na vida em que as surpresas raramente são agradáveis.

O sorriso do bispo sumiu.

— Eu não disse que seria agradável. Disse que achava que lhe faria bem. Quer vir comigo?

— Eu preferiria não ir. Preciso de um tempo para examinar as partidas do meu próximo adversário.

— Faça a vontade de um moribundo — respondeu o bispo, baixinho.

— Está bem — disse Emil, com um suspiro. — Mas não quero que demore muito.

— Não quer que demore muito? — Meissner fez que não. — Relojoeiro, é provável que isso dure o resto de sua vida.

15.
Moinho de vento

Abril de 1944

Solahütte, clube de campo da SS, Silésia ocupada pela Alemanha

O jogo começou. Hustek ficou com as pretas. Todos os oficiais faziam pouco do homem da Gestapo por seu comportamento grosseiro, torcendo para Brossman vencer, enquanto todos os suboficiais se encolhiam, embaraçados, mas não podiam abandonar sua convicção no triunfo de Hustek.

Meissner sentia-se dividido. Como árbitro do jogo, era seu dever ser imparcial; mas, por Deus, ele esperava que o *Oberscharführer* recebesse o castigo merecido.

Por dez ou quinze minutos, a partida progrediu com pouca vantagem para um ou para o outro jogador. Então Meissner falou, em voz baixa.

— Eu agradeceria se você parasse de fazer isso, *Oberscharführer*.

— Fazer o quê?

— Olhar de modo tão ameaçador para o *Hauptsturmführer* Brossman enquanto ele decide o movimento a fazer.

— Não se preocupe comigo, *Herr Obersturmführer* — rosnou Brossman. — Não é assim tão fácil me assustar.

Os espectadores estavam tão atentos ao jogo — o *Gruppenführer*, inclusive — que a troca de palavras foi ouvida por todos.

— Achei que esse deveria ser um jogo limpo, senhor — observou Hustek, num tom ofendido. — É assim que vai ser? Os oficiais se aliando como amiguinhos para impedir a vitória das graduações subalternas? — Ele falou baixo, mas sabia que suas palavras seriam ouvidas. Levantou o rosto para olhar para Meissner com ar de desafio.

Hustek tinha rocado para proteger seu rei, e então Brossman moveu a rainha para ameaçar a torre. Se ele avançasse uma casa, capturaria um peão e teria uma rota diagonal direta ao seu alvo. Hustek precisou recorrer a todo o seu autocontrole para conseguir reprimir um sorriso. O oficial tinha caído na sua armadilha. Ele movimentou seu próprio bispo uma casa, na diagonal, ameaçando um xeque, lance do qual Brossman precisava se defender. Contudo, o movimento de Hustek também expôs sua própria rainha. Brossman sorriu, achando que Hustek tinha cometido um erro fatal. Ele mudou sua tática de atacar a torre, preferindo capturar a rainha. Foi a vez de Hustek sorrir. Em três movimentos sucessivos, ele forçou o rei de Brossman a se mover para evitar o xeque, capturando um peão, uma torre e, por fim, a rainha de Brossman.

A troca prejudicou enormemente a capacidade do oficial para dominar o centro do tabuleiro. Minutos depois, Hustek prosseguiu com uma segunda combinação de moinho de vento, dessa vez capturando um peão, a torre que restava de Brossman e um bispo.

Meissner estava estarrecido. Será que a esperteza do camponês venceria a apreciação intelectual do jogo? Parecia que sim. Brossman resistiu por mais quinze minutos, mas seu destino tinha sido selado no instante em que ele capturou a rainha de Hustek.

Abril de 1944

Ministério da Propaganda e Esclarecimento Público, Berlim

Como de costume, Schweninger estava atrasado na volta do almoço. Na cantina, ele tinha conhecido uma jovem secretária atraente que tinha se impressionado com suas histórias de viagens ao exterior e campeonatos internacionais de xadrez. Ela estava usando um vestido de lã com decote em V que realçava seu busto de uma forma sedutora sempre que ela se debruçava sobre a mesa. Mais alto que ela, Wilhelm nem mesmo tinha tentado disfarçar o que estava fazendo, aproveitando plenamente a vantagem da sua altura para espiar pelo decote. Essa era a definição de turismo, não era? Apreciar a paisagem? Ela aceitou encontrar-se com ele para tomar uns drinques e jantar na sexta-feira.

No escritório, ele encontrou Georg de mau humor.

— Atrasado de novo, Willi. Assim não dá, sabia? — Schweninger revirou os olhos, mas não disse nada. — Falthauser está à sua procura — prosseguiu Georg. — Ele não parecia satisfeito.

— Isso quer dizer que a notícia é boa ou ruim?

O homem mais velho deu de ombros.

— Quem vai saber? Ele é um desgraçado de um filho da mãe.

Isso era, sem dúvida, verdade pensou Wilhelm enquanto se encaminhava do seu cubículo para o escritório maior no fim do corredor.

— Entre — foi a resposta seca à sua batida na porta.

Wilhelm entrou. Não lhe ocorreu ficar nervoso. Tinha de ser alguma coisa relacionada à sua entrevista, e ele estava confiante de que tinha se saído bem.

— O senhor quer falar comigo, *Herr* Falthauser?

O supervisor olhou por cima de um monte de papéis empilhados sobre a mesa. Ele estava com sua expressão de sempre, desprovida de alegria.

— Quero. É sobre sua inscrição para o posto de assistente de *Herr* Schweitzer.

Wilhelm deu-se conta de uma mudança nas feições de Falthauser. Ele parecia satisfeito. Isso só podia significar uma coisa.

— Lamento informar-lhe que sua inscrição não foi aceita.

— Não foi aceita? Mas... — Foi um choque para Wilhelm. — Tem certeza de que não houve nenhum erro?

Agora o supervisor sorriu.

— Nenhum erro, Willi. Você fica por aqui até o fim da guerra... Melhor se acostumar com a ideia. — Ele voltou ao que estava fazendo.

Ainda atordoado, Wilhelm virou-se para sair. Antes de chegar à porta, seu supervisor dirigiu-se a ele.

— Quem você acha que é? O segundo Max Amann?

Wilhelm parou.

— Como? O que o senhor quer dizer?

Falthauser olhou para ele.

— Não se preocupe. Você vai acabar descobrindo... com o tempo.

Wilhelm demorou-se na volta ao cubículo. Tinha tido tanta *certeza*.

— Parece que lhe mostraram o olho da rua, Willi — disse Georg.

O rapaz deixou-se cair na cadeira.

— É como se fosse isso mesmo.

— O que Falthauser tinha a dizer?

— Ele me perguntou se eu achava que era o segundo Max Amann.

Por um instante, Georg não entendeu. Depois, com um suspiro e um abanar da cabeça, ele deu um risinho irônico.

— Não é engraçado.

Georg reprimiu o riso que estava se acumulando dentro dele.

— Sacana, esse Falthauser. Que puta comediante! Ele não conseguiria fazer uma piada se fosse para salvar a própria vida, mas dessa vez...

— Bem, fico feliz por você achar a história tão hilariante.

— Você não percebeu? — disse Georg, com um sorriso. — Foi o jeito maluco de ele lhe dizer por que você não conseguiu o posto.

— Não, não percebi. Me diga.

— Porque você é um aleijado, de um braço só. Goebbels não gosta de aleijados. Eles fazem com que se lembre de que ele próprio é um. Não é tão ruim assim, se você ficar enfurnado, escondido neste buraco, mas qualquer outra coisa? Pode esquecer. Max Amann é a única exceção.

— O que ele tem de tão especial?

— Ele e o chefe estão juntos há muito tempo... e ele publica *Das Reich*.

O entendimento começou a brotar na cabeça de Schweninger. *Das Reich* era o jornal semanal que publicava os editoriais redigidos por Goebbels.

— E ele só tem um braço?

— Ele só tem um braço. Perdeu o outro num acidente de caça na década de 1930. Dizem que Franz Ritter von Epp atirou nele de propósito.

Wilhelm abanou a cabeça, incrédulo.

— Como é possível você saber tudo isso?

O homem mais velho sorriu.

— Ora, quando se viveu todo o tempo que vivi...

Com a cara amarrada, Willi passou os olhos pelo cubículo.

— Ah, Deus, eu preferia morrer de uma vez.

Abril de 1944

Solahütte, clube de campo da SS, Silésia ocupada pela Alemanha

Recorrendo a suas reservas de dignidade, o *Gruppenführer* Glücks entregou os prêmios — primeiro a Hustek e depois a Brossman. Ele decidiu que aquele era um momento oportuno para dizer algumas palavras. Não gostava de falar em público, receando dizer alguma coisa errada ou ter suas palavras mal interpretadas por um rival, mas aqui ele estava em local seguro. Algo significativo estava prestes a acontecer com Auschwitz, e era importante fortalecer o moral com antecedência. Por sorte, Himmler tinha recentemente proferido um discurso sobre o mesmo tema. Glücks não teve nenhum escrúpulo com o plágio: o *Reichsführer* o consideraria um elogio.

— Senhores — disse ele. — É extremamente gratificante ver tanta disposição entre nossos combatentes, pois, não se iludam, cada homem aqui está travando uma guerra exatamente como qualquer soldado da *Wehrmacht* nos fronts do leste ou da Itália. Só que nossa guerra é contra um inimigo mais astuto, mais insidioso, mais nocivo que qualquer russo, americano ou inglês. Nosso inimigo é o judeu que, se lhe fosse dada a menor oportunidade, trairia nosso povo e tiraria de nós o que é nosso direito inato. Devemos ser severos, não apenas com nossos inimigos, mas com nós mesmos. Não podemos nos permitir um relaxamento de nossa vigilância por um instante que seja, pois fazê-lo seria abrir as portas ao desastre.

"É um crime contra o sangue do povo alemão preocupar-se com os judeus nos campos de trabalhos forçados, ou fazer concessões que tornariam as coisas ainda mais difíceis para nossos filhos e netos. Se alguém lhes disser, 'É desumano usar mulheres ou crianças para cavar valas ou trabalhar em fábricas; não posso forçá-las a isso porque o esforço as matará', vocês deverão responder, 'Se essa vala não for aberta, ou se esses armamentos não forem fabricados, soldados alemães morrerão, e eles são filhos de mães alemãs. Você está traindo quem é do seu próprio sangue'.

"Quanto ao árduo trabalho que vocês fazem aqui em Auschwitz, essa é uma página de glória em nossa história que nunca poderá ser escrita, e o papel heroico que vocês desempenham nunca será reconhecido. Mas nós sabemos como seria difícil para a Alemanha hoje — submetida a bombardeios e às agruras e privações da guerra — se ainda tivéssemos judeus em cada cidade, como sabotadores e instigadores secretos.

"Nós temos o direito moral", ele fez uma pausa. "Não, mais do que isso, temos um *dever* para com nosso povo, nosso sangue, de destruir essa raça que quer nos destruir. Não é diferente de um médico que extermina um germe porque, se não eliminar a infecção, ela matará seu paciente. O *Reichsführer-SS* afirmou que qualquer infecção deve ser erradicada sem piedade, antes que ela seja capaz de se firmar.

"Não é um trabalho fácil, mas é nosso dever. Não pedimos que nos dessem essa função. Mesmo assim, assumimos o fardo de bom grado. Apesar de todas as dificuldades que enfrentamos e dos inimigos que gostariam de nos destruir, podemos nos orgulhar de ter cumprido essa tarefa das mais árduas no espírito do amor por nosso povo; e de que o trabalho que realizamos não causa nenhum mal à nossa alma, nossa virtude ou nossa honra."

Ele ergueu a mão direita.

— *Sieg Heil!*

O bramido que se seguiu foi ensurdecedor. Os homens reunidos ao seu redor devem ter gritado "*Heil!*" três, cinco, dez vezes.

Com o clamor ressoando nos ouvidos, o *Gruppenführer* deixou o salão, acompanhado pelo *Kommandant*.

Meissner esperou o barulho diminuir para oferecer a mão a Brossman.

— Sinto muito — disse ele, e se voltou para Hustek. — *Oberscharführer* — disse, com a voz ríspida —, venha ao meu escritório na segunda-feira, e eu tomarei as providências para sua licença.

— Obrigado, *Herr Obersturmführer* — respondeu Hustek, num tom de desprezo. — Não sei lhe dizer o quanto eu estou ansioso por ela.

Meissner trocou um olhar com Brossman.

— Realmente, *Oberscharführer* — disse ele, sem se dar ao trabalho de disfarçar a ironia na voz —, você deve estar quase tanto quanto nós.

Hustek retesou-se. Com uma insolência deliberada, ele pôs o quepe na cabeça e, sem prestar continência, foi embora.

Os dois oficiais ficaram olhando, enquanto ele abria caminho pelo salão lotado. Entre todos os suboficiais presentes, somente um deu parabéns ao *Oberscharführer* e saiu com ele.

— Que cara mais insolente — disse Meissner, espumando.

— Gestapo — respondeu Brossman, como se nenhuma outra explicação fosse necessária. — Não deixe o filho da mãe perturbá-lo. E, se quer um conselho, se eu fosse você, começaria a me precaver. Acho que você acabou de fazer um inimigo.

Meissner enfiou a mão no bolso em busca da cigarreira. Ofereceu um cigarro a Brossman.

— Sei cuidar de mim mesmo — disse ele. — Além do mais, depois que o *Kommandant* tiver terminado com ele, creio que Hustek não vai querer atrair atenção para si por um bom tempo.

O *Kommandant* fazia jus a uma casa ampla perto da entrada principal do *Stammlager*. Naquela noite, ele ofereceu um jantar para seus oficiais superiores, com o *Gruppenführer* Glücks como seu convidado de honra. Liebehenschel pediu desculpas pela baixa qualidade da comida, mas, na verdade, a refeição foi farta em comparação com o que a maioria dos alemães tinha à sua disposição.

Glücks, que se orgulhava de ser um avaliador instantâneo do caráter, considerou o *Kommandant* um homem difícil de aquilatar. Liebehenschel era excessivamente informal com seus oficiais superiores, e Glücks percebia que ele não era um homem que inspirasse grande lealdade em seus subordinados. Mas não conseguiu encontrar nenhuma falha em sua hospitalidade: o vinho foi servido com fartura, seguido de conhaque e charutos, deixando os convivas à vontade.

Quando chegou a hora de os oficiais se despedirem, o *Gruppenführer* pediu ao adjunto, o *Sturmbannführer* Richard Bär, que permanecesse ali. Enquanto dois ordenanças tiravam a mesa do jantar, os três oficiais da SS dirigiram-se para a sala de estar.

Bär foi o primeiro a falar.

— Espero que sua visita tenha sido satisfatória, senhor.

O *Gruppenführer* pousou o charuto num cinzeiro e estendeu sua taça de conhaque para mais uma dose.

— É sempre satisfatório conhecer oficiais da linha de frente e obter com eles a verdadeira imagem daquilo que estamos enfrentando. Mas devo confessar que eu tinha outro motivo para vir aqui. Seu torneio de xadrez apenas me proporcionou um pretexto conveniente.

— Ah? — O *Kommandant* serviu uma dose generosa do conhaque no seu próprio copo.

— Sim. Estive deixando para depois, mas agora não posso adiar mais. Algo totalmente extraordinário está por acontecer, e eu preciso me certificar de que todas as peças estejam no lugar para garantir seu sucesso.

Os dois oficiais de Auschwitz trocaram um olhar.

— Sinto muito, senhor — disse Liebehenschel —, receio não estar entendendo.

— Quero sua opinião sincera, Liebehenschel. Diga-me qual é sua posição quanto à questão dos judeus.

O *Kommandant* franziu o cenho.

— Os judeus? Fico surpreso com essa pergunta, senhor. Como qualquer bom alemão, creio que eles são uma ameaça e uma praga para a humanidade.

— Sim, mas o que você acha que deveríamos fazer com eles?

— Acho que deveríamos fazer os porcos trabalharem pelo bem do *Reich*, como já estamos fazendo aqui e em outros campos.

— Mas você acha que eles não devem ser exterminados?

— Eu não disse isso, senhor. Uma vez que tenham deixado de ser úteis, o que mais se pode fazer com eles? Mas creio ser ineficaz simplesmente matá-los na chegada. Sem dúvida, é melhor extrair o máximo deles antes.

O *Gruppenführer* pigarreou.

— Estão dizendo em Berlim que você não é o homem certo para ser o *Kommandant* de Auschwitz, que você é brando demais com os judeus.

O *Kommandant* empertigou-se, sentado.

— E quem está dizendo isso?

Glücks registrou o alarme de Liebehenschel.

— Não importa. O que importa é que isso chegou aos ouvidos do *Reichsführer-SS*. — Ele deu um suspiro profundo. — Veja bem, Auschwitz é o campo mais importante do leste. Ele encarna tudo o que estamos tentando fazer acerca do problema dos judeus. O *Kommandant* de Auschwitz tem de ser como a mulher de César: acima até da mais leve suspeita. Simplesmente não podemos ter alguém no comando que seja brando com os judeus, ou que seja *considerado* brando com eles.

O *Kommandant* sentiu-se insultado.

— Senhor, se fui brando com os judeus em Auschwitz, foi somente porque tinha ordens de aumentar a produtividade das fábricas. E faz apenas algumas horas que o senhor me disse que eu tinha feito um bom trabalho.

— Sim, mas ao mesmo tempo os números dos que eram enviados para *Sonderbehandlung** em Birkenau caíram de modo notável.

Liebehenschel inclinou-se para a frente, decidido a explicar.

— Mas se quisermos manter os campos de trabalho operando a plena capacidade, precisamos mandar menos gente para as câmaras de gás. É uma aritmética simples. Desde o início do ano, todos os recém-chegados que estão fisicamente aptos foram selecionados para o trabalho, e os resultados falam por si mesmos. Foi por ordem minha que começamos a construção de uma ampliação do complexo de Birkenau para abrigá-los.

A voz do *Gruppenführer* assumiu um tom de conspiração.

— Vim aqui para informá-los de que a situação mudou. Há planos para enviar um número muito maior de judeus para cá: muitos mais do que serão necessários

* Era raro que a SS se referisse abertamente ao extermínio dos judeus. Em vez do termo "extermínio", era utilizado o eufemismo *Sonderbehandlung* — "tratamento especial".

para os campos de trabalhos forçados. A capacidade para tratamento especial em Birkenau deve ser aumentada em termos expressivos.

— Muito mais judeus? — perguntou Bär. — Mas eu achava que já tínhamos praticamente esvaziado a Europa deles.

O *Gruppenführer* fez que não.

— Não totalmente. Os franceses estão se arrastando, e na Dinamarca parece que os judeus desapareceram da noite para o dia. Mas essas novas chegadas são de outro lugar.

— É permitido que nós saibamos de onde?

— Da Hungria. Segundo Eichmann, há pelo menos um milhão de judeus por lá, e foi decidido pegá-los antes que Horthy e o resto da sua cambada de covardes corram para o lado dos russos.*

Liebehenschel mal podia acreditar no que estava ouvindo.

— E eles todos estão vindo para cá? Vai levar um ano, no mínimo, para processar uma quantidade dessas.

— Não temos um ano. Eichmann diz que pode nos enviar doze mil por dia.

Liebehenschel franziu o cenho. Ele achava que estava acostumado às exigências disparatadas dos seus superiores, mas isso...?

— Não — disse ele. — Não é possível. Mesmo com todos os crematórios funcionando à capacidade máxima, nós simplesmente não temos como processar tantos assim.

O *Gruppenführer* esvaziou o copo.

— Achei que era isso o que você poderia dizer. Lamento informá-lo de que, a partir deste momento, você está deposto do cargo de comando.

— O quê? Deposto do meu cargo de comando? Mas... por quê? O senhor disse que eu estava fazendo um bom trabalho. Sem dúvida... — Liebehenschel percebeu que estava falando à toa e se calou. Daí a um instante, ele voltou a falar, com a voz

* O almirante Miklós Horthy era o regente da Hungria, efetivamente seu governante desde 1920. Embora fosse aliada da Alemanha, até aquele momento na guerra, a Hungria tinha permitido somente uma perseguição limitada aos judeus. Na primavera de 1944, com o temor de que a Hungria se rendesse aos russos, o Exército alemão foi enviado para lá, seguido rapidamente por unidades da SS, chefiadas por Adolf Eichmann e determinadas a arrebanhar os judeus húngaros e transportá-los para Auschwitz. Eles eram numerosos demais para serem assimilados nos campos de trabalhos forçados: a grande maioria foi enviada de imediato para as câmaras de gás, ao chegar.

mais calma. — Naturalmente, cumprirei as ordens que me forem dadas, mas... quem vai assumir o posto?

O *Gruppenführer* indicou Bär.

— Você será sucedido por seu adjunto. Ele assumirá a responsabilidade pela administração rotineira do campo, mas em Berlim a opinião é que alguém mais experiente deveria se encarregar do processamento dos judeus húngaros. O *Obersturmbannführer* Höss retornará em caráter temporário, especificamente para esse fim. A operação recebeu o codinome *Aktion Hoss* em homenagem a ele.

Bär ergueu o copo num brinde.

— Obrigado, senhor. Darei o melhor de mim para estar à altura das minhas novas responsabilidades.

— E o que vai ser de mim? — perguntou Liebehenschel, em voz baixa.

O *Gruppenführer* estendeu a mão para apertar o braço do ex-*Kommandant*.

— Não precisa ficar tão abatido. Você vai ser o novo *Kommandant* de Majdanek. Terá uma licença de quinze dias e então assumirá o novo posto quando voltar.

— E quando tudo isso começa?

Missão cumprida, o *Gruppenführer* permitiu-se um pequeno sorriso.

— Amanhã.

16.

Fianqueto

1962

Amsterdã

Em seu hotel perto da Oude Kerk, Wilhelm Schweninger estava fazendo as malas para voltar para casa. Tinha esperado retornar em triunfo, mas não era para ser. Não lamentava ir embora. A tentativa de decoração moderna que tinham feito no hotel tinha conseguido apenas lhe dar uma aparência insípida, e ele ainda estava chateado com sua derrota diante de Emil Clément. Na carteira, havia um bilhete para o trem das 16h17 da estação Centraal, de Amsterdã para Berlim, onde pretendia beber até cair.

Houve uma batida na porta. Ele olhou para o relógio de pulso e suspirou. O carregador estava adiantado: o check-out era só às 11h30.

— Não estou pronto ainda — gritou ele em alemão, sabendo que o carregador falava o idioma com fluência. — Volte daqui a quinze minutos.

— Sinto muito, *Herr* Schweninger — respondeu uma voz, também em alemão. O corredor longo e estreito do outro lado da porta dava-lhe um eco estranho. — Mas o senhor poderia me conceder alguns minutos do seu tempo? É um assunto importante.

Schweninger largou uma camisa em cima da cama e abriu a porta.

— Ah — disse ele, surpreso. — Eu não estava esperando um padre.

— Devo lhe pedir perdão pela intromissão, *Herr* Schweninger. Permita que eu me apresente. Eu me chamo Paul Meissner.

Schweninger não abriu espaço para o padre entrar.

— Em que posso lhe ser útil, padre?

— Seria mais em que *eu* posso lhe ser útil — respondeu o padre.

— E exatamente o que isso quer dizer?

— Eu lhe ofereço perdão pelos seus pecados.

Schweninger não aceitou.

— Sinto muito, padre. Já não creio em nada, e o senhor me pegou numa hora ruim. Estou prestes a sair de Amsterdã.

— Eu sei. É por isso que é importante que eu fale com o senhor agora.

— O senhor está sendo enigmático, e eu tenho um trem para pegar. Peço-lhe a gentileza... — Schweninger tentou fechar a porta.

Meissner encostou o ombro na porta e falou rapidamente.

— Meu número da SS era 1214958 e meu número de membro do Partido era 6374971. O senhor entrou para o Partido em 1934 e seu número de membro era 1265409. Embora tivesse um cargo no Ministério da Propaganda, o senhor nunca entrou para a SS por conta da lesão na sua mão.

Schweninger empalideceu, mas então ficou furioso.

— O que é isso? Está tentando me chantagear? Bem, pode esquecer. Já admiti meu passado e deixei tudo aquilo para trás. — Ele empurrou a porta mais uma vez.

Meissner firmou o pé contra ela.

— Seria uma chantagem meio estranha, não é mesmo? Feita por um padre? Eu lhe revelei minha própria história para mostrar que eu também estou marcado por uma vida anterior que não me deixa em paz.

— Olhe, não sei como o senhor sabe todas essas coisas sobre mim, mas eu não me rendo a ameaças. Agora, se o senhor não for embora, vou chamar a recepção para que o retirem daqui.

— Não estou aqui para ameaçá-lo, *Herr* Schweninger, longe disso. Estou aqui para ajudá-lo. Se me permitir convidá-lo para almoçar, poderei lhe dizer tudo. Depois, sinta-se perfeitamente à vontade para pegar seu trem, eu lhe garanto.

Alguma coisa no tom da voz de Meissner fez Schweninger hesitar. Ele afastou-se da porta, deixando que ela se abrisse.

— Quero ter certeza de ter entendido o que o senhor disse, padre Meissner. — Se eu escutar sua história, o senhor paga meu almoço e depois não vai tentar me impedir de pegar meu trem? — Meissner concordou. — Nesse caso, por que não? Mas vou avisando. Tenho um apetite invejável.

Schweninger pegou um paletó e saiu para o corredor. Acompanhado pelo padre, ele seguiu até a porta de acesso à escada.

— E exatamente do que se trata? — perguntou ele, enquanto caminhavam.

— Há uma pessoa que eu gostaria que o senhor conhecesse. Ele está esperando por nós num restaurante em Oudekerksplein.

Maio de 1944
Konzentrationslager Auschwitz-III, Monowitz
Meissner estava com uma carta, da França. O envelope estava amarrotado e cheio de manchas de polegares. Estava claro que tinha demorado algum tempo para chegar às suas mãos. Ele levou alguns instantes para reconhecer a letra.

I Abteilung
SS Panzer Artillerie Regiment 2
2ª *SS-Panzergrenadier-Division Das Reich*
Montauban, 12 de março de 1944

Meu caro Paul,

Aposto que você está surpreso de ter notícias minhas. Você deve ter achado que eu morri! Para ser justo, isso não estaria assim tão longe da verdade, mas você sabe que não sou muito dado a escrever. Tentei vê-lo quando você ainda estava no hospital de campanha, mas me disseram que cheguei tarde e que você já tinha sido enviado de volta para a Alemanha. Parecia que ninguém sabia onde você tinha ido parar, e ainda havia muitos russos a combater. Depois que você saiu de "férias", eles contra-atacaram com vontade. É provável que tenha visto alguma coisa dessa fase nos cinejornais, mas neles não dá para captar como tudo é na realidade, não é mesmo? Você sabe do que estou falando. Não se sentem os cheiros, a terra queimando ao redor, o aperto nas entranhas quando você vê que um esquadrão de T-34s está vindo na sua direção, nem a exultação de quando você se descobre cercado por uma dúzia de tanques em chamas, mas você escapou ileso. Você vai gostar de saber que o velho Schratt ainda está infernizando a vida dos oficiais jovens. Caso não saiba, foi ele quem arrancou você do Wespe depois que você foi atingido...

Meissner levantou os olhos e os fixou lá fora, pela janela. O *velho* Schratt? Não tão velho assim. Não poderia ter além de três ou quatro anos a mais que ele mesmo. Podia visualizá-lo com clareza: o capacete empurrado para trás na cabeça e o queixo como uma coronha de fuzil. Bom saber que ele ainda estava bem. Era um daqueles soldados de que todo regimento precisava. Era provável que tivesse nascido já usando botas de cano alto. Ele tinha deixado Meissner apavorado quando, como jovem oficial, Meissner tinha chegado para assumir o comando da unidade. O *Scharführer* o tinha levado a um canto tranquilo e deixado claro que era *ele* quem estava no comando, não algum *Untersturmführer* recém-saído das fraldas, imposto a eles por um soldadinho de chumbo lá no quartel-general que não tinha nada de melhor para fazer. O que Schratt ensinou a Meissner foi muito mais importante do que qualquer coisa que ele tinha aprendido na formação de oficiais. Schratt o ensinou a se manter vivo e a manter seus homens vivos. "O quanto você se importar com seus homens todos os dias é exatamente o quanto eles vão se importar com você quando realmente fizer diferença." E o *Scharführer* estava certo, como tinha estado acerca de tudo o mais. E agora parecia que o velho Schratt tinha salvado sua vida.

> ... Bem, a boa notícia é que agora nós também estamos de férias. A divisão foi retirada do front e, como castigo por não termos lutado o suficiente, fomos despachados para a França. Estamos estacionados em Montauban, cerca de cinquenta quilômetros ao norte de Toulouse. Devo dizer que os franceses são bem diferentes em comparação com a estupidez monumental dos camponeses ucranianos. É claro que, em sua maioria, eles não gostam de nós, mas isso não os impede de tentar nos vender seu queijo e seu vinho. E as mulheres, Paul... você precisava ver as mulheres. Umas belezas.
>
> É provável que você não tenha sabido que Knocken e Ernst Bock morreram, os dois. Knocken foi morto num bombardeio lançado por algum piloto meio cego de Stuka que não sabia a diferença entre os Ivans e seus próprios homens. É claro que o aloprado do Hempel ordenou que não atirássemos no sacana idiota, mas e daí? Nós atiramos de qualquer modo. E o Ernst foi apanhado descoberto quando estávamos sendo atacados com morteiros. Berrei para ele se jogar no chão, mas ele não parou de correr. Burro.
>
> Mas chega de más notícias para uma carta só. A boa notícia é que fui promovido a *Sturmbannführer*. Dá para acreditar? Se a guerra é uma loucura, essa é sem dúvida a maior prova que se pode ter. Então cá estou eu. *Das Reich* vai ser reformada para se tornar uma divisão Panzer completa, e eu estou de férias apreciando o sol, o vinho e as mulheres da França. Quem tiver dito que a guerra é o inferno entendeu tudo errado. Se isso for

o inferno, tudo o que posso dizer é que estou feliz por ter passado a vida pecando. Você também vai gostar de saber que Schratt conseguiu manter quase toda a sua unidade junta. Nas raras vezes em que acontece de nos vermos — por sinal, ele agora é *Sturmscharführer* —, ele sempre pergunta se tenho alguma notícia sua.

Ainda sentem sua falta por aqui, Paul. Eu deveria dizer que isso é apesar do jeito que você nos passava sermões sobre o dever e a honra, mas acho provável que seja por causa deles. Se um dia você conseguir uma licença, tente vir aqui visitar seus velhos camaradas.

Sinceramente,
Seu irmão de armas
Peter Sommer

1962
Amsterdã

Emil tinha escolhido uma mesa nos fundos do restaurante, dizendo ao garçom que ia se encontrar com um colega — talvez dois — para almoçar. Ele não conseguiu evitar de olhar para o relógio de pulso. Meissner tinha dito vinte minutos, e já tinham se passado quase trinta. Ele ainda se perguntava por que tinha permitido que o padre o convencesse a vir, mas era preciso admitir que Meissner podia ser muito persuasivo.

Enquanto esperava, ele tentou se lembrar de quando tinha conhecido Meissner. Para sua surpresa, descobriu que sua lembrança era imperfeita. Ele a tinha considerado gravada fundo na memória, e foi um choque ver como tinha se tornado impalpável.

A porta do restaurante abriu-se, e dois homens entraram. Na contraluz, era difícil dizer se era Meissner ou não, mas então Emil viu a bengala. Com um susto, ele se deu conta de quem estava com ele. Furioso, ele se levantou.

— Você me enganou — disse ele. — Eu sabia que não devia ter confiado em você. O que achou que poderia conseguir ao trazer *esse*... — Ele ergueu um dedo, apontando para Schweninger.

— Não se preocupe — respondeu Schweninger, reconhecendo-o com frieza. — Também não tenho a menor vontade de estar aqui, como o senhor. — Ele fez um breve cumprimento de cabeça para Meissner. — Acho melhor eu desistir de seu convite para almoçar, padre. Desejo-lhe um bom dia.

— Por favor — disse Meissner. — Parem com essa postura ridícula, vocês dois. Se vocês se recusam até mesmo a falar um com o outro, como podem esperar que alguma coisa mude?

— Eu nunca disse que esperava que alguma coisa mudasse — disse Emil.

— E, no que me diz respeito — disse Schweninger —, *Herr* Clément e eu não temos nada a dizer um ao outro.

— Nada a dizer? Vocês estão assim tão determinados a serem inimigos? Na minha opinião, vocês dois têm muito mais em comum do que qualquer um dos dois percebe ou gostaria de admitir. Será que a ideia de uma conversa é assim tão terrível?

Atrás de Schweninger, um garçom esperava, hesitante.

— Tenho uma sugestão — disse Meissner. — Vamos pelo menos almoçar, e eu lhes contarei o início de uma história que eu peço a Deus que no mínimo nos leve a um consenso.

Emil e Schweninger trocaram um olhar de desconfiança mútua. Schweninger deu de ombros.

— Que diferença faz? — disse ele. — Já vim até aqui, de qualquer modo, e estou morrendo de fome. — Ele olhou direto para Emil. — E o senhor, *Herr* Clément? Será que a promessa de um almoço de graça também lhe basta?

Emil franziu o cenho. Havia alguma coisa que não parecia certa no fato de ele se sentar calmamente para almoçar com dois ex-nazistas. E a lembrança da raivosa troca de palavras com Schweninger ainda era recente. Como Meissner podia imaginar que seria possível haver qualquer aproximação entre eles? Seria fácil ir embora. No entanto, na noite anterior, quando lançou as peças, elas lhe tinham dito que tivesse fé. Em quê, ele ainda não sabia. Por um instante, hesitou, mas então, em silêncio, voltou a se sentar.

Aliviado, o garçom deu um passo à frente.

— Os senhores desejam beber alguma coisa?

Eles pediram cerveja. Meissner e Schweninger sentaram-se.

Meissner foi o primeiro a falar.

— Essa é uma história longa e complicada — disse ele —, e *Herr* Schweninger tem um trem a pegar hoje à tarde, de modo que devemos tentar ser objetivos. Acho que nenhum de nós conhece a história inteira, e assim todos teremos alguma coisa a contar. Vou começar dizendo que *Herr* Clément e eu nos conhecemos durante a guerra. Nós dois estávamos em Auschwitz, eu era oficial da SS, e ele, um prisioneiro. Em circunstâncias normais, teria sido extremamente improvável que nossos caminhos chegassem a se cruzar, mas em Auschwitz nada era normal.

As bebidas chegaram.

— Então o que foi que aproximou os dois? — perguntou Schweninger.

Meissner não fez menção de responder. Olhou para Emil.

Emil suspirou.

— O xadrez — respondeu ele. Levou o copo à boca e tomou um bom gole.

Schweninger pareceu não se convencer.

— Xadrez? Em Auschwitz?

— Sim. Havia partidas entre os prisioneiros. Parece que eu era um dos melhores.

Um sorriso pairou rápido nos lábios de Meissner.

— Um dos melhores? Ora, vamos! Nunca achei que você fosse dado à falsa modéstia. — Meissner se voltou para Schweninger. — A impressão dos outros prisioneiros era de ele ser tão bom que parecia ter poderes mágicos. Ele era o talismã deles, seu campeão invencível. Não tenho como começar a lhe contar os problemas que ele me causou.

— Isso é fascinante — disse Schweninger, abandonando seu ar de incredulidade. Ele tomou um golinho da sua cerveja. — Sabiam que em fins de 1944 fui abordado pela SS, que me perguntou se eu jogaria uma partida de xadrez em Auschwitz?

Meissner sorriu.

— Sim, eu sabia. Fui eu quem fez o pedido. Mas depois fui transferido de volta para minha antiga unidade. Nunca descobri se a partida ocorreu.

Schweninger ergueu as sobrancelhas.

— Do senhor? Então o senhor sabe quem teria sido meu adversário?

Meissner olhou de Schweninger para Clément. Os dois começaram a entender.

— Os senhores já querem fazer o pedido? — perguntou o garçom.

17.
Ruy López

Maio de 1944
Alojamento dos oficiais da SS, Konzentrationslager Auschwitz-I
No domingo à noite, Meissner estava em seu alojamento no *Stammlager* ouvindo distraído um programa de música ligeira no rádio. A música não estava conseguindo melhorar seu humor de modo algum. *Eu deveria estar comemorando,* pensou ele. Antes de partir, o *Gruppenführer* Glücks o tinha elogiado tanto por seus esforços para reforçar o moral quanto pelos resultados de seu trabalho com os campos-satélites. Além disso, Liebehenschel tinha cumprido a palavra dada e o recomendara para ser promovido a *Hauptsturmführer*, promoção que Glücks tinha confirmado de bom grado. Também tinham lhe concedido uma licença de uma semana.

Se a licença tivesse sido mais longa, ele talvez tivesse tentado chegar a Toulouse para ver seu antigo camarada Peter Sommer. A verdade era que ele tinha sentimentos conflitantes quanto a voltar para casa. Sentia que estava mudado pela guerra, que tinha sido temperado e remodelado na sua fornalha. Que as velhas certezas, que no passado tinha compartilhado alegremente com os pais e a noiva, agora pareciam distantes e sem importância. Mesmo assim, ele achava que deveria passar uns dias com eles. Estava preocupado por não ter tido notícias deles havia umas duas semanas, embora, com os bombardeios, estivesse se tornando mais frequente a interrupção do serviço postal.

Para completar, ele tinha certeza de que alguém tinha andado lendo seu diário. Só podia ter sido Oberhauser. É claro que o criado negava, mas Meissner não conseguia se livrar da suspeita, apesar da reputação de honestidade dos "bíblias". No futuro, ele se certificaria de manter o diário trancado em um local seguro.

Agora, Oberhauser estava dobrando suas roupas, antes de fazer as malas para ele. Sabendo que era praticamente impossível para seu criado escrever para casa, Meissner tinha se oferecido para levar uma carta dele para a família. O criado era uma pessoa tão estranha; Meissner não conseguia entender sua teimosa devoção por aquela religião incompreensível.

— Por que — Meissner tinha perguntado — você não diz simplesmente que já não mantém suas crenças? É só isso que é necessário para você poder voltar para casa. Ninguém vai se importar se continuar com elas, desde que seja só no seu íntimo.

Mas Oberhauser tinha permanecido inabalável.

— Os Testemunhas de Jeová têm a obrigação de viver na verdade — respondera ele. — Se eu fizesse o que o senhor sugere, seria uma mentira. Melhor eu perder minha vida a serviço de Jeová do que sequer fingir dar as costas a Ele.

Oberhauser estava costurando as divisas da nova patente de Meissner em seus uniformes, quando Eidenmüller chegou para informar a seu superior que o *Oberscharführer* Hustek tinha viajado para Berlim mais cedo naquele dia. Meissner entendeu que esse era um lembrete sutil de que estava na hora de ele pagar a aposta que tinha feito na vitória sobre Brossman.

— Tudo ia correndo tão bem — observou Meissner — até o final.

— O senhor está querendo dizer que o homem errado venceu?

Meissner deu um sorriso irônico. Ele se perguntava de onde vinha o talento inconsciente de Eidenmüller para alegrar um ambiente. Ele foi ao quarto para pegar a carteira, passando por Oberhauser no caminho.

— Você soube do nosso pequeno campeonato, Oberhauser? — O criado fez que sim. — Sem dúvida, você não aprova o fato de o *Unterscharführer* Eidenmüller ter ganho tanto dinheiro com ele.

— Não me cabe aprovar nem desaprovar, senhor.

Meissner voltou para a área de visitas e contou uma série de notas, pondo-as na mão de Eidenmüller.

— O senhor sabia que no campo os prisioneiros também jogam xadrez?

Meissner encarou o criado com surpresa. Era raro que Oberhauser dissesse qualquer coisa espontaneamente, sem que lhe dirigissem a palavra.

— Os prisioneiros? *Não*, eu não sabia. Onde é que eles iam conseguir um tabuleiro para jogar?

O criado levantou a costura até a luz para verificar os pontos.

— Eu não saberia dizer, senhor.

— Suponho que sejam os *Blockältesten* e os *Kapos* que joguem, certo?

— Não, senhor. São principalmente os presos políticos e alguns dos judeus.

— Judeus? É mesmo? Eu imagino que eles não teriam forças.

— Não, senhor, acho que não. Mas dizem que um dos judeus é tão bom que seu talento é inacreditável. Ouvi um dos *Blockältesten* dizer que ele é invencível.

— Invencível, hem? — Meissner considerou a ideia extremamente engraçada. — O que acha disso, Eidenmüller? Não seria muito bom para sua empresa de apostas se de fato *houvesse* um jogador que fosse invencível, certo?

Eidenmüller deu um largo sorriso. O campeonato de xadrez tinha lhe trazido muito dinheiro.

— Bem, eu não diria isso, senhor. Ninguém é invencível, muito menos um judeu. Afinal de contas, somos nós que pertencemos à raça superior, não eles.

— Está me parecendo que você acha que devíamos fazer um desafio.

— Sem a menor dúvida, senhor. Não podemos permitir que um judeu ande por aí achando que é invencível, podemos?

— Não — concordou Meissner. — Acho que não podemos.

1962

Amsterdã

A conversa durante o almoço foi cortês, embora contida. Schweninger pouco falou enquanto os outros dois conversavam sobre seu tempo em Auschwitz, mas ele comeu com apetite.

— Eu sempre me perguntei — disse Meissner, enquanto o garçom recolhia os pratos — por que as pessoas o chamavam de "Relojoeiro".

Emil olhou para ele, surpreso.

— Porque eu fazia e consertava relógios. Antes de ser mandado para Auschwitz, eu tinha uma loja em Paris. Depois, no campo, como eu tinha aquele conhecimento e sabia falar alemão, fui posto para trabalhar numa oficina técnica. A notícia se espalhou, e em pouco tempo eu estava consertando relógios para os guardas da SS e para os supervisores civis.

A incredulidade de Schweninger voltou à tona.

— Você falava alemão?

— Fui criado em Metz. — Emil tomou um gole da cerveja. — Foi só mais tarde que me mudei para Paris. Apesar de minha família ser francesa, Metz pertencia à Alemanha até eu fazer seis anos. Na década de 1930, havia muita gente em Metz que preferia ainda estar sob o governo alemão e queria seguir o exemplo dos nacional-socialistas no que dizia respeito ao modo de tratar os judeus. — Ele fez uma pausa. — Um dia, minha mãe foi derrubada no chão por um grupo de homens que usavam nos braços faixas com a suástica. Eles gritaram com ela, dizendo que ela era uma judia imunda e que chegaria bem depressa a hora em que os judeus iriam ver o que os aguardava. Mesmo com a prisão dos homens, minha mãe ficou muito assustada. Resolvemos que estava na hora de ir embora.

Às suas palavras, seguiu-se um silêncio constrangido. Nenhum dos dois alemães conseguia encarar o olhar de Emil.

— É — murmurou Schweninger —, imagino que não tenha sido muito fácil para vocês, mas as coisas estavam piores na Alemanha.

— Piores? — retrucou Emil. — Piores para quem?

Schweninger abaixou a cabeça, embaraçado.

— Para os judeus. As coisas estavam ruins para todos, mas para os judeus...

Com tato, Meissner tentou mudar o rumo da conversa.

— Dá para imaginar que as coisas deveriam estar horríveis. Mas, mesmo assim, deve ter sido uma decisão difícil fazer as malas e partir, com a família inteira.

— Não foi uma decisão tão difícil. Meu pai tinha morrido na guerra, lutando pelo Kaiser. Ele até ganhou uma Cruz de Ferro. Minhas duas irmãs morreram de gripe depois da guerra. Éramos só eu e minha mãe. Vendemos a loja de penhores da família, e eu me instalei como relojoeiro em Paris, perto da estação Montparnasse. Foi lá que conheci minha mulher.

1935
Paris

Emil adorou Paris. Depois das ruas estreitas e severas de Metz, ela era uma cidade aberta, iluminada, empolgante. Ele e a mãe tinham escolhido um apartamento perto do Boulevard Garibaldi, com metrô de superfície, não longe da loja que ele estava alugando em Montparnasse.

Depois de dois anos, o negócio estava começando a deslanchar e um grupo cada vez maior de clientes criteriosos encaminhava parentes e amigos para comprar relógios feitos pelo jovem mestre artífice de Metz. Emil também começava a ganhar reconhecimento em círculos parisienses de xadrez. Isso não tinha sido assim tão fácil — havia quem não acolhesse bem os judeus, mas seu brilho excepcional conquistou muitos.

No entanto, ao menos uma vez, o xadrez deixou de ser o centro da sua vida. Emil, aos vinte e três anos, tinha se tornado frequentador do Le Chat Noir, um clube de jazz perto da Place d'Anvers. O jazz não era a única atração. Havia uma garota, Rosa. Ela não era parecida com nenhuma outra mulher que ele tivesse conhecido. Era inteligente, espirituosa, com uma alegria simples, contagiante, que transbordava. Emil estava apaixonado.

Le Chat Noir não era como seu concorrente maior, o Moulin Rouge, com a extravagância dos seus quadros e números de teatro de revista. Os fregueses do Le Chat iam lá por duas coisas — pela inebriante batida do jazz e para dançar como se sua vida dependesse só daquilo.

Uma noite em setembro, molhado com a alegre transpiração da dança, Emil pediu champanhe para seu círculo de amigos.

— Champanhe? — disse Rosa, com os olhos cintilando. — Que extravagância.

— Hoje estou com vontade de ser extravagante — disse Emil, sorrindo primeiro para Rosa, e depois para todos os outros. — Esta é a noite mais importante da minha vida.

— Concordo que a notícia da volta de Duke Ellington a Paris seja um motivo para beber champanhe — disse alguém —, mas sem dúvida ela não transforma esta noite na mais importante da sua vida.

— É meu aniversário também — disse Emil.

— Seu aniversário?

Chegou um garçom com duas garrafas de champanhe e outro com uma bandeja com taças. Com um floreio e um jorro de espuma, o garçom serviu o champanhe até cada um ter sua taça. Alguém começou a cantar "Parabéns para você". Num instante, a plateia inteira estava cantando junto, depois veio uma clarineta e um trompete com surdina. Dentro de instantes, o conjunto inteiro estava tocando a música. Todos riam, aplaudiam e faziam brindes, num puro enlevo hedonista.

Rosa puxou Emil para junto dela e lhe deu um beijo.

— Você não me disse que era seu aniversário — disse ela, baixinho, encostando a boca na orelha de Emil. — Não comprei um presente.

— O melhor presente que você poderia me dar — disse Emil, com os olhos brilhando de felicidade — seria fazer de mim o homem mais feliz do planeta.

Rosa arregalou os olhos quando Emil se abaixou apoiado num joelho só. O conjunto ainda estava seguindo suas próprias variações desenfreadas do "Parabéns para você", e ele precisou gritar mais alto que a música:

— Rosa, quer casar comigo?

Ela segurou o rosto dele nas mãos. Lágrimas brotaram, lágrimas de alegria. Ela não conseguiu contê-las.

— Casar com você? — Ela fingiu hesitar, até que viu uma incerteza surgir no rosto dele. Seus lábios cheios e bem-feitos se abriram num enorme sorriso. — Seu bobo. Sim, é claro que me caso com você. — Ela deu uma risada.

Emil levantou-se e acenou para um garçom.

— Mais champanhe — gritou ele. — Prestem atenção, todos vocês! Nós vamos nos casar! Rosa não faz a menor ideia do que vai ter pela frente, mas vamos nos casar.

No dia seguinte, ele contou para a mãe. Tinha imaginado que ela fosse compartilhar seu entusiasmo.

— Casar? — disse ela, como se não pudesse acreditar. — Você vai se casar?

Emil estava tão empolgado que não conseguia ficar parado. Ele sorriu, fez que sim e ficou brincando com os talheres, desdobrando e dobrando o guardanapo.

— É, *Maman*. Vou me casar.

Mas sua mãe não demonstrou entusiasmo. Ela não saiu do lugar para dar um beijo no filho, nem para lhe dar parabéns. Em vez disso, falou:

— E quem é essa moça com quem você vai se casar? O que você sabe sobre ela?

— Só que ela é a mulher mais linda que já vi. Eu a amo, e ela me ama. É só isso que importa.

Sua mãe estalou a língua e fez que não.

— Mas o que você sabe sobre a família dela? Ela é judia?

Com essa pergunta, Emil teve a sensação de que a alegria no seu íntimo sumia.

— Não, *Maman,* ela não é judia. É católica.

— Católica, você está dizendo? E o que os pais dela acham de sua filha se casar com um judeu? E se eles não aprovarem? Como você vai se casar com ela nesse caso?

Emil tentou sorrir, mas não tinha esperado que sua mãe assumisse essa atitude.

— Ela não precisa da autorização dos pais para se casar... tem mais de vinte e um anos. Além disso, não mora com eles. Ela é do sul.

— Quer dizer que você vai se casar com essa moça, uma católica, do sul, que já passou da idade certa para se casar e que não mora com os pais? Por favor, não me diga que você escolheu alguma dançarina num cabaré e que já a engravidou.

Foi difícil suportar a censura na voz da mãe.

— *Maman*, por favor não fique assim. Ela não é dançarina e não está grávida. Eu esperava que a senhora ficasse feliz por mim. Nós estamos apaixonados.

— Hum — bufou a mãe, com desdém. — Tão apaixonados que você não pôde trazê-la aqui para conhecer sua mãe.

— Vou trazê-la aqui hoje para ser apresentada à senhora, *Maman*. Eu lhe imploro que pense em mim e, por favor, nao crie dificuldades. À medida que a conhecer melhor, a senhora vai gostar dela tanto quanto eu. Eu lhe garanto.

A mãe estendeu a mão por cima da mesa para tocar na dele.

— Você é meu filho, tudo o que me resta neste mundo. Naturalmente, o que eu quero é que você seja feliz. Mas são tantas as coisas que precisam ser resolvidas. Para começar, onde vocês vão se casar? Numa sinagoga ou numa igreja?

— A senhora tem razão, é claro. — Emil pegou a mão da mãe e lhe deu um apertinho tranquilizador. — São muitas as coisas que precisam ser resolvidas. Mas por ora vamos deixar todas elas de lado enquanto a senhora e Rosa começam a se conhecer.

No final, a união não foi abençoada nem na igreja nem na sinagoga. Eles se contentaram com uma cerimônia civil, seguida de uma pequena recepção num restaurante de um dos amigos de Emil. A relutância da mãe foi se dissipando com os meses, e seu afeto pela nora parecia verdadeiro.

Na lua de mel, Emil levou Rosa a Basileia, na Suíça, onde a apresentou a Walter Nohel, na época com sessenta e poucos anos, de quem Emil tinha sido aprendiz aos catorze.

— *Meister* Nohel me ensinou a jogar xadrez — disse Emil a Rosa. — A maioria das pessoas considera o xadrez simplesmente um jogo, mas ele é mais que isso. Ele foi criado pelos anjos para agradar a Deus.

Nohel também tinha apresentado a Emil uma compreensão mais profunda da sua própria religião, a Cabala: algo que Emil nunca tinha comentado com ninguém, nem mesmo com sua mãe. Foi na sua contemplação a CABALA que ele tinha encontrado as revelações mais profundas sobre o jogo de xadrez — como o jogo o interligava com os pensamentos divinos dos anjos e como ele podia se valer da força deles quando jogava.

Era evidente que havia um forte laço afetivo entre o aprendiz e o mestre.

— Estou pensando em me aposentar — disse Nohel uma noite, durante o jantar. — Recebi de Adolf Boeckh uma oferta razoável pelo meu negócio. Você se lembra, aquele que tinha uma loja na esquina da Koenigstrasse.

Infelizmente, Emil se lembrava bem da loja. Suas vitrines estavam sempre muito iluminadas, com a mercadoria enfeitada com bugigangas e quinquilharias "numa falta de gosto e comedimento", como seu mestre sempre dizia, chamando-a de "Bazar do Boeckh". E agora parecia que o elegante estabelecimento de Nohel teria o mesmo destino medonho.

Estava óbvio que o mestre se sentia tentado pela oferta, mas relutava diante da perspectiva de ver o trabalho de sua vida dar em nada.

— O que você está achando de Paris? — perguntou Nohel. — Seu negócio está prosperando?

— Mais do que eu poderia ter esperado. Tenho um ponto excelente em Montparnasse e uma clientela em crescimento constante.

— E uma ótima reputação — acrescentou Rosa.

— É claro — concordou Nohel, com prudência. — Mas você não cogitaria um retorno a Basileia? Eu preferiria entregar a loja a você, em vez de entregá-la àquele pateta do Boeckh. — Cheio de esperança, ele observou atento seu ex-aprendiz. — Ela está bem estabelecida e é lucrativa, e eu não ia querer que você me pagasse tudo de uma vez. Você poderia comprar o negócio aos poucos, ao longo de alguns anos. — Agora ele estava sorrindo, tomando gosto pela ideia. — Não me responda agora. Pense nisso com tranquilidade. Venha me ver de novo antes de voltar para Paris, está bem?

Mais tarde, Emil e Rosa conversaram sobre a oferta. Ela era tentadora, mas Basileia não chegava aos pés de Paris.

— Será que existe pelo menos um Le Chat Noir em Basileia? — perguntou Rosa.

— Se existe um Le Chat Noir em Basileia, deve estar bem escondido — respondeu Emil. — Tão escondido que passei sete anos aqui e mesmo assim não o encontrei. É provável que Basileia seja a cidade mais sem graça do mundo. Depois de Metz — acrescentou ele.

1962
Amsterdã

— Parece simplesmente extraordinário que no meio de tantas privações você conseguisse jogar xadrez.

As palavras de Schweninger provocaram um olhar incisivo de Meissner.

— Garanto-lhe que é a pura verdade.

— Por favor, não me entenda mal. Não estou questionando a veracidade da história de *Herr* Clément. Só estou dizendo que ela é extraordinária, parece quase uma extravagância, num lugar em que não havia espaço para esse tipo de coisa.

— Acho que não é possível entender, a menos que se estivesse lá — disse Clément. — Tudo era extraordinário. O simples fato de sobreviver era extraordinário. Era inacreditável a extensão das privações que sofríamos. Muitas vezes eu me fiz a pergunta: "Como pode faltar tanta compaixão aos homens a ponto de sujeitarem seus semelhantes a tanta brutalidade?" E mesmo assim, acontecia todos os dias. — Ele estremeceu. — Pessoas diferentes faziam coisas diferentes para sobreviver. Eu jogava xadrez. — Ele olhou para o alemão. — E me pergunto o que o senhor teria feito se estivesse no meu lugar.

— Como eu não estava lá, essa pergunta não pode ser considerada razoável. Tenho certeza de que teria conseguido encontrar alguma coisa.

— Encontrar alguma coisa? Como o quê? — Quando Schweninger deu de ombros, atrapalhado, Emil ainda insistiu. — Não, eu realmente quero saber. — Sua voz adotou um tom autoritário. — Diga exatamente de que modo acha que teria sobrevivido.

Schweninger enrubesceu.

— O senhor não foi o único que sobreviveu — respondeu ele. — Quer saber o que eu teria feito: eu teria me adaptado. Seguido as regras. Não me metido em encrenca.

Clément sorriu.

— Seguido as regras? — Ele fez que não. — Como eu disse, não é possível entender, quando não se esteve lá.

Schweninger apelou para Meissner.

— Bem, eu não estive lá, e não há como mudar isso. *Herr* Clément diz que não é possível que eu entenda.

Meissner fez um sinal para o garçom trazer café.

— Não sei ao certo se é possível que alguém realmente entenda o paradoxo de Auschwitz. Nem mesmo os que estiveram lá.

— O paradoxo? Que paradoxo?

— As condições em Auschwitz eram degradantes, num grau estarrecedor, mas tanto os prisioneiros como os guardas passaram a aceitá-las como normais. Era como se tivéssemos entrado em outro mundo, onde as regras normais da civilização tivessem sido suspensas. Os prisioneiros ficavam totalmente à mercê dos que tinham algum tipo de autoridade. Seria de esperar que, em consequência disso, entre eles tivesse havido algum tipo de solidariedade, mas não era o que acontecia. A necessidade de sobreviver era tão crítica que alguns prisioneiros perseguiam seus companheiros sem pensar duas vezes. E no entanto... — O padre parou enquanto o garçom punha as xícaras diante deles.

— E no entanto? — insistiu Schweninger.

— E, no entanto, havia lugares em que o espírito humano continuava a arder, luminoso. Era por isso que a Gestapo estava presente ali em grande número, para extinguir toda a esperança antes que ela se enraizasse. Mas eles nunca conseguiram exterminá-la por completo. — Ele levou a xícara à boca, mas a devolveu à mesa sem beber. — E é por isso que eu acho que *Herr* Clément jogava xadrez em Auschwitz, porque, para ele, essa era uma afirmação da sua própria humanidade.

Schweninger voltou-se para Emil.

— É verdade?

Emil deu um suspiro. Parecia plausível, mas era verdadeiro? Ele respondeu, fazendo que não.

— Eu realmente não sei.

Schweninger franziu o cenho e passou a mão pelo cabelo.

— Contem-me — disse ele — como foi que vocês acabaram se conhecendo.

— Você precisa ter um pouco mais de paciência — respondeu Meissner — ou não vai entender as circunstâncias extraordinárias que nos aproximaram.

18.
A abertura Ahlhausen

Maio de 1944
Konzentrationslager Auschwitz-III, Monowitz

Bodo Brack não tinha apenas sobrevivido em Auschwitz por dois anos, ele tinha prosperado.

Durante os anos de Weimar,* Brack tinha levado bem a vida recrutando valentões para os social-democratas em suas brigas tanto com os comunistas como com os nazistas. Ele não gostava dos políticos nem de suas posturas. Tudo o que lhe interessava era o que podia obter deles. Em 1929, pressentindo que haveria mais a ganhar em Berlim, ele deixou Hamburgo, mudando-se para a capital. Joseph Goebbels tinha sido nomeado *Gauleiter*** da cidade — um posto totalmente informal até a ascensão dos nazistas ao poder — e tinha de imediato começado uma vingança contra o chefe de polícia, Isidor Weiss. Avaliando mal a disposição de ânimo da cidade, Brack tinha decidido que o maior lucro deveria vir dos comunistas, que estavam sendo financiados por Stalin.

No verão de 1931, o *politburo* comunista em Berlim decidiu que uma provocação intencional desequilibraria a situação de modo favorável a eles. Muitos consideravam a polícia manipulada pelos social-democratas, e ela não era nada popular em áreas comunistas. Era preciso dar um exemplo. Em agosto, um carro parou diante do cinema Babylon, perto da Bülowplatz. Dois homens saltaram e executaram três policiais.

* O período de governo democrático na Alemanha desde o final da Primeira Guerra Mundial até a aprovação da Lei Plenipotenciária, em março de 1933, pela qual o *Reichstag*, Parlamento alemão, concedia poderes ditatoriais a Hitler e, como órgão democrático, votava por sua própria extinção.

** Durante esse período, quando os nazistas estavam em busca do sucesso eleitoral, um *Gauleiter* não era mais do que um líder regional do Partido Nazista. O *Gauleiter* de Berlim era uma posição crucial se os nazistas quisessem abrir caminho na capital. As táticas nazistas incluíam tentativas de desacreditar cada elemento do governo de Weimar, aí incluída a polícia, que costumava tentar impedir atos dos nazistas contra seus rivais políticos.

Os comunistas esperaram que a insurreição popular acontecesse, mas subestimaram a capacidade de Goebbels de tirar proveito da crise. Ele vestiu o manto da indignação justificada: era intolerável, disse ele, que a lei e a ordem estivessem tão enfraquecidas que policiais no simples cumprimento do dever de proteger os cidadãos de Berlim fossem executados impunemente. E prometeu que a justiça seria veloz.

Todo o peso da rede de informantes nazistas foi aplicado no esforço de descobrir a identidade dos assassinos. No prazo de alguns dias, os jornais proclamavam que três homens estavam sendo procurados por assassinato: Bodo Brack, Erich Mielke e um terceiro cujo nome ainda não era mencionado. A recompensa por informações que levassem à captura deles era enorme.

Mielke, membro da elite do Partido Comunista, foi levado de Berlim para Moscou, como que por mágica. Brack não teve toda essa sorte.

Não foi a polícia que o encontrou, mas os camisas-pardas nazistas. Embora as relações entre Goebbels e o chefe da polícia pudessem ter se abrandado com essa questão, o *Gauleiter* não se dispôs a dividir o crédito pela detenção de um dos assassinos. Brack estava num apartamento no bairro Fischerkiez. Em grupos de dois e de três, os camisas-pardas se encaminharam para lá, com os uniformes escondidos por sobretudos. Apesar do calor, ninguém percebeu como isso era estranho. Quando o prédio foi invadido, Brack foi brutalmente espancado, mas mesmo assim foi entregue vivo no quartel-general da polícia.

No tribunal, o promotor pediu a pena de morte, mas o juiz era um simpatizante do comunismo. Brack recebeu a pena de prisão perpétua com trabalhos forçados.

Quando os nazistas chegaram ao poder, revelaram que tinham ótima memória. Em 1936, eles implantaram um campo de concentração ao norte de Berlim, onde poderiam encarcerar seus adversários políticos longe dos olhos do público. Um dia, Brack foi retirado de sua cela e passado para a custódia de dois homens com o uniforme preto da SS. Foi levado para Sachsenhausen. Lá sua cabeça foi raspada e lhe deram roupas novas de prisioneiro: um uniforme grosseiro, de listras azuis, com um distintivo triangular verde no peito, e um número abaixo: 11442. Ele ainda usava aquele número.

A SS entendia que a maneira mais eficaz para operar um campo de concentração consistia em fazer com que prisioneiros selecionados fizessem o trabalho por eles. Criaram assim um sistema de *Ältesten*, ou supervisores, que controlariam os alojamentos, e *Kapos*, que supervisionariam as turmas de trabalhos forçados. Esses *Prominenten* receberiam privilégios, mas somente os manteriam se demonstrassem ter um controle inflexível sobre os outros prisioneiros. Eles fariam qualquer coisa para evitar perder sua posição. Se um dia fossem rebaixados para o status de prisioneiro comum, suas vidas seriam realmente curtas, já que os outros internos se vingariam deles. O sistema provocava uma violência extrema à medida que os *Ältesten* e *Kapos* competiam para agradar a seus chefes da SS, que impunham poucos limites à brutalidade deles.

Se os nazistas achavam que o encarceramento em Sachsenhausen seria o fim de Brack, eles estavam enganados. Brack descobriu que, entre os prisioneiros, os que tinham um triângulo verde podiam prosperar. Os verdes eram criminosos condenados. Eles se saíam muito melhor do que os prisioneiros com triângulos vermelhos, os comunistas, do que os homossexuais ou do que os judeus. No campo, Brack descobriu seu ambiente natural. Era como se alguém tivesse sido capaz de entrar na sua mente e, ao encontrar sua maior aptidão, tivesse criado para ele o território perfeito. Por instinto, ele sabia fazer o sistema funcionar a seu favor.

Ali, onde os comunistas se recusavam a cooperar com as autoridades do campo, a princípio, e a SS abominava os homossexuais e os judeus, criminosos como Brack se tornavam colaboradores naturais, e ele galgou depressa a perversa hierarquia do campo. Em 1942, em troca de uma promessa de comutar sua prisão perpétua por uma pena de quinze anos, ele concordou em ser transferido de Sachsenhausen para Auschwitz.

Brack começou como *Kapo* no campo original de Auschwitz, o *Stammlager*, mas as coisas não saíram como ele tinha calculado. A ficha de Brack — com indícios de afinidades com os comunistas — tinha vindo com ele. No panteão de ódio nazista, isso era quase tão ruim quanto ser judeu. Ele foi levado para uma sala de interrogatório no pavilhão de punições.

Como a maioria das construções no *Stammlager*, o pavilhão de punições era de tijolos e tinha dois andares. Brack foi levado para o andar superior por uma escadaria sem iluminação. Manchas escuras nas paredes nuas e no piso de concreto davam testemunho do que ele podia esperar. Dois homens da SS o amarraram a uma cadeira pesada.

Ele estava ali havia uns vinte minutos com um único guarda a lhe fazer companhia, quando a porta se abriu e um homem entrou: um homem atarracado, de cabelo escuro, denso e engordurado, com o rosto marcado por rugas fundas. Klaus Hustek era da Gestapo e estava entre os que mais odiavam os comunistas.

Assim que o viu, Brack reconheceu que ele era uma pessoa com tão pouca consideração por seu semelhante quanto o próprio Brack.

— Como é possível — perguntou Hustek, com a voz contida — que você tenha conseguido se insinuar neste campo como um Verde, quando é de conhecimento geral que você é um terrorista comunista?

— *Herr Scharführer* — respondeu Brack, procurando manter a voz calma —, fui condenado por assassinato. Não matei por causa de nenhuma convicção política, mas porque fui pago pelo serviço. Não tenho nenhum interesse em política — acrescentou.

Sua resposta valeu-lhe uma forte bofetada no rosto.

— Nada de mentiras, Brack. Está entendendo? Eu sei quando você está mentindo. Agora me diga aí. Quem você subornou para ganhar o triângulo verde?

O *Scharführer* sentou-se e acendeu um cigarro, olhando o tempo todo para o prisioneiro sem piscar os olhos de pálpebras pesadas.

— Ninguém, *Herr Scharführer* — protestou Brack. — Como eu poderia subornar alguém? O que eu teria para dar que alguém iria querer?

Hustek fez um gesto levíssimo, e o guarda golpeou Brack por trás com uma vara, fazendo surgir um vergão vermelho no lado direito do seu rosto. Uma baixada de cabeça, e o golpe foi repetido. Muitas e muitas vezes.

Brack tentou se afastar para evitar os golpes, mas foi em vão. Em menos de um minuto, seu rosto estava transformado numa massa roxa, ensanguentada.

— Chega.

Um balde de água foi jogado sobre o prisioneiro.

Hustek fumava com tragadas curtas, determinadas, enquanto contemplava o prisioneiro. A atenção de Brack se dividia entre o guarda, que agora estava postado ao lado do *Scharführer*, e a janela que dava para um pavilhão semelhante, talvez a vinte metros de distância.

A voz do homem da Gestapo trouxe-o de volta.

— Sabe, não é bom que eu seja seu inimigo. — Sua voz estava baixa. Em outras circunstâncias, quase teria sido possível confundir seu tom com o de amabilidade.

Brack tentou falar, mas sua garganta estava embargada de medo, e sua boca, cheia de sangue. Receando cuspi-lo no chão, ele o tinha engolido. Respondeu depois de uma tosse forçada.

— Por favor, acredite em mim, *Herr Scharführer*, estive em Sachsenhausen desde 1936, e antes já tinha passado quase quatro anos em Spandau. Não sou comunista e não subornei ninguém.

Hustek esmagou a guimba do cigarro com a bota.

— Hoje é seu dia de sorte. Hoje vou acreditar em você. — Ele levantou o rosto para olhar direto para o homem amarrado à cadeira. — Mas quero que uma coisa fique muito clara: de agora em diante, você me pertence. Cada vez que você respirar neste campo será com minha permissão. Vou deixar que você viva, mas em troca você vai fazer alguma coisa para mim. Vai ser meus olhos e ouvidos aonde quer que você vá neste campo, e me informará tudo o que vir e ouvir. Está entendendo?

— Sim, *Herr Scharführer*.

Hustek estendeu a mão para o guarda, que lhe entregou a vara. Com uma cortada, ele voltou a golpear o rosto já castigado de Brack. — Não ouvi direito, Brack. O que você disse?

Brack deu uma cusparada de sangue no chão e respondeu gritando.

— Eu disse que sim! Faço qualquer coisa que me mandar.

— Ótimo. — Hustek levantou-se e foi até a porta. Ao abri-la, disse para o guarda. — Ele vai para o pavilhão 14. Aquilo é um ninho de ratos de comunistas poloneses. — Voltou-se então para Brack. — Quero resultados, e depressa.

Produzir os resultados que Hustek queria foi fácil. A reputação de Brack como um comunista que tinha matado três policiais patetas e a óbvia comprovação de que ele tinha sido terrivelmente espancado fizeram com que não fosse difícil para ele conquistar a confiança dos poloneses. No prazo de quinze dias, seis deles foram encostados na parede do lado de fora do pavilhão de punições e fuzilados.

Brack não perdeu o sono por isso. Durante o ano seguinte, sua tarefa se tornou ganhar a confiança dos novos prisioneiros poloneses à medida que chegassem ao campo. Ele não estava procurando só por comunistas, Hustek queria informações sobre atividades clandestinas, mercado clandestino, esquemas de contrabando dos poloneses, qualquer coisa. E Brack cumpria seu papel. Não havia, porém, nenhum respeito entre ele e o homem da Gestapo. Brack tinha um bom faro para como as pessoas o encaravam, e ele sabia que Hustek o considerava escória. Sua opinião sobre Hustek era a mesma. Brack detestava o poder que Hustek exercia sobre ele; e na longa escuridão das noites de inverno não parava de fazer planos para o dia em que conseguiria se vingar. Quando Hustek foi promovido a *Oberscharführer*, ele deu a Brack um dos vales que os *Prominenten* podiam usar no bordel do campo. Brack ganhou uma hora com uma prostituta polonesa e amaldiçoou Hustek a valer.

Em agosto de 1943, quando a batalha de Carcóvia estava no auge, Brack foi transferido para o campo de Monowitz. Ficou surpreso ao ver como ele era longe do *Stammlager* e imaginou que Hustek nunca se daria ao trabalho de percorrer toda aquela distância até o outro lado de Oświęcim apenas para encontrá-lo.

Apesar de sua servidão para com o homem da Gestapo, Brack não tinha se dado mal, e estava determinado a se sair ainda melhor em Monowitz. Mais do que qualquer um dos seus companheiros Verdes, ele sabia organizar um bando de valentões e, em pouco tempo, estava garantido seu status de *Führer* informal do submundo do campo.

Quase um ano depois, um dos *Prominenten* colegas de Brack lhe falou de um judeu que lhe tinha dado um relógio, em troca de poder jogar xadrez. De início, Brack só sentiu curiosidade; mas, quando soube que o judeu era do seu próprio pavilhão, ficou furioso. Ele não podia permitir que não houvesse uma punição para uma desfeita dessas. Era preciso abaixar a crista do tal judeu. Ele mereceu a surra que levou. Mas agora o judeu o deixava intrigado. Brack podia entender que as pessoas quisessem alguma coisa que as distraísse da desgraça constante que a existência como *Häftling* significava, mas xadrez? Os poloneses o jogavam, ele sabia, e alguns dos prisioneiros políticos, mas um judeu? Ele deveria estar exausto demais ao fim de cada dia. Na verdade, a recusa de Brack em permitir que Clément jogasse tinha sido mais para afirmar seu controle sobre o francês, mas ele logo tinha começado a se perguntar de que forma poderia ter lucro com esse jogo boboca.

Como ele mesmo, muitos dos *Prominenten* passavam uma boa parte do tempo no ócio, num tédio desesperador, atormentando prisioneiros para se distrair e de vez em quando conseguindo uma entrada para o bordel. Agora, ele se perguntava se seria possível fazer com que se interessassem pelo xadrez.

Se ainda estivesse no *Stammlager,* ele poderia ter "organizado" objetos do *Kanada* para dar como prêmio, mas a economia do campo em Monowitz era confinada em limites tão rígidos que, além das entradas para o bordel, era difícil pensar em alguma coisa que seus colegas Verdes valorizassem o suficiente. Já os *Häftlinge* eram outra história: quase qualquer coisa tinha valor para eles desde que pudessem trocá-la por alimentos, mas isso não ia ser de muito valor para ele.

Não, por mais que se esforçasse, ele não conseguia pensar num único jeito de tirar algum proveito do jogo.

Mandou chamar o Relojoeiro.

— Me dê o relógio que prometeu, e pode jogar esse seu jogo idiota.

O francês estendeu-lhe alguma coisa embrulhada num pedaço de pano.

— Eu já estava vindo — disse ele.

Brack abriu o embrulho devagar. Era um relógio de bolso.

— A Muckermann você deu um relógio de pulso — disse ele, contrariado.

Emil sabia que tinha de escolher as palavras com cuidado. Vinha temendo esse momento.

— Desculpe, *Herr* Brack. Imaginei que um homem da sua importância ia preferir algo mais condizente com sua posição. — Emil tinha sentido um enorme desânimo quando o chefe de turma polonês lhe dera o relógio antigo. Mas seu brilho tinha aparecido muito bem com o polimento e, embora o estojo fosse de latão, não de ouro, ele tinha um belo timbre gravado. Além disso, dispunha de um toque agradável que Emil tinha conseguido recuperar. Emil estendeu a mão para fazer uma demonstração. — Ele toca todas as horas — disse Emil, girando os ponteiros para fazê-lo soar.

Brack chegou a sorrir. Isso realmente lhe dava um destaque. Também dizia aos outros *Prominenten* que o Relojoeiro pertencia a ele. E foi então que de repente lhe ocorreu como ele *poderia* se beneficiar com o xadrez. Os *Häftlinge* eram todos trabalhadores escravos — escravos sem dono, mas isso ia mudar. Devia haver muitos bons jogadores de xadrez no campo. Ele trataria de descobri-los e então instigaria uns contra os outros, como galos de briga... não, não galos de briga, alguma coisa mais refinada que isso... como *cavalos de corrida*. E os jogos se tornariam um divertimento que ele, Bodo Brack, ofereceria, uma afirmação de seu domínio.

1962

Amsterdã

Schweninger inclinou-se para a frente, desnorteado.

— Deixe-me ver se entendi bem — disse ele. — Os prisioneiros que jogavam xadrez eram escravos, jogando por ordem desse homem brutal, para divertir seus colegas criminosos... como os gladiadores na Roma Antiga?

— Exatamente — admitiu Emil.

— Eu teria me recusado a jogar — afirmou o alemão, categórico.

Meissner revirou os olhos.

— Não tenho a menor dúvida — disse Emil — de que é exatamente isso o que *o senhor* teria feito. Mas sua atitude não teria mudado nada, e seria bem provável que eles o matassem.

— Então eu não teria jogado tão bem quanto poderia. Eu teria estragado a diversão deles.

Emil olhou firme para o alemão.

— Eu não estava jogando para o prazer deles. Estava jogando por *mim*. Estava jogando porque o xadrez era algo que a SS não podia tirar de mim. Com ou sem o xadrez, nós éramos escravos. Desse jeito, pelo menos, eu conseguia jogar o jogo sublime.

Schweninger fungou e fez que não, com desdém.

— Esse Brack. Sabe o que aconteceu com ele depois da guerra?

— Sei. Mas isso seria passar a carroça na frente dos bois. O senhor disse que queria saber como o bispo e eu nos conhecemos.

Meissner ergueu a mão um pouco enquanto fazia que não.

— Por favor, eu agradeceria muito se você parasse de me chamar de "bispo". Meu nome é Paul.

— E o meu é Emil, apesar de você insistir em me chamar de "Relojoeiro".

Meissner estremeceu.

— É. Você está certo. Peço desculpas.

Emil aceitou as desculpas com um sim mudo.

— Então, eu conheci *Paul* em fins de maio ou início de junho...

— Posso lhe dar a data exata. Foi num domingo, dia 21 de maio de 1944.

— Que estranho você conseguir se lembrar com tanta precisão.

— No fundo, não. Foi no dia do aniversário da minha mãe.

— Minha mãe foi morta em Auschwitz. Sabia *disso*, Paul? — A voz penetrante de Emil percorreu o café. Alguns fregueses se voltaram para olhar. — Ela comemorou seu último aniversário em 1943 — prosseguiu ele, em tom mais baixo.

Fez-se um silêncio entre eles.

A conversa tinha deixado Schweninger constrangido. Sem saber o que dizer, ele deu uma olhada no relógio de pulso.

— Meu Deus — disse ele. — Sabem que horas são? Perdi meu trem.

Instintivamente, Emil e Paul olharam para os relógios.

— Meu Deus — murmurou o padre, perturbado.

Schweninger coçou o rosto, pensativo.

— *Herr* Clément... — Sua voz ficou embargada, e ele pigarreou. — Você se ofenderia se eu lhe desse meus pêsames?

Agora Emil estava de olhos fechados, mas ele fez um leve sinal com a cabeça.

A cadeira de Schweninger arranhou o chão quando ele a empurrou para afastá-la da mesa.

— Sinto muito, mas preciso ir. Se eu não voltar para o hotel, eles vão liberar meu quarto para outro hóspede.

Meissner estendeu a mão por cima da mesa para tocar na manga de Schweninger.

— Não se preocupe com isso. A culpa é minha. Insisto que fique comigo na Krijtberg.

— É um hotel?

A pergunta provocou uma onda de ansiedade no sacerdote. Ele queria que Schweninger permanecesse em Amsterdã, pelo menos por ora.

— Não — respondeu ele. — É um lugar administrado pela minha ordem. É uma igreja com uma casa anexa, que em geral é ocupada por padres como eu, aqui na Europa, de licença das missões. No momento só há dois de nós lá: o padre da paróquia e eu. A maioria dos quartos está vazia. Não seria nenhum problema acomodá-lo. — Ele fez uma prece rápida pedindo que seus poderes de persuasão se provassem fortes como sempre. — Os aposentos talvez sejam um pouco espartanos em comparação com seu hotel, mas são limpos, e a governanta nos dá um café da manhã substancial todos os dias. O que acha? Quer experimentar?

19.
A variante Najdorf

Emil voltou para seu hotel. Meissner o tinha convidado para vir encontrá-los mais tarde, mas ele não sabia ao certo se queria.

O sol de fim de tarde estava luminoso, mas transmitia pouco calor enquanto Emil estava parado numa ponte sobre o canal Singel, perguntando-se o que estava fazendo. Tanto Schweninger quanto Meissner tinham sido nazistas, comprometidos com o sonho de um Império Germânico soberano em toda a Europa. A escravidão, diante de tantas outras atrocidades, parece menor, e, no entanto, Schweninger tinha de imediato protestado, dizendo que nunca teria se submetido a ela, como tantos tinham feito.

Será que ele estava com a razão? Era humanamente impossível para Emil saber. A percepção foi um choque para ele, *ele não sabia.* Até aquele dia, tinha havido uma clareza cortante na sua consciência, em especial no seu ódio aos alemães. Ódio que ele tinha alimentado, como um pai alimentaria seu filho, até o ódio se tornar quase a única coisa que lhe dava algum sentido. O ódio e o xadrez. Era essa a soma total da sua existência? *Meissner tem razão,* pensou ele, relutante. *Isso é vida?*

Ficou olhando para a água ali abaixo e viu um desconhecido olhando de volta para ele daquele espelho turvo. Ouviu a voz de Yves, com clareza, como se ele estivesse ali em pé ao seu lado. "Um de nós tem de sobreviver para sair daqui, mesmo que seja só para contar ao resto do mundo o que está acontecendo."

Bem, ele tinha feito isso. Tinha cumprido seu dever para com os milhares que pereceram em Auschwitz. Ninguém sabia ao certo quantos tinham sido. Em seu julgamento, o *Kommandant* Höss tinha afirmado que o número de mortos chegava aos milhões. Tantos que os números eram distantes, abstratos — não era gente de verdade, eram números a serem digitados numa calculadora, como um exercício de contabilidade. E Emil tinha cumprido seu dever. Tinha dado seu depoimento. Tinha escrito seu livro. Tinha dado um testemunho do horror... Mesmo assim, não bastava. Nada que fizesse conseguia libertá-lo da dor da perda e da culpa. Meissner tinha razão quanto a esse ponto, também, Emil agora percebia. Não bastava dar testemunho. Ele precisava fazer as pessoas entenderem a verdade da existência num campo de extermínio, como ela penetrava em cada consciência, envenenando cada experiência, deturpando cada pensamento.

Por mais doloroso que fosse, Emil decidiu contar sua história a Schweninger. Então, talvez o alemão compreendesse. E talvez ele, Emil, encontrasse alguma paz.

Talvez.

Terça-feira, 6 de junho de 1944
Konzentrationslager Auschwitz-II, Birkenau
Está acontecendo alguma coisa terrível. O campo sente que está, mas não pode ver o que é. É alguma coisa escondida, oculta em profundezas desconhecidas. O campo já sentiu antes essa pulsação de dor e terror, mas nunca com tanta intensidade, repetindo-se sem parar. O campo está procurando pela origem, determinado a encontrá-la, estendendo freneticamente suas gavinhas de consciência ao longo dos caminhos e entre as muitas cabanas de Birkenau. Ela é transmitida através dos postes de concreto que têm as raízes fincadas fundo na terra; e ao longo dos quilômetros de cerca elétrica. Vem um sussurro dela no desvio da ferrovia, onde agora, todos os dias, os vagões de gado descarregam sua carga humana.

Nós acompanhamos os trilhos a partir do arco, por baixo do qual os trens entram no campo. Mais adiante, há um pequeno bosque de bétulas. Seus troncos prateados refletem o sol criando desenhos na grama ali embaixo. Tentamos escutar. Tudo o que ouvimos é o farfalhar das folhas e o suspiro de uma brisa de início de verão. Depois, nós as vemos: uma coluna de pessoas paradas em silêncio no bosque de bétulas, em fila do lado de fora de uma construção baixa, de tijolos vermelhos, encimada por uma grande chaminé. Uma fumaça espessa jorra para o céu, uma mancha negra no puro azul de verão. Em torno da construção, abrigada de olhos curiosos pelas árvores, há gramados. E as pessoas estão ali, homens, mulheres e crianças, esperando pacientes por sua vez de descer por uma escada que os leva a um subsolo.

Eles avançam com calma, de modo organizado, sem empurrões nem cotoveladas. A informação que receberam é que eles foram trazidos a esse lugar para tomar um banho de chuveiro.

— Banho de chuveiro? — pergunta uma voz, incrédula. É uma mulher. Seu nervosismo torna sua voz um pouco alta demais. Ela não pretendia ser ouvida pelos homens da SS que estão ao redor com cães e metralhadoras. Ela desconfia dos alemães. Sabe-se que eles não são conhecidos pelo bom tratamento aos judeus, e a organização daquilo tudo parece bastante sofisticada para algo tão simples quanto um banho de chuveiro.

Com um sorriso condescendente, um oficial dirige-se a ela.

— De onde você está vindo?

— Debrecen. — O oficial ergue as sobrancelhas, como que para repetir a pergunta. — Na Hungria — explica a mulher.

— E quanto tempo você passou no trem?

— Seis dias.

Ele concorda, sisudo.

— Seis dias enfurnada com não sei quantas outras pessoas, e você não precisa de um banho?

Apesar de tudo o que sua experiência ensinou-lhes sobre a SS, as pessoas ali por perto não conseguem evitar um sorriso.

— Nós não somos bárbaros, sabia? — prossegue o oficial. Ele olha com mais atenção para a mulher, que agora deseja nunca ter aberto a boca. Ela é jovem, com seus vinte e poucos anos; e, por baixo da sujeira e do cabelo empastado, é realmente bonita. — O que fazia antes de vir para cá? — pergunta ele.

— Eu era costureira.

— Uma boa costureira?

Ela enrubesce.

— Naturalmente.

— Roupas masculinas ou femininas?

— Femininas. Principalmente roupas de baixo.

Mais uma vez, ela é alvo do sorriso condescendente do oficial.

— Bem, aqui você vai aprender a fazer roupas masculinas. Estamos precisando de *boas* costureiras. — Quando ele diz "boas", olha nos olhos dela e dá uma piscada. — Precisamos de todas as que conseguirmos para fazer uniformes para nossos soldados.

Como ela não parece ter se convencido, ele se dirige às pessoas ao redor.

— Mais algum de vocês sabe fazer roupas? — Levantam-se umas duas mãos.

O oficial aponta para um homem que está com uma criança pequena no colo.

— E você, o que fazia?

— Eu era sapateiro.

— Sabe fazer botas militares?

— Claro que sei.

— Então vai se dar bem aqui. — O oficial abre bem os braços como que para abraçar as pessoas em torno dele. — Nós não somos tolos — diz ele. — Conhecemos o bom trabalho quando o vemos, e pagamos por ele. Vamos ser práticos, então. Deixem de lado suas dúvidas. Vocês estão num campo de trabalhos. Depois do banho, receberão suas tarefas. Dou-lhes minha palavra de oficial alemão.

Sua fala é tranquilizadora, mas as pessoas não sabem que entraram no reino da mentira. É assim que o campo as encontra, descendo pela escada de concreto para um longo recinto subterrâneo, onde recebem ordens de se despir. Homens, mulheres e crianças, todos juntos.

Há ganchos com números, onde eles penduram as roupas. Dizem-lhes que se lembrem dos números para poderem encontrar seus pertences depois. Muitos tentam cobrir sua nudez com as mãos enquanto seguem arrastando os pés pelo corredor até os chuveiros. Eles são muitos e estão apinhados ali dentro. De repente, as portas são fechadas com violência, e ouve-se o som nítido de ferrolhos pesados sendo passados.

As luzes se apagam.

Ouvem-se vozes na escuridão.

— O que está acontecendo?

Alguns chamam por seus entes queridos. Alguns começam a chorar. Crianças gritam e se agarram às mães e aos pais. Ouve-se então um rangido desagradável, ali do alto, e um feixe de luz entra por lá. Ele revela rostos temerosos olhando para cima, em direção ao barulho.

Lá no alto, homens da SS com máscaras de gás removeram tampas de tubulações que descem até o recinto dos chuveiros. Eles trazem nas mãos latas com o símbolo da caveira e dos ossos. Dessas latas, eles derramam nas tubulações grânulos de uma substância friável. Ela cai de leve nos que estão em pé lá embaixo, uma areia fina, delicada. Dela emana um cheiro adocicado, enjoativo.

As tampas são postas de volta no lugar. Lá embaixo está escuro de novo. E então alguém arqueja.

— Não consigo respirar!

E então outro:

— É gás. Gás tóxico.

As pessoas começam a gritar. Os que estão mais perto das portas batem nelas, enlouquecidos, implorando para sair. Uma onda de pânico vem na direção das portas. Crianças e idosos são esmagados. Agora, muitos estão berrando, em especial as mulheres e crianças. Por uns poucos minutos o barulho é ensurdecedor. Quando ele se abranda, pode-se ouvir alguém recitando o Cadish, a prece judaica pelos mortos. Alguns sucumbem mais lentamente ao veneno que outros; mas, em questão de minutos, todos estão calados, todos mortos.

Depois, a boca de muitas das vítimas permanece aberta, como se seus gritos persistissem após a morte.

No final desse dia de verão, quase quatro mil vidas foram extintas. A única preocupação entre o pessoal da SS que orquestrou esse assassinato é com os corpos, que precisam ser removidos e cremados antes que chegue a próxima remessa, no dia seguinte.

Tudo o que resta na câmara subterrânea são os últimos vestígios do gás e carreiras de roupas vazias, penduradas em silêncio, em fileiras acusadoras. Isso, e o silêncio de milhares de vozes ausentes.

Um lamento de dor atravessa o campo com o horror que ele acaba de presenciar. Um grito prolongado e lúgubre que ninguém ouve: nem os homens da SS encarregados do campo, nem os milhares de prisioneiros que ainda persistem, nem a orquestra do campo que toca suas melodias absurdas e animadas no início e no fim de cada dia, nem os pássaros que abandonaram as árvores em torno do campo, nem a própria terra em que o campo está.

Só o vento o ouve, mas ele é apenas um grito entre muitos e, antes que possa ser lembrado, ele se perde.

1962

Kerk de Krijtberg, Amsterdã

O jantar no presbitério foi frugal: sopa de cebola seguida de batatas cozidas e arenque frito.

— Eu gosto mesmo de arenque — disse Meissner, de bom humor —, mas por que o bom Deus tinha de lhes dar tantas espinhas? — Ele abriu um sorriso para Emil, satisfeito com a decisão do enxadrista de voltar.

Schweninger estava calado, mastigando impassível. Como sempre, seu apetite vinha em primeiro lugar; a conversa, depois.

Mais tarde, eles se retiraram para a mesma sala de estar sombria onde Emil tinha despertado do seu desmaio.

— Acho que talvez tenha chegado minha hora de retomar o relato — disse o sacerdote, oferecendo cigarros para seus convidados. — Afinal de contas, toda história tem dois lados.

Ele levou uma vela fina aos carvões em brasa, na lareira, para acendê-la e então se sentou numa poltrona, tragando fundo no cigarro antes de começar a falar.

— Pode ser que você se surpreenda ao saber que não fui criado para odiar os judeus. Meus pais eram católicos fervorosos, e foi só quando entrei para a Juventude Hitlerista que foram exigidos de mim sentimentos antijudaicos. Mas meus pais nunca levaram a retórica muito a sério, e eu também não levei. Quando cheguei a Auschwitz, até onde eu pudesse ver, o trabalho que os judeus estavam fazendo era muito necessário para o *Reich*, e não me ocorreu que o novo *Kommandant*, o *Sturmbannführer* Bär, fosse se opor à ideia de fazer este "judeu invencível" — ele fez um gesto na direção de Emil — enfrentar nossos campeões de xadrez da SS. Afinal de contas, como Eidenmüller, meu ordenança, teria dito, nós não podíamos permitir que um judeu achasse que era invencível, podíamos?

Como nem Emil nem Schweninger teceram nenhum comentário, ele prosseguiu.

— Estava marcado para eu ir de licença visitar minha família em Colônia, mas, quando cheguei à estação em Oświęcim, fui informado de que bombardeios inimigos tinham prejudicado gravemente o tráfego ferroviário da Silésia para a Alemanha, e fui forçado a adiar minha viagem. O domingo seguinte era um dia de descanso em Monowitz. Por isso, chamei Eidenmüller e lhe disse que queria eu mesmo dar uma olhada naquele judeu fantástico no xadrez.

Maio de 1944

Konzentrationslager Auschwitz-III, Monowitz

Essa foi a primeira vez que Meissner entrou no setor do campo de Monowitz onde os prisioneiros ficavam confinados. No escritório da administração, ele foi informado do número do pavilhão em que o *Häftling* 163291 estava alojado. Acompanhado do *Blockführer* — um suboficial da SS — e de Eidenmüller, ele seguiu pelo campo rapidamente.

Com o grito de "*Achtung!*" do *Blockführer*, os prisioneiros do pavilhão assumiram a posição de sentido.

Nos fundos, sem que o vissem, um homenzinho entrou sorrateiro no dormitório. Seus olhos deram com um garoto, talvez de quinze anos de idade, que se dizia ser o *Piepel* de Brack, embora ninguém mencionasse isso abertamente. O homem agarrou o garoto pela nuca.

— Cadê o Brack? — perguntou ele, em tom áspero.

— No pavilhão 39.

— Fale mais baixo. O que ele está fazendo lá?

— O Relojoeiro está enfrentando aquele que chamam de Holandês Fantasma.

— Certo. Você precisa ir atrás dele. Diga que fui eu que mandei e que tem um *Hauptsturmführer* da SS no pavilhão. O que ele quer, eu não sei, mas é melhor o Brack voltar para cá rapidinho. Entendeu?

Na sala de convivência, Meissner olhou ao redor, com assombro. Ele não tinha percebido como o interior dos pavilhões era primitivo. Tinha imaginado que fossem meio parecidos com os alojamentos dos soldados da SS: básicos, funcionais, mas não totalmente desprovidos de qualquer conforto. O que lhe causou impacto instantâneo foi o cheiro. Ele sabia que, na fábrica de Buna, muitos dos trabalhadores civis usavam a expressão "*judeu fedido*" quando se referiam aos prisioneiros do campo. Meissner tinha imaginado que fosse uma expressão de desprezo. Não era. Era uma referência ao cheiro doce e enjoativo de homens que viviam apinhados e não se lavavam direito havia meses.

— Onde está o *Blockältester*? — vociferou o suboficial da SS. Parecia que ninguém sabia.

— Mande alguém procurá-lo — disse Meissner, antes de indicar para Eidenmüller que o acompanhasse de volta para o lado de fora. — Meu Deus! — exclamou ele, atabalhoado, quando os dois estavam lá fora. — Como conseguem viver desse jeito?

O oficial remexeu no bolso da túnica para pegar a cigarreira. O ordenança riscou um fósforo, protegendo-o da brisa com a mão em concha.

— Ainda bem que temos cigarros à vontade, não é, senhor? São a única coisa que torna o cheiro suportável.

Antes que tivessem terminado de fumar, eles foram abordados por um prisioneiro de barba feita. Ele ficou em posição de sentido, tirou o boné da cabeça com elegância e se identificou.

— *Häftling* 11442, *Blockältester* Brack, *Herr Hauptsturmführer*. A seu dispor.

Meissner ficou pasmo. Era a primeira vez que via um prisioneiro usando um uniforme de uma limpeza imaculada. O triângulo verde parecia que tinha sido costurado nele naquela manhã.

Antes que Meissner dissesse qualquer coisa, o suboficial da SS juntou-se a eles.

— Onde é que você se meteu? — berrou ele. Brack não estremeceu. Essa era outra coisa inédita para Meissner. Até então ele só tinha visto prisioneiros se encolhendo de medo sempre que alguém da SS se dirigia a eles.

— Peço perdão, *Herr Unterscharführer*. Eu estava... assistindo a uma partida de xadrez.

— *Xadrez?* Que merda é essa de que você está falando? Xadrez?

— Tudo bem, *Unterscharführer* — disse o oficial. — Foi por isso que viemos aqui. Eu mesmo queria assistir a essa partida de xadrez. — Com um sorriso, ele deixou o resto ainda aceso do cigarro cair aos seus pés e fez um gesto para que Brack lhes mostrasse o caminho.

Eles seguiram o uniforme limpíssimo, listrado de azul, por uns duzentos metros. Meissner percebeu que Brack usava botas bem engraxadas, em vez dos toscos tamancos de madeira que os demais prisioneiros tinham de usar.

O *Blockältester* parou diante de um pavilhão com uma pequena placa com o número 39 pregada na fachada. Com um puxão, ele abriu a porta desconjuntada de madeira. Meissner espiou ali dentro. O que viu era idêntico ao pavilhão que tinham deixado instantes antes, com um fogão de tijolos meio fora do centro e uma janela estreita embutida no teto para deixar entrar um pouco de luz. A única diferença estava à sua direita, onde um tabuleiro de xadrez tinha sido disposto sobre um caixote de madeira, com dois homens sentados em caixotes menores, um de cada lado. Em torno deles, um grupo de trinta ou quarenta homens: alguns no chão, alguns em cadeiras improvisadas, alguns em pé.

Com o rangido de dobradiças enferrujadas, a porta abriu-se, inundando de luz o ambiente. Brack manteve a porta aberta para os homens da SS, gritando "*Achtung!*" enquanto isso. Todos os olhos voltaram-se para a porta. Diante da visão do uniforme de Meissner, os prisioneiros puseram-se de pé de um salto.

O suboficial da SS abriu caminho para a frente.

— O que quer dizer tudo isso? — berrou ele. — Vocês todos vão ser açoitados!

Meissner estava ali observando a cena, quase com indiferença. A maioria dos espectadores usava triângulos verdes no paletó, com um ou dois entre eles exibindo triângulos vermelhos. Cada um dos dois homens diante do tabuleiro tinha um triângulo vermelho sobre um amarelo: judeus.

Os jogadores permaneceram em pé, rígidos, com os olhos fixos à sua frente. Oficiais superiores raramente entravam nos alojamentos de prisioneiros. Quando entravam, em geral eram médicos da SS que tinham vindo fazer uma *Selektion* dos enfermos e dos que estavam muito fracos para serem mandados para as câmaras de gás. Nenhum prisioneiro judeu jamais achou que uma visita dessas pudesse lhe trazer algum benefício. A presença de um oficial da SS era sempre uma ocasião a temer.

— *Unterscharführer* — disse Meissner, ríspido —, obrigado por seu auxílio. Você foi muito útil, mas daqui para a frente estou assumindo. — Ele parou e se voltou para Brack. — *Blockältester*, vejo que há uma partida de xadrez em andamento. Sou grande admirador do xadrez e gostaria de assistir até o final. Diga a esses homens que continuem como antes e finjam que não estamos aqui.

1962

Kerk de Krijtberg, Amsterdã

— Foi assim que aconteceu? — disse Emil. — Eu tinha me esquecido.

Schweninger não se conteve.

— Esquecido? Como você poderia se esquecer de uma coisa dessas?

Abanando a cabeça devagar, Emil voltou-se para o alemão.

— Só alguém que não esteve em Auschwitz poderia dizer algo assim. Quando um oficial da SS ia ao pavilhão, o importante era saber se ele estava ali para uma *Selektion*. O medo expulsava da cabeça todas as outras considerações.

Schweninger franziu a testa.

— Não sei o que você quer dizer com "*Selektion*".

Com os olhos fixos na lareira, Meissner falou em tom baixo, monocórdio.

— As *Selektionen* eram o método pelo qual a SS cumpria seu mandato de sustentar a produção nas fábricas de armamentos, ao mesmo tempo que mantinha as câmaras de gás em operação. A intervalos regulares, médicos da SS, acompanhados por pelotões de soldados, eram enviados ao campo para escolher os que estivessem enfraquecidos por enfermidades ou pela inanição e já não pudessem executar o trabalho que era exigido deles. Esses eram despachados para as câmaras de gás em

Birkenau. Havia tantos judeus chegando em trens de toda a Europa que nunca foi problema substituir os mortos.

— E você sabia disso? — perguntou Schweninger.

Meissner fez que sim, com os olhos fixos nos carvões em brasa.

— Não de início, mas com o tempo vim a perceber o que estava acontecendo. Como poderia não ter notado?

— E você aceitou?

— Que outra coisa eu poderia fazer? — Meissner deu de ombros e olhou para o alto. — A certa altura tentei convencer o *Kommandant* de que aquele procedimento era ineficaz e que, se melhorássemos as condições para os prisioneiros, a produtividade das fábricas de armamentos aumentaria. Mas ele deixou bem claro para mim que, se eu insistisse, seria tachado como simpatizante dos judeus e que isso não seria bom para mim.

— Não seria bom para você? — disse Clément, estarrecido. — Nós estávamos morrendo de fome. Morrendo de frio. Exaustos. Éramos párias. O sofrimento que nos foi imposto está além da minha capacidade de descrever. Mas você achou que *não seria bom* para você? O que eles teriam feito? Tirado seu privilégio de frequentar o bordel?

— Nunca visitei o bordel — disse Meissner, tenso. — Tentei fazer o que pude. Não houve um único prisioneiro mandado para a câmara de gás por minha causa. Nenhum.

— Quanta nobreza da sua parte — zombou Clément, franzindo os lábios. — Ainda assim você fazia parte de um sistema que mandou gente inocente para a morte. Você tem sangue nas suas mãos como se tivesse pessoalmente conduzido aquelas pessoas para as câmaras de gás.

— Não queira supor, *Herr* Clément, que eu não tenha me censurado por meus erros. — A voz do sacerdote estava fragilizada de vergonha. — E vou continuar a me censurar pelo resto da minha vida.

— Mesmo assim — disse Schweninger, depois de uma pausa —, não havia nada que você pudesse ter feito?

— Consegui salvar uma vida, e para mim isso teve de bastar.

— E de quem foi a vida que você salvou?

A pergunta foi respondida por Emil.

— A minha.

20.
O contragambito Albin

Maio de 1944
Konzentrationslager Auschwitz-III, Monowitz

O resultado da partida era uma conclusão anunciada — o Relojoeiro já tinha derrotado o Holandês mesmo antes da chegada dos homens da SS, mas estava estendendo o jogo em prol de Brack e dos outros *Prominenten,* que tinham começado a acompanhar as partidas.

Todos sabiam que o Relojoeiro pertencia a Brack, mas Brack tinha deixado claro que não fazia objeção a que outros supervisores de pavilhão ou *Kapos* patrocinassem um prisioneiro para desafiar seu campeão. Mas não foi Brack quem espalhou o rumor de que o francês era invencível, quem fez isso foi Pasinski, um polonês que afirmava ter derrotado o campeão alemão na Olimpíada de xadrez em Munique, em 1936.

Pasinski estava no campo desde a extinção do gueto de Varsóvia, em 1943. Ele tinha o dom de roubar, e foi isso que lhe permitiu sobreviver, quando a maioria dos que chegaram ao campo com ele faleceram. Antes da guerra, ele tinha transformado sua astúcia natural em um formidável talento para o xadrez, e agora estava ansioso por enfrentar esse francês metido, de quem tinha ouvido falar.

Pasinski tinha tirado as peças brancas e feito um lance de abertura bastante convencional, avançando seu peão da rainha duas casas. O Relojoeiro copiou seu movimento, bloqueando o peão. O polonês avançou então seu peão do bispo da rainha duas casas, oferecendo um sacrifício para as pretas. Clément ignorou o gambito e moveu seu peão do rei duas casas, para se postar ao lado do irmão. O polonês tomou esse segundo peão, permitindo que o primeiro peão preto avançasse uma casa para se postar diante da rainha branca, abrindo uma brecha na defesa das brancas.

Em apenas seis movimentos, Pasinski tinha perdido a iniciativa e, com ela, a partida. Mais tarde, ele alegou que conhecia o contragambito que o Relojoeiro empregou, mas que nunca tinha ouvido falar que ele fosse usado por enxadristas de alto nível. Se qualquer outro jogador tivesse feito o mesmo movimento, teria perdido a partida, insistira o polonês.

Na opinião de Pasinski, o Relojoeiro tinha uma percepção do pensamento de seu adversário que parecia sobrenatural. Era isso que o tornava invencível.

Quando terminou a partida com o Holandês, Eidenmüller disse a Brack que levasse o Relojoeiro ao gabinete de Meissner.

— Mas antes trate de que ele tome um banho, faça a barba e vista um uniforme limpo. Fui claro?

Passou-se uma hora até o *Häftling* número 163291 se encontrar em pé, nervoso, em posição de sentido, no gabinete de um *Hauptsturmführer* da SS.

O aroma de café no ambiente era uma tortura. O oficial da SS estava sentado esticado na cadeira, com os pés em cima da mesa, olhando a fumaça do cigarro subir vagarosa para o teto. Um *Unterscharführer* serviu café para o oficial e foi se postar junto da porta.

Depois de sobreviver quase cinco meses no campo, Emil Clément sabia muito bem que não deveria pronunciar uma palavra que fosse para um homem da SS, enquanto não falassem diretamente com ele. Por isso, permaneceu ali, rígido, com os olhos fixos na parede por trás do oficial, com uma vontade enorme de coçar as axilas no lugar em que o pano grosso do uniforme novo roçava.

1962

Kerk de Krijtberg, Amsterdã

— Quer dizer que você se lembra de ser chamado ao gabinete dele? — perguntou Schweninger, inclinando a cabeça na direção de Meissner. — Mas não tinha a menor ideia do motivo. É espantoso.

— Não tão espantoso assim — retrucou Clément. — Era só mais um dos absurdos que encarávamos todos os dias. Depois da limpeza trabalhosa a que eu tinha sido submetido, calculei que não tinha sido chamado para receber nenhuma punição. Supus que provavelmente fosse alguma coisa ligada ao meu conhecimento de consertar relógios.

— Você sentiu medo?

— Claro que sim — Emil quase não podia acreditar na ingenuidade da pergunta de Schweninger. — Sempre. Qualquer um que não tivesse perdido o juízo sentia medo. Cada vez que um homem da SS falava com você, era como um gato brincando com um rato. Você não devia olhar para o homem da SS, mas precisava olhar para tentar adivinhar o que ele queria. Você tentava descobrir pelo jeito dele de olhar para você, pela postura que ele estava adotando, ou pelo seu modo de falar. Se ele estivesse gritando com você, você sabia que ele estava com raiva de alguma coisa e que era provável que você fosse espancado. E, embora um espancamento de imediato pudesse doer, não era tão terrível quanto ser açoitado.

— Presume-se que por violações graves das normas.

Clément abriu as mãos.

— Naturalmente. Alguns prisioneiros eram tão descuidados a ponto de sujar as calças de lama ou de perder um botão do paletó. Vi homens serem açoitados por isso.

Schweninger estremeceu.

— Mas você não achou que era isso que o aguardava dessa vez?

O francês assentiu.

— Não, mas sempre havia uma possibilidade. Tinha-se medo até de falar. Qualquer coisa que se dissesse poderia ser deturpada e usada contra você. Você escutava tudo com muita atenção para tentar descobrir se havia algum significado oculto que você precisasse entender para poder dar a resposta que o homem da SS queria ouvir, mas era quase impossível. Qualquer coisa que lhe dissessem podia ser uma mentira, e o homem da SS era como um cão raivoso, ansioso para agarrar qualquer palavra descuidada e castigá-lo por ela.

— E era assim que você se sentia na primeira vez que nos falamos? — perguntou Meissner, num tom quase inaudível.

Emil fez que sim.

— Sinto muito — disse o sacerdote, com a voz rouca. — Eu não fazia a menor ideia.

Maio de 1944

Konzentrationslager Auschwitz-III, Monowitz

O *Hauptsturmführer* tirou os pés de cima da mesa, apagou o cigarro num cinzeiro feito a partir da metade de um projétil e se dirigiu ao prisioneiro.

— Seu nome?

— Clément, *Herr Hauptsturmführer*. Emil Clément.

— E de onde você é?

— Da França.

— Ouvi dizer que você é um enxadrista excelente. É verdade?

Por um instante, Emil deixou baixar a guarda. Em vez de olhar fixo para a parede, ele permitiu que seus olhos encontrassem os do oficial.

— Enxadrista? Desculpe, *Herr Hauptsturmführer*, mas não estou entendendo.

— É uma pergunta bem simples. Você é um bom enxadrista, sim ou não?

— Acho que sim. Quer dizer, sim, *Herr Hauptsturmführer.*

— Para um francês, você fala bem o alemão.

— Sim, *Herr Hauptsturmführer.* Eu sou de Metz.

— Quase um alemão, então, não é? — Com um sorriso, o oficial estendeu a mão por cima da mesa, pegou a xícara e tomou um gole do café.

Emil voltou a fixar os olhos na parede.

Pareceu que o café ajudou o oficial a organizar seus pensamentos.

— Há quanto tempo você joga xadrez?

— Desde os catorze anos, mais ou menos.

— E já jogou partidas em âmbito nacional ou internacional?

— Não, *Herr Hauptsturmführer*, não joguei.

— Tem certeza? Parece difícil de acreditar, quando já me disseram que você derrotou pelo menos um enxadrista de nível internacional aqui mesmo no campo.

— Quem disse...? — Emil conseguiu se conter. — Não deveria ser difícil de acreditar, *Herr Hauptsturmführer.* Antes da guerra, não era tão fácil para um judeu entrar para a equipe francesa. Depois que a França caiu, tornou-se impossível.

— Você sabia que temos um torneio de xadrez entre o pessoal da SS aqui em Auschwitz?

— Não, *Herr Hauptsturmführer.* Eu não sabia.

— O que você acharia de jogar contra a SS?

A pergunta não fazia sentido. Emil lutou para tentar compreender. Sempre havia uma pergunta capciosa. Todo mundo sabia disso. Talvez fosse essa a pergunta que resultaria num açoitamento ou coisa pior. Qual era a resposta certa? Se ele dissesse que sim, eles lhe diriam que ele era um bosta de um judeu arrogante e o espancariam com toda certeza. Sem dúvida a resposta certa era um “não”. Ela lhes demonstraria que ele conhecia seu lugar; que não era tão burro a ponto de pensar em desafiar a ordem estabelecida, mesmo que fosse convidado a fazê-lo.

— E então?

— Não me cabe achar que eu poderia jogar contra a SS, *Herr Hauptsturmführer*.

Meissner inclinou-se para a frente.

— Não quer jogar? Tem certeza? Eu poderia arrumar alguns privilégios para você se você jogasse.

Emil umedeceu os lábios. De repente, sentia a boca seca.

— O senhor me dá permissão para falar com franqueza, *Herr Hauptsturmführer*?

O oficial pareceu surpreso por ele ter feito essa pergunta.

— Por favor, fale.

— Seus privilégios não têm significado para mim, *Herr Hauptsturmführer*. Quanto tempo o senhor acha que eu conseguiria mantê-los? E se eu derrotasse um dos seus homens da SS, acho que não sobreviveria por muito tempo. Alguém me tiraria do meu *Kommando* de trabalho e me espancaria até a morte, ou haveria uma *Selektion* e eu estaria entre aqueles que sairiam como fumaça pela chaminé.

Meissner franziu o cenho. Não tinha previsto uma recusa tão categórica da oportunidade de melhor tratamento.

— Quer dizer que você se recusa a jogar?

— Com todo o respeito, *Herr Hauptsturmführer*, é o que devo fazer.

— E se eu lhe ordenar que jogue?

— Nesse caso, eu jogaria, *Herr Hauptsturmführer*, mas não para vencer.

Exasperado, Meissner levantou-se.

— Você realmente é tão iludido a ponto de pensar que tem escolha nessa questão?

Mas o *Häftling* número 163291 fez pé firme.

— Sempre se tem uma escolha, *Herr Hauptsturmführer*, caso se esteja disposto a aceitar as consequências.

1962

Kerk de Krijtberg, Amsterdã

— Quer dizer que no final das contas você de fato se negou. Isso exigiu coragem. Parabéns.

As palavras de Schweninger o deixaram mudo de surpresa. Era aprovação que ele ouvia na voz do alemão?

— Não se tratou de coragem, *Herr* Schweninger — respondeu ele, sem se abalar. — Apenas de sobrevivência. Eu não via como poderia concordar com essa sugestão inacreditável e continuar vivo.

O alemão estendeu a mão e deu uma batidinha no antebraço de Emil.

— Por favor — disse ele, com a voz inesperadamente simpática —, chega de "*Herr* Schweninger". Pode me chamar de Willi. É o que todo mundo faz.

O relógio no console da lareira bateu dez horas. Meissner olhou para Emil. — Você joga amanhã?

— Não. Só depois de amanhã.

— Então posso lhes oferecer uma bebida antes de dormir?

Tendo sua oferta aceita, Meissner deixou a sala e voltou dali a minutos com três copos e uma garrafa de Kümmel.

— É holandês, infelizmente. Não tão bom quanto o alemão, mas dá para beber. — Ele serviu três medidas generosas. — *Prosit* — disse então.

Meissner e Schweninger fizeram tim-tim com os copos. Ficaram segurando a bebida, à espera de que Emil se juntasse ao brinde. Emil não se mexeu. Em vez disso, olhava fixo para o líquido incolor no seu copo. Meissner e Schweninger trocaram um olhar constrangido.

Devagar, Emil ergueu a mão.

— *Prosit* — sussurrou ele.

Os três tomaram um bom gole, apreciando o calor aconchegante enquanto a bebida descia.

— E então, onde estávamos? — perguntou Meissner.

Schweninger usou seu copo para apontar para Emil.

— Nosso amigo tinha acabado de recusar sua gentil oferta de que ele jogasse xadrez contra a SS. — Ele bebericou mais um pouco do licor. — Por isso, dei-lhe parabéns. — Ele piscou um olho para Emil, tirou um maço de Camel do bolso, levou um cigarro à boca e ofereceu o restante aos companheiros.

— É — disse o padre, aceitando um. — Mas ele não demorou muito para mudar de ideia, não foi?

21.
A defesa báltica

Maio de 1944

Konzentrationslager Auschwitz-III, Monowitz

O *Unterscharführer* Eidenmüller estava furioso. Não conseguia se lembrar da última vez que tinha sentido tanta raiva. A audácia daquele merda de judeu fedido. Meu Deus, não era de se admirar que todo mundo detestasse aqueles porcos ingratos. Ele tinha ficado ali parado, ouvindo a conversa entre o *Hauptsturmführer* e aquele porqueira, sem conseguir acreditar, morrendo de vontade de atravessar o gabinete e dar uma boa surra no safado ali mesmo. Mas ele sabia que o *Hauptsturmführer* não teria concordado, de modo que foi forçado a deixar o filho da mãe em paz. Por ora.

Eidenmüller tratou de se acalmar. Seu chefe queria uma partida de xadrez. Eidenmüller ia se encarregar de conseguir isso.

Ele esperou uma semana antes de voltar ao pavilhão onde o judeu estava alojado. A sala de convivência estava vazia, a não ser pelo *Stubendienst,* que estava passando lentamente um escovão pelas tábuas irregulares do assoalho. Os movimentos do escovão se aceleraram quando o homem viu quem tinha entrado.

— Onde está o Brack?

O prisioneiro parou o que estava fazendo e assumiu a posição de sentido, segurando o cabo do escovão como se fosse um fuzil. A cena quase fez Eidenmüller rir.

— No pavilhão 19, *Herr Unterscharführer.*

No pavilhão 19, Eidenmüller abriu a porta e olhou para dentro. Brack estava numa conversa desconexa com mais três Verdes.

— Brack — disse Eidenmüller. — Uma palavrinha, se não for incomodar.

A obsequiosidade que Brack demonstrara diante de Meissner tinha sumido.

— Então? Qual é o assunto? — disse ele, piscando ao sair para o sol forte.

— Vamos andar um pouco.

Curioso, Brack acompanhou o passo do homem da SS enquanto os dois seguiam na direção do pátio de revista.

— Fale-me desse seu judeu jogador de xadrez — disse Eidenmüller.

— O Relojoeiro?

— É disso que o chamam? Por que esse apelido?

— Porque é o que ele faz. Conserta relógios.

— Para os prisioneiros?

Brack deu-lhe um olhar de *não seja assim tão idiota.*

— O que você acha?

Eles deram alguns passos sem falar.

— Sabe — disse Eidenmüller, então —, meu chefe quer organizar uma partida entre o judeu e alguns dos nossos melhores jogadores de xadrez da SS.

Brack parou, espantado.

— Por que ele ia querer fazer uma coisa dessas?

— A história se espalhou, Brack, sabe do que estou falando? Não estou dizendo que a culpa é sua, mas é engraçado isso de uma história se espalhar. Depois que ela se espalha, não tem como voltar atrás.

— De que merda você está falando?

— "Invencível", Brack. Estou falando dessa palavra. Esse seu judeu, jogador de xadrez. "Invencível." Não se pode aceitar isso, certo? Uma porra de um judeu invencível? Por isso, alguém precisa vencer o filho da mãe. Só que não pode ser uma armação. Todo mundo saberia de cara, se fosse. Por isso, meu chefe quer que ele enfrente alguns dos nossos melhores jogadores da SS e, pode acreditar em mim, nós temos uns dois que são bons de verdade. Só tem um problema, não é mesmo?

— Um problema?

— É. O judeuzinho fedido não quer jogar, sabia?

Eles andaram mais um pouco.

— O que você quer que eu faça exatamente? — perguntou Brack.

— Meu chefe é um cara legal, sabe? — disse Eidenmüller, sem dar atenção à pergunta. — De modo que ele não ia gostar muito se achasse que eu tinha feito alguma coisa para apavorar seu querido judeuzinho e forçá-lo a jogar. Por isso, não vou lhe dizer o que fazer. Você sabe como as coisas funcionam. Só trate de fazer aquele filho da mãe ingrato concordar em jogar.

— E o que eu ganho com isso?

Eidenmüller abriu um largo sorriso.

— Em primeiro lugar, você terá minha gratidão eterna. Em segundo, quando foi a última vez que você tomou uma dose razoável de Schnapps?

Emil e Yves estão voltando para o pavilhão depois da chamada do fim da tarde. Eles avançam devagar, com enorme esforço. Yves voltou da fábrica de Buna totalmente esgotado. Todas as noites, alguns prisioneiros voltam carregados pelos companheiros. A maioria deles será marcada para a *Selektion*.

Já há dias, Emil vem esperando que seu amigo seja um deles.

— Vamos tentar internar você na *Krankenbau* — Emil insiste com Yves. — Você pode dizer que caiu, torceu o tornozelo e que ele mal consegue aguentar seu peso. Eles não vão poder provar o contrário. Os médicos são judeus. Eles terão pena de você. Você só precisa de uns dias de descanso, vai sair de lá um novo homem.

São palavras vazias, e ele sabe disso, mas, para sua surpresa, Yves concorda e entra na fila comprida do lado de fora da enfermaria. Já há dias ele não fala em nada que não seja comida. Sonha constantemente com banquetes. Mas, quando Emil lhe oferece metade da sua ração de pão, Yves não a aceita.

Emil ajuda o amigo a se sentar no chão, encostado na parede de madeira.

— Me dá sua cumbuca — diz ele — que eu vou apanhar sua ração de sopa. Volto num instante.

Não é longe da K-B até seu pavilhão. Quando Emil chega à frente da fila, porém, o prisioneiro que distribui a sopa dá um aviso.

— Ele está aqui. Avisem o Brack.

Emil é puxado da fila e levado para a sala de convivência. A uma ordem de Brack, todos saem dali, deixando apenas Emil, Brack, seu olheiro, Widmann, e meia dúzia de pesos-pesados.

Está óbvio que alguma coisa está errada.

— Você é muito atrevido, seu merda de judeu ingrato — diz Brack.

Emil não responde.

— Quem você acha que é, seu bosta?

Emil ainda não dá resposta.

Brack grita, quase aos berros.

— Eu perguntei: quem você acha que é, seu imbecil, seu judeu fedido?

E Emil sabe que vai morrer.

1962
Kerk de Krijtberg, Amsterdã

O rosto da governanta apareceu à porta da sala de visitas.

— Se não for precisar de mim para mais nada, padre, estou saindo.

— Tudo bem. Já arrumou a cama para *Mijnheer* Schweninger?

— Duas camas, padre. Arrumei duas camas. Achei que dois hóspedes seus iam ficar aqui. E já deixei a mesa do café da manhã pronta.

— Obrigado.

— É que amanhã não vou estar aqui. É minha folga.

— Obrigado, sra. Brinckvoort. Tenho certeza de que vamos nos arranjar muito bem. — Quando a governanta fechou a porta e foi embora, Meissner voltou-se para Emil. — Você ouviu o que ela disse. Há um quarto para você, se quiser. Por que não sai do seu hotel e fica aqui até o final do campeonato? É provável que você e Willi gostem de analisar juntos as partidas.

— Espere aí — atalhou Schweninger. — Eu só concordei em ficar aqui uma noite, não até o fim.

— Como queira. Foi só uma ideia. — Meissner pegou o bule de café. Estava vazio. — Alguém quer mais café? Não demora nada.

Os dois enxadristas ficaram contemplando as brasas na lareira, enquanto esperavam que o padre voltasse da cozinha. Pareceu que ele estava demorando muito.

Com o tempo, Emil rompeu o silêncio.

— Há anos que venho me perguntando — começou ele, hesitante. — Quer dizer, li sobre isso em livros, mas nunca perguntei a ninguém que tivesse estado lá, que tivesse participado da história... — Sua voz foi sumindo.

— Sobre o que foi que esteve se perguntando, *Herr* Clément?

Emil respirou fundo.

— Como pessoas inteligentes como você e Paul se deixaram ludibriar de tal modo por Hitler que acabaram se tornando criminosos?

Apenas um dia antes, essa pergunta teria causado uma ofensa enorme. Agora, a atitude de Schweninger foi filosófica.

— Que pergunta — respondeu ele. — Já me fiz a mesma pergunta muitas vezes, e a verdade é muito desanimadora. As pessoas falaram dos defeitos dos nossos políticos e do terrível efeito que a Depressão e as reparações de guerra tiveram sobre a Alemanha, mas o fato é que um número excessivo de nós *queria* dizer "Sim!"

a Hitler. Sabíamos que ele era perigoso, mas ele prometia nos conduzir a nosso destino de direito. Quem poderia dizer não a isso? — Ele deu um forte suspiro. — De início, o perigo não mostrava uma forma ou contorno concreto, mas então o Partido Nazista começou a se imiscuir em todos os cantinhos da nossa vida, nos observando e nos controlando. Os camisas-pardas, os movimentos da juventude, as sociedades artísticas, a máquina de propaganda do governo... até mesmo o serviço postal e, mais tarde, a Gestapo. Era como se você estivesse encarando um colosso que o instigava, que o incitava, que lhe implorava que dissesse "Sim!" sem saber o que o "Sim!" significava. Mas, apesar do medo subjacente, aquilo tudo era empolgante, era libertador. O *Führer* sabia o que precisava ser feito, e o que nos cabia fazer era deixar tudo nas suas mãos capazes. E então tudo daria certo, e nós voltaríamos a ser fortes. Um povo, um sangue, todos unidos com um propósito comum, avançando juntos para um futuro maravilhoso do qual as velhas incertezas seriam banidas. Se você tivesse participado daquilo tudo, haveria de entender. Era irresistível.

Emil fez que não, lentamente.

— Não, eu nunca poderia ter participado daquilo. Eu era um judeu.

Meissner voltou.

— Café?

— Não, obrigado — disse Schweninger, levantando-se da cadeira. — Acho que vou dormir.

— Tão cedo?

Mas a atmosfera na sala tinha se azedado. A sensação de companheirismo que vinha aumentando tinha desaparecido.

— E você, Emil, vai querer passar a noite aqui?

— Não. Acho que devo voltar para meu hotel. — Ele se levantou e passou por Paul, indo na direção da porta da frente e pegando seu casaco no caminho.

Meissner acompanhou-o.

— Vamos vê-lo amanhã?

Emil parou no vão da porta aberta.

— Não sei. Pode ser. Preciso de tempo para pensar. Foi um longo dia. Talvez as coisas me pareçam diferentes amanhã.

— Vou rezar por você.

— Obrigado. Mas não sei bem que valor as preces de um cristão têm para um judeu.

— Tanto os cristãos como os judeus rezam para o mesmo Deus.

— É o que dizem. — Emil virou-se para ir embora. — Boa noite — disse para o padre ali atrás.

Como sempre, Meissner acordou cedo. Lavou-se, vestiu uma batina e desceu mancando a pequena escada que ia do presbitério à rua deserta. Acomodou-se num banco com vista para o canal. Apenas com o canto dos pássaros como companhia, acendeu um cigarro, mas seu sabor lhe pareceu amargo, e ele o atirou na água. Virou-se para olhar de frente para a igreja, com suas portas duplas, suas duas torres e sua consagração a são Francisco Xavier. Os jesuítas estavam ali havia mais de três séculos — na clandestinidade por dois deles. Meissner geralmente se inspirava na tenacidade desses religiosos que foram fiéis aos católicos holandeses depois que a Holanda tinha se declarado abertamente protestante, mas hoje não. Ele suspirou, passou mais um tempo na companhia dos pássaros e se levantou.

Tirando uma chave do bolso, ele destrancou a porta da igreja e entrou. Estava se perguntando se tinha agido certo ao reunir Emil e Willi. Tudo tinha corrido melhor do que ele esperava até o momento em que ele os deixou sozinhos. Tinha acontecido alguma coisa, mas o quê? Ele mancou até a grade do altar. O cheiro de cera e de velas costumava fazer com que ele se sentisse em casa. Ajoelhou-se, unindo as mãos em prece, mas descobriu que as palavras que supostamente deveriam lhe trazer serenidade tinham se tornado mecânicas e desprovidas de sentido. Olhou para o relógio de pulso. Ainda não eram sete da manhã. Decidiu que rezaria uma missa.

Na sacristia, ele vestiu uma alva e pôs uma estola sobre os ombros. Num armário, pegou um pouco de vinho e uma única hóstia. Voltou para o interior da igreja e se postou numa das capelas laterais, dedicada à Virgem.

— Santa Mãe de Deus — sussurrou ele —, rogo-lhe que me ajude a agir certo.

Ele pôs a taça de vinho e a hóstia na toalha do altar, ajoelhou-se e se persignou.

— *In nomine Patris, et Filii, et Spiritus Sancti...*

Meissner voltou para a casa sentindo-se melhor, como costumava se sentir depois de rezar uma missa solitária. *Pedi, e vos será dado.* Bem, ele tinha pedido. Agora estava nas mãos do bom Deus. Como Schweninger ainda não estava de pé, ele se ocupou fazendo café e fritando bacon. O aroma sem dúvida acordaria seu hóspede.

Em questão de minutos, Willi entrou na cozinha, esfregando os olhos.

— Mais cedo, achei que ouvi a porta da frente se abrir — disse ele.

— Era eu. Fui à igreja. — Ele mudou de assunto rapidamente. — Café?

Durante o café da manhã, nenhum dos dois falou sobre a noite anterior. Quando terminaram de lavar a louça e se acomodaram para fumar, Schweninger falou.

— Você não chegou a dizer o que fez *Herr* Clément mudar de ideia.

— Não. E, se você concordar, creio que seria melhor esperar que o próprio Emil lhe conte.

Schweninger inclinou-se sobre a mesa da cozinha para depositar a cinza do cigarro num cinzeiro.

— É justo — disse ele.

Os dois ficaram um tempo num silêncio amistoso, até o padre reiniciar a conversa.

— O que acha de me falar sobre o que você fazia durante a guerra? Era no Ministério da Propaganda, certo?

— Isso mesmo — disse Schweninger, fazendo que sim. — Na Seção III. Turismo.

— E você passou todo o tempo no ministério na mesma seção?

— Passei. De início, eu gostava de estar lá. Era bastante sofisticado, especialmente durante a Olimpíada, e havia oportunidades para viajar. Mas com o tempo cheguei à conclusão de que não estava progredindo. Mesmo quando solicitei uma transferência, para a qual eu estava bem qualificado, não a consegui. Demorei um pouco para descobrir, mas acabei me dando conta de que eu tinha uma falha no meu currículo que nunca teria como apagar.

— Você acha que era alvo do rancor de alguém?

Schweninger apagou o cigarro, com tanta força que a ponta se desintegrou entre seus dedos.

— É a única explicação.

— Você sabe quem era essa pessoa?

— Sei, sim. Estou convencido de que era o Anão Malvado em pessoa, embora naturalmente ele considerasse que dizer isso na minha cara seria rebaixar-se.

— O Anão Malvado... você quer dizer Goebbels?

Schweninger fez que sim.

— É, aquele demônio de pé torto.

— O que houve?

Agosto de 1936
Munique
Foi um desastre total, indesculpável e humilhante.

Berlim, 1936. A Alemanha era a anfitriã dos Jogos Olímpicos. No ano anterior, tinha havido uma explosão de agitação antijudaica que levara à aprovação da Lei da Cidadania e da Lei para a Proteção do Sangue e da Honra Alemães, as chamadas Leis de Nuremberg, que roubavam a cidadania dos judeus e os impediam de participar da vida cívica. Quando a Federação Alemã de Xadrez — a *Grossdeutscher Schachbund* — propôs uma Olimpíada de xadrez para coincidir com os Jogos Olímpicos, a Federação Internacional de Xadrez, FIDE, declarou que o antissemitismo naquele país a impossibilitava de participar de uma Olimpíada alemã. Numa jogada cínica, a Alemanha concordou em suspender sua proibição de que judeus pudessem competir, e a Assembleia Geral da FIDE votou por deixar as federações nacionais livres para decidir por si mesmas se participariam ou não.

Embora a *Schach-Olympia,* Olimpíada de xadrez de 1936, fosse um acontecimento totalmente não oficial, mais equipes competiram do que em qualquer Olimpíada anterior, e as autoridades nazistas a consideraram uma grande realização em termos de propaganda. Mestres judeus de muitos países participaram, entre eles Boris Kostić, Lodewijk Prins e o jovem gênio polonês Mendel Najdorf.

Fazendo sua primeira aparição na equipe alemã havia um jovem jogador, Wilhelm Schweninger, cuja audácia — havia quem dissesse inconsequência — no modo de jogar lhe tinha angariado rapidamente a atenção nacional. Parecia que ele encarnava a febre de otimismo que tinha infectado o Terceiro *Reich* de Hitler. Como as Leis de Nuremberg tinham proibido os judeus de serem membros da Federação Alemã de Xadrez, a Alemanha tinha caído na classificação internacional. Schweninger, convicto de sua superioridade inata, usou seus novos contatos no Ministério da Propaganda para dizer ao público nacional que as coisas estavam prestes a mudar: ele foi saudado como o rosto do ressurgimento do xadrez alemão, que em breve ocuparia seu lugar de direito no primeiro plano do jogo no mundo.

O modo de jogar do jovem Schweninger foi tão arrogante e agressivo quanto todos imaginavam. Na primeira rodada, ele enfrentou um jogador judeu igualmente imaturo, da Letônia. Schweninger venceu de modo convincente e foi elogiado na imprensa alemã como uma prova viva da superioridade dos arianos sobre os judeus. Em Munique, foi organizado rapidamente um jantar em sua homenagem, e ele até recebeu um telegrama de parabéns de Goebbels. Schweninger permitiu-se imaginar uma ascensão meteórica dentro do ministério. Ele seria cortejado pelos ricos e famosos, e lindas mulheres ouviriam com atenção tudo o que ele dissesse.

Ele pôde aproveitar sua celebridade recém-adquirida por exatamente um dia.

Na segunda rodada, ele foi jogar com outro judeu — o lendário Najdorf. O polonês tinha dado seu nome a uma variante da defesa siciliana. Naturalmente, Schweninger imaginou que seu adversário fosse empregar seu movimento famoso e foi surpreendido quando, em vez disso, Najdorf abriu a partida com um simples gambito da rainha. A partir daí tratou de aterrorizar o jovem alemão, levando a partida à sua inevitável conclusão a uma velocidade espantosa. No momento do xeque-mate, Najdorf lançou sobre o adversário um frio olhar de desprezo.

Totalmente desmoralizado, Schweninger tentou manter a dignidade.

— Parabéns, *Herr* Najdorf — disse ele, estendendo a mão para o adversário.

Najdorf ignorou o gesto. Sem uma palavra, ele deu meia-volta e foi embora.

Num ataque de raiva, Schweninger gritou para que o adversário ouvisse.

— Está chegando a hora, *Herr* Najdorf, em que os judeus vão receber o mesmo tratamento que gostam de dispensar aos outros. Nesse dia, vamos ver se você ainda se achará bom demais para apertar minha mão. — Mas o vencedor simplesmente continuou a andar na direção da saída. Furioso, Schweninger ainda berrou para ele: — *Heil Hitler!*

Mas essa não foi a pior parte. Dois países, a Polônia e a Hungria, puseram em campo equipes compostas inteiramente por judeus. A equipe da Alemanha foi derrotada sem exceção por esses dois países.

Dizia-se que Goebbels estaria fumegando de ódio. Foi um desastre em termos de propaganda, e Wilhelm Schweninger estava bem no centro dele.

1962

Kerk de Krijtberg, Amsterdã

— Quer dizer que Goebbels não quis perdoá-lo por ser derrotado por um judeu?

— Para ser justo, acho provável que tenha sido mais que isso.

— Justo? Para com o homem que arruinou sua carreira?

A sombra de um sorriso passou pelos lábios de Schweninger.

— No fundo, ela nunca foi grande coisa como carreira. Eu até que me saí bem paparicando os jornalistas ingleses na Olimpíada de Berlim, mas acho que foi só isso. Depois, nunca cheguei a ser muito mais do que um burocrata metido a besta. Acho que o que deixou Goebbels tão furioso foi o fato de eu ter usado meus contatos no ministério, não tanto para gerar boa propaganda para a equipe alemã, mas para me engrandecer. Se eu tivesse me saído bem, tudo teria dado certo. Mas o que aconteceu foi que eu tive a infelicidade de dar de cara com Najdorf.

— Ele está aqui em Amsterdã agora, sabia?

Najdorf? Eu sabia, sim. Pensei em talvez me apresentar a ele e pedir desculpas por meu comportamento grosseirão, todos aqueles anos atrás, embora eu duvide que ele se lembre. — Schweninger levantou-se. — Com licença. Vou ao banheiro.

Quando ele voltou, Meissner estava à pia, lavando a louça.

— E o que aconteceu depois de Munique?

Schweninger encostou-se no balcão, olhando enquanto o padre esfregava uma frigideira.

— Eu me determinei a não deixar que um único revés definisse minha carreira de enxadrista. Em 1940 eu já era o campeão inconteste da Alemanha, mas àquela altura Goebbels tinha coisas mais importantes com que ocupar seu tempo do que com um jogador de xadrez que tinha se permitido ser derrotado por um judeu. Desenvolvi mais meu estilo de ataque, que eu tinha baseado nos textos de Spielmann, apesar de ele também ser judeu. Se eu pudesse tê-lo enfrentado, não teria havido discussão sobre eu ser campeão tanto da Alemanha como da Áustria, mas ele fugiu para a Suécia.

— Parece que seu destino foi ter sua carreira moldada por judeus, e agora você foi derrotado por mais um. Isso não lhe causa rancor?

— Não. Para ser franco, eu fui o único culpado pelo que aconteceu em Munique. Fui arrogante e simplesmente eu não era tão bom assim. Mas, em minha defesa, digo que estava só com vinte e três anos. O que não consigo explicar é como Clément conseguiu me derrotar com tanta competência aqui em Amsterdã. Eu me julgava melhor que isso. É realmente uma lição descobrir que as coisas não são bem assim.

— Você precisava vê-lo em Auschwitz.

Ao meio-dia, Emil ainda não tinha aparecido, e Meissner sugeriu que fossem andando até seu hotel.

— Lamento, mas *Mijnheer* Clément saiu — informou o recepcionista.

— Acho que sei onde ele deve estar — disse Meissner.

22.
O GAMBITO DE MUNIQUE

1962
Leidseplein, Amsterdã

Era um dia de primavera, ensolarado. Os dois homens voltaram pelo mesmo caminho ao longo do canal Singel. Desviando-se de bicicletas e bondes, Meissner conduziu seu companheiro por algumas pontes até chegarem à praça aberta que era a Leidseplein. À sombra de árvores que estavam começando a lançar botões, uma quantidade de mesas tinha sido disposta com tabuleiros de xadrez. Meissner apontou para uma que ficava diante de um café.

— Lá está ele — disse.

Eles atravessaram a praça.

— Achei que talvez o encontrássemos aqui — disse Meissner, com um largo sorriso.

Emil levantou os olhos do tabuleiro, semicerrando-os por conta do sol.

— Nos dá licença? — perguntou Schweninger, indicando uma cadeira.

Emil não respondeu. Em vez disso, ele lançou um olhar de interrogação a seu adversário. Estava jogando com um adolescente, que pareceu um pouco ansioso com a intromissão.

— Por favor, não se incomode conosco — disse Meissner. — Somos apenas admiradores do jogo. Se o estivermos incomodando, é só nos dizer que nós o deixaremos em paz.

— Não, padre, tudo bem — respondeu o jovem.

A partida avançava devagar. A cada movimento — tanto o seu próprio quanto o do adversário —, Emil explicava o que estava acontecendo. O segredo da vitória, disse ele, era prever o que seu adversário ia fazer quatro lances depois, mas tornar seus próprios lances imprevisíveis.

— Daqui a quatro lances — disse o adolescente depois de um tempo —, você vai ganhar.

Emil sorriu.

— Muito bem, apesar de que não era exatamente isso que eu tinha em mente quando lhe disse que pensasse adiante. Mesmo assim, permita que eu lhe dê parabéns, você já está pensando como um enxadrista.

O adolescente começou a se levantar, mas Schweninger estendeu a mão para segurar seu braço.

— Sabe com quem esteve jogando? — O jovem fez que não. — *Herr* Clément é o campeão de Israel, apesar de ser realmente francês. Dentro de mais ou menos uma semana, ele vai vencer o campeonato internacional. Ele lançou para Emil um olhar significativo. — Há quem diga que ele é invencível.

O adolescente ficou impressionado.

— É mesmo? Se eu tivesse sabido, eu não teria...

Emil reprimiu um risinho.

— Que bom que você não sabia! Obrigado pela partida. Foi um prazer.

Um garçom se aproximou.

— Essa caminhada me deu fome — declarou Meissner. — Vamos almoçar?

Durante o almoço de pão, queijo e cerveja, Schweninger comentou.

— Hoje de manhã perguntei a Paul por que você mudou de ideia acerca de jogar xadrez contra o pessoal da SS. Ele disse que eu devia perguntar a você.

Emil franziu o cenho.

— Disse, é?

Junho de 1944
Konzentrationslager Auschwitz-III, Monowitz

— Você mudou de ideia? — Meissner olha detidamente para o *Häftling* em pé em posição de sentido, à sua frente. O rosto do prisioneiro está com manchas roxas; e, quando ele abre a boca, está faltando um dente. Parece que levou uma bela surra. Meissner suspira. Decididamente não era isso o que ele queria.

— Por quê? — pergunta ele.

A resposta lhe causa espanto.

— Peço perdão, *Herr Hauptsturmführer* — responde Emil —, mas, na última vez que nos falamos, o senhor mencionou certos privilégios que poderia obter para mim se eu concordasse em jogar. Não peço nada para mim, entenda bem. Estou pedindo em nome de um amigo.

— Um amigo? E quem seria esse seu amigo? Não o *Blockältester* Brack, por acaso?

Emil faz que não.

— Não, *Herr Hauptsturmführer*. É o homem com quem divido meu beliche. Ele se chama Yves Boudeaud. Seu número é 162870.

— E o que você quer para esse seu amigo?

— Uma coisa muito simples. Ele no momento está na *Krankenbau*, recuperando--se de uma lesão. A verdade é que ele está exausto, com inanição. Vai morrer se nada for feito para ajudá-lo. Ele é um bom homem. Tudo o que peço é que, quando lhe derem alta da enfermaria, ele seja designado para trabalhar nas cozinhas. Lá o trabalho será mais leve, e ele vai conseguir rações melhores.

Meissner abana a cabeça, confuso. Estava esperando um pedido muito mais extravagante. Esse pedido é insignificante demais. Tem de haver mais alguma coisa.

— Só isso? Mais nada?

Emil hesita antes de responder. Quando fala, sua voz falha, denunciando sua emoção.

— Minha mulher e filhos, senhor. Não sei o que aconteceu com eles, mas, se ainda estiverem vivos, gostaria que recebessem o mesmo tratamento.

Meissner fica em silêncio, avaliando a resposta a dar.

— Receio não poder prometer isso. Se estiverem vivos, estarão em Birkenau. Lá não exerço nenhuma autoridade. Mas vou conceder seu outro pedido, o do seu amigo, mediante uma condição.

— Sem dúvida, se estiver ao meu alcance.

— Bem, tenho a impressão de que está, de fato, ao seu alcance. A condição é que você vença.

Emil reflete um instante sobre o que o oficial disse.

— Não entendo. Por que é tão importante para o senhor que eu vença?

— Você entendeu mal meu objetivo. Para mim, não tem a menor importância que você vença. No entanto, é essencial que você *jogue* para vencer. Se não for assim, não seria um desafio de verdade, e o resultado não seria válido.

Emil considera o raciocínio do oficial difícil de compreender. Sem dúvida, a SS ia querer que um judeu fosse derrotado. Mas faz diferença? Para ele mesmo, a questão é simples. Se — quando — ele ganhar, Yves continuará vivo. Em caso negativo, Yves decerto morrerá.

— Entendi — diz ele. Mas não entendeu. O que o oficial disse não faz sentido. Desnorteado, o cérebro de Emil reorganiza as palavras do oficial, como se elas fossem peças num tabuleiro de xadrez, em busca de algum significado oculto, de algum movimento que seja transparente. — Mas, *se* eu ganhar — prossegue ele, escolhendo as palavras com determinação —, Yves será designado para as cozinhas, em caráter permanente? E o senhor me dá sua palavra de que ele não será selecionado para virar fumaça?

— Essa é uma condição a mais — ressalta Meissner. — O que você está dizendo agora é que vai jogar pela vida do seu amigo. É uma responsabilidade tremenda.

— Pode ser que seja — concorda Emil —, mas ainda assim é o que devo fazer. Ele faria o mesmo por mim.

— Nesse caso, farei o que me pede. Seu amigo será posto a trabalhar nas cozinhas, e eu farei com que seja gravado na sua *Häftling-Karte* que ele foi designado como *Schutzhäftling*, estando isento das *Selektionen*.

— Sendo assim, eu jogo.

O prisioneiro faz uma reverência e sai do gabinete.

Assim que ele acaba de descer a escada, Meissner chama seu ordenança com um grito.

— Você teve alguma coisa a ver com aquilo?

Enquanto Eidenmüller está parado no vão da porta, seu rosto abriga uma expressão de inocência ofendida.

— Eu, senhor? Com o quê, senhor?

— Com o prisioneiro, Eidenmüller. Ele foi espancado. Espero sinceramente que você não tenha tido nada a ver com isso.

— Com o prisioneiro, senhor? Está falando daquele que estava aqui agorinha? O Relojoeiro?

— "Relojoeiro"?

— É como o chamam, senhor.

— Bem, sim, seu pateta, com o Relojoeiro.

O ordenança faz que não, com uma veemência teatral.

— Não, senhor. De modo algum, senhor. Deve ter sido aquele *Blockältester*, senhor. Brack, acho que é o nome, senhor. Não fui com a cara dele, nem um pouco.

— Bem, então faça-me um favor, Eidenmüller. Quero que você vá procurar esse Brack pessoalmente. Quero que você lhe dê um recado meu, de que, de agora em diante, esse Relojoeiro deve ser deixado em paz. Ele está sob minha proteção e, se alguma coisa acontecer a ele, eu me encarregarei de que exatamente a mesma coisa aconteça ao Brack. Entendido?

— Sim, senhor. Entendi, senhor. Perfeitamente, senhor.

1962
Grand Hotel Krasnapolsky, Amsterdã
A partida seguinte de Emil no campeonato encontrou-o desafiando um húngaro que estava jogando pela equipe norte-americana. Emil sorteou as brancas e começou a partida avançando seu peão da rainha duas casas. O húngaro reagiu movimentando seu cavalo do rei, para ficar duas casas à frente do bispo. Emil moveu seu peão do bispo da rainha para ficar ao lado do irmão. O húngaro moveu o peão correspondente para bloquear seu avanço, oferecendo-o como um sacrifício para as brancas. Emil ignorou o gambito e adiantou seu primeiro peão uma casa, oferecendo um contragambito ao cavalo preto. A troca de um cavalo por um peão não é justa; por isso, o húngaro adiantou seu peão do cavalo da rainha num terceiro gambito. Emil capturou o peão. Seu adversário moveu o peão da torre uma casa, e Emil capturou esse também. O húngaro então fez um fianqueto* com o bispo da rainha para capturar o peão de Emil.

Observando de fora, Schweninger sussurrou para Meissner.

— O que ele está fazendo? Será que não vê que está sendo atraído para uma armadilha?

— Armadilha? Como? Na troca, ele ficou com um peão a mais. Isso é bom, não é?

— Não. As brancas sempre começam com a iniciativa, mas agora ele a perdeu. Veja como a posição do húngaro está muito mais desenvolvida, e a ameaça que seu bispo representa na diagonal.

Emil, porém, tinha plena consciência do que seu adversário estava fazendo. O húngaro estava jogando uma variante da defesa Benoni, preferida pelo próprio Emil quando jogava com as pretas. Ele já tinha visto essa variante, em circunstâncias totalmente diferentes, quando muito mais estava em jogo.

---

* O fianqueto é um movimento de desenvolvimento em que o peão diante de um cavalo avança uma casa ou duas e o bispo ocupa a casa por trás desse peão, o que confere ao bispo liberdade para percorrer a longa diagonal que o movimento abriu.

Junho de 1944
Konzentrationslager Auschwitz-III, Monowitz
Emil tem de esperar até terminar o trabalho do dia para poder visitar Yves na K-B e lhe dar a notícia. Yves ainda está fraco, mas está mais alerta e seus olhos perderam a opacidade do desespero. Emil lhe diz que ele já está com melhor aparência, antes de lhe falar, todo animado, sobre o acordo que fez com o oficial da SS.

— Então — diz Emil, sentindo-se mais tranquilo do que há muitos meses —, quando você receber alta, será designado para trabalhar nas cozinhas e, se houver uma *Selektion,* você não estará entre os que vão virar fumaça.

Mas a reação de Yves não é a que Emil esperava.

— E se você perder?

— Eu não vou perder.

— Mas seria possível. O que você está dizendo, Emil, é que, se você perder, o mais provável é que eu esteja na próxima *Selektion;* e, se você vencer, eu lhe deverei minha vida.

— Yves, confie em mim... Não vou perder.

— Eu confio em você, sim, Emil — diz Yves, com uma veemência que Emil não vê há muito tempo —, mas não é essa a questão. Você não está entendendo? Minha vida não lhe pertence para você negociar com ela. Não sou uma peça num tabuleiro.

Emil fica abalado com a reação do amigo.

— Mas você disse que um de nós tinha de sobreviver para falar às pessoas sobre este lugar.

— Eu me referia a você, Emil, não a mim. Eu não esperava, não espero sobreviver. Olhe para mim. Não vou aguentar muito mais. Alguns dias, algumas semanas, quem sabe?

— Não. Yves, por favor. Preste atenção. Isso vai dar certo. Vai.

— Não, Emil. Não vou deixar que você faça isso. Não quero que minha vida seja salva por causa do capricho de algum oficial da SS. O que ele dá hoje poderá com a mesma tranquilidade tirar amanhã.

Emil fica angustiado com a teimosia do amigo; e, num movimento inconsciente, seus dedos repuxam a bainha esfarrapada da manga do uniforme.

— Acho que ele não vai voltar atrás. Ele me deu sua palavra.

Yves não consegue acreditar.

— Ele deu sua palavra? A um judeu? E você acreditou nele? Sem dúvida, a esta altura você sabe que não se pode confiar em nenhum alemão. Eles são mentirosos, todos eles. É provável que ele esteja rindo de você neste mesmo instante.

Emil implora ao amigo.

— Por favor, Yves. Deixe-me tentar.

— Não. Eu proíbo que você faça isso.

Emil foi apanhado numa armadilha preparada pelo reino das mentiras: para salvar a vida do amigo, ele precisa abandonar a verdade, algo que tinha prometido a si mesmo não fazer nunca. Ele diz a Yves que fará o que o amigo pede, que jogará por sua própria vida. Quando Yves receber alta da K-B, será tarde demais para ele fazer qualquer coisa a respeito.

Lá no pavilhão de Emil, Bodo Brack foi chamado pelo *Blockführer,* que lhe entrega um papel.

— O que é isso?

— Notificação de mudança de status de um dos *Häftlinge*. O prisioneiro 162870 Boudeaud foi designado *Schutzhäftling* por ordem do *Hauptsturmführer* Meissner. Seu *Blockschreiber* deve modificar a ficha de acordo com a ordem.

— Por que o status dele mudou?

— Não faço ideia. Só recebi a ordem.

Voltando ao pavilhão, Brack passa o papel para Widmann.

— Quem é esse Boudeaud? — pergunta ele.

— Um francês. Ele e o Relojoeiro dormem no mesmo catre. São unha e carne, esses dois.

— E o que ele tem de tão especial?

— Nada, ao que eu saiba. Mas ele está muito mal, há semanas. Acho que não vai durar muito. Está na K-B já faz alguns dias.

Mais tarde, quando Emil volta para o pavilhão, Brack o agarra pela gola e o puxa lá para fora.

— Que merda você anda aprontando?

— Aprontando? Não sei do que está falando.

— Do seu baitola. Não finja que não sabe do que estou falando. O cara que dorme com você. Você é tão burro que achou que eu não ia descobrir?

— Ainda não sei do que o senhor está falando.

Isso lhe vale um tabefe na cara.

— Não brinque comigo, seu sacana — berra Brack. — Como foi que você conseguiu que o bosta do seu amiguinho fosse designado *Schutzhäftling* por ordem de um puto de um *Hauptsturmführer* da SS?

Emil explica, preparando-se para ser espancado mas, quando termina, Brack simplesmente o dispensa. Emil não sabe como interpretar isso, mas aproveita a oportunidade para ir embora.

— Filho da mãe espertinho — diz Brack, entre dentes, para as costas de Emil, que vai se afastando.

A partida é realizada dois dias depois. Yves ainda está na enfermaria. Emil é submetido a uma limpeza e levado num caminhão até o *Stammlager*. Ele senta na parte traseira com um guarda da SS. O motorista não tem o menor cuidado e dirige com imprudência, jogando o veículo para lá e para cá, sem levar em consideração o bem-estar dos passageiros. Ao chegar, Emil está abalado, sentindo náuseas. Ele é levado ao quartel dos praças, onde foi arrumada uma sala espaçosa, com uma mesa e um tabuleiro no centro.

Emil é deixado esperando no corredor. Ali mandam que ele tire o boné e se volte para a parede. À medida que vão passando, algumas pessoas fazem questão de lhe dar um empurrão contra a parede, ou de lhe dar um soco. Ele está nervosíssimo, sem saber quando virá o próximo golpe, e o tempo passa com uma lentidão dolorosa. Por fim, ele ouve uma voz conhecida.

— Relojoeiro. — É o *Hauptsturmführer* Meissner. — Venha comigo.

A sala está cheia de homens da SS, em sua maioria suboficiais, mas há um oficial ou dois. Emil não reconhece nenhum deles. Ele é levado ao tabuleiro.

— Seu adversário estará aqui em breve — diz-lhe Meissner.

Emil nunca esteve na presença de tantos homens da SS. Ele permanece em posição de sentido, com o olhar fixo numa parede.

Alguém traz um banco.

— Senta — ordena alguém, como se ele fosse um cachorro. Segurando o boné nas mãos, Emil se senta.

Seu adversário chega, um suboficial da SS. Na gola da túnica, ele traz as duas estrelas e divisas que indicam que ele é um *Hauptscharführer*. É um homem troncudo, com uma verruga no queixo e olhos de porco, que espiam por trás de grossas camadas de gordura.

— Preciso ir adiante, senhor? — pergunta o suboficial a Meissner.

— Sim, Frommhagen. Esta deve ser uma prova significativa, e você foi um finalista no campeonato dos praças. É seu dever defender a honra da SS.

O suboficial revira os olhos. Meissner é chamado dali, e Frommhagen apela para Eidenmüller.

— Só porque alguém disse que a porra do judeu é invencível? Ele nem me parece assim tão especial. Por que não fuzilar o cara de uma vez e acabar com a história? Eu mesmo me disponho a isso, se seu chefe for sensível demais para a tarefa.

Meissner volta a eles.

— Vamos tratar de começar, certo?

Meissner estende as duas mãos no estilo habitual para a escolha da cor que caberá a cada jogador. Frommhagen escolhe. E tira as pretas. Emil começa o jogo, avançando duas casas com seu peão da rainha.

A segurança de Emil desapareceu. É um peso enorme saber que precisa ganhar, ou Yves com toda a certeza morrerá. O banco é desconfortável; e, depois que ele, nervoso, mudou de posição pela terceira vez, seu adversário fala, cheio de raiva.

— Droga, pare de se mexer, seu judeu imbecil.

Emil lembra-se perfeitamente do que disse a Yves: "Confie em mim. Não vou perder." Agora está com medo de não cumprir sua promessa.

Após dez jogadas, Emil está com a vantagem de um peão, mas a posição de seu adversário está mais bem desenvolvida, e a ameaça do bispo do alemão ao longo da diagonal impõe uma enorme limitação à imprevisibilidade, que é o ponto forte de Emil.

1962

Grand Hotel Krasnapolsky, Amsterdã

Emil ficou olhando impassível quando seu adversário acionou o cronômetro da partida. Os movimentos de abertura do húngaro tinham se afastado do convencional e tinham sido de uma eficácia desconcertante. Emil olhou para ele, mais ou menos esperando ver uma semelhança com um *Hauptscharführer* da SS com uma verruga. Estava se sentindo inquieto. Sem dúvida, por conta de toda aquela conversa com Meissner, revirando o passado. Bem, se conseguisse passar por essa etapa, seria necessário parar com aquilo, pelo menos até o fim do Torneio Interzonal. Estava em jogo o acesso ao campeonato mundial. Mas antes ele precisava derrotar o húngaro.

Na noite anterior, quando lançou as peças, Emil tinha revelado ח — Heth —, que significa os *benelohim*, os filhos de Deus. Tinha considerado que esse era um sinal de que Deus lançava sobre ele seu olhar benevolente. E teve esperança de que significasse que ele voltaria a vencer. Agora estava desnorteado com a facilidade com que tinha caído na armadilha do adversário. Por sorte, o avanço para além dessa etapa no torneio não dependia do resultado de uma única partida, mas da melhor de três. Mesmo assim, ele quebrou a cabeça em busca de um jeito de escapar da posição que o húngaro tinha criado. O relógio tiquetaqueava. Se ele avançasse seu peão do rei, as pretas fariam seu bispo atravessar o tabuleiro para capturar o bispo branco. Emil o tomaria com seu rei, mas isso deixaria seu rei exposto, o que concederia ainda mais vantagem de iniciativa ao adversário. Ele poderia movimentar seu cavalo da rainha, mas isso ainda o deixaria sem nenhuma opção de ataque imediato. A teoria lhe dizia que jogasse com segurança, mas cada fibra de seu instinto lhe garantia que era isso o que seu oponente desejava. Sem que ele tomasse uma decisão consciente, sua mão parou no bispo da rainha e o movimentou na diagonal do lado do rei, numa ameaça ao cavalo preto ainda acomodado na fileira do fundo. Não foi um movimento convencional, mas talvez fizesse seu oponente hesitar. Se ele conseguisse ganhar um pouco de espaço, poderia pelo menos obter um empate...

Em algum lugar, uma tábua de assoalho rangeu. No ambiente silencioso, o ruído foi espantosamente alto. E o levou de volta a uma outra partida.

Era a última coisa em que ele queria pensar, mas a lembrança invadiu sua mente sem ser convidada. Ele podia ver de novo os capilares sinuosos, de um vermelho vivo, no nariz e nas bochechas do homem da SS. Sentia o cheiro do chucrute e da cerveja em seu hálito. Ouvia os gritos dos colegas que o incitavam a derrotar esse judeu inconveniente.

O húngaro viu a ameaça ao cavalo. Moveu-o, então, capturando o solitário peão branco no meio do tabuleiro, mas foi um erro fundamental.

Com um grito mudo de prazer, Emil avançou sua rainha para capturar o cavalo. A troca deixou-o no domínio do centro do tabuleiro. Não era assim que ele gostava de jogar, mas sua chance de vencer tinha aumentado significativamente.

* * *

Depois, Schweninger não parava de elogiar a vitória de Emil.

— Tão inteligentes os movimentos de abertura das pretas — disse ele. — Tão fora do convencional. Não me lembro de ter visto nada semelhante. Se você reagir como deveria, como Emil fez, estará encrencado antes de se dar conta disso. Quase impossível escapar da situação sem fazer alguma concessão importante. O que Emil fez foi um golpe de mestre: audacioso, mas excêntrico. Seu adversário fica achando que deixou de ver alguma coisa, e com isso você consegue recuperar a iniciativa.

— Eu já tinha visto a sequência antes — disse Emil. — Chama-se o gambito Volga. Nunca esperei vê-lo por aqui. Me pegou de surpresa.

— Onde você o viu? — perguntou Meissner.

— Em Auschwitz. Na primeira partida que joguei, o *Hauptscharführer* usou a mesma abertura. Não faço ideia de onde ele poderia ter se deparado com ela. Na ocasião fui apanhado de surpresa também. Era a primeira vez que eu a via, e me lembro de ter achado que era uma abertura realmente interessante e de ter me perguntado o que eu ia fazer a respeito dela. Naquela partida, o que estava em jogo era tremendo.

— Fascinante — disse Schweninger. — Sabe, acabou de me ocorrer. Tenho uma ideia de onde ele talvez a tenha visto.

Emil respondeu com um olhar de ceticismo.

— É mesmo? Onde?

— Em 1936. Na Olimpíada de xadrez de Munique. Tenho certeza de que Thorvaldsson a empregou, embora mais tarde ela tenha sido adotada por Eliskases. Na época, chamava-se o gambito de Munique.

23.
A defesa francesa

Do diário do Hauptsturmführer *Paul Meissner*

Domingo, 11 de junho de 1944. Parece que cometi algum tipo de erro de cálculo. O *Sturmbannführer* Bär está uma fera comigo. Ele não admite que eu não o tenha consultado antes de pôr um judeu para jogar contra um membro da SS. E queria que o Relojoeiro fosse fuzilado de imediato por ter tido a temeridade de vencer. Ele não abrandou sua atitude quando lhe expliquei que eu mesmo tinha posto o judeu numa posição em que ele não podia se dar ao luxo de perder. Também não se impressionou quando tentei convencê-lo de que a partida era importantíssima por causa de uma ideia que brotou entre os judeus do campo de concentração de que um dentre eles é invencível. Não se pode derrubar uma ideia com tiros, disse eu. O *Hauptscharführer* Frommhagen era o mais fraco dos finalistas do campeonato do campo, e o Relojoeiro cortou um dobrado para vencê-lo. Parece provável que, se ele disputar uma partida com nossos jogadores mais fortes, acabará encontrando alguém à altura, e o judeu "invencível" logo será esquecido. A ideia de que o judeu venha a enfrentar alguém da laia de Hustek quase me faz sentir pena dele. Pelo menos, o *Kommandant* aceitou que agora temos de prosseguir com as partidas, embora ele ainda não goste nem um pouco disso. Eu lhe disse que, se ele considerava assim tão repreensível o que fiz, poderia tomar providências para que eu seja transferido. Ele respondeu que, com a *Aktion Höss* evoluindo a todo o pano, não havia a menor cogitação de uma transferência. Parece que sou indispensável, pelo menos por enquanto. Mesmo assim, vou escrever para Peter Sommer para ver se existe alguma chance de meu antigo regimento me aceitar de volta. Parece provável que eles logo estejam no auge dos combates na França — se já não estão. Goebbels garantiu que o inimigo seria empurrado de volta para o mar dentro de uma semana, mas não se vê o menor sinal de que isso esteja acontecendo. O *Führer* prometeu que a Alemanha nunca mais lutaria em dois fronts, e agora nós estamos combatendo em três. Esse papo é derrotista? Se eu tivesse juízo, destruiria esse diário; mas alguma coisa me impede de fazer isso. Digo a mim mesmo que é a voz da razão. Só Deus sabe que essa é uma mercadoria rara nos dias de hoje, especialmente por aqui. Não existe razão, apenas ordens. Quanto a esse judeu, reluto em admitir, mas há nele alguma coisa que é perturbadora. Sua principal preocupação era com o amigo, não consigo mesmo. Isso é o que eu poderia ter esperado de camaradas que enfrentaram a morte juntos no calor da batalha, não de um judeu atolado na imundície da avareza. Começo a me perguntar se tudo o que se disse dessa raça é verdade ou se, como Lot na cidade de Sodoma, o Relojoeiro é o único homem bom numa multidão de seres nocivos.

1962
Amsterdã
Por mais apertada que tivesse sido a vitória de Emil, Meissner insistiu numa comemoração. Ele lhes falou de um pequeno restaurante familiar no Oude Turfmarkt que servia uma comida italiana maravilhosa. Não era longe, talvez uns dez minutos a pé. Eles seriam seus convidados para o jantar.

Ao atravessar o saguão do Krasnapolsky, eles toparam com Lijsbeth Pietersen.

— Boa noite, *Mijnheer* Clément — disse ela, com um livro na mão. — Comprei seu livro. Será que o senhor se importa de autografá-lo para mim, se não for muito inconveniente...? — Seus olhos deram com os companheiros de Clément. — Ah! *Mijnheer* Schweninger. Eu não esperava vê-lo. Achei... — A voz de Lijsbeth foi sumindo.

— Achou o quê, srta. Pietersen? — indagou Schweninger.

— Só achei que... vocês dois... — Lijsbeth enrubesceu.

— Talvez a senhorita tenha pensado que *Herr* Schweninger e eu não tínhamos tanto em comum assim para acabarmos procurando um a companhia do outro, não é? — sugeriu Emil, com delicadeza.

— Não... é que, quer dizer...

— Vamos dizer simplesmente que chegamos a um meio-termo — disse Willi. — Descobrimos que é melhor conversar um com o outro do que gritar um com o outro.

— Quer dizer que vocês...

— Que estamos nos falando, srta. Pietersen, e por ora isso terá de bastar — disse Emil, estendendo a mão para o livro. — Por sinal, já o leu?

— Li, sim. É muito comovente. Difícil acreditar que as pessoas possam ter feito coisas tão horríveis.

— É mesmo, não é? — Ele escreveu alguma coisa na primeira página e lhe devolveu o livro. — *Au revoir*, srta. Pietersen.

Os três homens desceram a escada da frente do hotel e atravessaram a praça Dam, passando pelo arco que conduzia à Rokin. As ruas estavam apinhadas de gente, e o ar retinia com as campainhas das bicicletas, à medida que os ciclistas iam abrindo caminho em meio à multidão. O sol do entardecer refletia nas janelas dos bares, que estavam lotados de pessoas que bebiam alguma coisa depois de um dia de trabalho.

— Essa cidade é realmente incrível — disse Emil, ignorando por um instante o discurso de Willi sobre os méritos de um estilo de ataque. Ele parou para contemplar uma fileira de frontões antigos lá do outro lado. Não havia dois iguais. Um ou outro prédio moderno se intrometia entre eles, parecendo deselegante e exagerado. — Por que alguém faria uma coisa dessas? — perguntou ele, apontando para um. — Sabe? Construir prédios de concreto feios como aqueles onde eles não combinam?

— Foram os ataques aéreos — disse Meissner. — Se uma das construções antigas era destruída, os holandeses não viam sentido em tentar esconder esse fato, criando uma réplica. Os prédios novos são monumentos ao que eles sofreram durante a guerra.

— Faz sentido, parece — diz Schweninger, seguindo em frente. — Como eu estava dizendo, na minha opinião, é provável que Capablanca se confirme como o maior enxadrista deste século. A simplicidade de seus lances de ataque e a velocidade com que ele fazia seus movimentos eram de fato totalmente... — Ele percebeu que estava falando sozinho e parou. Olhando para trás, viu Meissner encurvado, segurando-se a um poste de iluminação em busca de apoio, e Emil, com a preocupação gravada no rosto, em pé ao seu lado, com a mão no ombro de Meissner.

— O que houve? — disse Willi, voltando tão depressa quanto seu corpanzil permitia.

Meissner agitou a mão.

— Não é nada — disse ele. Seu rosto estava contorcido de dor, e sua voz era pouco mais do que um sussurro de agonia. — Só um problema que aparece de vez em quando. Não se preocupem... vai passar logo. Malária — acrescentou ele.

Só que não passou.

Como não estavam longe de um bar com letreiro onipresente, em verde e branco, "Heineken Bier", Willi entrou para pegar uma cadeira emprestada.

Meissner deu um sorriso amarelo.

— E então, Relojoeiro, agora sou eu que estou precisando de ajuda. Queria saber se você acha que podemos deixar o jantar para lá. Eu lhe seria grato se você pudesse me ajudar a voltar para a Krijtberg.

Apesar do frescor do anoitecer, gotas de suor apareciam na testa do padre.

Willi voltou, com uma cadeira.

— Vou chamar um táxi — disse ele.

De volta ao presbitério, foi preciso que os dois homens ajudassem Paul a descer do táxi e se encaminhar para a porta. Willi tocou a campainha repetidamente. Eles ouviram passos no hall e o "já vai, já vai" da voz da governanta.

— Meu bom Deus — disse ela, quando os viu. Rapidamente, ela se afastou para um lado, permitindo que passassem por ela. — O que houve? — Ela fez o sinal da cruz.

— Ele realmente não está bem — disse Emil. — Acho que a senhora deveria chamar um médico.

Quando conseguiram deitá-lo na cama, seu nariz já tinha começado a sangrar. Tendo chamado o outro sacerdote da Krijtberg, a governanta assumiu seu posto à cabeceira da cama e, chorosa, tentava estancar o sangue. O padre Scholten, um belga taciturno, postou-se ao pé da cama, rezando, com seus lábios se movimentando em silêncio, enquanto passava um terço lentamente pelos dedos. Quando o médico chegou, todos desceram para a cozinha.

Pareceu que ele ficou muito tempo com o paciente.

— Como ele está, doutor? — perguntou a governanta, com a voz trêmula de preocupação, quando o médico desceu.

— Dei-lhe um pouco de láudano, e ele agora está descansando. Vocês deveriam deixá-lo dormir. O que ele precisa é de um pouco de paz e tranquilidade. — Ele pegou as mãos da governanta. — Ele está muito doente, sra. Brinckvoort, mas isso a senhora já sabia — disse o médico com delicadeza.

— Mas sem dúvida ele vai se recuperar totalmente, não vai? — perguntou Willi.

O médico fez que não, lentamente.

— É muito improvável. É claro que todos nós rezamos pedindo um milagre, mas receio que haja pouca coisa que a ciência médica possa fazer.

— Para a *malária*? — A voz de Schweninger demonstrava mais do que um pouco de indignação. Como os médicos na Holanda podiam estar tão atrasados em comparação com seus colegas da Alemanha?

Um ar de compreensão passou pelo rosto do médico.

— Foi isso o que ele lhe disse? É, dá para entender. Ele não ia querer sua compaixão.

— Se não é malária, então o que é?

— É leucemia — disse Emil. — Ele está morrendo.

Junho de 1944
Konzentrationslager Auschwitz-III, Monowitz
Faz duas semanas que os Aliados desembarcaram na França. Depois de duros combates, os britânicos avançaram até Caen, e os norte-americanos conseguiram alcançar o lado ocidental da península do Cotentin, isolando Cherbourg. Hitler proibiu o comandante local, von Schlieben, de recuar para as fortificações da Muralha do Atlântico, deixando-o sem escolha a não ser lutar até seus homens estarem exaustos ou mortos.

Embora esteja isolado entre as minas de carvão da Silésia, o campo de concentração toma conhecimento do que está acontecendo a quase dois mil quilômetros de distância. As notícias são trazidas pelos trabalhadores poloneses da fábrica de Buna. O campo está exultante. Nos anos que se passaram desde que foi estabelecido, ele ainda não tinha vivido um momento como esse. Em seu complexo, para lá da cerca, dá para ouvir os prisioneiros de guerra britânicos zombando dos guardas.

Os presos não sabem como comemorar, mas não há como impedir a germinação das pequeninas sementes de esperança. Os prisioneiros têm uma força inusitada no jeito de andar, quando são levados em seus *Kommandos* de trabalhos forçados, e as canções animadas tocadas pela orquestra do campo já não parecem tão absurdas. Emil é um que já desrespeitou a norma de que a esperança é proibida em Auschwitz, e para ele a notícia alimenta seu otimismo.

Ainda assim, há alguns dias ele tem estado triste. Quando Yves recebeu alta da K-B e foi designado para as cozinhas, soube de imediato que Emil não tinha cumprido a palavra. Cheio de raiva, ele acusou Emil de trair sua confiança. Estranha forma de traição, comentou Emil, essa que salvava a vida de um amigo, mas Yves não quis lhe dar atenção.

Abriu-se uma distância entre eles, e Yves mudou de beliche. Agora Emil divide o catre com um italiano, homem alto e taciturno que não respeita o espaço de Emil.

O companheirismo que Emil tinha com Yves desapareceu. Emil pede em orações que seu amigo logo o perdoe. A notícia que chega da França o anima, e ele resolve que, quando voltar da fábrica ao anoitecer, vai procurar Yves e mais uma vez lhe pedir perdão.

Quando voltam do complexo de Buna, os prisioneiros percebem uma mudança. O campo está temeroso. O pressentimento e o pavor espreitam nos caminhos quando os prisioneiros são forçados a permanecer no pátio de revista depois da chamada do fim da tarde.

Na cabeceira da *Appelplatz* há um cadafalso. Três cordas vazias estão suspensas da forca. Alguns oficiais da SS estão em pé ali, observando. O Relojoeiro reconhece o vulto alto do *Hauptsturmführer* Meissner, apoiado na bengala e com a expressão evidente de alguém que gostaria de estar em outro lugar.

A chamada é terminada com uma rapidez fora do comum. O *Rapportführer* confere a contagem. Faltam três. Em vez de ordenar uma recontagem, ele informa o fato ao *Lagerführer*, que responde com um gesto lacônico de cabeça. Com um floreio, a orquestra do campo começa a "Marcha turca" de Mozart. Eles tocam bem, e alguns dos oficiais ali por perto da plataforma sorriem com aprovação.

Há uma movimentação entre os homens reunidos ali, quando três detentos machucados e ensanguentados são trazidos, com as mãos amarradas para trás. Eles estão com cordas no pescoço e vêm sendo puxados, como cachorros, por praças da SS. O *Lagerführer* faz um sinal para a orquestra parar de tocar e sobe a escada do cadafalso. Ele grita para os milhares ali reunidos. Embora somente as fileiras da frente possam ouvi-lo, ele sabe que, antes que a praça de revista se esvazie, suas palavras terão sido repetidas milhares de vezes.

— Esses homens são ladrões — diz ele, aos berros. — Foram apanhados roubando comida. É um crime contra a generosidade do *Reich* alemão, que tem por bem fornecer-lhes o pão de cada dia. Também é um crime contra *vocês*. A comida que eles pegaram era de vocês. Quando eles enchem a pança, sobra menos para *vocês*. Um crime tão monstruoso exige punição exemplar.

Emil entra em pânico. Yves não estava presente para a chamada. Os homens da SS forçam os prisioneiros a erguer a cabeça. Emil acha que vai vomitar. O prisioneiro da direita é Yves.

O *Rapportführer* lê em voz alta o nome e o número de cada um dos três. Os laços são postos no lugar e puxados com firmeza. A orquestra retoma sua obscena paródia de alegria. Os bancos em que os condenados estão em pé são chutados, e o campo assiste impotente enquanto eles se debatem e se contorcem, sufocados nos estertores da morte.

Escorrem lágrimas pelo rosto de Emil, mas ele já não sabe ao certo se está chorando por si mesmo ou por seu amigo.

E tudo por algumas batatas podres.

Meissner está furioso. Afastando-se das execuções, ele alcança o *Lagerführer* e o puxa pelo ombro.

— Aquilo ali era absolutamente necessário?

O *Obersturmführer* Vinzenz Schottl encara o oficial superior com um sorriso desdenhoso.

— É claro que era. Eles foram apanhados roubando comida. Disseram que tinham alguma ideia ridícula de distribuir uma ração a mais para prisioneiros que estavam morrendo de inanição. Era preciso dar um exemplo. — Schottl empurra para trás seu quepe e põe as mãos nos quadris, numa atitude que seria considerada insolente. — Mas por que o senhor ia se importar com o destino de alguns judeus imprestáveis?

— Um deles tinha sido designado *Schutzhäftling*, por ordem minha.

O *Lagerführer* enxerga seu superior de uma perspectiva nova e nada lisonjeira.

— É mesmo? Por que o senhor iria fazer uma coisa dessas?

— Tive meus motivos. Por que você não respeitou a condição do prisioneiro, ou no mínimo por que não falou comigo sobre isso?

— Eu não fazia a menor ideia. Garanto-lhe que não havia nenhuma anotação na *Häftling-Karte* dele.

Aborrecido, Meissner vira-se e vai embora. Mesmo ele estando de costas, o oficial subalterno lhe dá um aviso.

— *Herr Hauptsturmführer*, o senhor deveria tomar cuidado para as pessoas não começarem a chamá-lo de amigo dos judeus.

24.
O ATAQUE TORRE

1962
Amsterdã

Um homem está parado na Gerard Doustraat, diante da sinagoga. Está com um quipá na cabeça, mas hesita em entrar. A finalidade do prédio é óbvia pela Estrela de Davi engastada na janela no alto do frontão, mas, mesmo assim, ele hesita. Sua sensação é a de que não tem o que fazer ali. Mas ele sente um impulso avassalador de rezar, e descobriu que foi exatamente nessa sinagoga que o Rosh Hashaná foi celebrado em 1943, antes que os últimos judeus de Amsterdã fossem deportados para Auschwitz.

Ele percebe que tem uma ligação com esse lugar, mas se pergunta se é por causa do tempo que passou em Auschwitz, ou se é porque ele simplesmente é um judeu que não tem como escapar da história de seu povo.

Um homem vem saindo. Ele tem a barba grisalha e usa o chapéu de abas largas de um judeu ortodoxo.

— Bom dia — diz ele, em iídiche.

O homem na rua não fala iídiche há quase vinte anos.

— Bom dia — responde ele em hebraico.

— Seja bem-vindo — diz o judeu, estendendo a mão. — Shmuel Jacobsen. Sou o rabino aqui. Você se mudou para cá ou está de visita?

— De visita — responde o homem, distante.

— Gostaria de entrar?

— Não sei.

O rabino tem o que fazer fora dali, mas reluta em sair se essa pessoa que encontrou a sinagoga precisar de sua ajuda, de algum modo. Com o tempo, o visitante rompe o silêncio.

— Um amigo meu está morrendo. É câncer. Estou me sentindo péssimo. Não sei o que fazer.

O rabino lhe dá um sorriso tranquilizador.

— Por que está se sentindo péssimo? Você não é a causa do câncer dele. Talvez devesse se esforçar para confortá-lo durante seus últimos dias; e, quando ele se for, deveria sentir prazer com as recordações dele, mas não deveria se sentir péssimo. É a vontade de Deus.

— É mais forte que eu. Na última vez que um amigo meu morreu, eu também não fui a causa, mas trago comigo a culpa de sua morte desde aquela época. É um fardo pesado. Não quero carregá-lo em dobro.

— Gostaria de entrar? Falar sobre isso poderia ajudar.

O visitante faz que não.

— Não, obrigado. Estou falando sobre isso já há dias. Até agora não ajudou. Fui atraído para esse lugar, mas, agora que estou aqui, ele não me parece certo.

O rabino une as mãos, com os dedos para cima, como um católico dizendo uma prece. Ele dá batidinhas na boca com a ponta dos dedos, pensativo. É óbvio que o homem está atormentado.

— Não lhe parece certo? — pergunta ele. — É espantoso que um judeu diga uma coisa dessas sobre a sinagoga.

Por um bom tempo, o homem desvia o olhar para os pés, para a rua, em busca de pássaros nas árvores, qualquer coisa, menos encarar o olhar calmo do rabino.

— É complicado — responde ele.

— Complicado? — As sobrancelhas do rabino se erguem, e ele sorri. — Tudo o que diz respeito a ser judeu é complicado.

O homem faz que não. Lentamente, ele arregaça a manga esquerda do casaco para revelar uma tatuagem no braço. Seis números: 163291.

O rabino suspira. Está começando a compreender.

— Qual deles? — pergunta.

— Auschwitz. — Na imaginação, o homem visualiza os postes de concreto e o arame farpado do campo ali entre eles dois, uma barreira que se torna ainda mais impenetrável porque sua presença física há muito já se foi.

— Nós devíamos conversar — diz o rabino. Ele põe a mão no braço do homem e o conduz lá para dentro.

Junho de 1944
Konzentrationslager Auschwitz-III, Monowitz

Faz dois dias que Yves foi executado. Agora todos sabem o que aconteceu. Com outros dois prisioneiros, ele tinha roubado uma cesta de pão da cozinha e a estava levando pelo campo inteiro, para os *Muselmänner*, aqueles prisioneiros que tinham se rendido à desesperança. Era um plano fadado ao fracasso por conta da sua insensatez. Quase nenhum dos *Muselmänner* fez caso do pão que lhes era oferecido: eles não reconheciam o que era aquilo que lhes ofereciam. Estavam fora do alcance de qualquer ajuda que uma ração a mais pudesse lhes trazer.

Era inevitável que os três fossem apanhados e punidos. Emil se pergunta se foi por este motivo que Yves fez o que fez: a determinação de se manter fiel aos últimos fiapos de sua dignidade, recusando-se a permitir que outra pessoa decidisse se ele sobreviveria ou morreria. A culpa dói em Emil. Se, para começo de conversa, ele não tivesse feito o acordo com o *Hauptsturmführer*...

Uma voz lhe diz que Yves teria morrido de qualquer modo: mais um dia de trabalhos forçados teria acabado de vez com ele. Ele teria voltado para o campo, carregado pelos colegas de trabalho, já morto ou destinado para a *Selektion* seguinte. Mas Emil não pode dar ouvidos a essa voz. Não existe lugar em Auschwitz para a voz da razão. Ela é derrotada pela lógica deturpada que lhe diz que, além de sua mãe e seus filhos, ele agora é responsável pela morte do amigo e deverá carregar esse fardo até sua própria morte.

Emil foi convocado para ver o *Hauptsturmführer* mais uma vez. Ele não tem vontade de ir, mas não pode se negar. Um *Kapo* que ele não conhece o acompanha ao prédio, e os dois ficam aguardando num corredor, com Emil virado para uma parede. Daí a um tempo, chega o ordenança. Ele dá um cigarro ao *Kapo* e lhe diz para ir fumar lá fora.

Depois que o *Kapo* saiu, o ordenança fala com Emil.

— Não sei se eu devia falar com você — diz ele. Para Emil, a voz parece grosseira, tosca e sem instrução. — Já que você não passa de um judeu fedido. Mas meu chefe tem interesse em você. Por que, eu não sei, mas ele tem e é meu chefe. Por isso, sou forçado a aceitar. Mas meu chefe é boa gente, e eu não gosto de ver ninguém tentando passar a perna nele. Ele diz que você teve trabalho para vencer o *Hauptscharführer* Frommhagen. Diga para mim, ele tem razão? Você teve trabalho ou quis dar a impressão de que foi mais difícil do que realmente foi?

— Tive trabalho — responde Emil, falando para a parede.

— Então como você acha que vai se sair ao enfrentar um dos oficiais? Porque é isso o que o chefe reservou para você agora.

— Eu... eu não sei — gagueja Emil. — Depende.

— Depende, é? Depende exatamente do quê?

— Se eu lhe dissesse, o senhor não acreditaria.

Experimente.

— Depende de os anjos falarem comigo ou não.

O homem da SS empurra com violência o rosto de Emil contra a parede, fazendo sangrar seu nariz.

— Merda de judeu — diz, com raiva. — Eu devia saber que estava perdendo meu tempo.

1962

Gerard Doustraat, Amsterdã

O rabino deixa Emil esperando numa pequena sala com um sofá, cadeiras e uma mesinha de centro. É um lugar onde casais vêm falar sobre providências para seu casamento, e os parentes de mortos fazem planos para a cerimônia fúnebre. Ele volta com duas xícaras de chá e entrega uma a Emil.

— Fale-me do seu amigo — diz ele.

— De qual? O que morreu ou o que está morrendo?

— Faz diferença? De qualquer um deles, de ambos. Qualquer coisa que considere importante.

— Meu amigo que morreu — diz Emil — era meu companheiro de catre em Auschwitz. Chegamos lá no mesmo transporte. Ele estava morrendo de inanição. Tentei salvá-lo. Fiz um acordo com um alemão, um da SS, mas de qualquer maneira eles o mataram. Foi em 1944, um dia de verão. Para ele, não houve *chevra kadisha* para cuidar de seu corpo, nem *tahara,* nenhuma leitura da Torá, nem *kevura*. Seu corpo foi jogado num incinerador. Não houve sete dias de luto, nem *matzevah* para assinalar sua passagem. Ao que eu saiba, ele não tem parente para acender a vela do *yahrzeit*. Eu sou o único que se lembra dele.

O rabino põe a mão no braço de Emil. É um gesto de consolo, de compartilhamento da dor, de compaixão natural.

— E seu amigo que está morrendo agora? — diz ele, com delicadeza. — Também é alguém de Auschwitz?

Emil ergue os olhos para o rabino.

— É — diz ele —, mas não da forma que o senhor está pensando.

— De que forma então?

Infelizmente é fácil demais para Emil retomar essa dor: se o céu estiver com uma certa cor, especialmente no crepúsculo; ou se ele se encontrar no meio de uma grande aglomeração; se uma orquestra estiver tocando Mozart; ou talvez algo tão simples quanto pão dormido. Todas essas coisas podem desencadear as lembranças que avançam, violentas, sem terem sido convidadas. Ele vê três corpos pendurados, com as silhuetas destacadas em contraste com o céu, as cordas parecendo tão frágeis quanto um fio de seda. Vê Meissner falando com um oficial da SS, seu colega; vê a multidão de prisioneiros ao seu redor, subjugada por ainda mais uma demonstração selvagem do poder da SS; vê o arame farpado que cerca a *Appelplatz* e os alojamentos da SS mais adiante. Sua visão de todas essas coisas permanece de uma clareza cristalina, como se ele ainda estivesse lá. No entanto, ele não consegue se lembrar do rosto dos próprios filhos. Ele os vê somente como os viu na última vez, quando eles foram se afastando para as sombras, de mãos dadas com a avó, sem olhar para trás. E se lembra de suas últimas palavras para eles: "*Comportem-se com a vovó.*"

— É o oficial da SS com quem fiz o pacto medonho.

A mão do rabino afasta-se do braço de Emil.

— E sua sobrevivência resultou do mesmo pacto?

— Sim.

— Mas a do seu amigo não?

— Não.

— E esse oficial teve alguma coisa a ver com a morte de seu amigo?

Emil faz que não.

— Mas ele também não a impediu?

— Não.

— Posso entender que você sinta uma dívida de gratidão a esse homem por sua vida. Mas amizade... aí são outros quinhentos.

— Como o senhor diz, são outros quinhentos. — Emil levanta-se. As lembranças estão ameaçando dominá-lo. — Obrigado, rabino.

— Espero tê-lo ajudado de algum modo.

— É o que eu também espero.

Não há um trajeto rápido da Gerard Doustraat para o canal Singel e a Kerk de Krijtberg, e Emil leva algum tempo na caminhada. Ele não está sozinho no trajeto. Como companhia, tem tanto os vivos quanto os mortos: vozes que ele não consegue calar, palavras que uivam na sua consciência.

Amizade... aí são outros quinhentos.

O rabino tem razão. Não pode haver nenhuma amizade com Meissner. Como poderia haver?

Não existe perdão. Não posso perdoar.

Não. Algumas coisas estão fora do alcance do perdão; algumas coisas não têm como ser redimidas. Às vezes é preciso coragem para não perdoar, porque é mais fácil perdoar, mas ela não é a atitude certa a tomar.

Seu perdão não pode me ajudar, Relojoeiro.

Maldito Meissner. O que o tinha levado a se intrometer? Ele não tinha esse direito.

Eu preferiria fazer um pacto com o Demônio.

Essas palavras soam em sua cabeça como o sino de uma igreja antiga, dobrando pelas almas que se foram. Yves tinha visto tudo com uma clareza extraordinária. Ele nunca teria aprovado um acerto com os nazistas e seus capangas.

Não existe porquê.

Mas existe, sim. O porquê é Auschwitz e as dezenas e mais dezenas de milhares que passaram fome, sofreram e foram assassinadas. Se os mortos pudessem falar, eles perdoariam? E ele quase pode ouvi-los: todos aqueles que esperaram pacientemente para descer às câmaras de gás, aqueles que tombaram de inanição ou que foram espancados até a morte, os que sucumbiram no auge do inverno ou foram derrubados pelas balas da SS nas marchas para a morte. Essas vozes clamam para serem ouvidas.

O que tenho esperança de fazer é poder ajudá-lo a compreender que o poder do perdão trará a cura para você.

Não. Não preciso ser perdoado. Não fiz nada de errado.

Minha vida não lhe pertence para você negociar com ela.

A lembrança dessas palavras é como uma traição. Elas derrubam todas as certezas familiares que ele construiu para se proteger.

Me perdoe.

Duas palavras simples que estão gravadas a fogo na sua memória, luminosas como diamantes, sem nunca se apagar. Agora elas chamam por ele: vozes distantes transmitidas num alto-falante, um coro entoando um lamento, uma multidão numa partida de futebol, torcendo pelo time. Nenhuma voz isolada pode ser discernida, até que ele se vê mais uma vez à cabeceira da cama da mulher nos dias anteriores à sua morte. A voz é dela. *Você não tem nada a ser perdoado,* diz-lhe ele, sem poder fazer nada. *Você não tem culpa nenhuma.*

Como ela entendeu o que ele não tinha entendido?

Ele se descobre na ponte que atravessa Vondelpark e percebe que não está longe de Leidseplein. Não faz ideia de quanto tempo se passou desde que saiu da sinagoga. Parece que foram horas. Ele para, com as mãos se agarrando à balaustrada de metal ao longo da ponte, segurando firme. Tem vontade de gritar, para os carros e caminhonetes que passam, para os ciclistas, para as pessoas que passeiam no parque lá embaixo. Quer gritar: "Chega! Parem de me perturbar! Deixem que eu tenha um pouco de paz. Será que não sofri o suficiente?"

De repente, o vento que estava uivando dentro da sua cabeça para. Cessa o clamor das vozes. O único som é o da brisa sussurrando pelas árvores ali perto. Resta-lhe apenas um pensamento: o *porquê* de Auschwitz. Os mortos estão esperando. Ele tem o dever de servir a eles, mas o sofrimento deles terminou. Emil não pode sofrer no seu lugar. Nem eles iam querer isso. Iam querer que ele vivesse.

Ele não chega a uma decisão consciente. Ela simplesmente acontece. O que disse distraído para o rabino é verdade: *Um amigo meu está morrendo.* Desde Auschwitz, sempre teve medo de deixar que qualquer laço de amizade se firmasse, mas agora foi apanhado de surpresa. Emil é dominado por uma onda de emoção. Sente-se mais leve, seguro, livre. Não sabe dizer como isso aconteceu, mas sabe que é verdade.

Paul Meissner é seu amigo.

1962

Kerk de Krijtberg, Amsterdã

A governanta conduziu Emil ao quarto do bispo. Com as cortinas fechadas, o aposento estava numa penumbra.

— Ele está bem fraco — disse ela, em voz baixa. — Acorda por um tempinho e depois adormece outra vez. Acho que é o láudano. — Ela deu meia-volta para ir embora. — Procure não perturbá-lo. Se precisar de alguma coisa, estou na cozinha.

Emil puxou uma cadeira para perto da cama e se sentou. Os olhos de Meissner estavam fechados. Parecia que ele estava num sono profundo. Emil abaixou a cabeça. Ocorreu-lhe então o entendimento. *Este* era o lugar para ele rezar, não a sinagoga.

Ele começou a falar, baixinho.

— Hoje fui a uma sinagoga pela primeira vez em anos. Achei que tinha perguntas para as quais só Deus teria uma resposta. Eu estava enganado. Eu mesmo tinha as respostas, só que não sabia disso. Descobri a resposta numa palavra que disse sem pensar. Eu disse a uma pessoa que você era meu amigo. Uma palavra tão pequena para algo tão grande. Assim que pronunciei a palavra, soube que era a verdade, como um feixe de luz que rasga um céu escuro.

"Eu tive um amigo que morreu em Auschwitz, o melhor amigo de toda a minha vida. Tentei salvar sua vida, mas ele não me permitiu, não queria abandonar sua dignidade. Foi enforcado como punição por roubar comida. Você se lembra? Você estava presente à execução. Eu o vi. Você se lembra do que falamos na vez seguinte em que fui chamado à sua presença? Não foi uma conversa fácil.

"Eu me lembro de ter sido levado ao seu gabinete. Eu estava com sangue escorrendo do nariz. Você viu e olhou furioso para seu ordenança. 'Ele caiu', disse o ordenança. Pude ver pela sua expressão que você não acreditou nele. Você o dispensou e me ofereceu seu próprio lenço." Emil calou-se por um instante. "Seria impossível você ter sabido como era maravilhosa a sensação de tocar novamente num tecido branco e limpo. Relutei em sujar aquela pureza usando-o para limpar o sangue. Minha vontade era guardar o lenço para de vez em quando pegá-lo como um lembrete de como era estar limpo. E eu me lembro do que você disse..."

— Sinto muito por seu amigo. — As palavras saíram num sussurro rouco, enquanto Meissner estendia a mão trêmula por cima da colcha para segurar a de Emil. — Foi o que eu disse, não foi?

Os olhos de Emil ficaram marejados.

— Foi, Paul. Foi o que você disse.

Junho de 1944

Konzentrationslager Auschwitz-III, Monowitz

— Sinto muito por seu amigo — diz o oficial, uma segunda vez.

Emil não diz nada. Está segurando o lenço junto do nariz.

— Não descumpri a promessa que lhe fiz — prossegue o oficial. — Parece que houve um erro administrativo.

— Como assim? Um erro administrativo?

— Isso mesmo. É triste, mas esse tipo de coisa acontece em tempos de guerra. Tenho certeza de que você pode entender. — A fala do oficial é tensa e formal, como se ele tivesse consciência de como suas palavras devem soar vazias. — Mas você precisa receber algum prêmio pela vitória. Vou me certificar de que o status de proteção seja registrado na sua ficha, então.

— Triste? É tudo o que o senhor tem a dizer? Meu amigo está *morto*. — Emil olha para ver se o ordenança está escutando, mas ele já se foi. — O senhor faz parecer que eu joguei por um brinquedo num parque de diversões. Eu joguei para salvar a vida do meu amigo, e agora ele está morto.

A voz do oficial permanece sob um controle firme.

— Eu cumpri minha parte do pacto. Seu amigo sabia o que estava fazendo. Não tenho culpa se ele foi tão descuidado com a própria vida. De mim, você tem recebido um tratamento justo.

Emil não pode acreditar no que está ouvindo. Será que esse oficial não sabe que eles estão em Auschwitz e que aqui não existe nada que se possa chamar de tratamento justo?

— Posso ter permissão para falar com franqueza?

O oficial faz que sim, com um leve gesto.

— O senhor diz que me dispensou um tratamento justo. Se o senhor estivesse me tratando desse modo, teria me cumprimentado com respeito, teria me oferecido um café, um cigarro. Existe um abismo entre nós que é impossível superar. Para começar, por que eu estou aqui? Não fui condenado por nenhum crime, mas meus filhos me foram tomados, e o mais provável é que tenham morrido. Também minha mulher pode estar morta. Sou um escravo, forçado a viver e trabalhar nas condições mais primitivas, em troca de uma alimentação destinada a me matar de inanição, e o senhor diz que me tratou de forma *justa*...? O senhor é indiferente a mim e ao meu destino, bem como ao destino de todos os milhares que sofrem e morrem todos os dias.

Meissner enxerga a verdade na repreensão de Emil, mas admitir isso é impossível.

— Fiz o que pude, mas a questão está encerrada. De nada adianta continuar a debatê-la.

— Então por que me chamou?

— Quero que jogue outra partida de xadrez.

— Por quê? Para poder me enrolar de novo?

— Não me provoque, Relojoeiro. Eu não o enrolei na última vez. O assunto não estava nas minhas mãos. Quase fui acusado de ser amigo dos judeus.

Emil não responde. Seu nariz parou de sangrar. Ele dobra o lenço e tenta devolvê-lo. Meissner dispensa o lenço com um aceno.

— Quanto a essa outra partida de xadrez — diz ele —, dessa vez você jogará contra um dos oficiais.

Emil não quer ser enganado uma segunda vez.

— Não vou jogar.

— Eu lhe ofereço os mesmos termos de antes. Se você ganhar, salvará uma vida.

Emil levanta a cabeça, alerta.

— Minha mulher — diz ele. — Eu me disponho a jogar por minha mulher.

Meissner franze a testa.

— Já lhe disse que não tenho nenhuma autoridade em Birkenau, só aqui em Monowitz. Você deve escolher outra pessoa.

— Mas não há mais ninguém.

— Ninguém cuja vida valha a pena salvar?

— Eu não disse isso. Não conheço nenhuma outra pessoa o suficiente para escolher.

— Então faça uma escolha aleatória. Um sorteio, quem sabe. Não me importa como ou quem você indique, mas quero que seja rápido.

Emil sabe que não tem escolha nesse caso. Queira ou não queira, ele será forçado a jogar, como foi antes.

— Como vou poder ter certeza de que a pessoa que eu indicar dessa vez será protegida?

— Eu me encarregarei pessoalmente de supervisionar o registro na ficha do campo.

Emil está derrotado.

— Como o senhor vai saber quem eu escolhi?

— Fale com seu *Blockältester*. Ele me passará a informação.

1962

Kerk de Krijtberg, Amsterdã

— Estou com sede — disse o bispo, com a voz rouca.

Havia um copo d'água no armário ao lado da cama. Emil fez menção de passá-lo para o enfermo, mas Meissner fez que não.

— Ajude-me a sentar. — Ele fez uma careta de dor, quando Emil o agarrou pelos braços e o endireitou na cama. — Não gosto do láudano. Ele perturba meu raciocínio.

Emil ofereceu o copo novamente. Meissner pegou-o e bebeu sofregamente.

— Você conta a história exatamente como eu me lembro. Refleti muitas vezes sobre nossas conversas em Auschwitz. — Ele parou, organizando os pensamentos. — Você se lembra de eu lhe ter dito no outro dia que eu achava que Deus tinha um propósito final para minha vida?

— Lembro. Você disse que esse propósito era eu.

— Eu não disse isso naquela época, mas também tenho certeza de que, embora Ele não tivesse nada a ver com você ser mandado para Auschwitz, uma vez que você estava lá, Deus também tinha um propósito para você. — Ele olhou para Emil, esquadrinhando seu rosto. — Por mais que você tente, não há como fugir ao propósito de Deus.

— Que propósito Ele pode ter tido para mim naquele lugar?

— Era eu. — Meissner viu o ar de incredulidade no rosto de Emil. — Por favor, não me considere tão egoísta. Os católicos acreditam que há mais júbilo no céu por um pecador que se arrepende do que por noventa e nove pessoas virtuosas que não precisam se arrepender. Eu era esse pecador, e foi você que me pôs no caminho do arrependimento.

Emil olhou espantado para ele.

— Agora estou confuso. Antes, nós falamos de perdão, mas agora você está acrescentando outra coisa. Qual é mais importante, o perdão ou o arrependimento?

Meissner tomou mais um gole de água.

— Para um pecador como eu, sem o arrependimento não pode haver perdão. Depois da guerra, quando estava aguardando meu julgamento por crimes de guerra, percebi que não teria sido possível buscar o perdão de Deus em Auschwitz porque Ele estava só do lado de fora, com a mesma certeza com que todos nós estávamos presos lá dentro. Auschwitz era uma fortaleza projetada para manter Deus, a misericórdia e a compaixão tão afastados quanto fosse humanamente possível.

— Então você se arrependeu, e Deus o perdoou. — Emil fechou os olhos por um instante, para refletir sobre o que Paul tinha dito. Alguma coisa estava faltando. — Mas você disse que isso não bastava. Do que mais você precisava?

— Só havia, e só há, eu mesmo.

Emil esfregou o rosto com a mão. Sentia-se esgotado. *Minha vida não lhe pertence para você negociar com ela.*

— E você conseguiu se perdoar? — perguntou Emil.

— Ainda não. Talvez nunca. Mas preciso ter esperança. Se não tiver, estarei perdido.

— É isso o que eu costumava dizer a mim mesmo todos os dias em Auschwitz.

— E agora?

— Agora eu me pergunto se a esperança à qual eu me apegava tanto valeu o preço que tive de pagar por ela desde então.

— Sinto muito por saber disso.

— De novo essa expressão. E ela ainda é pequena demais, fraca demais, para o que você precisa que ela faça.

Meissner deixou-se recostar, exausto. Emil ficou com ele mais alguns minutos e então desceu para a cozinha.

A governanta estava diante do fogão, mexendo o conteúdo de uma panela grande.

— Estou fazendo caldo de carne para o bispo — disse ela. — O médico disse que era importante tentar manter as forças dele. Aceita um pouco?

— Obrigado, é muita gentileza sua.

— *Mijnheer* Willi voltou enquanto o senhor estava conversando com o bispo. Disse que não queria perturbar vocês dois. O senhor poderia ir lhe dizer que o almoço está pronto?

Emil voltou a subir a escada à procura do quarto de Willi. Experimentou dois quartos vazios até encontrar o certo. Ali dentro, Schweninger estava sentado a uma mesa pequena, escrevendo. Ele levantou os olhos quando Emil entrou.

— Boa tarde — disse, animado. — Como está o paciente?

— Tão bem quanto se poderia esperar, acho eu. O almoço está pronto, se você quiser comer.

Quando eles desceram para a cozinha, o padre Scholten tinha voltado depois de rezar a missa do meio-dia. A sra. Brinckvoort serviu porções generosas de caldo fumegante em três cumbucas, e eles se sentaram à mesa. O padre deu graças pela refeição e fez uma segunda oração pela recuperação de Paul Meissner.

— Padre — disse Emil, hesitante —, um dia ou dois atrás, o bispo me perguntou se eu gostaria de me hospedar aqui. Na ocasião, eu não aceitei; mas, se o senhor aprovar, mudei de ideia. Enquanto ele está assim tão mal, eu gostaria de estar por perto.

— É claro que sim — respondeu o padre. Ele se voltou para a governanta, que estava pondo uma cumbuca de caldo numa bandeja. — Sra. Brinckvoort, poderia arrumar um quarto para *Mijnheer* Clément? — Ele se voltou de novo para Emil. — Se me permite perguntar, como é que você e o bispo se tornaram tão bons amigos?

— Não sei ao certo se o senhor poderia nos chamar de "bons" amigos — respondeu Emil, com um sorriso amarelo. — Mas amigos, sem dúvida. Quanto a como isso ocorreu, venho me fazendo essa mesma pergunta. Suponho que seja porque passamos por muita coisa juntos durante a guerra.

Antes que o padre respondesse, ouviu-se um forte estrondo, lá de cima. A sra. Brinckvoort foi a primeira a sair pela porta.

Encontraram o bispo de joelhos no patamar da escada, com a governanta tentando ajudá-lo a se levantar.

— Ele caiu — informou ela, desnecessariamente.

— Por favor — disse Meissner, com a voz fraca —, não façam escândalo. Precisei ir ao banheiro, só isso. E achei que conseguiria chegar lá sozinho.

— Pronto, com sua permissão — Emil ofereceu ajuda, pegando o braço de Meissner e passando-o por cima do ombro. Ele falou com os outros. — Eu chamo se precisar de auxílio.

Eles dois foram, passo a passo, pelo patamar até o banheiro. Emil ajudou o amigo a entrar no toalete e a abrir o pijama.

— Vou esperar do lado de fora da porta — disse ele. — Chame quando tiver terminado.

Pôr Meissner de volta na cama exigiu muito esforço, mas ele insistiu com Emil para não pedir ajuda aos outros.

Quando ele estava mais uma vez acomodado nos travesseiros, arquejando de dor, Meissner estendeu a mão para segurar o braço de Emil.

— Obrigado — murmurou ele. — Sei que as coisas parecem péssimas, mas ainda não estou acabado. Esses episódios vêm e voltam. Estarei de pé e me movimentando por aí antes que você se dê conta. Enquanto isso, não pare de conversar com Willi. Ele não é tão mau quanto você acha.

Mais tarde, Willi ofereceu-se para ajudar Emil a se mudar para a Krijtberg. No quarto de hotel de Emil, ele percebeu as pequenas peças de marfim, com letras hebraicas gravadas.

— O que é isso? — perguntou ele.

Emil guardou-as num saquinho de couro macio.

— Em outra hora eu lhe digo.

Depois, eles foram a um bar e pediram cerveja. Ficaram ali sentados, num silêncio constrangido, bebericando de vez em quando.

— Antes do nosso jogo — perguntou Emil dali a um tempo — você analisou minhas partidas anteriores?

— É claro. Obtive os registros de muitas partidas suas, procurando pelos movimentos preferidos, tentando discernir algum padrão no seu jeito de jogar.

Emil tomou um gole da cerveja.

— E conseguiu? Quer dizer, descobriu algum padrão?

O alemão fez que não.

— Foi estranho. Seu estilo de jogo parecia muito metódico. Eu estava convencido de que você devia jogar segundo um sistema, mas não consegui descobrir qual era. A cada vez que eu achava que podia detectar um padrão de jogo, ele desaparecia. Parecia que ele estava me provocando. "Estou aqui", dizia ele. "Olhe mais de perto!" Era como uma espiral de fumaça de um cigarro: ela fica pairando no ar e então uma porta se abre e ela some.

Emil sorriu.

— É claro que tenho um sistema. Talvez seja mais uma filosofia do que um sistema. Mas aprendi em Auschwitz a guardar essas coisas no meu íntimo. É difícil romper o hábito.

— Uma filosofia? Isso é ainda mais curioso, mas você não deveria guardá-la para si. — Willi olhava para Emil com ar sério. — O xadrez é maior do que qualquer um de nós dois. Você deveria falar às pessoas sobre sua filosofia, e ver o que acontece quando elas acrescentarem seus próprios modos de pensar.

— É esse o problema. Eu mesmo não entendo direito como ela funciona. Quando recorro a ela, não me diz que movimentos fazer. É mais qual deveria ser minha abordagem mental.

— É uma forma de meditação?

Emil não respondeu. Em vez disso, enfiou a mão no bolso do paletó para tirar cigarros e, pegando um, o acendeu. Soprando para o alto uma nuvem de fumaça, ele ofereceu o maço a Willi.

— Acho que se poderia dizer que é alguma coisa desse tipo, sim — disse Emil.

Willi pegou um cigarro.

— Olhe — disse ele, segurando-o sem força entre os dedos —, se você acha que não é da minha conta, é só dizer. — Ele levou o cigarro à boca.

— Não, não é isso, não exatamente. — Emil passou a mão pelo cabelo. — É só que nunca contei a ninguém...

Com sua mão boa, Willi acendeu o cigarro e deu uma forte tragada.

— Está bem. Não quero ser intrometido. Foi você que mencionou o assunto.

— Meu sistema é baseado na Cabala.

— Na Cabala?

— É. Trata-se de uma ciência mística judaica baseada no alfabeto hebraico. Você se lembra das peças que encontrou hoje mais cedo? Em cada uma delas, está inscrita uma letra que representa um dos poderes das ordens dos anjos. De certo modo, sinto como se eu fosse capaz de me conectar com o poder, e não preciso pensar nos movimentos que deveria fazer. Eu simplesmente sei.

Schweninger deu um sorriso irônico.

— Você está jogando com a mão de Deus. Isso não me parece justo.

Emil fez que não.

— Não com a mão de Deus: com o poder de anjos. É um pouco diferente.

— Mas ainda assim nem um pouco justo.

— Não, suponho que não.

— Pode haver quem diga que você foi iludido.

— Pode. E essa pessoa poderia estar certa.

— Então como é que funciona essa tal de Cabala?

Emil demorou um instante para organizar seus pensamentos.

— Na noite anterior a uma partida importante, eu lanço as peças do alfabeto com as letras voltadas para baixo e as arrumo num desenho. Escolho a que me parecer certa. A letra que se revela representa a ordem de anjos que eu deveria invocar.

Willi semicerrou os olhos.

— Qual foi a minha letra?

— A quinta letra, He.

— E o que ela representou para você?

— "He" representa a espada do Todo-Poderoso e a força que emana do poder ilimitado de Deus. Para mim, ela significou que eu poderia ter confiança na vitória.

— Mas como ela influenciou seu jeito de jogar?

— Percebi que ela queria dizer que eu deveria aparentar jogar com cautela. Eu já conhecia sua reputação de jogo agressivo e achei que, se eu jogasse contido, você me consideraria tímido, faria ainda maior pressão e não veria a armadilha que armei para você. E funcionou, não foi mesmo?

Willi abriu um sorriso, fazendo que não.

— É sutil demais para mim. — Ele esvaziou o copo. — Mais uma cerveja?

25.
O sistema Colle

Junho de 1944
Konzentrationslager Auschwitz-III, Monowitz
Bodo Brack tinha uma questão de difícil solução. Tratava-se de Widmann.

Brack tinha pouca simpatia pelo *Blockschreiber*, mas Widmann era útil. Ele conhecia pessoas, pessoas influentes no mundo lá fora. Tinha sido condenado por tentativa de homicídio, mas antes disso ganhava a vida como cafetão. E tinha sido uma vida boa. Ele não era de ficar pelas esquinas, atraindo fregueses para prostitutas baratas. Suas garotas eram de alta classe e atendiam a uma clientela bastante exclusiva: oficiais militares e funcionários públicos de alto nível. Tudo corria muito bem até um camarada de baixa graduação na Gestapo decidir que Widmann estava se saindo um pouco bem demais e que ele deveria compartilhar sua sorte com outros. Acreditando que poderia contar com seus clientes para protegê-lo, Widmann tinha atirado no homem da Gestapo e o tinha abandonado para morrer. O problema foi que Widmann não era um grande assassino, e sua vítima sobreviveu para depor. Logo após a chegada de Widmann a Auschwitz, ele começou a se dedicar aos negócios de novo, bajulando os guardas e se tornando rapidamente o maior fornecedor de *Mahorca*, o tabaco adulterado que ele trocava pelos cupons que a SS distribuía para o bordel do campo.

Brack não tinha grande interesse pelos negócios de Widmann, mas sabia que a guerra não podia durar para sempre e que ter contatos daquela natureza fora do campo de concentração poderia se revelar inestimável. Widmann tinha sido um *Kapo* encarregado de um *Kommando* de construção. Era um trabalho bruto, nem um pouco do seu agrado; e assim Brack o tinha seduzido com o simples convite de que fosse seu *Blockschreiber*. As obrigações eram leves e não envolviam marchar até a fábrica de Buna no vento e na chuva de um inverno polonês. Widmann aceitara sem hesitar.

Contudo, Brack agora percebia que uma coisa era manter Widmann por perto em Auschwitz, mas outra era contar com ele quando a guerra terminasse. Ele precisava descobrir um jeito de firmar um vínculo com Widmann, mas até então a resposta não se lhe apresentava.

Suas reflexões foram interrompidas pela chegada de Eidenmüller. Ele entregou a Brack uma garrafa de Schnapps e fez um gesto para o *Blockältester* acompanhá-lo lá para fora.

— Você não gosta do sol? — perguntou Eidenmüller.

— No fundo, não. Seja como for, a vista não é lá essas coisas, certo? — Eles riram. — O que você quer dessa vez?

— É o Relojoeiro.

— O que o sacaninha fez agora?

— Nada. Meu chefe quer que ele jogue mais uma partida. Dessa vez, contra um oficial.

— E o idiota se recusou a jogar de novo, é isso?

— Não, ele concordou em jogar.

— Então é o quê?

Eidenmüller parou à sombra de uma bétula.

— Seguinte, Brack. Eu tenho um pequeno negócio de apostas e perdi uma nota na última partida.

— Porque o judeu venceu?

— É. Cometi um pequeno erro de cálculo. Disse a mim mesmo que ninguém é invencível, muito menos um nanico de um relojoeiro judeu. E Frommhagen, o cara que ele venceu, não é tão ruim assim. Então, o que eu preciso saber é o seguinte: esse Relojoeiro é mesmo bom de verdade?

— Não fui eu quem afirmou que o Relojoeiro era invencível — disse Brack. — Foi um polonês que disse que jogou em algum campeonato de xadrez importante em Munique em 1936. Para ele, o Relojoeiro teria derrotado qualquer participante do campeonato. Ele disse que achava que o Relojoeiro tinha poderes sobrenaturais, de tão bom que era.

Eidenmüller escarrou.

— Bobagem.

Brack deu de ombros.

— Pode ser. Quem vai saber?

— Da próxima vez, ele vai enfrentar um oficial da SS. Em quem você apostaria?

— Em quem você acha? — respondeu Brack, com um risinho.

Eidenmüller olhou para o sol e fez uma careta.

— Foi o que pensei. — Ele começou a se afastar.

— 'Peraí — exclamou Brack, atrás dele. — O que ele vai ganhar se vencer desta vez?

— O mesmo de antes: vai poder salvar a vida de alguém.

— Como?

Eidenmüller parou e olhou para Brack com um ar confuso.

— Achei que você sabia. Quando houver uma *Selektion*, essa pessoa estará protegida.

O entendimento surgiu no rosto de Brack.

— Certo. E então... a vida de quem?

— De quem ele quiser.

Quem ele quiser... As palavras de Eidenmüller puseram a funcionar as engrenagens no cérebro de Brack. Quando chegou de volta ao pavilhão, Brack já estava radiante.

Tinha encontrado a resposta para sua questão de difícil solução.

Notícias da vitória de Emil contra um dos todo-poderosos da SS já circulavam por seu pavilhão, e alguns de seus colegas prisioneiros tiveram a audácia de mencionar o fato aos *Kapos* em seus *Kommandos* de trabalhos forçados. A maioria recebeu um chute ou um golpe forte de uma corda cheia de nós, mas isso não impediu que os rumores se espalhassem: os nazistas não são invencíveis.

Quando Emil voltou para o pavilhão naquele fim de tarde, Brack estava esperando por ele.

Quando Emil o viu, seu estômago contraiu-se num nó apertado de ansiedade. O terrível espancamento que tinha sofrido por parte do supervisor do pavilhão ainda era uma lembrança de dor lancinante. Por que Brack estaria à sua espera? A única coisa que lhe ocorria era que Brack tinha recebido ordens de abafar os rumores na fonte.

Para espanto de Emil, Brack pôs um braço sobre seu ombro, como se eles fossem grandes amigos, e o conduziu para longe do pavilhão, para não serem ouvidos.

— Sabe, Relojoeiro, acho que nós dois não começamos do jeito certo. Eu disse a mim mesmo: Brack, você e o Relojoeiro deveriam ser amigos, bons amigos. Você gostaria disso, não é? A verdade é que tenho uma pequena proposta para você. — Ele deu um tapinha desajeitado no ombro de Emil. — Nós dois sabemos que essa guerra não vai durar para sempre, não é mesmo? Bem, calculo que, se você me ajudar, e eu ajudar você, nós dois vamos viver para sobreviver a ela.

Emil olhou com desconfiança para o *Blockältester*.

— O que o senhor quer?

— Quero que nós nos ajudemos um ao outro, só isso. Estive fazendo minhas pesquisas por aí. Sei muita coisa sobre você. Sei que sua mulher está no campo, por exemplo.

A expressão no rosto de Emil disse a Brack que ele tinha acertado em cheio.

— Ela morreu — murmurou Emil. — Tenho certeza.

— E se ela não tiver morrido? E se eu tivesse alguma condição de ajudá-la? O que você faria por mim, em troca?

Emil examinou o rosto de Brack, tentando sondar se o *Blockältester* estava sendo sincero.

— Qualquer coisa — disse ele, com a boca seca, de repente. — Eu faria qualquer coisa. Ela ainda *está* viva?

— Está. Pelo menos, seu nome não apareceu em nenhuma das listas de mortos.

— Onde ela está?

— Em Birkenau.

— O senhor tem como mandar uma mensagem para ela?

Brack fez que não, lentamente.

— Está um caos por lá. Há uma grande *Aktion* em andamento. Milhares de judeus chegando da Hungria todos os dias, e todos eles indo direto para virar fumaça.

— Se está um caos por lá, como o senhor pode ajudá-la?

— Eu poderia conseguir rações a mais para ela.

— O que quer que eu faça?

— É simples. Continue jogando xadrez... e vencendo. Sei do seu acerto com aquele oficial da SS. Sou eu quem vai escolher a pessoa que terá a vida salva se você vencer. E farei o que puder por sua mulher.

— O senhor quer escolher quem vai ter a vida salva pela minha vitória? E se eu não concordar?

Brack deu um sorriso falso e maldoso.

— Você não ia querer fazer uma coisa dessas, Relojoeiro. Pense na pobre coitada da sua mulher. Além do mais, essa não é a única forma com que posso ajudar você. — Ele se afastou, esperando que Emil o acompanhasse, mas o Relojoeiro não se mexeu. Brack fez um gesto brusco com a cabeça, indicando o pavilhão. — Vamos — disse ele.

Brack conduziu Emil à fila para a ração de sopa da noite. Levou Emil direto para a frente e falou com o prisioneiro que estava distribuindo a sopa.

— Caso você não saiba, esse aqui é o Relojoeiro, e ele é meu amigo. No futuro, ele vai receber a ração de sopa do fundo da panela, não de cima, entendeu? — Ele fez um gesto para Emil estender sua cumbuca. A concha foi até o fundo e veio pesada com pedaços de batata e nabo. — Dê-lhe dois — ordenou Brack. Ele piscou um olho para Emil. — E então, Relojoeiro. Estamos acertados?

Como um homem que se afoga, a fome de Emil veio à tona no mesmo instante, arfando em busca de ar.

Ele fez que sim com um pequeno gesto de cabeça.

Mais tarde, Widmann perguntou a Brack o que ele estava aprontando.

— Seguro para o futuro — foi a resposta. — Tenho uma proposta para você. Alguns dos judeus aqui dentro devem ter parentes ricos na Inglaterra ou nos Estados Unidos, só que eles não podem mandar notícias para os parentes. Mas *nós* podemos. — Ele se aproximou mais de Widmann e baixou a voz, explicando o pacto que tinha acabado de fazer. — Cada vez que o Relojoeiro vencer uma partida, organizei as coisas de um modo que sou eu quem escolhe a vida que ele salva. Portanto, vamos fazer um leilão. Os judeus podem disputar entre si pela vida. Nós mandamos avisar aos parentes, em troca de um bom depósito numa conta bancária na Suíça.

Widmann abriu um sorriso.

— Gostei da ideia geral. Exatamente o que você está me propondo?

Brack passou para ele uma garrafa de Schnapps.

— Uma divisão de 70/30. Eu tenho o Relojoeiro, você tem os contatos. Tudo o que precisa fazer é mandar o aviso aos parentes. O que você acha? Negócio fechado?

Com Schnapps ou sem Schnapps, Widmann não ia se vender tão barato. Tomou um bom gole da bebida e suspirou, apreciando o sabor.

— Para mim, 70/30 não me parece interessante. 60/40 parece melhor.

Brack riu e cuspiu na palma da mão, estendendo-a para Widmann.

— Fechado. Se a gente trabalhar direito, vai ter mais do que o suficiente para nós dois. Quando sairmos daqui, já teremos juntado uma boa nota. Mas... — ele puxou Widmann para perto, com sua mão forte e pesada fechada em torno da mão do *Blockschreiber*, apertando-a até o outro homem se encolher. — Nunca nem mesmo pense em me passar para trás — disse ele, com um rosnado na voz. — Se isso acontecer, um dia você vai acordar todo costurado como um ganso, pronto para o forno, porque é para lá que você vai estar indo.

Widmann recolheu a mão, esfregando-a com cuidado, olhando alarmado para Brack.

— Não se preocupe, Brack. Pode confiar em mim.

— Confiar em você? Acho que não. Mas, desde que você se lembre de quem o está ajudando, vamos nos dar muito bem.

1962
Kerk de Krijtberg, Amsterdã
Depois da ceia, o bispo insistiu em descer para a sala de estar. A governanta irritou-se e resmungou, mas Meissner não aceitou sua recusa.

— O médico... — começou ela a protestar.

— ... já errou antes, sra. Brinckvoort, e sem a menor dúvida voltará a errar. Eu me sinto muito melhor se consigo me sentar e ter uma conversa civilizada com meus amigos. — Ele indicou um armário antigo encostado na parede. — Se a senhora olhar ali dentro, encontrará o que restou da garrafa de Kümmel. Eu ficaria muito grato se me servisse uma boa dose.

— Mas o médico...

— O médico que vá para o inferno. Se a senhora não quer pegar a garrafa... — Ele lançou um olhar significativo para Willi.

Schweninger levantou-se.

— Será um prazer.

Desacostumada a ser alvo de palavras rudes do bispo, a governanta saiu da sala, toda empertigada.

— Um brinde — disse Meissner, erguendo o copo, com um sorriso irônico surgindo nos lábios. — À vida.

Na manhã do dia seguinte, Emil e Willi seguiram para o Krasnapolsky e para a próxima partida do campeonato.

— Você jogou suas peças ontem à noite? — perguntou Willi. Quando Emil fez que sim, Willi quis saber. — Qual foi o resultado?

Emil não soube responder.

— Nem sempre as peças dão uma resposta clara. Ontem à noite foi uma dessas ocasiões. Não consegui entender o que elas estavam tentando me dizer. Hoje não terei ninguém com quem contar a não ser comigo mesmo.

— E qual é a sensação que isso lhe dá?

— Geralmente eu me sinto totalmente só, mas talvez hoje nem tanto assim.

— Você vai vencer — afirmou Willi, cheio de confiança. — É o que estou sentindo.

Dessa vez, o adversário de Emil tirou as brancas. Ele começou de modo bastante inócuo, avançando seu peão do rei uma casa e seu peão da rainha duas casas, antes de fazer sair seu cavalo do rei.

Schweninger tinha procurado uma cadeira de onde pudesse ver a partida. Meia hora depois, Lijsbeth Pietersen sentou-se ao seu lado.

— O que está acontecendo? — sussurrou ela.

— É muito diferente da última partida — disse-lhe Willi. — O húngaro está jogando na defensiva, desde o primeiro movimento. É como se ele soubesse que não tem como vencer, mas quisesse evitar uma humilhação. Na minha opinião, é certo que *Herr* Clément vença.

— *Mijnheer* Schweninger, importa-se de eu lhe fazer uma pergunta pessoal?

— Depende da pergunta.

— Na semana passada, o senhor e *Mijnheer* Clément estavam se esganando. Agora parece que estão sempre juntos. O que produziu essa transformação?

Schweninger recostou-se na cadeira, sorrindo.

— O xadrez. Foi isso que nos aproximou.

A srta. Pietersen franziu os lábios, toda formal.

— *Mijnheer* Schweninger, se não queria me contar o que foi, bastava me dizer. Por favor, não zombe de mim.

— Não estou zombando da senhorita, eu lhe garanto. Também não estou entendendo direito, mas, pela primeira vez na vida, tive um vislumbre do verdadeiro poder desse jogo.

— E ele veio de *Mijnheer* Clément?

— Sim. De *Mijnheer* Clément.

Embora a partida se arrastasse por mais de duas horas, nunca houve dúvida quanto à sua conclusão. Depois, Emil e Willi foram caminhando sem falar ao longo do canal Singel. Quando chegaram à Krijtberg, Willi subiu direto a escada, mas Emil se demorou na rua.

— Se não se importa — disse Emil —, preciso de um tempo sozinho.

— Tudo bem. Vai à Leidseplein?

— É, acho que vou.

— Eu devia ter imaginado.

Lá na Krijtberg, Meissner estava na sala de estar, com um xale sobre os ombros. Parecia ter envelhecido anos em questão de dias, apesar de seus olhos estarem brilhantes e atentos.

— Como foi hoje? — perguntou ele, assim que Willi entrou na sala.

— Emil venceu.

— É claro. — Meissner contorceu-se com dificuldade na poltrona e espiou pelo corredor, como um menino levado, de olho na chegada da professora. — Willi, eu poderia lhe pedir um cigarro? A sra. Brinckvoort escondeu os meus.

Ficaram ali sentados num silêncio amistoso, olhando para a lareira e soprando fumaça para o teto.

— Sabe, se a sra. Brinckvoort nos apanhar, vai fazer um escândalo daqueles. — Meissner riu e começou a tossir.

— Acho que sim. — Willi lançou a guimba no fogo. Parecia estar perturbado.

— Está tudo bem, Willi? — perguntou Meissner.

— Não. No fundo, não está. — Ele parou um pouco e depois declarou: — Estou pensando em desistir do xadrez.

— Desistir do xadrez? Em nome de Deus, por quê?

— Até alguns dias atrás, eu considerava o xadrez simplesmente um jogo, um jogo com regras que podiam ser entendidas, e que, com dedicação suficiente, podia ser aprendido. Eu me considerava um mestre. Enxadristas companheiros no meu próprio país me homenagearam chamando-me de "Mestre". Mas esse é um título vazio. — Ele ergueu a cabeça para lançar um olhar irônico na direção de Paul. — Eu me pergunto até que ponto você conhece Emil Clément. Para ele, o xadrez não é um jogo, nem mesmo uma arte... é um ato de adoração. Não é algo a ser aprendido, é algo a ser *vivido*. Acho que não tenho como competir com isso.

26.
O ataque Trompowsky

Junho de 1944

Konzentrationslager Auschwitz-I

O *Unterscharführer* Eidenmüller estava uma fera. Brack tinha recebido ordens de se certificar de que o Relojoeiro tivesse tomado banho e estivesse usando um uniforme limpo. Nada disso tinha acontecido. O prisioneiro fedia. Não podia ser levado ao refeitório dos oficiais naquele estado. Meissner teria tido um ataque. Mas Brack insistiu que não tinha culpa nenhuma, não havia água nos chuveiros dos prisioneiros, e era impossível obter uniformes limpos. A solução de Eidenmüller tinha sido usar os chuveiros dos alojamentos dos praças, mas não havia o que fazer a respeito do uniforme. Ele prometeu a si mesmo que ia arrancar o couro de Brack por tê-lo deixado na mão daquele jeito.

O Relojoeiro ficou parado, com o rosto voltado para a parede do lado de fora da entrada do refeitório dos oficiais, esperando pelo *Unterscharführer*. Ele mal podia acreditar na própria sorte: um chuveiro com água quente... e sabão. Era como se lhe tivessem permitido um dos prazeres mais proibidos. Pela primeira vez em meses, ele estava limpo. E, quando respirava, sentia o cheiro ardido do sabão, não o cheiro ácido dos *Häftlinge*. Era quase um crime que tivesse sido forçado a vestir de novo seus trapos imundos.

Lá dentro, o *Unterscharführer* encontrou seu oficial. Meissner olhou para o relógio de pulso e falou com aspereza.

— Por que se atrasou tanto? Você deveria estar aqui há quinze minutos.

Eidenmüller olhava direto para a frente. Ele não podia ter uma atitude indevida ali, diante de tantos oficiais.

— Peço perdão, senhor. Precisei levar o prisioneiro ao alojamento dos praças para um banho de chuveiro.

Um oficial em pé ao lado de Meissner torceu o nariz.

— Um judeu tomando banho num alojamento da SS? Estou surpreso por você não ter provocado um tumulto.

— Eu também, senhor. Mas as ordens do *Hauptsturmführer* eram que o judeu fosse submetido a uma limpeza antes de ser trazido para cá, e a água nos banheiros dos prisioneiros tinha sido cortada.

— Onde ele está agora? — perguntou Meissner.

— Lá fora, senhor. Esperando pela permissão para entrar.

— E você está esperando o quê? Faça-o entrar.

O rumor das conversas parou abruptamente quando Emil entrou. Oficiais da SS estavam em pé ao longo das paredes. A maioria tinha bebido. Olhos malévolos acompanharam o avanço do Relojoeiro até uma mesa que tinha sido disposta no centro da sala. Emil parou perto de Meissner, em posição de sentido. O silêncio foi rompido por um risinho. Meissner lançou um olhar de irritação.

— Ora, pelo amor de Deus, aonde estamos chegando? — disse alguém. — Um puto de um judeu, aqui dentro?

Ouviu-se então um grito de "*Achtung!*" e todos os olhos se voltaram para a porta, onde o *Kommandant*, *Sturmbannführer* Bär, estava agora parado.

— Senhores — disse ele, em voz alta —, o que estamos a ponto de presenciar é uma prova da verdade dos princípios do Nacional-Socialismo na prática: uma demonstração clara da superioridade dos arianos sobre os judeus. Para tanto, devemos tolerar essa intromissão desagradável. — Ele franziu o nariz como se tivesse sido atingido por um cheiro ruim. Olhou direto para Meissner. — *Herr Hauptsturmführer*, eu gostaria de terminar com isso o mais rápido possível.

Deram ao Relojoeiro um banquinho para se sentar. Ele tirou as pretas.

Seu adversário usava no lado esquerdo da gola da túnica as três estrelas prateadas de um *Untersturmführer*. Com um ar de indiferença, ele esperou até Emil se acomodar e então esmagou com o salto da bota o cigarro fumado só até a metade, antes de avançar seu peão da rainha. O Relojoeiro respondeu fazendo sair seu cavalo do rei, para se postar diante do peão de seu bispo. O homem da SS saiu com o bispo da rainha para ameaçar o cavalo.

Meissner assistia, impassível. Não conseguia ver muita vantagem no que o oficial, seu colega, tinha feito. Se o Relojoeiro não movimentasse seu cavalo, o bispo branco o capturaria, mas então seria ele também capturado. Pareceu-lhe um movimento descuidado por parte do homem da SS.

Antes da chegada do Relojoeiro, Meissner tinha tentado aconselhar o oficial subalterno para não ter excesso de confiança... mas em vão. Apenas seis meses antes, o *Untersturmführer* Kurt Dorn estava na escola de formação de oficiais da SS. Depois de dois meses no Hundstaffel em Mauthausen, ele foi enviado para Auschwitz. Dorn era típico da nova geração de oficiais de campos de concentração — o que lhe faltava em inteligência, ele mais do que compensava com uma obediência incondicional. Meissner achava que não tinha saído com tantos sinais de lavagem cerebral, depois de sua passagem pela escola de formação de oficiais. Talvez fosse diferente com a *Waffen-SS*: eles precisavam ter capacidade de pensar, pois seus inimigos podiam revidar. A arrogância de Dorn era monumental. Ele disse a Meissner que jogar aquela partida era um grande prazer para ele, pois ela lhe dava a oportunidade de mostrar a um porco judeu onde era seu devido lugar — na lama com todos os outros porcos.

Uma das regras fundamentais da teoria do xadrez é que a mesma peça não deveria ser movimentada duas vezes sucessivamente na fase de abertura de uma partida. Emil agora desrespeitava essa regra e, com seu segundo movimento, levou seu cavalo a ameaçar o bispo. Em apenas dois movimentos, Dorn tinha conseguido perder a iniciativa e estava na defensiva. A partida já estava praticamente perdida.

Os últimos movimentos foram feitos num silêncio opressivo. Emil não ousava tirar os olhos do tabuleiro, tão hostil tinha se tornado o ambiente ao seu redor.

Com um peteleco grosseiro, Dorn derrubou seu rei admitindo a derrota.

— Foi sorte — disse ele, emburrado, olhando com ar ameaçador para o Relojoeiro. — Ou isso, ou você trapaceou. — Emil nada disse. Ele não se atrevia a encarar o homem da SS. — Monte o tabuleiro, e nós vamos jogar mais uma vez — ordenou o oficial.

Meissner aproximou-se.

— Tem certeza de que quer fazer isso, *Herr Untersturmführer*? Não vi sinal de trapaça. Talvez você...

— Não haverá uma segunda partida. — Era o *Kommandant*. — Tirem o judeu daqui.

Eidenmüller saiu dali, empurrando o Relojoeiro. O *Kommandant* olhou furioso para Meissner.

— *Herr Hauptsturmführer*, apresente-se a mim no início da manhã de segunda-feira.

1962
Kerk de Krijtberg, Amsterdã
— Quer dizer — comentou Willi — que você venceu sua segunda partida sem esforço. Não é de admirar que os oficiais da SS tivessem ficado com raiva. Você lhes deu um belo puxão de orelhas. Pelo menos podia ter simulado alguma dificuldade.

Emil afastou de si as sobras do café da manhã e estendeu a mão para pegar um cigarro.

— Não foi tão fácil assim — respondeu. — Para começar, eu estava com muito medo. É muito intimidante você estar numa sala em que todas as pessoas presentes de fato desejam que você esteja morto. Eu sentia os olhos deles sobre mim, imaginando uma pistola com o cano grudado na minha nuca. Era só isso que bastava, eles diziam a si mesmos, e esse judeu inconveniente poderia ser esquecido. — Ele fez uma pausa, distraído, rolando o cigarro entre os dedos. — Se eu estivesse disputando a partida com um enxadrista experiente, poderia ter havido algum padrão no seu jeito de jogar que eu pudesse ter usado para postergar a conclusão inevitável. Mas esse homem não tinha noção verdadeira do xadrez, e não havia raciocínio por trás de seus movimentos. O fato de ele ter chegado à final do campeonato do campo de concentração devia ter sido por pura sorte, nada mais que isso. Ele foi o autor de sua própria derrota.

— Ele perdeu a partida por sua própria arrogância descuidada — disse Meissner. — Havia muitos como ele nas *Totenkopfverbände*. O que mais se esperaria, se tudo o que precisavam fazer era vigiar prisioneiros esfaimados e pastorear mulheres e crianças, conduzindo-as para a morte?

Suas palavras tiveram o efeito de inspirar reflexão. E por um tempo eles ficaram ali sentados em silêncio, até Willi fazer uma pergunta.

— E os anjos? Eles também vieram em seu auxílio naquela ocasião?

— Anjos? — perguntou Meissner, com a voz rouca.

Willi apontou um dedo para Emil.

— Nosso Relojoeiro acredita que tem a capacidade de recorrer aos anjos em busca de orientação. Uma vantagem das mais injustas, na minha opinião. — Ele deu um tapa na perna e riu.

Meissner lançou um olhar de curiosidade para Emil.

— Sempre achei que você tinha um lado oculto. Fale-me de seus anjos.

Com um cigarro apagado pendente da boca, Emil levantou-se, apanhou a chaleira e a levou até a torneira. Encheu-a e acenou com ela para os outros, derramando algumas gotas de água no piso.

— Alguém vai querer mais chá?

— Eu vou — disse Meissner —, mas pare de evitar a pergunta.

Emil riscou um fósforo para acender o gás. Pondo a chaleira sobre a chama, ele se inclinou para acender seu cigarro, soprando uma nuvem de fumaça azul depois que tragou.

— Não é um mistério tão grande assim — disse ele. — Criei um sistema baseado na Cabala. Cada uma das ordens dos anjos tem um atributo específico. Eu medito sobre o atributo, e ele guia meu estilo de jogar.

Meissner fez que sim, como se tivesse topado com um insight que lhe escapava havia muito tempo.

— Voltando à pergunta de Willi, o que os anjos lhe disseram naquela ocasião?

— Não era tão fácil invocá-los em Auschwitz. Eu não tinha peças para lançar.

Willi inclinou-se para a frente, ansioso por ouvir o que Emil tinha a dizer.

— Como você fazia, então?

— Eu precisava encontrar um número aleatório, que correspondesse a uma letra no alfabeto hebraico. Eu estava com seu ordenança...

— Eidenmüller?

— Ele mesmo. Contei o número de vezes que Eidenmüller me chamou de porco. O número correspondeu a Zebaoth, o Deus dos exércitos, cujo poder é representado pela ordem de anjos chamada de principados. Eu soube de imediato que deveria arrasar meu adversário sem me importar com nenhuma outra consideração.

A chaleira começou a apitar, ruidosa. Emil desligou o fogo e fez o chá, mexendo as folhas para ele ficar mais forte. Olhava para Meissner enquanto fazia isso.

— Depois de ver como o *Kommandant* se enfureceu com o resultado, não pude entender por que ele deixou que você continuasse com as partidas — disse Emil, acrescentando leite às xícaras e, para o bispo, açúcar.

— É. Aquela acabou se revelando uma conversa interessante.

Junho de 1944
Konzentrationslager Auschwitz-I
Às sete da manhã, Meissner estava do lado de fora do gabinete do *Kommandant*. Tinha passado a maior parte do domingo pensando no que ia dizer, embora o que não poderia admitir para seu superior, ou talvez até para si mesmo, fosse que tinha começado a sentir um respeito relutante pelo Relojoeiro.

Eram quase nove, quando Bär apareceu, acompanhado por um oficial superior, que entrou no gabinete atrás dele. O *Kommandant* parecia estar ocupado com outros assuntos até lhe dirigir a palavra.

— Ah, Meissner. Cá está você. Foi bom ter vindo. — Ele indicou o outro oficial. — Acho que não conhece o *Obersturmbannführer* Höss, certo? — Meissner uniu os calcanhares, com um estalo, e ergueu o braço numa continência. — O *Obersturmbannführer* foi o *Kommandant* original de Auschwitz. Ele está de volta em caráter temporário para supervisionar a *Aktion* que envolve os judeus húngaros. Os resultados têm sido de fato impressionantes.

— É uma honra, senhor — disse Meissner a Höss, baixando a cabeça com deferência, enquanto se perguntava se o *Kommandant* tinha se esquecido completamente da partida de xadrez.

— Tão impressionantes — continuou Bär — que o *Obersturmbannführer* propôs que a *Aktion* seja intensificada. Eichmann nos diz que pode enviar mais um transporte todos os dias, mas nós não temos pessoal suficiente aqui para processá-los. Seu setor é o único que poderia nos ceder homens. É tamanho seu talento para a organização que tenho confiança de que você conseguirá prosseguir se nós lhe tirarmos, digamos, cinquenta homens e seus suboficiais. Não precisaríamos dos oficiais, certo? — concluiu ele, com um ar de interrogação para o oficial superior.

— Senhor — contrapôs Meissner —, permita-me respeitosamente lembrar que a ordem de dar prioridade à produção de armamentos veio do próprio *Reichsführer-SS*. Não vejo como poderemos manter a capacidade de produção se o senhor tirar tantos homens.

— Tolice. Onde está aquele espírito indômito pelo qual a SS é famosa? — O *Kommandant* deu um sorriso condescendente a seu subordinado. — Seja como for, depois do que você aprontou no sábado, achei que fosse querer fazer alguma coisa para tentar recuperar sua reputação.

— Minha reputação, senhor?

— Vamos falar sem rodeios, Meissner. Você é um oficial excelente... bom demais para ser de verdade, alguns estão começando a dizer. Não vai querer que as pessoas comecem a achar que você é amigo dos judeus.

Meissner ficou indignado.

— Senhor, eu protesto. Não é uma questão de gostar dos judeus ou de odiá-los. É uma questão de dever. E meu dever tem sido, e eu suponho que ainda seja, o de produzir a maior quantidade possível de balas, cartuchos e capacetes de aço.

Höss entrou na conversa.

— Você está perfeitamente certo, Meissner — disse ele, em tom ameno. — É de fato uma questão de dever. Seu dever... *nosso* dever... é o de cumprir ordens sem questionamento. As ordens para intensificar o *Sonderbehandlung* dos judeus da Hungria vêm do nível mais alto. Tenho certeza de que não preciso entrar em detalhes. O tempo urge. Os húngaros estão titubeando. Eles podem se render aos bolcheviques a qualquer instante. Por isso, essa *Aktion* tem precedência diante de todas as outras considerações, você não concorda?

Só havia uma resposta aceitável.

— Naturalmente, senhor.

— Ótimo. Então, está resolvido.

— Agora, quanto ao enxadrista judeu — acrescentou Bär.

— Ah, sim, como eu estava dizendo no caminho, que ideia interessante — disse Höss. — Embora até o momento ela não tenha dado tão certo assim.

— Senhor — disse Meissner —, creio que posso explicar por que as coisas não correram conforme esperávamos.

Bär sentou-se e convidou o oficial superior a fazer o mesmo.

— Explique, por favor — disse ele, em tom ácido.

— Na primeira partida, estava claro que o *Hauptscharführer* Frommhagen relutava em participar. O judeu deve ter sido capaz de discernir essa sua atitude e de tirar proveito dela.

— Praticamente não se pode culpar o *Hauptscharführer* por relutar em enfrentar um judeu — observou Höss. — Dá para entender que a partida lhe provocasse repugnância.

— Então como se explica o que aconteceu com Dorn? — perguntou Bär. — Ele estava mais do que disposto a ensinar uma lição ao judeu.

— É verdade, mas ele subestimou seu adversário. Um erro fatal quando se lida com judeus, pela minha experiência, senhor.

— Mesmo assim, creio que você deveria encerrar esse experimento — disse o *Kommandant*. — De imediato.

— Às suas ordens, senhor. Naturalmente.

— Não sei ao certo se eu concordaria — interveio Höss. — Esse Dorn, o oficial cujo excesso de confiança resultou em derrota... não lhes ocorreu que em seu jeito de agir há uma metáfora vigorosa para o tipo de dificuldade que assola o Partido? — Meissner e Bär trocaram um olhar confuso. — Reflitam — prosseguiu Höss —, embora o xadrez seja um sério duelo intelectual, Dorn cometeu a tolice de dar como certa a vitória. Não estão percebendo? O Nacional-Socialismo sofre do mesmo problema. Se não for constantemente confrontado, há de se tornar acomodado e morrer de endurecimento das artérias. E a SS, como defensora natural do Partido, deveria estar na vanguarda desse desafio.

Bär mudou de posição na poltrona, deixando clara demais sua inquietação diante das palavras do oficial superior.

— Não finja que está tão escandalizado — continuou Höss. — Não é nenhuma heresia. Veem-se ideias dessa natureza publicadas quase todas as semanas no jornal oficial da SS, o *Schwarze Korps*. Na minha opinião, o que o *Hauptsturmführer* Meissner está fazendo deveria ser louvado como um experimento corajoso, destinado a desafiar a acomodação dentro da SS e ao mesmo tempo expor o perigo muito real representado pelos judeus, que tirarão vantagem de qualquer fraqueza que percebam do nosso lado. Com o judeu tirando pleno proveito de sua astúcia inata, as coisas estão funcionando exatamente como seria de esperar e deveriam continuar até sua conclusão natural.

— Que será? — perguntou o *Kommandant*.

— A derrota do judeu nas mãos da SS, é claro. Mas só quando começarmos a levá-lo a sério.

Não havia como entender mal o olhar que Bär lançou para Meissner: *É bom que isso funcione*.

— Muito bem — disse ele. — Mas de agora em diante, Meissner, será sua a responsabilidade de fazer com que nossos homens não subestimem a astúcia do adversário.

— Isso nem deveria ser necessário — comentou Höss.

— Não, senhor — respondeu Bär —, mas, se não se importar, eu preferiria não correr nenhum risco.

27.
A abertura inglesa

Junho de 1944
Colônia, Alemanha

A via férrea que seguia para o oeste a partir da Cracóvia tinha sido restaurada, de modo que Meissner finalmente podia voltar de licença para casa. Ele tinha escrito aos pais para lhes dizer que iria visitá-los, mas eles não tinham respondido. Na verdade, já fazia mais de um mês desde a última notícia que tinha recebido deles, mas ele não estava excessivamente preocupado. Os bombardeios dos inimigos na Alemanha inteira ainda prejudicavam muito toda a comunicação que não fosse urgentíssima.

A devastação com que se deparou em Colônia abalou-o até a medula. Como um organismo vivo, a cidade praticamente tinha deixado de existir. Ele estava acostumado à carnificina do combate, mas isso aqui era diferente, era sua cidade, o lugar que tinha alimentado suas esperanças e seus sonhos. Com exceção da catedral, até onde ele conseguia enxergar, tudo o que restava da cidade era entulho e os esqueletos de prédios destruídos pelo fogo que caía do céu como uma saraivada vingadora. Fazia apenas oito anos desde que ele tinha saído para estudar na universidade. Naquela época, Colônia era uma metrópole movimentada com mais de 750 mil habitantes. Agora era uma cidade fantasma, com o fedor de uma urbe morta: escapamentos de gás, fumaça e esgotos a céu aberto.

O lar de sua infância na Friedrichstrasse era uma ruína calcinada. Não havia sinal de seus pais, nem de sua noiva. Ele sabia que deveria estar louco por notícias deles, mas a simples escala da devastação o dominou, entorpecendo suas emoções. Era impossível que tivessem sobrevivido.

O escritório de registros do *Reich* não tinha nenhuma informação. Tudo o que ele pôde descobrir no centro de defesa civil foi que a área tinha sido atingida por bombas incendiárias cerca de um mês e meio antes. Agora tudo o que restava era a forma chamuscada da catedral com suas flechas gêmeas ainda tentando alcançar o céu, milagrosamente preservadas bem no centro da conflagração, como que pela vontade do próprio Deus.

Meissner ficou em pé na escada da catedral, observando uma pequena quantidade de pessoas chegando para a missa de domingo. O mundo tinha se tornado incompreensível para ele. Ele se perguntava que tipo de fé poderia atrair as pessoas a esse lugar num dia desses. A devoção desesperada dos que oravam pela salvação antes de eles também serem consumidos pelo fogo, ou a arrogância daqueles que não podiam acreditar que fossem merecedores da ira divina e imploravam com fervor que Ele fizesse cair essa chuva de destruição em outro lugar? E o que tinha acontecido com sua própria fé? Ela estava perdida, ou simplesmente oculta? O Senhor sabia que ele já tinha visto o suficiente para sua fé encolher até desaparecer. Os horrores do front oriental e de Auschwitz eram mais do que se deveria pedir para um homem presenciar. Mas ver o inferno atingir sua própria casa, sua própria família... isso é demais para ele suportar. Meissner sabia que devia estar sentindo pesar, raiva, tristeza, cólera, mas a verdade era que não sentia nada. Estava vazio.

A única certeza era de que não restava nada para ele ali.

Deu uma última tragada no cigarro e o lançou ao chão antes de virar as costas às portas da catedral.

Meissner tinha recebido ordens de se apresentar à WVHA, a sede econômica e administrativa da SS, no caminho de volta da licença. Ele precisava dar um relatório em primeira mão a Glücks quanto ao status das fábricas de armamentos dentro da alçada de controle de Auschwitz. Era a última coisa que ele tinha vontade de fazer. Depois da devastação que acabava de ver, a ordem parecia sem sentido.

Havia uma tensão dentro dos escalões superiores da SS, com a RSHA* e seu criador, Eichmann, determinados a exterminar o maior número possível de judeus; e a WVHA querendo mão de obra para trabalho escravo em suas fábricas. A situação da guerra estava cada vez mais desesperadora, mas ninguém parecia disposto a tomar uma decisão quanto a qual dessas exigências contraditórias deveria ter prioridade. De todos os atores nesse drama, o que Meissner menos entendia era o papel de Höss. Na WVHA sua autoridade ficava abaixo apenas da de Glücks;

* *Reichssicherheitshauptamt:* Agência Central de Segurança da SS do *Reich*. O cumprimento da "Solução Final da Questão Judaica" pertencia à sua alçada.

no entanto, ele estava executando ordens da RSHA com uma eficiência tranquila, porém irrefreável.

Não havia trens para chegar a Berlim, mas Meissner conseguiu uma carona até Potsdam com dois oficiais da SS. Ambos eram da SIPO e bombardearam o homem da *Waffen-SS* com perguntas sobre suas experiências no front oriental e em Auschwitz.

— Eu mesmo pretendia ir para o leste, para servir nos *Einsatzgrüppen* — contou um dos homens da SIPO —, mas me disseram que a cota dessa região já estava completa. Depois começamos a ouvir as histórias de como o trabalho estava afetando os homens que de fato foram. Eles tinham de ser abastecidos com bebida para poderem continuar e como muitos foram levados ao suicídio. De certo modo, me alegrei de ter sido poupado de passar por tudo isso.

— Foi por isso que instalaram os campos de extermínio — acrescentou o outro. — Para encontrar um modo mais limpo de eliminar os judeus.

— A impressão é que funcionou — disse o primeiro. — Olhe só para você, estar em Auschwitz não lhe fez muito mal.

— Não estou envolvido nas liquidações — respondeu Meissner, tentando manter o tom neutro. O pessoal da SIPO tinha a triste fama de encontrar a dissidência e a insurreição nos lugares mais improváveis, até mesmo entre heróis de guerra. — Minha base é no campo central de trabalho. Minha responsabilidade é manter as fábricas de armamentos funcionando, pode-se dizer que tenho mais interesse em manter judeus vivos do que em matá-los.

— E isso não gera situações de conflito com os outros oficiais?

Meissner franziu o cenho.

— Gera, de vez em quando.

— E como você lida com isso?

— Digo que estou cumprindo ordens, exatamente como eles.

De Potsdam ele pegou um trem para o centro de Berlim, e de lá conseguiu uma carona com o estafeta diário entre o quartel-general da SS e os escritórios da WVHA em Oranienburg.

O *Gruppenführer* Glücks parecia menos interessado no estado das fábricas de trabalhos forçados do que na atuação do *Obersturmbannführer* Höss. Meissner percebeu que o *Gruppenführer* não gostava de seu adjunto e queria informações que o prejudicassem. Não era o tipo de intriga em que Meissner ia querer se envolver e ele manteve suas respostas curtas e evasivas. Sabia que isso não melhoraria sua imagem junto ao chefe dos campos de concentração; mas, na sua opinião, a menos que ocorresse um milagre para salvar a Alemanha da derrota total, ele dificilmente precisaria se preocupar com esse ponto.

Na última parte da viagem de Meissner de volta a Cracóvia, ele se encontrava sozinho numa cabine de trem. Desde que deixara Colônia, tinha tido bastante tempo para refletir sobre aonde seu destino o levara. Os nazistas tinham mentido. Toda a estrutura fora construída em cima de mentiras. Mentalmente, ele foi marcando as mentiras para as quais ele mesmo tinha provas: os bolcheviques eram seres sub-humanos que seriam derrotados facilmente; nenhuma bomba inimiga cairia sobre cidades alemãs; nunca seria pedido à Alemanha que lutasse mais uma vez em dois fronts. E ainda havia os judeus. Quantas mentiras tinham sido relatadas sobre eles? Eram incontáveis. E ele as tinha engolido, todas elas. O que isso fazia dele? Um tolo ou um cúmplice — ou os dois?

Em Berlim ele tinha adquirido materiais para escrever e, usando a valise como mesa, começou a compor uma carta com esperança de que o ajudasse a escapar.

Abteilung I
Konzentrationslager Auschwitz
30 de junho de 1944

Caro Peter,

Parece que foi há séculos que nós enfrentamos juntos os Ivans em Voronezh, mas de fato foi há menos de um ano. Difícil de acreditar, eu sei. Você se lembra de como nós dizíamos que iríamos rir mesmo de cara com a morte? Isso foi em outra vida. O trabalho no K-Z é muito menos emocionante que o combate no front, mas ele tem de ser feito. A quantidade de material com que temos condições de contribuir para o esforço de guerra é impressionante. As oficinas pelas quais sou responsável produzem milhares de cartuchos, balas e capacetes de aço todas as semanas. Imagine como vocês se virariam sem eles. E eu soube agora que faltam apenas semanas para a primeira produção de óleo sintético na Buna *Werke*, aqui em Auschwitz. Seus *Panzers* vão precisar desse óleo. Então, não se precipite em me olhar com superioridade, mesmo que eu tenha me tornado apenas um gerente de fábrica metido a besta.

Devo confessar que não considero fácil a vida em Auschwitz. A maioria dos oficiais da *Totenkopfverbände* despreza o pessoal da *Waffen-SS* achando que somos uns macacos sem cérebro que conseguem segurar um fuzil, nada mais que isso. Da perspectiva deles, o trabalho que fazem é o mais difícil e mais importante. A eles foi confiada a luta contra o eterno inimigo da Alemanha, muito embora esse inimigo não possa revidar. Estou falando dos judeus, é claro. Quando se está enfrentando um esquadrão de tanques inimigos, tudo é simples. Trata-se de matar ou ser morto. Os Ivans sabem disso tão bem quanto nós. Ninguém espera trégua e ninguém dá trégua. Quando nos doutrinaram na formação de oficiais, aceitei o que nos disseram sobre o perigo que os judeus representavam, mas nunca imaginei que o resultado chegaria ao que presenciei aqui. Não duvide de mim quando lhe digo que milhares de judeus — homens, mulheres e até mesmo crianças — são mortos todos os dias. Não há pausa no extermínio.

Digo a mim mesmo que tenho sorte. Não estou no campo em que a matança acontece, e não estou envolvido nessa brutalidade. Na verdade, estou totalmente isolado dela. Mas isso não me absolve da culpa que devo compartilhar só por estar aqui e não fazer nada para impedir tudo isso. Digo a mim mesmo que de nada adiantaria. O que eu ia conseguir além de ser fuzilado pela Gestapo? Mas o remorso não para de me roer sem piedade. O absurdo de tudo isso me ocorreu recentemente. Peguei uma carona com dois caras da SIPO e disse a eles que, como eu estava envolvido na produção de armamentos, queria ver os judeus serem poupados para trabalhar nas fábricas, não mortos assim que chegassem. Foi a esse ponto que minha vida me trouxe: sou um oficial da SS num campo de extermínio, que está tentando manter os prisioneiros vivos quando todos os outros querem vê-los mortos. Pelas minhas costas, já se diz que sou amigo dos judeus.

Preciso sair daqui antes que me torne igual a eles. Minha honra é tudo o que me resta agora. Acabo de voltar de Colônia. Minha mãe, meu pai e Maria morreram num ataque aéreo. Você acha que existe algum modo pelo qual eu poderia voltar para o regimento? Pelo menos assim eu poderia ter esperança de morrer em serviço.

* * *

A porta da cabine foi aberta. Um condutor da ferrovia estava ali em pé, no vão, com a mão estendida para pegar a passagem de Meissner. O homem da SS virou a folha para o condutor não ver o que ele tinha escrito, antes de enfiar a mão no bolso interno da túnica para pegar sua autorização de viagem. O condutor não deu mais que uma olhada superficial antes de fazer um picote na beira do papel e o devolver com um pedido de desculpas por incomodar o *Hauptsturmführer*.

Quando o homem foi embora, Meissner leu as páginas que tinha escrito. Fazendo que não, ele as rasgou em pedacinhos. Tudo estava errado. Tudo menos uma coisa. Ele precisava descobrir um jeito de escapar.

1962

Kerk de Krijtberg, Amsterdã

Emil acordou sem se lembrar de onde estava. Ele levou alguns instantes para se orientar. Seu quarto era diferente de qualquer lugar em que já tivesse permanecido. Era mobiliado num estilo simples, com uma cama estreita, um guarda-roupa, uma cômoda, uma escrivaninha e cadeira; e, num canto, um genuflexório com um crucifixo preso à parede ali acima. Emil conhecia a devoção católica à cruz, mas mesmo assim sua presença no quarto o perturbou. Aquele Salvador em sofrimento, com Sua promessa de redenção, cujas últimas palavras incluíam "*Pai, perdoai-os. Eles não sabem o que fazem*". Cada vez que a cruz atraía seu olhar, ela lhe trazia essas palavras de volta. Depois de uns instantes, ele não conseguiu se impedir de olhar na direção dela de tantos em tantos minutos, como que para desafiá-la a pronunciar aquelas palavras em voz alta.

Não faz parte da tradição dos judeus ajoelhar-se para rezar, mas foi isso o que Emil fez agora, abaixando-se no genuflexório. Ele não sabia ao certo que forma sua prece deveria assumir. Antes de seu encontro com Meissner na Leidseplein, sua vida tinha sido simples, mas segura. Ele carregava consigo por toda parte o fardo de Auschwitz e já estava habituado àquela companhia lúgubre. Havia muito tempo que ele sabia que o campo era um organismo vivo, que respirava, dolorosamente consciente de que um posto avançado do inferno tinha sido plantado naquele fragmento de terra em que ele se localizava. O campo de concentração era tanto vítima como testemunha. Observando, esperando, chorando, mantendo um registro dos crimes que ocorriam dentro de suas fronteiras, mas incapaz de impedi-los ou puni-los. Era essa certeza que tinha norteado a existência de Emil havia quase vinte anos. Era dever dele prestar testemunho, jamais esquecer, jamais perdoar. Mas isso tinha tornado sua vida amarga, algo a ser suportado, não apreciado.

Alguma coisa que Meissner tinha dito numa noite dessas voltou a lhe ocorrer agora. *Mas preciso ter esperança. Se não tiver, estarei perdido.*

Emil começou a se dar conta de que *ele próprio* estava perdido. As regras de Auschwitz o tinham deixado cego, em especial a que proibia a esperança. Mesmo a uma distância tão grande no tempo, ele não conseguia dizer onde estava ou ver aonde estava indo. Sua vida não fazia sentido. Sua devoção ao xadrez o tinha mantido em atividade, mas tudo tinha se tornado mecânico, um padrão com o qual ele podia medir forças, um disfarce para a verdadeira condição de sua alma.

Ele levantou os olhos para a figura na cruz.

— É isso? — perguntou ele em silêncio. — É assim que um cristão reza? Escutando?

Os olhos de bronze olhavam fixos para ele, sem enxergar. Emil fez que não e se levantou do genuflexório.

Encontrou Meissner na cozinha. Seu rosto estava mais animado, e ele parecia um pouco menos debilitado do que no dia anterior.

Quando se sentou à mesa, diante de Meissner, Emil decidiu lhe falar sobre seu encontro com o Cristo crucificado. Não sabia ao certo como esperava que o padre reagisse — talvez com um discurso sobre a natureza do redentor e da redenção. Afinal de contas, Meissner tinha sido um missionário. Era sua tarefa conquistar almas para Cristo.

Em vez disso, Paul lhe fez uma pergunta.

— O que você queria quando se ajoelhou diante da cruz?

Emil ficou perplexo com a pergunta.

— O que o faz pensar que eu queria alguma coisa?

Meissner sorriu.

— Pela minha experiência, a oração é algo que a maioria das pessoas reserva para horas de grande necessidade. Elas se postam diante de Deus como quem suplica, implorando por Sua intervenção. — Ele deu um suspiro. — Lamento dizer que não é assim que funciona. A maior parte do tempo, o melhor que você pode esperar é ter um insight de algum tipo, uma revelação, talvez. Tenho a impressão de que foi isso o que aconteceu com você. Alguma coisa lhe foi revelada, mas cabe a você decidir o que fazer a respeito.

Emil fez que não.

— Acho que eu estava esperando por mais que isso.

— Como o quê?

— Não sei. Achei que alguém como você, um padre, seria mais íntimo de Deus. Que você saberia o que Ele queria que você dissesse.

— Mas é exatamente aí que está o problema, você não percebe? Não é típico de Deus ser assim tão direto. Nós dois estamos em busca da mesma coisa, o perdão, mas ele parece determinado a nos escapar. E, quando nos voltamos para Deus em busca de resposta, Ele se mantém em silêncio. Mas por quê? Desde que o encontrei de novo, tenho pensado praticamente só nisso. — Ele se debruçou e pegou o braço de Emil, olhando para ele com determinação. — Mas há, sim, uma coisa que consegui entender. O perdão está ligado à esperança. Se você não puder ter esperança, não poderá perdoar. Na minha crença, abandonar a esperança é um terrível pecado. É a esperança que nós dois precisamos redescobrir, antes que nosso tempo acabe. E meu tempo está se esgotando.

28.

O JOGO DO PEÃO DO REI

Julho de 1944
Konzentrationslager Auschwitz-III, Monowitz
Ninguém sabe como a notícia se espalha tão depressa, mas a atmosfera no campo se transforma com a derrota de um segundo oficial da SS pelo Relojoeiro — pelo menos por alguns dias. Há um leve orgulho entre alguns dos prisioneiros, especialmente nos do pavilhão de Emil: um dentre eles enfrentou os invencíveis SS e saiu vitorioso, mais uma vez. E, como se as boas notícias fossem contagiosas, também se espalhou pelo campo um rumor de que não haverá mais *Selektionen*. Mas essa não passa de uma ilusão cruel.

Falsas profecias dessa natureza são corriqueiras, mas o Relojoeiro é de verdade. Aqueles prisioneiros judeus que ainda nutrem na alma uma esperança secreta falam dele com nostalgia, como se contassem alguma glória passada que estava praticamente esquecida, mas que de repente volta à lembrança. Não é segredo que, quando ele vence uma partida de xadrez contra o pessoal da SS, um prisioneiro — um prisioneiro judeu — escapa da câmara de gás. Agora, aonde quer que vá, ele é assediado por um grupo esparso de prisioneiros, que o seguem trôpegos, como se estivessem acompanhando seu messias, alguns deles com audácia suficiente para dar puxões na manga do seu uniforme, na esperança de atrair sua atenção e se tornar o próximo a ser indicado. Ele é seu paladino. O que ele faz é o único ato de desafio contra as indignidades que se acumulam sobre eles todos os dias. Há até mesmo quem diga que o Relojoeiro possui poderes mágicos. Gritos de incentivo acompanham cada passo seu. Inclusive alguns dos *Kapos* o cumprimentam com respeito quando ele passa, um privilégio sem precedentes para um judeu.

Brack está encantado com seu protegido. Deram a Emil uma cama do beliche só para ele, com palha limpa e um cobertor a mais. Quando ele sai do pavilhão de manhã, o *Stubendienst* inspeciona a túnica do uniforme de Emil para se certificar de que ela esteja com o número obrigatório de botões.

Emil fica perturbado com toda a atenção. Desde o instante em que entrou no campo de concentração, ele teve um companheiro em quem podia confiar, mas agora está só. Ele não confia em Brack. Não existe honra entre ladrões, menos ainda entre assassinos. Infelizmente Emil conhece muito bem a reputação de brutalidade imprevisível de Brack. Sabe do incidente no ano anterior quando um prisioneiro político recém-chegado revidou com raiva o fato de o *Ältester*, com um empurrão, tê-lo tirado da fila da sopa. Um triângulo vermelho no uniforme da prisão indica um status muito mais alto do que a tosca estrela usada pelos judeus, mas isso não impediu Brack de ordenar a seus capangas que segurassem a cabeça do comunista dentro do caldeirão de sopa até ele se afogar. Depois os servidores da sopa continuaram a distribuir as rações, como se nada tivesse acontecido.

Não, o recente interesse de Brack pelo bem-estar de Emil é um nítido fingimento. Sua vida melhorou imensamente, mas por quanto tempo? Ele ainda não sabe ao certo o que Brack está ganhando com isso, mas deve haver alguma vantagem ou ele não se envolveria. Assim que deixar de ser útil, Emil sabe que será abandonado.

Emil também está mais do que um pouco preocupado com o fato de que, desde a partida contra o *Untersturmführer* Dorn, Meissner não entrou mais em contato com ele.

Uma noite, no caminho de volta da praça da chamada para seu pavilhão, Emil é parado por um judeu holandês, que tenta lhe dar sua ração de pão. Quando Emil a recusa, ele protesta:

— Mas deve haver alguma coisa que eu possa fazer como agradecimento.

— Agradecimento? Por quê?

— Por salvar minha vida. Eu sou o prisioneiro cuja vida você ganhou dos alemães na sua última partida de xadrez.

Estarrecido, Emil dá um passo atrás.

— Não tente me agradecer. Não pense nem por um instante que isso seja alguma coisa que faço voluntariamente. Fui forçado a me encontrar nesta situação, como acontece com todas as outras coisas neste lugar. No que me diga respeito, essa é só mais uma das brincadeiras cruéis que os alemães gostam de nos impor.

O homem faz que não.

— Não posso concordar com você, meu amigo. Sua coragem atinge o cerne desse regime maligno. De acordo com a Torá, aquele que salva uma vida salva mil, e essa é a pura verdade.

— Coragem? — diz Emil. — Por favor, não confunda a submissão à coação com coragem. Quando entrei no lugar onde joguei com o oficial da SS, eu estava tão dominado pelo medo que quase perdi o controle do intestino. Não sei como consegui vencer. É abominável que a vida de alguém dependa de como eu me saia numa partida de xadrez. — Ele para e ergue a mão para apontar para o prédio do *Kommandantur*, do outro lado da cerca eletrificada. — Só a SS poderia engendrar um esquema tão monstruoso que nós, suas vítimas, nos considerássemos seus beneficiários.

Mas o holandês está irredutível.

— Você está enganado, meu amigo. A própria existência deste lugar é uma contradição. Cada aspecto da vida aqui é o contrário do que é lá fora. Não podemos julgar o que acontece aqui segundo as normas de uma sociedade civilizada. Aqui não existe certo, nem errado, só a sobrevivência. Sobreviver é um dever, e cada vida que é salva é uma vitória.

Emil percebe que o homem não está aberto a rever suas ideias e tenta passar adiante dele, mas o holandês pega Emil pela manga e a segura firme.

— Não sei seu nome, meu amigo. Só sei que o chamam de Relojoeiro. Meu nome é Kastein, Avram Kastein, de Roterdã. Antes da guerra, eu era um homem rico. Quando isso tudo terminar, se você sobreviver, venha a Roterdã e me procure. Não será difícil me encontrar. Você descobrirá que sou mais do que generoso.

Em sua determinação de demonstrar gratidão, ele tenta pegar a mão de Emil, mas Emil está horrorizado com as palavras do holandês. Não consegue se forçar a admitir um pacto dessa natureza. Para ele, aceitar pagamento seria um ato de traição. Como ele poderia tirar lucro do lugar em que sua família foi exterminada? Como esse homem se permitiu chegar a um nível tal de corrupção pela perversão que vigora em Auschwitz para sequer pensar em fazer um oferecimento desses? Sem uma palavra, ele se desvencilha do holandês e se vira para sair correndo. Mas Kastein fala mais alto, mesmo com Emil de costas.

— *Herr* Brack disse que você não facilitaria as coisas, mas eu não volto atrás da palavra dada. Se sobrevivermos a tudo isso, lembre-se de que, não importa o que aconteça, não importa quando, eu pago o que devo.

Mas Emil já não está escutando. Ele agora sabe como Brack escolhe as pessoas cuja vida estará em jogo durante as partidas, e o conhecimento lhe dá calafrios.

* * *

Um ordenança entrou no gabinete do *Sturmbannführer* Bär e esperou que o *Kommandant* percebesse sua presença. Depois de alguns minutos, ele acabou sendo forçado a falar.

— Lamento perturbá-lo, senhor. O *Hauptsturmführer* Meissner está aqui. Ele pede para falar com o senhor.

Bär fechou o arquivo que estivera lendo.

— Meissner? Achei que ele ainda estava de licença. — Quando o ordenança não deu resposta, ele prosseguiu. — Muito bem, faça-o entrar. E mande aquele "bíblia" nos trazer café.

Bär observou Meissner detidamente enquanto ele entrava mancando no gabinete, apoiando-se decidido na bengala. Ele não se levantou para cumprimentar o subordinado, mas acenou para que ele ocupasse uma cadeira.

— Não o esperava de volta tão cedo — disse ele. — Algum problema?

— Nada pior do que milhares de outros alemães precisaram suportar, senhor. — Quando Bär lhe lançou um olhar curioso, Meissner prosseguiu. — Fui para casa, na licença. Ela foi bombardeada. Não sobrou nada.

— Nada?

Um músculo se repuxou no queixo de Meissner. Ele fez que não.

Um prisioneiro com o triângulo roxo de Testemunha de Jeová entrou, trazendo uma bandeja com um bule e duas xícaras. O *Kommandant* esperou que ele a pusesse na mesa e então ordenou que saísse.

— Como você está?

— Estou levando.

A concisão da resposta de Meissner fez o *Kommandant* examinar melhor seu oficial. Ele não pôde deixar de perceber como Meissner apertava o cabo da bengala e se perguntou se isso não seria para impedir que suas mãos tremessem.

— Posso arrumar mais alguns dias de licença, se ajudar.

— Não. Obrigado, senhor. Mas há uma outra coisa que o senhor pode fazer por mim.

O *Kommandant* levou uma xícara à boca e bebericou antes de responder.

— É? E o que seria?

— O senhor pode aprovar minha solicitação de transferência de volta para o serviço ativo.

Bär semicerrou os olhos e se recostou na poltrona.

— Muitos, o próprio *Reichsführer-SS* inclusive, diriam que o que você faz aqui é serviço ativo, um serviço essencial para o esforço de guerra. — Ele fez que não. — Sinto muito, Meissner, mas está fora de cogitação. A *Aktion* húngara está a pleno vapor. Simplesmente não posso liberá-lo. — Ele tomou mais um golinho do café, como que para indicar que o assunto estava encerrado, mas Meissner não se dissuadiu.

— Com todo o respeito, senhor, não ligo muito para o que o *Reichsheini** possa ter a dizer sobre a questão. É meu direito solicitar uma transferência, e o senhor não tem bons motivos para recusá-la.

— Não tenho bons motivos? É o que você acha? — Bär amarrou a cara. A obstinação de Meissner estava chegando às raias da impertinência. — Encare os fatos, Meissner. Não se esqueça de que você é parcialmente incapaz. Mesmo que encontrasse uma unidade que o aceitasse, você faz ideia de como seria difícil conseguir um substituto para você aqui? Nas raras ocasiões em que consigo que mandem um oficial para cá, tudo o que chega são os refugos: escriturários, professores e carteiros, cheios de rancor, que só querem um uniforme para impressionar as mulheres que ficaram em casa. Eles não são confiáveis e são indisciplinados. Sinto muito, mas não posso aprovar seu pedido. Você é um oficial bom demais para eu liberar.

Meissner retesou-se. Ele estava decidido a se afastar de Auschwitz.

— Sou oficial da *Waffen-SS* — disse ele, cerrando os dentes. — Alistei-me para combater os inimigos do *Reich*, não para ser babá de judeus.

— Se você está se referindo ao problema do enxadrista que parece que você adotou, a solução é simples: livre-se dele. Certifique-se de que ele seja incluído na próxima *Selektion*, e então esqueça que ele existiu.

— Não posso fazer isso, senhor. É uma questão de honra.

Fez-se um breve silêncio.

— Nesse caso, não posso fazer nada para ajudá-lo.

1962

Leidseplein, Amsterdã

Meissner tinha recuperado as forças e insistiu em que precisava respirar ar puro. Disse que gostaria de ir com Emil ao lugar ao qual se referia sorrindo como "o

---

* Apelido de Himmler usado pelo pessoal da SS. Não era utilizado de forma afetuosa pelos *Waffen-SS*, entre os quais o respeito a Himmler costumava ser raro.

melhor clube de xadrez de Amsterdã". Não estava em condições de caminhar, e eles pegaram um táxi para ir à Leidseplein. Willi tinha algum compromisso e disse que iria encontrá-los lá.

Quando chegaram, Emil pediu café e pãezinhos antes de eles passarem para o salão nos fundos do bar. Meissner ajeitou-se numa cadeira a uma das mesas com tabuleiro e encostou a bengala na parede ali atrás. Emil ocupou o lugar diante dele e começou a arrumar as peças.

— Você gostaria de jogar?

— Eu? — disse Meissner. — Contra você? — Ele deu uma risada.

— Por que não?

— Não vou lhe dar muito trabalho, não é mesmo?

— Não faz diferença. Estamos jogando por amor ao xadrez.

— Nesse caso, sim. Com muito prazer.

Meissner tirou as brancas e avançou seu peão do rei duas casas.

— É difícil acreditar que, depois de todos esses anos, eu esteja de fato disputando uma partida de xadrez com o famoso Relojoeiro — disse ele.

— É, quem teria imaginado que um humilde prisioneiro judeu chegaria tão longe? — Emil fez o mesmo movimento que Meissner.

Enquanto isso, Willi entrou, trazendo uma bandeja com o pedido deles.

— O barman pediu que eu lhes trouxesse isso — disse ele, olhando de relance para o tabuleiro, enquanto depositava a bandeja numa mesa próxima. — Ahá. Uma abertura dupla do peão do rei. Interessante. — Ele puxou uma cadeira para ficar ao lado de Meissner. — Você sabia, Paul, que há apenas vinte aberturas que as brancas podem fazer? O jogo com o peão do rei é uma abertura poderosa. Você obtém uma posição dominante no centro do tabuleiro, e tanto a rainha como o bispo ficam liberados.

— É uma boa ideia — disse Meissner.

— O que é uma boa ideia?

— Que um bispo possa ser liberado.

Willi deu um sorriso constrangido.

— Eu estava pensando — disse ele — que devíamos continuar com a história.

— Para a eventualidade de eu não estar aqui até o final? — Emil e Willi trocaram um olhar de preocupação. Paul começou a rir, mas o riso rapidamente se transformou numa tosse.

— Não, é claro que não — disse Willi. — Quero saber como nosso amigo se sai quando a SS joga todo o seu peso contra ele.

— Bem — disse Emil, com um sorriso —, como você pode ver, eu ainda estou aqui, e a SS não. Imagino que isso já lhe diga alguma coisa.

— É interessante — disse Meissner — a noção da liberdade. É algo em que passei muito tempo pensando desde a guerra; e não foi por causa dos anos que passei na prisão. — Sua voz embargou-se e ele pigarreou. — Não é uma coisa de que eu fale muito, mas, depois que Emil venceu sua segunda partida, fui de licença para casa, em Colônia. E isso mudou minha vida.

Willi deu uma mordida num pãozinho recheado de presunto.

— É mesmo? Em que sentido?

— Aquilo me libertou — respondeu Meissner, com simplicidade, estendendo a mão para pegar seu café. — Vocês precisam se lembrar — continuou ele, movimentando seu cavalo do rei — de que a devastação era minha velha conhecida. Lutei em Kursk, talvez a mais sangrenta de todas as batalhas do front oriental. Vi muita ação, ação de verdade, mas nada me preparou para o que encontrei em casa. Eu achava que já tinha visto o inferno na Terra, mas eu estava errado. Colônia foi o verdadeiro inferno, porque era meu lar. Nunca vi nada parecido. A destruição era terrível. Terrível.

A voz de Paul tinha se reduzido a um sussurro.

— E sua casa? — perguntou Willi, baixinho.

— Destruída. — Paul deu um forte suspiro. Enfiou a mão num bolso, tirou um lenço e assoou o nariz ruidosamente. Quando continuou, sua voz estava embargada de emoção. — Tudo... todos... tinham sido tirados de mim. Eu não tinha nada. Não, essa não é bem a verdade. Eu ainda tinha a SS. Aquele era meu lar na época. Mas não a SS dos campos, essa era uma vergonha, um bando de vigaristas sórdidos, dispostos a tirar o maior proveito possível da "Solução Final". — Ele se encolheu com suas próprias palavras. — Eu não queria a companhia *deles*, sabem? Queria escapar, de volta para a *Waffen-SS*, de volta para meu antigo regimento, onde eu pudesse mais uma vez servir com honra.

— Honra? — interrompeu Emil. — Para mim parece incompreensível que alguém fale de servir com honra numa organização como a SS.

Meissner estendeu a mão por cima do tabuleiro para pressionar a mão de Emil.

— Posso entender por que você teria essa opinião, Emil. E sei que meu tempo de serviço em Auschwitz não é nada de que possa me orgulhar. Confesso que me convenci de que o Nacional-Socialismo, com seus valores de ordem, união e obediência, era a salvação para o povo alemão. Achei que poderia contribuir para o esforço sem me contaminar com ele. — Ele desviou o olhar. — Eu estava errado. Achava que a SS era uma ordem de eleitos, realizando o trabalho da Providência. Estava errado também quanto a isso, mas tive esperanças de que, se pudesse voltar para minha antiga unidade, seria capaz de recuperar o respeito por mim mesmo.

— E foi isso o que ocorreu? — perguntou Emil, com frieza.

Meissner abaixou a cabeça.

— Não.

29.
Giuoco piano

Sexta-feira, 21 de julho de 1944
Konzentrationslager Auschwitz-III, Monowitz

Alegrem-se, alegrem-se! Hitler morreu, assassinado em seu quartel-general de campanha na Prússia Oriental. Pela primeira vez na lembrança de todos eles, os prisioneiros não são forçados a seguir em seus *Kommandos* de trabalho depois da chamada da manhã, mas são devolvidos aos alojamentos. Os guardas da SS estão em plena atividade, em grande número, patrulhando o perímetro do campo com cães. Suas armas não estão em bandoleira, mas prontas para serem acionadas, com dedos quase tocando nos gatilhos. Eles estão sobressaltados e desconfiados. A onda de boatos não para de se espalhar, com suas histórias tornando-se mais fantásticas a cada hora que passa: Hitler foi executado por sua própria guarda, Göring foi morto por uma bomba, Goebbels foi enforcado na rua por uma multidão furiosa. Aos poucos, os prisioneiros saem para o sol e se reúnem ao longo da cerca, observando os guardas, perguntando-se o que está acontecendo.

As horas passam. A ração de sopa do meio-dia é servida. Isso faz com que os prisioneiros sejam atraídos de volta para os prédios do campo de concentração, pois ninguém consegue deixar para lá o clamor da fome. Mas eles comem depressa, curiosos demais com o estado das coisas, sem precedentes, para ficarem longe da cerca por muito tempo.

Eles não sabem que em Berlim foi travada uma batalha no quartel-general do Exército entre soldados leais aos oficiais que planejavam matar Hitler e unidades da *Waffen-SS*, cuja lealdade ao *Führer* é inquestionável. Mas agora parece que ninguém está acima de qualquer suspeita e até mesmo membros da SS de altas patentes foram implicados.

Os guardas do campo de concentração também não sabem de nada disso. Foi-lhes dito que eles estão em alerta máximo porque guerrilheiros poloneses podem tentar invadir o campo e libertar os prisioneiros. É natural que os guardas encarem com suspeita os milhares que circulam para lá e para cá ao longo da cerca do perímetro.

À medida que o dia vai passando, muito embora nenhum prisioneiro tenha tido permissão para sair do campo, é dada a ordem para a chamada noturna. Mas os prisioneiros não se afastam da cerca. Um dia passado sem trabalhar, com os olhos esquadrinhando o horizonte, causou em muitos um desejo de liberdade. A essa altura, eles já ouviram o rumor da iminência de um ataque por parte de guerrilheiros e não querem deixar escapar uma chance de fugir. Dizem a si mesmos que os guerrilheiros devem estar escondidos nas árvores, do lado sul, esperando reunir todas as forças para lançar seu ataque ou talvez estejam esperando que anoiteça, pois seria tolice arriscar uma investida em plena luz do dia.

A sirene do campo toca, um sinal para os prisioneiros retornarem para seus pavilhões. Alguns começam automaticamente a voltar. Outros viram a cabeça por um instante, mas não se dispõem a abandonar as posições que ocuparam. Esse é um dia diferente de todos os outros. Eles não querem que ele termine com mais uma capitulação. Agora um grupo de guardas está indo na direção da cerca. Eles agitam os braços e gritam furiosos, ordenando que os prisioneiros se dispersem, ameaçando-os com consequências medonhas se não obedecerem. Cães latem, forçando as guias, mostrando as presas. Alguns prisioneiros, encorajados pelos rumores, têm a audácia de responder aos gritos, com palavrões e pragas. Se palavras matassem, nenhum guarda sobreviveria.

Sem aviso, uma pistola automática é disparada, numa longa sequência de tiros que só termina quando um estalido metálico indica que o pente está vazio. O barulho ecoa pelo campo, alertando tanto prisioneiros como oficiais e guardas, mas não é um ataque de guerrilheiros. Onde os tiros foram disparados, jazem homens mortos ou feridos, alguns aos berros, com o sangue se espalhando pelo capim ralo. Alguns prisioneiros correm, mas a maioria fica ali olhando, como bobos, petrificados sem conseguir agir. Com uma expressão de ódio, o guarda que atirou libera o pente vazio e o substitui. Num gesto deliberado, ele inclina para trás o capacete e enxuga a testa na manga do uniforme, como se tivesse completado satisfatoriamente uma tarefa difícil. Ele se volta para os companheiros e indica com a cabeça os prisioneiros restantes. Com sorrisos de aprovação, todos os outros erguem as armas.

Não há necessidade de dar nenhuma ordem: quando ele dispara outra vez, os outros seguem seu exemplo, uma saraivada letal que atinge o grupo indefeso e o abate de imediato. Agora todos os prisioneiros estão correndo para se salvar, sem um único olhar para trás para ver quantos caíram.

Em questão de segundos, tudo terminou.

Os guardas riem.

— Judeus de merda — diz um deles, recarregando a arma enquanto eles se afastam dali, deixando a carnificina para trás. — Não aprendem nunca.

Em seu gabinete, alertado pelo ruído de tiros, o *Hauptsturmführer* Meissner está inspecionando sua pistola, certificando-se de que haja uma bala na câmara, antes de colocá-la no coldre. Calmamente, ele põe o quepe na cabeça, pega a bengala e sai mancando apressado para o escritório geral. Perplexos, suboficiais e praças deixaram as mesas de trabalho e estão espiando pelas janelas. Nenhum deles está armado ou preparado para entrar em ação.

— Todos vocês — vocifera Meissner —, afastem-se das janelas. — Intimidados, os homens voltam às mesas de trabalho. — Quem tem a graduação mais alta aqui?

Um *Scharführer* responde. — Eu, senhor.

— Grawitz, certo? Mande um mensageiro ao *Hauptsturmführer* Brossman. Diga-lhe que estamos prontos para entrar em ação e aguardamos suas ordens. Depois, arme os homens e os reúna no andar inferior. Depressa. Estarei de volta em cinco minutos. Eidenmüller, venha comigo.

Sem outra palavra, Meissner dirige-se para a escada, o impulso para o combate é forte demais para ele resistir, e seu ordenança o acompanha de perto. Eles chegam sem incidentes à sala da guarda ao lado do portão principal. Lá encontram o *Obersturmführer* Schottl, o *Lagerführer*. Ele está gritando no bocal de um telefone.

— O que está acontecendo? — pergunta Meissner.

Schottl olha desdenhoso para seu superior. Ele não se esqueceu da conversa entre os dois na ocasião dos enforcamentos.

— Nada com que o *senhor* precise se preocupar.

— Obrigado, *Obersturmführer* — responde Meissner, com frieza —, mas acho que eu mesmo vou avaliar isso. Parece que ouvi disparos automáticos, de várias armas. Você sabe de onde se originaram?

Quando Schottl não responde, Meissner volta-se para um suboficial.

— Você, *Oberscharführer*, de onde se originaram os disparos?

— Do perímetro sul, senhor, ao que eu possa dizer.

— Obrigado. — Meissner volta-se para Schottl e faz um gesto na direção da porta. — Vamos?

Lançando um olhar de ódio para o *Oberscharführer*, Schottl faz uma pergunta.

— O senhor não acha que seria melhor ficar aqui, para termos um posto central de comando?

— Pela minha experiência — responde Meissner —, nada é melhor do que uma avaliação *in loco*. Mas, se *você* achar...

Schottl capta de imediato a insinuação velada nas palavras do *Hauptsturmführer*, da mesma forma que os outros homens na sala da guarda.

— Não, senhor. É claro que não. Eu o acompanho.

Eles não demoram muito para chegar ao local. Foi um massacre. Um grupo de quatro guardas e um *Unterscharführer* já estão lá.

— Vocês sabem o que aconteceu? — pergunta Meissner.

— Não, senhor. Nós mesmos acabamos de chegar aqui.

Meissner vira um corpo com a ponta da bota. Há três ferimentos de entrada, sangrando no tórax.

— Melhor ver se algum deles ainda está vivo.

Mas Schottl não concorda.

— O senhor não acha que deveríamos nos preparar para um ataque? Fomos postos de prontidão para uma investida de guerrilheiros. Isso aqui poderia ser parte dela.

— Duvido — observa Meissner. — Se fossem guerrilheiros, os mortos caídos aqui seriam alemães, não prisioneiros. Acho que alguém foi um pouco rápido demais no gatilho.

— Senhor — grita um dos guardas —, aqui tem um ainda vivo. Que eu faço com ele?

— Se ele conseguir falar, pergunte o que houve e depois leve-o para a enfermaria.

Mas Schottl não quer saber disso.

— De nada adianta perguntar a um prisioneiro o que houve. Tudo o que sabem fazer é mentir. E nós não vamos perder nosso tempo levando-os para a enfermaria. — Ele saca a pistola e vai a passos largos ao local onde o ferido está caído. Sem uma palavra, leva a pistola à cabeça do homem e puxa o gatilho.

Meissner fica revoltado, mas não há nada que possa fazer. Ele é apenas um administrador, e Schottl é o *Lagerführer*. Ele dá meia-volta. Não se trata de excesso de sensibilidade. Ele já viu muitos homens serem mortos, mas nunca de modo tão indiferente.

— Vamos — diz ele a Eidenmüller —, antes que eu faça alguma coisa de que possa me arrepender.

— É verdade, senhor? — pergunta Eidenmüller, no caminho de volta. — É verdade que alguém tentou matar o *Führer*?

— Infelizmente parece que sim. E, pelo que ouvi dizer, parece que muitos estavam envolvidos na conspiração. Sem dúvida, os detalhes virão à tona nos próximos dias, mas me garantiram que, apesar de ter sido ferido, o *Führer* sobreviveu.

Eles topam com o comandante da guarda, Brossman, chefiando um pelotão.

— Imagino que você não faça a menor ideia do que aconteceu — diz Meissner, em tom de pergunta.

Brossman para, deixando que um suboficial leve os homens adiante.

— Parece que houve um acidente lamentável — diz ele, estremecendo com o barulho de um tiro. — Um dedo solto num gatilho supersensível, digamos.

— Mais do que um dedo solto, é o que eu diria — responde Meissner, quando outro tiro rasga o ar da noite.

— O que está acontecendo agora? — pergunta Brossman, referindo-se aos tiros.

— Mais "acidentes lamentáveis". O *Obersturmführer* Schottl está revelando ser especialmente propenso a acidentes.

— Aquele merda — diz Brossman.

— É. — Meissner volta-se para Eidenmüller. — Deixamos os homens esperando. Melhor você ir avisá-los de que o pânico acabou. Volto logo.

Quando Eidenmüller segue em frente apressado, Brossman indica com a cabeça a direção dos tiros esporádicos.

— Preciso ver com meus próprios olhos?

Meissner faz que não.

— Não, a menos que você queira ver a escala da chacina.

— Quantos?

— No mínimo, cem; e Schottl está dando o melhor de si para aumentar o número. — Meissner enfia a mão no bolso da túnica e tira a cigarreira. Abrindo-a, ele pega um cigarro e a oferece a Brossman, que já sacou um isqueiro. Os dois tragam fundo, apreciando o ardido da fumaça ao chegar aos pulmões. Eles dão as costas ao massacre e voltam para os prédios da SS.

— Como você acabou vindo parar aqui, Otto?

Brossman franze os lábios e leva um dedo à boca para remover um fiapo de tabaco.

— Não faço a menor ideia — diz ele. Eu era *Scharführer* em Mauthausen. Fui mandado para lá por ter qualificação como engenheiro de minas. Mas, uma vez que cheguei lá, pareceu que isso não fazia diferença. Fui designado para o destacamento de guardas e, quando me dei conta, tinha sido mandado para a *Junkerschule* em Bad Tölz.*

— Verdade? Eu também estudei lá. Em que época você esteve lá?

— Em 1940. E você?

— Só entrei no outono de 1941. — Meissner retoma o fio da conversa. — E do treinamento de oficiais você veio para cá?

— Não. Fui mandado para a Polônia. Até setembro de 1941, estive na equipe de Globocnik, em Lublin. Puxa, o cara era um filho da mãe, desalmado, posso lhe garantir. Com a invasão da Rússia, imaginei que seria mandado para o leste com os *Einsatzgrüppen*, mas tive a sorte, suponho, de me descobrir destacado para cá. Na ocasião, havia somente o *Stammlager* e alguns milhares de prisioneiros de guerra russos, que nós pusemos a trabalhar na construção do campo em Birkenau. Fui encarregado da companhia de guarda, e estou aqui desde então. E você?

Meissner dá um sorriso, constrangido.

— Eu sempre quis fazer parte da *Waffen-SS*. A morte ou a glória, é assim que eu sou. Pensei numa carreira na *Luftwaffe*, mas no meu último ano na universidade um oficial da *Waffen-SS* foi falar conosco. Ele disse que eles eram a tropa de choque do *Führer*, a guarda imperial do Nacional-Socialista. Isso bastou para mim. — Ele ficou calado um instante. — Naquela época tudo era muito mais claro do que agora. — Ele deixou a guimba do cigarro cair dos dedos. — Otto, venho querendo falar com você sobre essa droga desse enxadrista judeu. Você se disporia a jogar contra ele? Devo avisar que ele é bom. Precisou se esforçar contra Frommhagen, mas acho que foi só por conta do nervosismo. Ele derrotou Dorn com facilidade.

A noite está quente. Brossman tira o quepe e enxuga a carneira com um lenço.

— Dorn? Esse é pior que o Schottl. Não sei aonde a SS vai parar deixando entrar cretinos como esses dois.

* Bad Tölz era uma das três *Junkerschules* — escolas de formação de oficiais — da SS.

— E então, o que acha? Vai se dispor a jogar com o judeu? Só trate de vencer, ou o Bär vai mandar me fuzilar.

Brossman olha para o céu e respira fundo.

— Está sentindo esse cheiro? São os crematórios em Birkenau. Não consigo nunca me acostumar a esse cheiro, e você? Cá entre nós, Paul, estou farto. Farto da guerra, farto de toda essa matança. Acho que podemos ter cometido um erro quanto aos judeus. Nós nunca vamos nos livrar de todos eles, então por que estamos nos dando a todo esse trabalho? — Ele faz um gesto negativo. — Sim, eu me disponho a jogar com esse seu judeu e até a dar o melhor de mim para derrotá-lo, mas não posso prometer nada.

— Pelo bem dele, espero que você o derrote.

— Por quê?

— Porque depois de você ele enfrentaria Hustek.

— Puxa. Isso eu não desejaria para ninguém. Nem mesmo para um judeu desprezível.

— Certo. Mas por outro lado...

— O quê?

— Já vi o judeu jogar. Não sou grande conhecedor, mas acho que ele pode ser extraordinário. E se ele derrotar você e Hustek também? E aí?

O som de mais um tiro rompe o silêncio. Brossman franze o cenho.

— Por sorte — diz ele —, isso é algo com que não vou precisar me preocupar.

1962
Leidseplein, Amsterdã

— Eu me lembro com nitidez daquela noite — disse Willi. — Nem me fale em pânico. Nós não sabíamos o que estava acontecendo. O prédio do ministério estava cercado de soldados e nos disseram que não podíamos sair. O Aleijado estava fora de si, imaginando que seria arrancado dali e fuzilado a qualquer instante. E então, por volta das sete da noite, veio um telefonema do *Führer*. O oficial encarregado dos homens lá fora entrou no prédio e falou com ele. Tudo mudou depois disso. Recebemos ordens de ligar o rádio para uma transmissão de emergência. Foi aí que soubemos o que tinha acontecido. Tinha havido um ataque a bomba, mas Hitler tinha sobrevivido. Os traidores estavam enfurnados no quartel-general do Exército. Foi ordenado ao povo de Berlim que não saísse às ruas. Nós não estávamos longe do quartel-general do Exército e, em pouco tempo, pudemos ouvir o tiroteio com muita clareza. E então, pouco depois da meia-noite, Skorzeny chegou, com soldados da SS, e tudo terminou.

— Muitas vezes eu me perguntei o que teria acontecido se Hitler não tivesse sobrevivido — disse Paul.

Willi refletiu um pouco.

— O óbvio teria sido o Exército assumir o poder e negociar a paz — disse ele, entristecido. — É provável que não tivéssemos sofrido a ocupação russa.

— Então, ele ter sobrevivido talvez tenha sido melhor — disse Emil. — Se a Alemanha não tivesse vivido a derrota catastrófica que sofreu, teria sido apenas uma questão de tempo até outro Hitler surgir, e toda a desgraça voltar a se desenrolar.

— Acho que não teríamos permitido que uma coisa dessas acontecesse.

— Quem dera, Willi — disse Emil, com a voz de repente severa —, que eu pudesse ter a mesma confiança que você. Mas, tendo vivenciado na pele o que uma pessoa como Hitler e seus seguidores puderam infligir, peço que me perdoe se eu disser que nenhum preço seria alto demais para garantir que aquilo nunca voltasse a acontecer.

30.
A defesa Chigorin

Agosto de 1944

Konzentrationslager Auschwitz-III, Monowitz

Não cabe a um *Häftling* procurar contato com um oficial da SS, mas quase dois meses já se passaram desde a partida contra Dorn, e ainda não se ouviu nenhuma notícia de Meissner. Até mesmo Brack está dando sinais de inquietação. Há, portanto, algum alívio quando por fim chega a eles a ordem de que o Relojoeiro se apresente ao *Hauptsturmführer* sem demora.

Um *Kapo* escolta Emil até o gabinete de Meissner. Meissner está sozinho — nem mesmo Eidenmüller está presente. O oficial da SS parece perturbado. Ele despacha o *Kapo*, e Emil fica em posição de sentido, esperando. Meissner vai mancando ao escritório geral e volta trazendo um bule de café e duas xícaras.

— Sente-se, por favor — diz ele e, enchendo uma xícara, entrega-a ao prisioneiro estarrecido.

— Obrigado — consegue dizer Emil, ao se sentar. Ele toma um golinho. Está quente demais, mas o aroma é inebriante. É *café*, café de verdade.

— Cigarro? — Um maço é entregue. — Fique com ele.

As mãos de Emil tremem quando ele abre o maço e leva um cigarro à boca. Ele não tem como acendê-lo e espera, até o oficial indicar uma caixa de fósforos sobre a mesa de trabalho.

Emil dá uma boa tragada, saboreando a primeira onda da nicotina. Passam-se alguns instantes até ele se dar conta de que está sendo observado.

— Por que o senhor está fazendo isso? — pergunta ele.

— Da última vez que nos falamos, você me acusou de não ser civilizado. Isso está longe de ser a verdade. Os alemães são um povo civilizado. Mas nós nos permitimos cair sob o controle de um bando de gângsteres. Essa é uma vergonha para nós e uma terrível desgraça para vocês. Não há muita coisa que eu possa fazer a respeito, mas decidi que já não posso tolerar isso tudo. Não tenho permissão para abandonar meu posto, mas vou parar de agir de acordo com as regras deles.

— *Deles*?

— Eram minhas regras também, mas não são mais.

Emil desvia o olhar, atordoado. Ele se pergunta se está sonhando. É inconcebível que um oficial da SS fale com ele desse jeito.

— É algum tipo de brincadeira, senhor?

A voz de Meissner está cortante quando ele responde.

— Não. Não é nenhuma brincadeira, Relojoeiro.

Emil procura uma resposta, mas não encontra o que dizer. Ele se sente como se estivesse sozinho numa gruta profunda, tateando às cegas, tentando em desespero entender as palavras que esvoaçam ao seu redor, como morcegos, na escuridão. Ele se pergunta se está sendo posto à prova e responde em tom amargo.

— Não faz diferença se o senhor está fazendo uma brincadeira ou nao... Nada pode mudar minha situação. Não enquanto vocês, nazistas, e tudo o que representam não tiverem sido totalmente destruídos.

O oficial da SS se retesa. Por um instante, seus olhos param num retrato de Hitler, pendurado na parede.

— Eu sei — diz ele. — Sinto muito, de verdade.

As palavras de Meissner são espantosas, chocantes. Elas atingem o Relojoeiro com a força de um terremoto em que cidades inteiras tombam e viram pó.

Emil está desnorteado com a transformação que acometeu o oficial da SS. Ele ouve a própria voz como se ela estivesse vindo da sala ao lado.

— Sente muito? Meu Deus. O senhor espera que eu acredite nisso? O senhor me dá a impressão de estar sendo sincero, mas, por tudo que sei, essa é somente mais alguma nova crueldade que o senhor engendrou. Como posso saber se não vai haver algum imprevisto e que algum castigo não vai se abater sobre mim sem aviso?

Meissner não responde. Em vez disso, ele se levanta, caminha até o cabide de chapéus, onde seu cinto está pendurado. Tirando a pistola do coldre, ele a destrava e põe um cartucho na câmara. Então entrega a arma a Emil.

— Ela está carregada — diz ele. — Tenha cuidado.

— O que o senhor quer que eu faça com ela?

— O que você quiser.

— Mas por quê?

— Quero que nós finjamos, por um tempo, que esse não é um dos círculos do inferno; e que nós somos dois homens civilizados tendo uma conversa civilizada.

— E em que círculo do inferno o senhor acha que estamos?

— Não é óbvio? No nono.

— O nono? Da Heresia?

Meissner faz que não.

— Não. No da Traição.

Traição. A palavra retumba como um tremor secundário. Emil dá-se conta da pistola na mão. Ela lhe parece estranha. É pesada e fria, com seu metal preto liso ao toque. Ele a vê como se estivesse olhando através de uma lupa: há traços de graxa em torno das peças móveis e marcas na coronha, onde ela sofreu danos, talvez em combate. Hesitante, ele pousa o dedo no gatilho. Seria moleza atirar no oficial da SS. A essa distância, Emil não teria como errar.

Se Yves estivesse vivo, o que *ele* faria? A resposta é direta: ele mataria o alemão. Mas Emil não é Yves, e as certezas que um dia nortearam sua vida foram todas destroçadas. Se matasse Meissner, será que isso significaria que ele tinha descido ao mesmo nível? E ainda — a mais incerta de todas as incertezas —, e se Meissner estivesse sendo sincero?

Há um relógio na parede acima da porta. O Relojoeiro olha para ele de relance. Está ali há trinta minutos, e não houve nenhuma surpresa assustadora.

Com cuidado, ele põe a pistola em cima da mesa.

Meissner sorri, mas o sorriso parece deslocado.

— O que o senhor quer de mim?

— Quero que você cumpra as advertências mais medonhas do *Führer* acerca dos judeus.

— Não sei do que o senhor está falando.

— Relojoeiro, você é um dos prisioneiros mais perigosos deste campo. Fico surpreso com a Gestapo não ter se interessado por você.

Um ar de alarme passa pelo rosto de Emil.

— Por que eles se interessariam? Não sou prisioneiro político.

— É claro que é. Todos os judeus são políticos porque, segundo o *Führer*, cada judeu participa da conspiração internacional contra a Alemanha.

— Ah, sim. A conspiração internacional — diz Emil, em tom cáustico. — Eu era uma pessoa normal, fazendo o que podia para progredir no mundo, um relojoeiro com uma lojinha minúscula em Paris. Que perigo eu representava para a Alemanha? Como vocês sequer chegaram a pensar que eu fizesse parte de uma conspiração internacional? A ideia não se sustenta diante de qualquer análise racional.

— É o que você diria, não é mesmo? — Meissner abre uma gaveta da mesa de trabalho e tira uma garrafa. — Conhaque?

— Não, obrigado. No meu estado, é provável que isso me matasse. — Emil respira fundo, captando o aroma caloroso da bebida, quando o oficial serve para si mesmo uma dose generosa. — Certo, então — prossegue ele —, e o que dizer dos pobres camponeses incultos da Ucrânia? A maioria deles nunca tinha saído de seus povoados. Como eles poderiam fazer parte de uma conspiração internacional?

Meissner dá uma batidinha no nariz com um dedo.

— Ah. Isso é que foi inteligente. *Eles* eram uma enorme quinta-coluna. Há anos que estão ali inativos, esperando com paciência, nos embalando para que tenhamos uma falsa sensação de segurança. Mas, quando recebessem a ordem, eles se levantariam e arrasariam o povo alemão.

— Como pode acreditar nisso? — pergunta Emil, assombrado. — Não passa de uma fantasia impregnada de ódio.

— Concordo. Mas você não acha estranho que, nos nove círculos do inferno de Dante, nenhum deles represente o Ódio?

Os olhos de Emil vão parar na garrafa de conhaque meio vazia. Meissner percebe o olhar e dá um sorriso irônico.

— Não estive bebendo, Relojoeiro. Ainda não.

— Gostaria de mais café, se ainda tiver.

— Tudo bem. Pode se servir.

Enquanto o Relojoeiro reabastece sua xícara, Meissner pega a pistola e fixa a trava de segurança.

— Eu quase queria que você tivesse me dado um tiro — diz ele.

— Dar um tiro em você? Por que eu faria uma coisa dessas?

— Porque eu sou seu inimigo.

1962

Kerk de Krijtberg, Amsterdã

Emil trouxe o bule de café do fogão e voltou a encher as xícaras.

— Sempre que tomo café, me lembro daquela vez no seu gabinete — disse ele. — O café nunca teve um sabor tão bom, nem antes nem depois. Estava uma delícia.

— Mas o que era — perguntou Willi a Meissner — que você queria que Emil fizesse?

— Era perfeitamente simples, embora na época eu ainda não tivesse chegado a uma plena compreensão. — O rosto de Meissner relaxou enquanto seu pensamento voltava ao passado, recuperando memórias. — Levei um tempo para me dar conta de como o *Kommandant* estava perturbado pelas vitórias de Emil. Como Höss disse, essa era uma prova para o Nacional-Socialista e um desafio à complacência da SS. Bär não encarava a situação desse jeito. Ele a considerava uma experiência perigosa que deveria ser encerrada. Foi então que percebi que ambos estavam certos. Eu sabia que Emil tinha um dom extraordinário e que, por mais que nos esforçássemos, ele venceria. A vitória exporia uma das falhas do nazismo: que a ideia de raça superior era um mito, uma fantasia cujo alicerce não era nada mais sólido do que os delírios sinistros de um megalomaníaco. Lembrei-me das palestras ideológicas a que assistíamos na escola de formação da SS. Foi-nos dito que os russos eram sub-humanos, mas aí nós vimos como eles eram no front oriental. Eram iguais a nós. Tinham mentido. E se também tivessem mentido acerca dos judeus? Acho que foi em Colônia que percebi que nada daquilo fazia sentido. Foi quando eu soube que queria que Emil vencesse.

Meissner tomou um gole do café, organizando os pensamentos.

— A partida seguinte deveria ser disputada em meados de agosto. Eu queria que ela fosse novamente no refeitório dos oficiais, mas Bär proibiu. Ele queria que ela fosse disputada no pavilhão da prisão no *Stammlager,* onde ninguém veria. Nem um pouco justo para com Emil, é claro, mas era essa a intenção: intimidá-lo. Todos os prisioneiros sabiam o que acontecia por trás daquelas paredes. Naturalmente, nada disso impediu Eidenmüller de aceitar apostas — Meissner deu um breve sorriso, com a lembrança —, as quais, ele me disse, foram maiores do que nunca. Mas o que foi uma surpresa total foi quem apareceu para assistir à partida.

Agosto de 1944

Konzentrationslager Auschwitz-I

Foi esvaziada uma sala no piso superior do pavilhão da prisão no *Stammlager*.

Otto Brossman ouviu histórias sobre esse lugar, embora nunca tenha estado ali antes. Celas subterrâneas tão estreitas que só é possível ficar nelas em pé, de prisioneiros encarcerados no porão e deixados para morrer de inanição no escuro. Dizem que algumas celas foram fechadas com tijolos para emparedar seus ocupantes.

A sala em si já intimida. O reboco nas paredes foi pintado de um creme claro, mas ele está sujo em muitos lugares com manchas escuras. Não é difícil imaginar o que acontece ali dentro.

Uma única mesa e duas cadeiras de madeira foram dispostas no centro da sala. Um tabuleiro de xadrez aguarda que os jogadores cheguem.

— Acho que o judeu vai considerar esse lugar mais do que um pouco amedrontador — diz Brossman, em voz baixa.

— Então seremos dois — responde Meissner.

O Relojoeiro entra escoltado por Eidenmüller. Meissner cumprimenta seu ordenança com um gesto, mas faz questão de ignorar o prisioneiro.

— É só isso? — pergunta Brossman.

— É. O *Kommandant* não quis que houvesse público. Também insistiu em que você tivesse uma vantagem. Não haverá sorteio para ver quem fica com que cor. Você escolhe.

— Então escolho as brancas.

O oficial da SS avança seu peão da rainha duas casas. Sem hesitar, o prisioneiro faz o mesmo movimento. O homem da SS leva seu peão do bispo da rainha para se postar ao lado do companheiro. O prisioneiro faz avançar seu cavalo da rainha. O homem da SS movimenta seu cavalo do rei. O prisioneiro faz seu bispo da rainha atravessar o tabuleiro. O peão branco captura o peão preto; e o prisioneiro revida capturando o cavalo branco com seu bispo. O bispo preto cai diante de um peão branco, e com isso a rainha preta sai para capturar o peão branco no centro do tabuleiro. Tudo isso acontece com uma rapidez quase descuidada.

As brancas estão com uma vantagem, mínima, e a expectativa de Meissner é enorme.

O jogo é interrompido pelo som de passos pesados na escada. Um vulto surge no patamar, e o *Oberscharführer* Hustek entra.

— Ah — diz ele, simulando surpresa. — Achei que vocês ainda não teriam começado. Desculpem meu atraso, mas a verdade é que não recebi um convite oficial.

— O que você está fazendo aqui, Hustek? — pergunta Meissner, já sabendo a resposta. — O *Kommandant* determinou que essa partida fosse discreta, não que atraísse multidões.

— Mas eu não sou uma multidão, sou? — retruca Hustek. — Eu sou só eu. Quando soube todo o trabalho que teve por causa dessa partidinha, pensei que estava na hora de eu dar uma olhada mais de perto nesse judeu invencível. E aqui estou.

— Saia daqui, Hustek. É uma ordem.

Mas Hustek não está disposto a ceder. Ele responde, com um sorriso simpático, carregado de desdém.

— Achei que já tínhamos concordado, *Herr Hauptsturmführer*, que, como sou da Gestapo, não lhe devo obediência. Além disso — diz ele, quase como se só tivesse pensado nisso agora —, como sou eu o próximo que vai enfrentar o judeu, a menos que por algum milagre ele consiga perder hoje — ele reprime um risinho —, tenho a permissão do *Sturmbannführer* Bär para estar aqui. Se não for problema para o senhor, *Herr Hauptsturmführer*?

Meissner fixa o olhar no homem da Gestapo, captando o sorriso atrevido e a postura de insubordinação despreocupada. Olha então de relance para Brossman e vê um ar de resignação passar veloz pelo seu rosto.

O prisioneiro mantém a atenção concentrada no tabuleiro.

— Não se preocupem comigo — acrescenta Hustek. — Vou ficar bem quietinho. Finjam que não estou aqui.

— Muito bem — diz Meissner, fazendo uma retirada tática. Por ora.

Hustek assume uma posição, encostando-se numa parede, acende um cigarro e não diz mais nada. Mas observa. Sem piscar os olhos.

Antes da partida, Emil foi procurar Brack.

— Quero saber de quem é a vida pela qual vou jogar dessa vez.

— Não é da sua conta — diz Brack.

— Acho que é. Preciso conhecer a pessoa que vai virar fumaça, se eu tiver o azar de perder. Quero que ele olhe nos meus olhos e me diga que entende o risco que está correndo.

— Ah, ele entende perfeitamente — responde Brack. — Igual a qualquer outro judeu neste lugar. Por um lado, há a certeza de que, mais cedo ou mais tarde, uma das *Selektionen* vai apanhá-los e eles nunca mais serão vistos ou, por outro lado, eles podem apostar em que você realmente seja invencível, que já é o que todos acham de qualquer modo, e que, por motivos que francamente estão fora do alcance do seu entendimento, uma vida será salva.

— Eu ainda quero vê-lo.

— Depois — insiste Brack. — Você vai poder vê-lo depois.

1962

Kerk de Krijtberg, Amsterdã

— Aqueles primeiros movimentos se desenrolaram a uma velocidade vertiginosa — lembrou-se Paul.

— Dá para imaginar — respondeu Willi. — Uma resposta tão original. O oficial da SS devia ter vindo com um plano de jogo bem preparado, mas você o surpreendeu. Quando você parou para respirar?

— Só depois que ele capturou meu bispo.

— Deve ter sido uma provação apavorante. Nem nos meus sonhos mais loucos eu teria imaginado uma partida de xadrez sendo disputada numa câmara de tortura, com a vida de um homem em jogo.

— A tensão era enorme — disse Meissner. — O que estava em jogo era descomunal, mais ainda do que nos dávamos conta na ocasião. Eu sabia que uma vitória de Emil criaria encrenca para mim, mas ao mesmo tempo, mentalmente, eu torcia por ele. Brossman ganhou a vantagem inicial, e eu estava mais nervoso do que teria estado diante de um tanque russo. Não posso falar por Emil, mas o espectro da Gestapo presenciando aquilo tudo tornava difícil até respirar. Eu podia supor o que Hustek costumava aprontar naquela sala. Eidenmüller tinha procurado se informar a respeito dele, e o que descobriu não era lisonjeiro, nem mesmo para os padrões da Gestapo.

Willi estremeceu.

— Não conheci ninguém da Gestapo, não que eu saiba, pelo menos — disse ele.

— Sorte sua. Mas Hustek... só estar na mesma sala com ele já causava inquietação em qualquer um. Se você o tivesse visto na rua, teria sabido de cara que ele era alguém a evitar.

— Concordo — acrescentou Emil. — Nunca senti tanta maldade em nenhum outro membro da Gestapo com quem me deparei.

— Outro membro da Gestapo? Você nunca mencionou isso — disse Meissner, com certa surpresa.

— E por que mencionaria? Você nunca me perguntou como fui parar em Auschwitz.

— Supus que você tivesse sido mandado para lá por ser judeu. Lamento dizer que meu pensamento nunca passou daí.

— É, imagino que não. Devia haver uns dez mil judeus em Monowitz, com dez mil histórias de como foram parar lá. Não havia motivo para você me perguntar qual era a minha.

Outubro de 1943
Annecy, França

Emil voltou da cidadezinha encharcado com a chuvarada: mais uma saída em vão. Todas as vezes que saía, corria o risco de ser apanhado. Annecy não era uma cidade grande, e desconhecidos logo eram notados.

Na confusão que se seguiu à queda da França, Emil tinha levado a família para o sul, para a casa dos pais de Rosa, em Périgueux. Em fins de 1942, quando os alemães ocuparam os territórios de Vichy, Emil conseguiu enviar uma carta a *Meister* Nohel, em Basileia, pedindo abrigo. Seu antigo mestre tinha respondido depressa. "Venha imediatamente", escrevera ele, "antes que o cerco aos judeus se estabeleça." Mas a mãe de Emil estava mal. Seus tornozelos estavam inchados, e ela vinha tendo febre. O médico disse que ela não tinha a menor condição de viajar. Por isso, eles haviam esperado até o verão seguinte. Mesmo assim, não tinha sido uma viagem fácil rumo à fronteira suíça, protegendo duas crianças pequenas e a mãe envelhecida e tentando não chamar a atenção de ninguém.

Perto de Annecy, eles se depararam com um camponês que saíra cedo para recolher suas vacas. Emil lhe contou que eles pretendiam chegar a Genebra. O camponês disse que não faltava muito, talvez uns cinquenta quilômetros, mas que a segurança na fronteira estava reforçada. Ele lhes ofereceu abrigo no celeiro e orientou a Emil que procurasse um café na cidadezinha, onde poderia fazer contato com a Resistência, que talvez fosse capaz de guiá-los. Ele disse a Emil que perguntasse por Jacques. Se, em resposta, lhe falassem que Jacques tinha viajado para cuidar da mãe enferma, ele deveria responder então que tinha tido notícias de que madame Blanchard estava se recuperando bem e que ele esperava que Jacques logo estivesse de volta.

Todo dia, por quatro dias, Emil voltara ao café, perguntando aos fregueses se conheciam Jacques. Tudo o que recebia em resposta eram olhares vazios. Aquilo não lhe parecia promissor. Eles logo precisariam seguir em frente, antes que alguém falasse aos alemães do desconhecido insistente que perguntava por um homem que parecia não conhecer.

Quando chegou de volta ao celeiro, ele estava vazio.

Tentando dominar as batidas descontroladas do seu coração, Emil foi se aproximando aos poucos da sede da fazenda. Havia dois veículos no pátio: um pequeno carro militar do tipo usado pelos alemães e um Renault preto. Emil sentiu o cheiro acre de fumaça de cigarro. Um soldado alemão estava descansando, encostado numa das construções da fazenda, soprando anéis de fumaça para aliviar o tédio.

Emil podia ouvir o choro de seus filhos, lá dentro da casa. Ele tinha duas opções: salvar a própria pele ou tentar alguma forma de se safar da situação.

Sem dar atenção ao soldado, ele entrou direto na casa.

O térreo consistia numa única sala, com uma grande lareira e um fogão ao longo da parede, e uma mesa em frente. No canto, havia um aparador antigo, lotado de objetos de louça de barro.

Embora fosse espaçosa, a sala parecia apinhada. Num canto estavam sua mãe, sua mulher e os dois filhos; em outro o camponês e a mulher. Em torno da lareira, quatro homens, dois usando uniforme militar, um à paisana e um gendarme francês.

— O que está acontecendo aqui? — perguntou Emil.

A resposta veio do homem à paisana. Seu francês era razoável, mas seu sotaque, medonho.

— E o senhor, quem é?

— Eu me chamo Emil Clément. — Ele olhou ansioso para a mulher. A expressão corajosa que Rosa vinha apresentando, para acalmar os dois meninos agarrados nervosos à sua saia, desmoronou. Em silêncio, ela implorava com os olhos que ele descobrisse um jeito de salvá-los. Sua mãe estava fora de si, com os lábios trêmulos e as mãos torcendo e retorcendo um lenço. O som da voz de Emil surpreendeu seus filhos, que começaram a chorar de novo. — E essa é minha família. Quero saber o que está acontecendo.

— *Monsieur* — interveio o gendarme, quase em tom de desculpas —, esse é *Herr* Hefelmann. Receio que o senhor precise acompanhá-lo.

— Por quê? Não fiz nada de errado.

O gendarme deu de ombros.

— Mesmo assim, *monsieur*...

— *Exijo* saber o que está acontecendo!

A explosão de Emil fez surgir um sorriso no rosto do homem à paisana, um sorriso falso, zombeteiro.

— Eu sou o *Obersturmführer* Hefelmann. Gestapo — acrescentou ele, com um toque de malevolência. — Você, *monsieur,* está preso.

— Qual é a acusação? — Emil apelou ao gendarme. — Tenho o direito de saber.

— Você não tem direitos — atalhou o homem da Gestapo, em tom áspero. — Você é um judeu.

1962

Kerk de Krijtberg, Amsterdã

— Por quase uma semana, fomos interrogados repetidamente pela Gestapo. De onde vínhamos? Como tínhamos viajado? Onde tínhamos ficado? Quem nos tinha ajudado? As mesmas perguntas, sempre e sempre. Primeiro eu, depois minha mulher e depois minha mãe. Acho que minha mulher foi a mais atingida. Ela nunca tinha sentido o antissemitismo e simplesmente não conseguia compreender o que estava acontecendo. "Por quê?", ela não parava de perguntar. — Emil levantou os olhos. — Até o dia de hoje, se ela entrasse aqui e me fizesse essa pergunta, eu ainda não seria capaz de lhe dar uma resposta.

— Nós fomos condicionados — disse Meissner, em voz baixa. — Uma lavagem cerebral, mentiram para nós e nos condicionaram a obedecer.

— Mas por que vocês foram condicionados? Como surgiu um tamanho ódio aos judeus?

— Não era só aos judeus. Os nazistas odiavam os comunistas, os homossexuais, os ciganos.

— Você ainda não respondeu à minha pergunta.

— Porque não sei a resposta.

Willi os interrompeu.

— Você foi torturado?

Emil fez que não, lentamente.

— Não havia necessidade. Eles estavam com meus filhos. Contei tudo o que pude.

— Como eles se chamavam? Quer dizer, seus filhos.

— Louis e Marcel. Louis completou cinco anos enquanto estávamos na prisão em Annecy. Marcel estava com três.

Emil abaixou a cabeça nas mãos, sem conseguir continuar.

31.
A variante Janowski

1962

Amsterdã

De manhã, os três pegaram um táxi para ir ao Krasnapolsky.

Chegando ao alto da escada do hotel, Meissner deu um puxão na manga de Willi.

— Espera um pouco — disse ele, arquejando. — Preciso de um instante para recuperar o fôlego.

Willi olhou para ele com preocupação.

— Tem certeza de que está bem o suficiente para estar fora de casa desse jeito? O médico disse...

Meissner crispou o rosto. Willi não poderia dizer se foi de dor ou de irritação.

— Se o médico mandasse em mim, eu já estaria numa cadeira de rodas em algum tipo de sanatório. Estou bem, de verdade. Por favor, pare de se preocupar.

Na rodada seguinte do torneio, Emil foi sorteado para enfrentar um inglês, David Abramson.

— Ele é judeu? — perguntou Willi.

— Não tenho a menor ideia — respondeu Emil. — Faz diferença?

Willi deu de ombros.

— Eu só estava me perguntando se sua Cabala funcionaria contra outro judeu.

A partida foi difícil. O inglês tirou as brancas e, fiel à sua nacionalidade, adotou a abertura inglesa, avançando seu peão do bispo da rainha duas casas.

— Ótimo. Um primeiro movimento ortodoxo — sussurrou Willi para Meissner.

A resposta de Emil não foi: ele avançou com o peão do cavalo do rei.

Willi sorriu.

— A esta altura, eu já devia estar esperando esse tipo de coisa — disse ele. — Mais uma vez, ele sabe que o adversário tem um plano de jogo bem estruturado, e começa por minar esse plano de imediato com um movimento não convencional.

Duas horas depois, a partida ainda está em andamento. Os dois espectadores passam para o saguão do hotel em busca de café e sanduíches.

— Os jogadores não têm direito a um intervalo? — pergunta Meissner.

— Têm, sim, se pedirem. Mas Emil nem pensaria em se juntar a nós. Ele vai querer manter sua concentração.

A partida continuou quase até o limite de tempo imposto pela competição e terminou em empate. Os enxadristas se despediram amistosamente e voltariam a jogar na manhã do dia seguinte.

— Quantas rodadas faltam? — Paul perguntou a Emil, quando os três esperavam por um táxi na entrada do hotel.

— Se eu vencer Abramson? Só duas.

— Então, essa é uma quarta de final?

— Acho que é, sim.

— Eu não tinha me dado conta.

— Nem eu.

Lá na Krijtberg, a sra. Brinckvoort tinha deixado um ensopado para eles aquecerem para o jantar. Faminto, por não ter almoçado, Emil devorou a refeição. Depois de lavar a louça, ele pediu licença.

— Aonde você vai? — perguntou Meissner.

— É óbvio, não? — disse Willi, de lá da copa, onde estava secando os pratos. — Ele vai lançar suas peças.

— Vai mesmo? — perguntou Meissner. E continuou num tom levemente divertido. — Você sabe que a Igreja é rigorosamente contrária a adivinhações e coisas semelhantes, certo?

— No fundo, não é uma questão de simplesmente lançar as peças — disse Emil, tentando explicar. — Não é como um feiticeiro jogando ossos ou um vidente lendo o que dizem as folhas de chá. Ela envolve meditar sobre a vontade de Deus. Preciso me abrir para a vontade divina. Se eu não me abrir, posso jogar as peças o quanto quiser que elas não me ajudarão.

— Acho que entendi — respondeu Meissner. — E uma hora dessas eu realmente gostaria de ver como isso é feito.

— Para ser mais direto — disse Willi —, como você fez antes da partida com Brossman? E como a partida terminou? Esperei o dia inteiro para ouvir isso.

— Está ficando tarde, Willi — disse Meissner. — É uma longa história, e Emil tem um jogo importante amanhã. Talvez isso devesse esperar até depois de Emil vencer essa rodada. — Ele lançou um olhar matreiro na direção de Emil. — Mas eu ainda gostaria de ver como é que você faz.

Emil desceu do seu quarto, trazendo as peças, e as dispôs com a face para baixo em cima da mesa da cozinha. Organizou-as ao comprido numa coluna de três, depois numa coluna de quatro e, por fim, em mais uma coluna de três.

— Essa é a forma das Sefirot — disse ele. — Em termos simplificados, cada uma das dez localizações representa uma manifestação diferente da vontade divina. Mas as manifestações diferentes não significam que a vontade de Deus possa mudar ou tenha mudado. Na realidade, o que muda é nossa capacidade de perceber a vontade divina. O ponto mais alto corresponde à infinita vontade criadora. Os outros se alinham com a sabedoria, o entendimento, o conhecimento, a compaixão, o discernimento, a beleza, a eternidade, a submissão e a realização. Depois de meditar, decido qual das peças vou desvirar.

— Qual você vai escolher hoje? — perguntou Willi.

— Nenhuma. — Emil voltou-se para Paul. — Gostaria que você escolhesse.

Paul não estava esperando por isso.

— Tem certeza? E se...

— Tenho certeza, Paul.

Meissner estava em pé, olhando para a mesa, refletindo sobre a escolha.

— Qual delas significa a compaixão?

Emil indicou a terceira peça na coluna central.

— Essa se chama Tif'eret — disse ele. — Ela equilibra as duas posições acima: Gevurah, que significa severidade, e Hesed, que é a bondade incondicional.

Meissner desvirou a peça.

— Que letra é essa?

— Beth.

— O que ela representa?

— Ela pertence à ordem dos anjos chamada de ofanins. No sentido mais literal, designa o altruísmo da sabedoria. Não faço nenhuma ideia do que ela significa hoje.

Agosto de 1944
Konzentrationslager Auschwitz-I
Brossman não conseguiu manter sua vantagem inicial. Uma vez encerrada a saraivada de movimentos da abertura, o Relojoeiro descobriu um jeito de penetrar fundo no território do adversário. Na hora do xeque-mate, Brossman ficou olhando para o tabuleiro por alguns minutos, tentando descobrir onde tinha errado.

A um gesto de Meissner, ele e Brossman deixaram a sala. Eidenmüller saiu em seguida, levando o Relojoeiro. Nem uma palavra foi dita.

O *Oberscharführer* Klaus Hustek ficou para trás, refletindo sobre o que tinha presenciado. Ele não compartilhava a opinião de Meissner sobre a capacidade de Brossman como enxadrista, mas não havia a menor dúvida de que o judeu era bom. Bem, ele ia precisar tomar alguma providência. Hustek se orgulhava de ser metódico. Ele não prejulgava os desgraçados que lhe eram trazidos para interrogatório — aquele era tão somente um recurso para abalar o equilíbrio deles. Mesmo assim, na opinião dele, Meissner tinha sido ludibriado pelo judeu e faria o possível para protegê-lo. Hustek teria de descobrir um jeito de neutralizar o *Hauptsturmführer*.

Na manhã do dia seguinte, Hustek pediu para falar com o *Kommandant*. Ele percebia que as partidas de xadrez com o Relojoeiro causavam extrema inquietação em Bär e adaptou sua própria atitude em harmonia com isso, apresentando um comportamento quase totalmente oposto àquele da partida final do campeonato da SS, demonstrando-se respeitoso e cheio de consideração.

— Não me entenda mal, senhor — disse ele. — Não é que eu não queira enfrentar o judeu. Eu quero, sim. Quero mostrar para ele exatamente qual é o seu lugar. É só que quero estar perfeitamente preparado e, com todos esses boatos de um lado para o outro sobre o atentado contra o *Führer*, preciso poder me dedicar a descobrir quaisquer conspiradores que possam estar escondidos aqui. Por isso, o que eu sugiro é que a partida contra o judeu seja adiada por um mês, ou talvez mais.

Bär concordou.

— Você tem em mente alguma data?

— Sim, senhor. Dia 13 de outubro. E eu gostaria que a partida fosse disputada na *Solahütte*, o clube de campo da SS, com sua permissão, é claro.

Quando lhe deram a notícia, Meissner ficou perplexo.

— Adiada para outubro? — Ele olhou no calendário. — Sexta-feira, treze? O que ele está aprontando?

Eidenmüller tinha percebido a mudança que ocorrera no seu comando oficial desde que ele voltara da licença. Estava pensativo e muito mais reservado. A seu modo desajeitado, Eidenmüller tinha tentado descobrir o que estava perturbando seu chefe, mas tinha sido repelido.

Cerca de uma semana depois da partida entre o Relojoeiro e Brossman, Eidenmüller estava no alojamento da SS em Monowitz, à procura do *Unterscharführer* Hoven, um dos poucos homens da SS que tinha apostado na vitória do Relojoeiro. Eidenmüller lhe devia dinheiro e nunca deixava de pagar suas apostas.

Hoven era um mexeriqueiro incorrigível, encarregado das fichas dos prisioneiros do campo de Monowitz. Enquanto acompanhava a contagem dos seus ganhos, ele não pôde reprimir o impulso de passar adiante sua última fofoca.

— Aposto que você não sabe quem anda se interessando pelo seu Relojoeiro — disse ele, com um sorrisinho de cumplicidade.

Eidenmüller lançou-lhe um olhar cortante.

— Ele não é meu Relojoeiro.

— Mas você fez uma grana em cima dele, não fez?

— Negócios, só negócios. Seja como for, quem anda se interessando por ele?

— Aquele nojento da Gestapo, Hustek.

— Hustek? — disse Eidenmüller, erguendo uma sobrancelha. — Não é assim tão surpreendente. Ele é o próximo a jogar contra o Relojoeiro.

— Eu diria que o filho da mãe está mais do que se interessando, se você me entende. — Hoven deu uma batidinha com um dedo ossudo no nariz.

— Filho da mãe...? — perguntou Eidenmüller, estranhando.

— Você nunca foi interrogado pela Gestapo, certo? — Quando Eidenmüller fez que não, Hoven prosseguiu. — Pois eu fui... pelo Hustek. Chamar o cara de filho da mãe, para mim, é pouco. Foi por causa dele que fui rebaixado e mandado para cá. Eu tinha uma função bem confortável, com privilégios, seria possível dizer, até ele meter o nariz por lá. — Ele crispou os lábios com nojo. — Gestapo de merda. São todos uns filhos da mãe, se você quer saber.

Daí a minutos, um Eidenmüller ansioso estava diante da porta do gabinete de Meissner. Mas não podia entrar. O *Kommandant* tinha chegado antes dele, e

Eidenmüller podia facilmente adivinhar o que ele estaria dizendo. Só que estava redondamente enganado.

— Os aviões — dizia Bär — são norte-americanos, aparentemente de bases na Itália. Agora que estamos dentro do seu alcance de voo, sabemos que poderá haver mais voos de reconhecimento no futuro. De que modo estamos preparados para proteção contra ataques aéreos?

Meissner foi mancando até um arquivo e dali tirou uma pasta gorda.

— Os abrigos para todos os campos estão relacionados e marcados em mapas nesta pasta, senhor — disse ele, entregando-a ao chefe. — Foi dada prioridade à Buna *Werke*, com muros de concreto resistente a explosões e abrigos subterrâneos suficientes para os trabalhadores civis e a SS.

— Mas não para os prisioneiros?

— Não, senhor. De acordo com as regras, eles são considerados sacrificáveis. Com a chegada de novas remessas diárias, é só uma questão de substituir as baixas.

— Ótimo. E o seu Relojoeiro?

— *Meu* Relojoeiro, senhor? — Meissner observou o rosto do *Kommandant* com atenção para ver o que ele poderia revelar, mas sua expressão estava impassível. — Naturalmente, nenhuma providência especial foi tomada para ele. Na eventualidade de um ataque aéreo, ele terá de correr o risco, como todos os outros prisioneiros.

— Ótimo. — O *Kommandant* levantou-se e pôs o quepe na cabeça. Quando chegou à porta, fez um comentário. — Seria uma ironia, não é mesmo, se o Relojoeiro caísse vítima do que ele poderia considerar fogo "amigo"?

Assim que o *Kommandant* saiu, Eidenmüller entrou. Meissner estava examinando um grande mapa do complexo de Buna, preso a uma parede. Ele mal desviou os olhos.

— Senhor. Um assunto importante que o senhor deveria saber.

— Vai ter de esperar. Preciso fazer uma inspeção nas instalações de proteção para ataques aéreos em Buna. Se for urgente, peça ao *Untersturmführer* Schneider que resolva.

— Não posso, senhor. Trata-se do Relojoeiro.

Hustek não tinha perdido tempo em pôr seu plano em andamento, e estava satisfeito com seu progresso. O que tinha dito ao *Kommandant* sobre a necessidade de caçar renegados contrários a Hitler no campo era tolice, é claro. Se tivessem sido incluídos de algum modo nos cálculos dos conspiradores, os campos de concentração não passariam de um embaraço para eles. O que Hustek queria era tempo para descobrir meios de pressionar o Relojoeiro. E ele achava que tinha encontrado o meio perfeito.

Empregando o mais simples dos procedimentos de investigação policial, ele foi ao arquivo das fichas dos prisioneiros. Todos os trabalhadores escravos no campo estavam registrados. Quando morriam, isso também era registrado e levado à ficha original. Seria fácil para Hustek descobrir o nome verdadeiro do Relojoeiro, a data em que tinha chegado ao campo e de onde ele era proveniente. Depois, bastava procurar outro prisioneiro com o mesmo sobrenome que tivesse chegado no mesmo transporte. Era quase certo que os dois fossem parentes.

O *Unterscharführer* Hoven tinha boas razões para desconfiar de Hustek. Um ano antes, ele estava entre os designados para trabalhar no *Kanada*, onde tinha se tornado suspeito de apropriação indevida de joias. Hoven tinha sido interrogado por Hustek. Embora estivesse fora de cogitação que fosse usar de violência contra um colega da SS, o homem da Gestapo tinha deixado Hoven apavorado. Hoven de fato vinha furtando itens especiais havia meses, mas ficou de bico calado e, no final, nada se provou. Por recomendação de Hustek, porém, ele foi rebaixado e transferido para longe da fonte da tentação. Desde aquela época, ele nutria um rancor pela Gestapo em geral e por Hustek em particular, apesar de não ter conseguido fazer nada a respeito... ainda.

Quando Hustek entrou por sua porta, Hoven ficou tão sobressaltado que aquilo foi registrado de imediato no índice de suspeitas que Hustek mantinha perfeitamente sintonizado. Será que Hoven tinha algo a esconder... mais uma vez? Era possível, até mesmo provável. Hustek guardou a informação para verificar mais tarde.

— Estou procurando informações sobre o Relojoeiro — disse Hustek.

— O Relojoeiro?

— Não finja que não sabe de quem eu estou falando.

— Não. É claro que não. — Hoven umedeceu os lábios. — Todo mundo em Monowitz conhece o Relojoeiro. O que o senhor queria saber?

— Só me passe a ficha dele e trate de esquecer que eu estive aqui.

— O que você está querendo dizer? — perguntou Meissner, irritado.

— É o Hustek, senhor. O *Unterscharführer* Hoven da seção de cadastro foi quem me contou. Hustek anda buscando informações sobre o Relojoeiro.

— Não vejo o que é tão chocante nisso aí. Hustek é da Gestapo. É exatamente o que eu esperaria que ele fizesse.

— Sim, senhor. Só que é mais que isso. Hustek queria saber o nome dele, de onde ele veio, em que transporte chegou... tudo. Não é no Relojoeiro que ele está interessado. É em quem chegou ao campo com ele.

Meissner começou a perceber.

— A mulher dele.

— Isso mesmo, senhor. E eu acho que ela não tem muita chance, se Hustek a encontrar.

— Não — argumentou Meissner —, não é isso que ele está pretendendo. Se ele a encontrar, vai usá-la para forçar o Relojoeiro a perder a partida. — Furioso, o oficial deu um soco na parede. — Tão óbvio! Por que não pensei nisso? — Meissner deu um olhar de avaliação para seu ordenança. — E esse seu amigo, Hoven, ele passou a Hustek as informações que ele queria?

Eidenmüller nunca tinha visto o chefe tão agitado.

— Não, senhor. Ainda não. Ele disse que levaria algumas horas para conseguir encontrá-las nos arquivos. Hustek disse que voltaria amanhã.

— Você sabe onde ela está?

— É aí que pode ser que a gente tenha uma vantagem, senhor. Hustek não fez a Hoven nenhuma pergunta sobre a mulher... Ele deve ter seus próprios meios para descobrir onde ela está. Mas Hoven tem o cadastro de todos os prisioneiros designados para os campos-satélites, que estão sob sua jurisdição, senhor.

— E?

— Nós a encontramos. Ela está na fábrica de munições em Rajsko. Se agirmos depressa, podemos chegar a ela antes de Hustek.

Rosa Clément não está na fábrica de munições. Está na *Krankenbau* no campo feminino em Birkenau. Ela está com *durchfall* — diarreia provocada pela inanição — e não está apta para o trabalho. Terá descanso e alimentação reforçada por duas semanas, na esperança de que readquira a capacidade de trabalho. Se não se recuperar, ela será selecionada para a câmara de gás. Na melhor das hipóteses, seu destino é incerto. Mesmo que se cure da *durchfall*, as fábricas da morte podem ficar abaixo da sua cota diária, e ela será selecionada de qualquer modo.

Rosa não quer morrer, mas já não sente medo. Ela viu mortes demais no campo para continuar a ter medo. A sensação que a domina não é de medo, mas de exaustão. Quando chegou ali, foi trabalhar na *Krankenbau,* mas depois de alguns meses alguém decidiu que havia um excesso de enfermeiras e uma falta de operárias na fábrica de munições. Por isso, ela agora foi designada para um *Kommando* que todos os dias é levado para uma fábrica mal ventilada, onde ela e talvez mil outras mulheres fabricam munição para a artilharia. É verão, e o calor ali dentro é sufocante. O ar é seco e denso com o pó de algodão-pólvora, o que causa em todas as mulheres tosses insistentes. Rosa tem mais sorte que muitas. Lidar com o algodão-pólvora não é sua função. Ela insere o detonador na extremidade da granada. De início, sempre que atarraxava o detonador no encaixe, ela fazia uma oração para que ele não funcionasse. Era o máximo que podia fazer como tentativa de sabotagem. Agora, está indiferente. Suas ações são estritamente mecânicas; ela guarda as orações para si mesma.

Na K-B, Rosa sabe que terá uma chance muito maior de se recuperar se puder lavar as mãos depois de usar o balde, mas, embora os médicos e enfermeiras tenham pedido repetidamente que seja fornecida água para lá, não há água para lavar as mãos. Se ela quiser fazer isso, terá de se esforçar para conseguir chegar à latrina. Mesmo assim, não é certo que lá haja água. Para as autoridades do campo de concentração, é mais fácil designar recém-chegadas para o trabalho do que providenciar água limpa encanada.

Há uma confusão à entrada da K-B. Um oficial da SS chegou e está exigindo que seja feita uma chamada. Todos — médicos, enfermeiras e pacientes — devem mostrar a tatuagem com seu número de registro no campo. Demora um tempo para todos os prisioneiros serem verificados.

Quando Rosa estende o braço para revelar seu número, o homem da SS dá um sorriso, vitorioso.

— Você vem comigo — diz ele.

32.
A posição Philidor

1962

Kerk de Krijtberg, Amsterdã

Durante a noite, a condição de Meissner se deteriorou. Ele teve febre, sem se queixar, mas, assim que o viu na manhã seguinte, a sra. Brinckvoort chamou o médico.

— Como ele está? — perguntou Willi ao médico quando ele desceu.

— Nada bem. É como eu disse... Ele terá dias bons e dias ruins, mas aos poucos terá mais dias ruins do que bons, até só lhe restarem os ruins. Tudo o que posso fazer é lhe proporcionar o conforto possível. No momento, seu problema principal é a dor nos ossos e também no abdômen, onde o baço está inchado. Vocês vão precisar mudar a roupa de cama dele. Está toda molhada com a transpiração. Vou deixar alguma coisa para a dor, mas é só uma questão de tempo até precisarmos levá-lo para um hospital.

— Nós podemos vê-lo? — perguntou Emil.

— Podem subir, mas só por alguns minutos. Ele está muito cansado. — O médico olhou para a governanta. — Sra. Brinckvoort, espero que a senhora se certifique de que o bispo siga minhas instruções dessa vez. Se ele insistir em sair, nas condições em que está, não posso responder pelas consequências.

Eles subiram, mas Meissner estava dormindo. De volta à cozinha, Emil vestiu o casaco para a caminhada até o Krasnapolsky.

— Vou com você — disse Willi.

— Não. Está tudo bem. Não pretendo jogar. Vou pedir um adiamento.

— E se eles não concordarem?

— Não sei. Ainda não me decidi.

Willi estendeu a mão para pegar seu próprio casaco no vestiário.

— Nesse caso, é claro que vou com você.

* * *

À tarde, Meissner já estava sentado na cama, tomando um chá com leite e açúcar, repreendendo com delicadeza a sra. Brinckvoort por criar tempestade num copo d'água. Já fazia tempo que tinha anoitecido quando Emil e Willi voltaram.

Em pé ao lado da cama, Emil parecia inibido, mas Willi estava empolgado.

— Suponho — disse Meissner entre uma tosse e outra — que você derrotou o inglês?

— Derrotou? — Willi abriu um largo sorriso. — Paul, você precisava ter visto. O inglês é bom... muito bom, como você mesmo viu, mas Emil? Bah. Vou lhe dizer uma coisa. Nunca vi um jogo tão cheio de nuances. Foi magnífico o jeito com que ele forçou o inglês a admitir a derrota. Esse torneio é de Emil e, se ele quiser, o campeonato mundial está nas suas mãos.

Meissner voltou-se para Emil.

— Um homem que se saiu tão bem deveria parecer mais satisfeito, não?

— Estou satisfeito, é claro que estou. Mas, de algum modo, agora isso está me parecendo menos importante.

A cabeça da sra. Brinckvoort apareceu no vão da porta.

— Deixei torta de peixe e batatas no forno, se vocês ainda não tiverem comido — disse ela.

— Obrigado — respondeu Willi. — Não comemos mesmo. Viemos direto para cá.

— Vou descer — disse Meissner, esperançoso.

Um olhar da sra. Brinckvoort bastou para lhes dizer que ela não permitiria essa descida.

— O médico disse que você precisa descansar — lembrou Emil.

— O médico não regula bem. Ele sabe que não me resta muito tempo; mas, em vez de me deixar aproveitá-lo ao máximo, ele quer que eu durma ou deixe escoar esses últimos dias da minha vida. Bem, isso eu não aceito.

— Posso trazer a comida para cá numa bandeja — sugeriu a governanta.

— Ótimo. E, por favor, pare de agir como se quisesse me proteger de saber o pior. Já sei de tudo. Já sei há meses. A única pergunta é quando. Já recebi a absolvição e estou pronto para ir ao encontro do meu Criador. Por isso, vamos parar de fingir e falar sobre o que é importante.

— Que é? — perguntou Emil.

Meissner olhou fundo nos olhos de Emil.

— Sua mulher.

Agosto de 1944
Konzentrationslager Auschwitz-I
Rosa Clément está numa cela solitária no pavilhão da prisão. Está ali há dias, sem fazer ideia do motivo pelo qual foi levada para aquele lugar. Com ordens de acompanhar o homem da SS ao sair da K-B, ela foi forçada a subir na caçamba de um caminhão aberto e foi levada das chaminés sinistras e do fedor de morte de Birkenau para outro campo, onde os pavilhões são altos e feitos de tijolos; e os prisioneiros não têm exatamente o mesmo ar de desamparo faminto.

Ninguém fala com ela. Três vezes por dia a porta da cela se abre, e as rações normais dadas aos *Häftlinge* são empurradas ali para dentro. No café da manhã, o líquido amargo que faz as vezes de café, o pão preto grosseiro e uma lambuzada de margarina; ao meio-dia e ao anoitecer, uma cumbuca de sopa feita com repolho e cascas de batatas. De manhã, ela carrega seu balde até uma latrina e o despeja lá. Pelo menos, não é forçada a trabalhar. Após alguns dias, a *durchfall* para, mas ela ainda não sabe por que motivo está ali.

— Ela sumiu — diz Eidenmüller, desorientado. — Segundo meu colega Connie Lammers, ela foi levada da K-B no campo feminino por um oficial desconhecido da SS. Tem de ser o Hustek. Mas Connie não faz ideia de onde ela esteja agora.

— Ela está no pavilhão da prisão no *Stammlager* — disse Meissner. — Tem de estar.

— Não se pode simplesmente pegar alguém e enfiar lá, senhor — objetou Eidenmüller. — Há procedimentos que precisam ser cumpridos: razões para a detenção, fichas que precisam ser preenchidas. Nem mesmo Hustek conseguiria se safar sem cumprir pelo menos parte das regras.

— Quer apostar? O Relojoeiro é um judeu. O que significa que sua mulher é também. Eles não têm direitos. E daí se Hustek desrespeitou as regras? Quem vai puni-lo por isso? Bär? Creio que não. Mas isso nos dá uma vantagem. Hustek acha que está seguro. Ele não imagina que nós saibamos o que ele fez; e na guerra, como ele está prestes a descobrir, a informação é o segredo da vitória. Nós vamos tirá-la de lá num piscar de olhos.

— Nós?

Meissner estava sorrindo. A adrenalina do combate já estava correndo nas suas veias.

— É, Ernst, *nós*. — Eidenmüller olhou de esguelha para ele. O *Hauptsturmführer* nunca o tinha chamado pelo prenome antes. — Olhe — prosseguiu Meissner —, vamos encarar os fatos. A guerra está perdida. Qualquer um com um pouco de massa cinzenta sabe disso. E o que você acha que os Aliados vão fazer quando descobrirem o que fizemos em Auschwitz? Nos condecorar com uma medalha? Nós todos precisamos pensar no que vai acontecer conosco depois da guerra. Vamos precisar de amigos. Amigos que se disponham a dar testemunho de que não éramos nós os que conduziam judeus indefesos para dentro das câmaras de gás. Amigos que se disponham a depor que, pelo contrário, nós tentamos ajudá-los. Se salvarmos a mulher do Relojoeiro das garras de Hustek, você não acha que ele talvez se sinta grato?

Eidenmüller fez que não.

— Mas Hustek? Ele é da Gestapo. Não é bom contrariar esses filhos da mãe. E se formos apanhados?

— Eu assumo plena responsabilidade. Você estava só cumprindo ordens. Mas não vamos chegar a esse ponto. Brossman despreza Hustek também e ele prometeu ajudar. Juntos, nós vamos conseguir. Confie em mim.

O turno da noite no pavilhão da prisão é moleza. Um *Scharführer* fica no comando geral, mais dois soldados em cada andar, com uma soma total de sete. Nunca acontece nada à noite. Além de gemidos e um ou outro uivo, não há um som que perturbe o agradável ar de agosto. Os homens da SS revezam-se para dormir — em absoluta desobediência a ordens rigorosas —, mas isso aqui é Auschwitz, e todos os seus inimigos estão contidos por trás de cercas elétricas. Simplesmente não há nada a temer.

A inspeção noturna do *Hauptsturmführer* Brossman é uma surpresa total. Ele chega com um grupo de dez soldados e, furioso, exige uma explicação do motivo pelo qual o *Scharführer* está dormindo durante o plantão, assim como três dos seus subordinados. Deixando de lado as objeções do *Scharführer*, ele insiste em realizar uma inspeção imediata.

O *Scharführer* protesta.

— Terei de obter permissão antes — diz ele.

Brossman finge estar indignado.

— Permissão? De quem?

O oficial designado para o comando do pavilhão da prisão é um *Obersturmführer* da Gestapo, mas todos sabem que é o *Oberscharführer* Hustek quem dá as cartas.

— Do *Oberscharführer* Hustek, senhor.

— Se eu tiver alguma voz na questão — diz Brossman, com raiva —, você acabou de solicitar transferência para o front oriental.

Apesar da luz fraca, é visível como o *Scharführer* empalidece. Hustek que vá para o inferno.

— Às s-suas ordens, *H-Herr Hauptsturmführer* — diz ele, gaguejando. — Em que posso ajudá-lo?

Brossman chega a sorrir.

— Assim está melhor. Agora, fui informado de que está faltando uma prisioneira no campo feminino. O *Rapportführer* responsável demorou um pouco para me comunicar o fato e já foi punido. Segundo ele, a prisioneira foi trazida para cá, mas não posso descartar a possibilidade de que ela tenha escapado. Como tenho certeza de que você sabe, o *Kommandant* não gosta nem um pouco de fugas, e é minha responsabilidade impedi-las. Por isso, quero ver a documentação de cada prisioneiro detido aqui, enquanto meus homens inspecionam as celas.

— Eu lhe garanto, senhor — diz o *Scharführer*, em tom solene —, que no momento não há nenhuma mulher nas celas.

— Espero que você esteja certo, *Scharführer*, para seu próprio bem.

Brossman leva apenas minutos para verificar as fichas dos detentos. O *Scharführer* disse a verdade. Não há nenhuma ficha de uma prisioneira.

— Obrigado, *Scharführer* — diz Brossman. — Parece que só nos fizeram perder tempo. — Então ouve-se um grito do andar inferior.

— Há uma porta aqui, senhor, mas parece que ninguém tem a chave.

— Uma porta sem chave? — Brossman olha para o *Scharführer*, que encolhe os ombros. — Isso não está certo. Vamos dar uma olhada?

A porta é de madeira maciça e foi embutida numa estrutura de metal. Há um olho mágico bem no alto, e as dobradiças e a fechadura parecem ser de ferro fundido.

— Quem está aí dentro? — pergunta Brossman.

— De acordo com as fichas, ninguém, senhor.

— Então por que ela está trancada? Abra-a imediatamente.

— Não tenho a chave, senhor.

— Quem tem?

— O *Oberscharführer* Hustek.

Brossman faz que sim, como se a resposta para um mistério de difícil solução tivesse sido revelada.

* * *

No fim do beco que leva ao pavilhão da prisão, Meissner e Eidenmüller estão esperando num carro de serviço da SS. Eidenmüller está nervoso, mas Meissner não se sente tão bem há meses.

— Se formos apanhados, senhor, estamos fritos, eu sei — diz Eidenmüller, entre dentes.

— Relaxa. Qual é o pior que pode nos acontecer?

— Poderíamos ser mandados para o front oriental.

— Não se preocupe. Eu já estive lá. É melhor do que aqui, eu lhe garanto. Alguém com seus talentos seria uma bênção. Você estaria no seu elemento.

Eidenmüller não pode acreditar no que está ouvindo.

— No meu elemento? Levando tiros daqueles bolcheviques de merda? Nem pensar... senhor.

— Abaixe-se — ordena Meissner, chiando. Os dois se afundam no carro enquanto um dos soldados de Brossman passa correndo.

— Aonde ele está indo? — sussurra Eidenmüller.

Meissner não responde. Dali a instantes, o soldado volta correndo, trazendo uma marreta.

Dentro da cela, Rosa Clément escuta com apreensão cada vez maior a comoção no corredor. De repente, alguém golpeia a porta da cela.

— Quem está aí dentro? — grita uma voz. — Responda.

Rosa não sabe como responder. Já não tem certeza de quem ela é. A luz se acende. Ela pisca, tentando se adaptar à claridade. E então vê um olho no olho mágico.

— Veja você mesmo — diz Brossman ao *Scharführer*, que está começando a perceber o tamanho da encrenca em que Hustek o deixou. — Segundo os registros, a cela está vazia, mas está perfeitamente claro que há uma mulher ali dentro. Nem mesmo a Gestapo pode prender pessoas sem seguir os procedimentos. Só posso concluir que o *Oberscharführer* Hustek cometeu um abuso de autoridade com relação a essa prisioneira, por seus próprios motivos pessoais.

— Isso vai dar uma encrenca dos diabos.

— Com toda certeza — concorda Brossman. Ele volta a prestar atenção à porta. — Você aí dentro... como você se chama?

Eles mal conseguem ouvir a resposta.

— Rosa Clément.

— Há quanto tempo você está aí?

— Não tenho certeza. Uma semana, talvez mais.

O soldado só leva alguns minutos para voltar com uma marreta. A fechadura é destroçada, e a porta é aberta. A mulher parece confusa ao ver que seus libertadores são da SS.

— Mantenha-se em silêncio — ordena Brossman. — Siga-me.

Ele a leva até o carro que está à espera.

— Demorou um pouco — comenta Meissner.

— Foi um probleminha com a porta.

— Quanto tempo vai levar para chegarmos a Mauthausen?

— Dez ou onze horas, eu calculo. Mas não se apresse. — Brossman volta o olhar para o pavilhão da prisão. — Vou cuidar direito de tudo até você voltar.

Eles rumaram para o sul e o leste, na direção da Áustria. Na traseira do carro, Rosa lutava para entender o que estava acontecendo. Tudo parecia irreal, como se ela estivesse num sonho. Seus sentidos estavam aguçados, as vozes eram altas demais, as luzes muito fortes e as cores vibrantes. A vidraça da janela na qual encostou o rosto parecia estranhamente fria e frouxa. Ela tentava ver o borrão de sombras que passava por eles, mas tudo estava acontecendo rápido demais. Até uma semana antes, sua vida no campo de concentração tinha sido brutal, mas em grande parte previsível. E então aquele SS a tinha prendido numa cela. E agora outros homens da SS a tinham tirado de lá. Não fazia sentido. Perguntas pululavam na sua cabeça. Ela ia ser libertada? Ou, o que era mais provável, ela era simplesmente alguma peça num jogo que os alemães estavam jogando? Ela se perguntava onde estaria ao amanhecer e se ainda estaria viva.

— Aonde os senhores estão me levando? — perguntou ela depois de algum tempo.

O homem da SS no assento do passageiro não se voltou para trás quando respondeu.

— Estamos indo para o K-Z, o campo de concentração em Mauthausen, na Áustria. É um campo de trabalhos forçados. Você estará mais segura lá.

— Mais segura? Como?

— Não há câmaras de gás em Mauthausen.

— Por que o senhor está fazendo isso?

— Não posso lhe dizer. É melhor que você não saiba.

A resposta fez Rosa se sentir um pouco mais calma. Aonde quer que estivesse indo, era inconcebível que pudesse ser pior do que o horror de Birkenau.

O homem da SS ofereceu-lhe café de uma garrafa térmica e um naco de pão. Esse pequeno gesto espantou-a. Seus olhos encheram-se de lágrimas. Sem dizer nada, ela as reprimiu e, faminta, estendeu a mão para o pão.

Era o segundo milagre da noite, tão inesperado quanto o primeiro: pão de verdade, macio e branco, com cheiro de pão. Não aquela ração para porcos, dura e cheia de serragem à qual tinha se acostumado. Ela o segurou, quase sem se atrever a acreditar no que tinha nas mãos. Era como um tesouro, se ao menos houvesse algum lugar seguro onde pudesse escondê-lo... mas estava com fome demais para isso. Ainda assim, ela hesitava. Era uma coisa tão simples e corriqueira e ao mesmo tempo totalmente fora do seu alcance. Se pusesse o pão na boca, ele desapareceria... E então ela o estava mastigando vorazmente, seu coração a mil, a respiração pesada, como se estivesse com um amante. O pão era macio, fresco e delicioso; ela queria que ele ficasse na sua boca para sempre. Desde que estivesse com pão na boca, ela nunca mais sentiria fome. E o gosto... ela nunca tinha provado nada tão gostoso. Ele tinha o sabor do café da manhã em seu café predileto na esquina da Rue de Maine, de um molho escuro e delicioso que ela limpava de um prato, da mostarda picante passada numa camada generosa num rosbife. Tinha o gosto de antes da guerra, de noites de verão em que ela passeava com amigas pelo jardim das Tulherias, das fragrâncias inebriantes da perfumaria da esquina da Rue Danton, do café em Montmartre, do champanhe no Le Chat Noir.

Tinha o sabor da liberdade.

— Mais pão? — perguntou Meissner.

Enquanto ele lhe passava o pão, ela olhava desconfiada, retesando-se como um gato pronto para dar o bote, caso ele estivesse brincando com ela, provocando-a só para puxar o pão de volta.

Agora ele tinha o sabor do sul, de um luminoso dia de primavera, de um passeio por um caminho à margem de um rio, com Emil, Louis e Marcel, os meninos gritando felizes enquanto lançavam pedaços de pão dormido para os patos.

Rompeu-se a magia. O pão na sua boca transformou-se numa massa grudenta, que ela não tinha saliva para amaciar. Uma onda de náusea ameaçou dominá-la, e ela precisou cuspir o pão nas mãos, tossindo e espirrando. Estava de novo no mundo real, de volta a esse carro com seu motor estrepitoso e dois homens da SS, seguindo só Deus sabia para onde.

Ao amanhecer, eles estavam na periferia de Brno.

— Seguimos a estrada para o sul — disse Meissner, consultando um mapa no colo.

Ao volante, Eidenmüller discordou.

— O senhor não acha melhor a gente ficar nas estradas principais? Seria menor a probabilidade de sermos parados.

— Você acha? — Meissner examinou de novo o mapa. — É possível, mas isso nos desviaria muito do caminho.

— Se nos apanharem com ela, acabou-se.

— O que você está querendo dizer? Que devíamos nos livrar dela e fugir?

— Não, senhor. Não é isso. O que estou querendo dizer é...

Rosa levantou a cabeça.

— Preciso urinar — disse ela.

Eles saíram da estrada para um arvoredo.

Rosa saltou do carro, encaminhando-se para as árvores. Meissner foi atrás.

— Sinto muito, mas devo insistir em ir junto. Não posso correr o risco de que você fuja. Por favor, não tente. Eu não sentiria nenhum prazer em lhe dar um tiro.

Rosa agachou-se por trás de um arbusto. Urinar é um ato humano tão básico, mas essa era a primeira vez desde que tinha sido detida que conseguia fazer isso num lugar que não estava cercado com arame farpado. Aquilo lhe deu uma estranha sensação de liberdade, como se ela pudesse simplesmente se levantar e sair andando dali, sem parar nunca, até chegar aos confins da terra.

A sensação era quase empolgante, mas durou pouco.

— O que ela está fazendo aí? — Rosa ouviu Eidenmüller resmungar.

Os homens aliviaram-se, e então Meissner assumiu a direção, decidido a seguir pela rota do sul.

Do banco traseiro, Rosa olhava para a paisagem, hipnotizada. Ao longo da estrada havia árvores copadas, com as folhas dançando delicadamente à luz da manhã; sebes, lotadas de flores; e campos carregados, quase prontos para a colheita. Tentou se lembrar da última vez que tinha conseguido apreciar uma paisagem daquelas — teria realmente sido só um ano antes?

Ela cochilou no banco traseiro e acordou só quando eles pararam para encher o tanque com as bombonas que estavam amarradas ao lado do carro.

— Onde estamos agora? — perguntou ela.

Já havia algum tempo, eles vinham passando por lugarejos com nomes alemães.

— Na Áustria, indo na direção de Linz. — Eidenmüller voltou ao volante. Cidadezinhas iam passando: Hagenberg, Pregarten, Altenhaus.

Meissner estava contemplando a paisagem, tentando manter os olhos abertos, quando Eidenmüller deu um gemido quase inaudível.

— Puta merda.

Mais adiante, havia uma patrulha de soldados, e um deles acenava para que eles parassem.

— Abaixe-se, deite-se junto do piso — ordenou Meissner a Rosa. Apressadamente, ele estendeu um cobertor por cima dela.

À medida que se aproximavam, eles puderam ver que se tratava de uma turma de quatro *Feldgendarmerie*, chefiada por um *Obergefreiter*.

— Relaxe — disse Meissner a Eidenmüller —, até mesmo você tem graduação superior à dele. Além disso, nós somos da SS. Ele não tem autoridade sobre nós.

— Graças a Deus por pequenos milagres — murmurou Eidenmüller, parando o carro.

Meissner abaixou o vidro da janela.

— Pois não? — disse em tom áspero.

O *Obergefreiter* adotou bruscamente a posição de sentido e prestou continência. Ele mal tinha saído da adolescência.

Meissner ergueu a mão direita, com a palma para baixo.

— *Heil Hitler*. Agora o que está acontecendo? Não tenho o dia inteiro para jogar fora.

— Desculpe, *Herr Hauptsturmführer*, estamos procurando uns desertores. Alguém relatou que os tinha visto nesta região.

— Desertores do Exército?

— Sim, *Herr Hauptsturmführer*.

— Então, você está perdendo tempo conosco, não está?

O praça da *Feldgendarmerie* engoliu em seco.

— Desculpe, *Herr Hauptsturmführer*, mas devo pedir para ver seus documentos.

O praça foi alvo de um olhar de desdém.

— Eidenmüller, mostre-lhe seus documentos. — Meissner não fez a menor menção de apanhar os próprios. Em vez disso, ele pegou um cigarro e o levou à boca. Lançou para o praça toda a força de um olhar irritado dos seus gélidos olhos azuis. — E então? Está esperando o quê? Está sem fósforos?

— Pois não, *Herr Hauptsturmführer*. Já vai. — Um fósforo foi riscado. Meissner segurou o pulso do praça para firmar a mão enquanto tragava para acender o cigarro.

Eidenmüller entregou sua cédula de identidade. O praça a examinou, nervoso. Por alguns instantes, pareceu que eles estavam protegidos por um casulo de silêncio, mas o ruído lento do motor do carro foi ficando cada vez mais penetrante até que, para Eidenmüller, ele parecia tão ensurdecedor quanto uma britadeira. Das sebes ao longo da estrada, o chilreio alegre dos pardais parecia irreal e deslocado.

Meissner reconheceu a eletricidade que permeia o ar antes do combate. Mesmo assim, continuou a fumar, com um ar de irritação pelo atraso desnecessário e intolerável.

— Auschwitz? — disse por fim o praça. — Vocês estão muito longe da base. O que estão fazendo aqui?

Meissner reagiu, furioso.

— Isso não é da sua conta. E para mim chega dessa bobajada. Ele lançou o cigarro aos pés do praça e se voltou para Eidenmüller. Anote o nome desse homem e o número da sua unidade.

Eidenmüller suava. Sua cabeça latejava. Ele remexeu no bolso da túnica, mas o praça da *Feldgendarmerie* soube que tinha sido derrotado.

— Não há necessidade disso, *Herr Hauptsturmführer*. — Ele devolveu os documentos de Eidenmüller. Vocês podem seguir adiante. Desculpem-me por tê-los retido.

Meissner não olhou para o praça nem de relance, enquanto apontava um dedo para a estrada à frente. Eidenmüller engrenou o carro e acelerou para se distanciar dali o mais depressa possível.

Meissner pôs a mão no antebraço do ordenança.

— Não rápido demais, Ernst, ou eles vão desconfiar que foram passados para trás.

— Peço desculpas, senhor, mas o senhor ficou maluco?

— Por que está dizendo isso?

— Era só o senhor lhes mostrar seus documentos.

— Não. Esse seria um risco sério demais. Ninguém pode saber que estivemos aqui.

— Mas tudo bem que eles vissem os *meus*, não é?

— Daqui a uma hora, eles já terão se esquecido do seu nome, mas de um *SS-Hauptsturmführer*? É algo de que eles se lembrariam e que possivelmente reportariam aos superiores.

— E eles não vão informar o que aconteceu de qualquer maneira?

Um sorriso de felicidade surgiu no rosto de Meissner.

— Não é provável. Eles precisariam informar também que me deixaram seguir em frente sem ver meus documentos. É bem provável que acabassem indo parar no front oriental.

Eles tinham recebido instruções de procurar por um povoado chamado Grünau. Lá, seriam contatados por um oficial da SS, amigo de Brossman, do período que passou em Lublin. Eles ocultaram o carro num pequeno bosque e aguardaram.

À hora marcada, viram um *Kübelwagen* que vinha lentamente na sua direção. Meissner saiu do esconderijo por trás das árvores e acenou para o veículo. Quando o carro parou, ele falou em voz alta.

— Otto Brossman manda saudações de Lublin.

A voz que respondeu era aguda e ansiosa.

— Brossman? Acho que talvez o conheça. Onde ele fez o treinamento?

— Bad Tölz.

— Em que ano ele esteve lá?

— 1940.

Veio do *Kübelwagen* um ruído desagradável, de ferro contra ferro, quando o motorista passou a marcha errado. Depois o veículo se aproximou devagar até quase tocar no deles.

O motorista saltou: um *SS-Obersturmführer*, com óculos de lentes grossas, que ele tirou e começou a limpar, nervoso.

— Depressa — disse ele, chiando a voz. — Não temos muito tempo. — Ele usou os óculos para apontar para o que parecia ser um monte de roupas esfarrapadas, jogado no banco traseiro. — Preciso voltar antes que deem por falta dessa aí.

Eidenmüller curvou-se para puxar os trapos e resmungou. Eles eram mais pesados do que ele esperava. Suas mãos encontraram resistência, alguma coisa fria e pegajosa.

— Puxa! — Ele largou o troço de imediato e voltou a ficar em pé. — O que é isso?

— Um corpo, é claro. Um entra, um sai. O único jeito de fazer isso funcionar.

Estarrecido, Eidenmüller olhou para o cadáver.

— É uma mulher?

— É claro que é uma droga de uma mulher. O que você estava esperando, um macaco?

— O que aconteceu com ela?

— Morreu com uma febre.

— Meu Deus. Será que foi alguma coisa contagiosa?

Meissner fez Rosa Clément se aproximar.

— Como você vai fazê-la entrar?

— Fácil. Ela vai se passar por essa outra. — Com um gesto brusco de cabeça, ele indicou o corpo que Eidenmüller estava tirando do *Kübelwagen*. — Ninguém sabe que ela já morreu. Vou mandar a nova ser designada para um *Kommando* de trabalho numa parte diferente do campo. A contagem de prisioneiras vai bater, e ninguém vai perceber nada. — O *Obersturmführer* examinou Rosa, com olhos míopes. — Ela é mais ou menos do mesmo tamanho. Vamos precisar que uma vista a roupa da outra.

Com um gesto rápido, Meissner ordenou a Eidenmüller que removesse as roupas do cadáver. Eidenmüller tratou de cumprir a tarefa, com óbvia repugnância, rolando o corpo para ficar deitado de costas, permitindo que ele desabotoasse o casaco. Os olhos da morta estavam abertos, fixos nele com um ar acusador.

— Minha Nossa Senhora... — Ele recuou sobressaltado, quase caindo no chão, no impulso de se afastar do corpo. Instintivamente, ele fez o sinal da cruz. — Desculpe, senhor, não consigo fazer isso. De verdade, eu...

Rosa estava ali, com a mão no braço dele. Ela se abaixou ao lado do corpo da mulher. Os membros estavam rígidos, e a pele estava como que cerosa, dificultando a retirada das roupas. Por fim, o corpo estava nu. A morta parecia vulnerável, de dar pena, como uma criança perdida. Uma lágrima escorreu do olho de Rosa e caiu no rosto da mulher, uma ligação entre as duas existências que superou a barreira que a morte tinha posto entre elas. Baixinho, Rosa fez uma breve oração, a primeira em meses:

— Dai-lhe, Senhor, o descanso eterno, e que a luz perpétua a ilumine...

— E então? — perguntou o *Obersturmführer*, olhando para o relógio de pulso.

Era a vez de Rosa. Nos meses passados em Auschwitz, tinha sofrido a humilhação de ser forçada a se despir muitas vezes, mais ainda durante as frequentes *Selektionen*. Junto com suas roupas tinham lhe tirado a dignidade, diante dos comentários desagradáveis e maliciosos de guardas da SS, que comiam com os olhos as mulheres enfileiradas para sua inspeção, como se fossem legumes numa banca de feira: "Belos peitos para uma judia... peluda demais... ossuda demais..." Rosa tinha aprendido a fazer seu pensamento ir para outro lugar, de modo que não fosse ela aquela em quem eles estavam de olho, babando. Mas, agora, receber ordens desses homens para se despir? Isso era diferente. Esses eram os que a tinham libertado. Será que eles também tinham restaurado sua dignidade, ou seria apenas um empréstimo, cujo pagamento poderiam exigir quando quisessem?

— Vamos, sua cadela judia idiota. — O *Obersturmführer* estava limpando os óculos de novo. A raiva na sua voz era palpável... ou seria ansiedade? — Tire logo essa merda de roupa e vista a dela, para eu poder ir embora.

A mão de Rosa foi até o botão superior do casaco.

— Virem-se — disse ela, sem saber de onde vinha a coragem para dizer essas pequenas palavras.

Quando Rosa estava escondida no espaço para os pés do banco traseiro do *Kübelwagen*, Meissner estendeu a mão para o outro oficial.

— Obrigado. Sei que você está correndo um risco enorme por conta disso.

— Só espero que valha a pena.

— Vai valer. Depois da guerra, você poderá dizer que foi um dos poucos membros da SS que salvaram a vida de um judeu.

— E agora? — disse Eidenmüller, quando o *Kübelwagen* se foi.

— Voltamos para Auschwitz, onde nosso amigo Brossman já terá emitido um relatório com a informação de que, depois de libertar a prisioneira desconhecida que estava no pavilhão da prisão, ela tentou escapar e tragicamente foi morta a tiros. Por sorte nossa, teremos um corpo e os documentos para provar isso. Infelizmente, por um erro administrativo, o corpo será mandado para o crematório antes que Hustek tenha a oportunidade de vê-lo. Pena, não é mesmo?

— O que vai acontecer com ela?

— Com a mulher do Relojoeiro? Ela vai ter de ser virar como puder, igual a todos os outros prisioneiros. Mas pelo menos nós lhe demos alguma chance.

1962

Kerk de Krijtberg, Amsterdã

Meissner tinha levado algum tempo para conseguir contar sua história, em meio a frequentes ataques de tosse.

Emil estava sentado ali, petrificado, sem ter tocado na refeição.

— Então foi assim que ela foi parar em Mauthausen — disse ele, por fim.

— Você não sabia? — perguntou Willi.

— Eu nunca lhe contei — disse Meissner. — Se Hustek tivesse descoberto, teria sido o fim para ela e para todos os envolvidos.

— Eu supus que ela tivesse saído de Auschwitz com todos os demais em janeiro de 1945. Não foram poucos os prisioneiros que pararam em Mauthausen — disse Emil. — Quando a encontrei no outono, ela estava doente e confusa. Quando me contou que um oficial da SS tinha invadido a prisão em Auschwitz no meio da noite e a levado de lá, achei que ela estava delirando.

— Eu sempre me perguntei — disse Meissner — se ela teria sobrevivido. Que bom que ela sobreviveu. Deus seja louvado.

Emil não conseguiu refrear a onda de amargura que o dominou.

— Por que seu deus seria louvado por uma coisa dessas? — contestou ele, com raiva. — Eu amaldiçoei seu nome pelo que ele fez a ela.

— Mas achei que você e ela tinham...

Emil levantou-se, fazendo que não, sem se importar em enxugar as lágrimas que lhe escorriam pelo rosto.

— Ah, sim, nós nos reencontramos. Por seis dias. E então ela foi arrancada de mim uma segunda vez.

Willi estendeu a mão para segurar o pulso de Emil, mas ele não permitiu.

— Sinto muito — disse Willi. — De verdade. Como...?

Emil deixou-se cair de volta na sua poltrona, com a raiva abandonando-o com a mesma velocidade com que tinha surgido.

— Foi escarlatina. Ela estava muito fraca, sabe? E àquela altura tinha perdido a vontade de prosseguir.

— Meu Deus, meu Deus — sussurrou Meissner, batendo no peito. — *Mea culpa, mea culpa, mea maxima culpa.*

33.
Ataque indiano do rei

1962

Kerk de Krijtberg, Amsterdã

Na manhã do dia seguinte, Emil acordou cedo. Não sabia ao certo que horas eram, mas a claridade estava se infiltrando pelas bordas das cortinas. Não tinha dormido bem. Tinha passado a noite num corpo a corpo com lembranças. Tinha querido se lembrar dos bons tempos com Rosa, mas sua mente se recusava a cooperar. Em vez dos bons tempos, ela o levara ao dia milagroso em que ele encontrara o nome da mulher numa lista da Cruz Vermelha. Depois, a todos os burocratas em seus feudos mesquinhos, com quem ele tivera de lutar para conseguir chegar a ela. E então como a tinha encontrado, no leito número 117 no hospital improvisado em Sankt Georgen an der Gusen: um nome tão bonito para disfarçar a enormidade do que tinha acontecido lá.* Ele se lembrou de segurar a mão dela, branca e sem sangue, tão frágil, como a de uma velha. De início, ela não o reconheceu. Depois, não conseguia acreditar que ele também tinha descoberto um jeito de sobreviver e que agora a tinha encontrado. Ele lhe disse que nunca mais sairia do seu lado. Um sorriso cruzou ligeiro seu rosto, só para ser expulso pela dor.

— Me perdoa — dissera ela.

Ele se lembrou das últimas palavras que disse a ela.

— Louis e Marcel — perguntara ela, com os olhos arregalados, mas sem ver, os dedos de repente prendendo a mão de Emil. — Como eles estão?

Ele não tinha sido capaz de suportar lhe contar a verdade.

— Estão bem — ele tinha sussurrado. — Você vai vê-los em breve, muito em breve.

Mais uma mentira que tinha emanado do reino das mentiras. A intenção era boa, mas ainda assim era uma mentira. Naquele momento, ele tinha jurado que não haveria mais mentiras na sua vida.

---

* Sankt Georgen an der Gusen era muito perto do campo de concentração de Mauthausen.

* * *

Emil levantou-se. Sem fazer barulho, ele deu uma espiada no quarto de Paul, mas ele estava num sono profundo. Decidiu descer até a cozinha, fazer um pouco de café e fumar o primeiro cigarro do dia no banco que dava para o canal.

Willi já estava à mesa da cozinha, fumando, com um olhar vazio, uma xícara pela metade à sua frente. Parecia que também ele não tinha dormido.

— Tudo bem, Willi?

— Não. Na realidade, nada está bem no momento. — Seu tom era inexpressivo.

— Do que você está falando?

— Finalmente me dei conta, ontem de noite. — Willi ergueu a cabeça para olhar direto para Emil. — Tudo isso que você e Paul vêm comentando. Tudo é verdade, certo? Não é uma história. Não é história antiga. Aconteceu, e você e Paul estavam bem no meio. E agora eu me descubro apanhado também. E me dou conta de como foi medonho, de como foi frio, calculista e cruel; de que foram atos cometidos por alemães; e de que as vítimas eram mulheres e crianças inocentes. E eu não sei o que pensar a respeito. E não sei se consigo lidar com isso.

Emil suspirou.

— O que você está sentindo é o legado de Auschwitz. É um peso que Paul e eu precisamos carregar pelo resto da vida, e agora acho que ele caiu também sobre seus ombros, Willi. Não há nada que você possa fazer além de suportá-lo da melhor forma possível.

Willi não pareceu estar convencido. Ele esmagou o resto do cigarro num cinzeiro e imediatamente pegou outro no maço. As mãos estavam tremendo quando ele o acendeu.

— A questão — disse ele — é que, quando você estava jogando xadrez contra a SS, não era como outras partidas, com apenas um duelo intelectual em jogo. Aquelas foram as partidas mais verdadeiras e vitais que já foram disputadas. Há apenas alguns anos, houve uma partida tão extraordinária que foi chamada de "partida do século". Você deve saber qual: o mestre norte-americano Byrne contra o jovem prodígio Fischer. Foi uma obra-prima de estratégia de sacrifício. Empolgante. Mas é insignificante em comparação com suas partidas em Auschwitz. E, no entanto, o mundo nunca vai tomar conhecimento delas. — Ele se virou para olhar de frente para Emil. — E, se Paul não tivesse quase derrubado a porta do meu quarto no hotel, eu também não teria sabido delas, nem teria vindo a conhecer você. E assim eu continuaria convencido de que o que você tinha a dizer sobre Auschwitz era o produto da imaginação amargurada de um homem que se sente culpado por ter sobrevivido.

Emil puxou uma cadeira e também acendeu um cigarro.

— Mas, sem dúvida, Willi, desde a guerra surgiram provas suficientes para convencê-lo de que essas histórias eram mais do que fruto da imaginação, certo?

Willi voltou os olhos para as próprias mãos, evitando encarar Emil.

— Durante a guerra, eu trabalhava no Ministério da Propaganda. Ouviam-se histórias. Todos nós sabíamos que alguma coisa estava acontecendo. Sabíamos que os judeus da Alemanha tinham sido mandados para o leste, mas depois eles desapareceram. Para onde eles poderiam ter ido? Dezenas de milhares de pessoas não desaparecem simplesmente como se nunca tivessem existido. Diziam-nos que eles foram mandados para campos de trabalhos forçados. Depois começaram a circular histórias sobre esses campos. Entenda bem, essas histórias não eram contadas abertamente. Isso não era possível, a Gestapo tinha ouvidos por toda parte. Mas entre quatro paredes, entre pessoas que confiavam umas nas outras, coisas eram ditas. — Ele deu uma forte tragada no cigarro e deixou a guimba cair dos dedos no resto do café. — Não é possível guardar um segredo desses. Homens voltam para casa de licença e conversam com a família, e o assunto se espalha. Eu sabia o que estava acontecendo; todo mundo sabia. — Distraído, ele pegou novamente o maço, só para descobrir que estava vazio. Amassou-o com a mão e o largou no tampo da mesa. — Eu dizia a mim mesmo que não podia ser verdade — prosseguiu —, era perverso demais, inacreditável demais. As condições nos campos de trabalhos forçados eram duras, mas isso era de se esperar: nós estávamos em guerra com os bolcheviques, uma guerra de vida ou morte. Baixas não poderiam ser evitadas. A guerra é cruel... mas campos de extermínio? Não era só inacreditável; também não fazia sentido. Seria muito melhor pôr os judeus para trabalhar do que matá-los. Por que matá-los? O *Reich* não tirava nenhuma vantagem da morte deles. E assim eu dizia a mim mesmo que as histórias não eram verdadeiras. Não podiam ser.

— E agora?

Willi abaixou a cabeça. Em silêncio, lágrimas escorriam pelo seu rosto. Quando falou, sua voz estava trêmula.

— Agora sinto vergonha. Vergonha de mim mesmo, vergonha do meu país. Pelo resto da minha vida, vou precisar conviver com a consciência de que somos uma nação de assassinos.

As mãos de Willi ainda estavam tremendo. Emil sentiu uma onda de compaixão por ele.

— Você está certo, Willi. É uma conscientização dolorosa e difícil de suportar.

— Você disse que nenhum alemão que viveu durante a guerra poderia alegar inocência quanto aos campos de extermínio... que não havia alemães de bom coração.

Lentamente, Emil fez que não.

— É verdade, eu realmente disse isso, não foi? — Ele se levantou e apanhou a chaleira, indo até a pia para enchê-la. — Você não é o único que está descobrindo o quanto pode estar errado.

Setembro de 1944
Setor Político, Konzentrationslager Auschwitz-I
A Buna *Werke* foi bombardeada. Os bombardeiros vêm à luz do dia, mas, em vez de fugir correndo à procura de abrigo, à maior velocidade possível, muitos prisioneiros acenavam com seus bonés e davam vivas. O efeito no moral dos prisioneiros é extraordinário: agora eles não param de falar sobre como os Aliados vão bombardear as câmaras de gás e os crematórios em Birkenau.

A Gestapo está convencida de que a fábrica se tornou um alvo porque guerrilheiros poloneses conseguiram passar informações aos Aliados. O *Oberscharführer* Hustek recebeu ordens de descobrir os prisioneiros que estão se comunicando com os guerrilheiros, e isso lhe forneceu uma oportunidade. Na oficina técnica onde o Relojoeiro trabalha, ele entra em contato diário com trabalhadores poloneses. Isso faz dele um suspeito.

Dois homens de Hustek foram enviados para trazê-lo para ser interrogado.

O *Hauptsturmführer* Meissner está no gabinete do *Kommandant*. Há vinte minutos que ele é alvo de uma saraivada de perguntas a respeito da "inspeção" no pavilhão da prisão no meio da noite. O *Sturmbannführer* Bär não se deixou convencer pela insistência de Meissner em negar que tenha qualquer coisa a ver com o que houve.

— Senhor. Eu não estava lá. Eu nem mesmo estava no campo na ocasião.

— E onde é que você estava, afinal?

— Já lhe disse, senhor. Tirei dois dias de licença. O senhor a autorizou. Fui a Cracóvia.

— Então, por que você não consegue me dizer aonde foi na Cracóvia, ou com quem esteve? Na realidade, por que não consegue me dizer absolutamente nada sobre sua estada na Cracóvia?

— Porque, senhor, como já expliquei, errei o caminho e depois meu carro enguiçou. Passei a noite na floresta. No dia seguinte, levei horas para chegar a um lugar onde houvesse um telefone para eu ligar pedindo ajuda.

— Horas? Você poderia ter ido a pé a Cracóvia num dia se fosse preciso.

Meissner mostra-lhe a bengala.

— Não banque o espertinho comigo, Meissner. — A voz do superior está cortante. — Como você conseguiu descobrir que a mulher estava no pavilhão da prisão?

Meissner discorda, exausto.

— Só fui saber disso quando voltei. Pelo que me disseram, o *Hauptsturmführer* Brossman resolveu verificar o pavilhão na hipótese remota de que ela estivesse lá. Foi por pura sorte que ele a encontrou.

O *Kommandant* franziu o cenho.

— É, Brossman. Não sei como você conseguiu envolvê-lo no seu plano, mas vou descobrir.

— Tenho certeza de que o senhor chegará à conclusão de que os motivos do *Hauptsturmführer* Brossman foram perfeitamente legítimos. A mulher estava desaparecida. Era dever de Brossman procurar por ela, e Hustek a estava detendo sem autorização e sem nenhuma razão formal. Ela nem mesmo estava cadastrada no registro de prisioneiros. Manter um prisioneiro por motivos pessoais é um desrespeito a todos os tipos de regulamentos; e é contra a lei.

— Não seja ridículo — atalha Bär, irritado. — Hustek é da Gestapo. Ele está acima da lei.

Dá para Meissner sentir sua raiva crescendo.

— Mas com a mulher como sua prisioneira, ele teria tido um meio de pressionar o Relojoeiro. Sem dúvida, o senhor percebe isso.

— E isso importa, desde que ele vença?

— Para mim, importa, senhor — retruca Meissner. — Hustek é uma vergonha para a SS. Ele não é digno de usar o uniforme.

— Não cabe a você dizer isso, Meissner. Estou satisfeito com o trabalho do *Oberscharführer* Hustek, que dá uma contribuição significativa para o esforço da guerra.

Antes que Meissner possa reprimi-las, as palavras já saíram.

— Se o senhor considera que raptar uma mulher indefesa é uma contribuição significativa para o esforço da guerra, é tão censurável quanto ele. O senhor não entende? A guerra acabou. A Alemanha perdeu. É só uma questão de tempo para os russos chegarem a Berlim. Eu lutei contra eles, eu sei. Já não há como rechaçá-los. Não mais.

O rosto de Bär empalidece de raiva.

— Você esquece com quem está falando, Meissner. Não admito conversa derrotista aqui. Você é um oficial da SS. Deveria sentir vergonha de si mesmo.

As palavras de Bär rompem o fio que ainda refreava a ira de Meissner. Antes que ele se dê conta, já está gritando.

— Não aceito essa opinião, nem do senhor, nem de ninguém que tenha passado a guerra mandando em mulheres e crianças, pastoreando-as de vagões de gado para câmaras de gás, sob a ameaça de fuzis. Só quem viu o inimigo de perto, o suficiente para sentir seu cheiro, conhece esta guerra de verdade. Nós, da *Waffen-SS*, conhecemos essa verdade e vamos continuar a lutar até nosso último alento. Mas, Deus é testemunha, nós conhecemos a guerra de verdade.

Quando Meissner para de falar, ele se dá conta de que o *Kommandant* está olhando para ele com frieza.

— Terminou? Ótimo. Ainda quer aquela transferência? Se conseguir encontrar alguma unidade em desespero suficiente para aceitá-lo, você tem minha autorização. Agora, fora daqui.

Meissner estava tremendo enquanto descia a escada da frente do prédio da administração. Com bengala ou sem ela, voltar a pé para Monowitz ia ajudá-lo a se acalmar.

Ele não tinha chegado ao portão principal quando encontrou Eidenmüller à sua espera.

— O que está fazendo aqui? — perguntou Meissner, irritado.

— Desculpe, mas o senhor precisa voltar depressa.

— Por quê?

— Hustek está atrás do Relojoeiro, senhor. Homens dele estão no campo agora.

* * *

Hustek tinha mandado dois agentes até a fábrica de Buna. Nenhum dos dois tinha estado lá antes. Ela era imensa: havia tubulações por toda parte num emaranhado aparentemente incompreensível. Algumas estavam suspensas por armações elevadas; outras seguiam ao nível do piso. Ao longe, os agentes podiam ver uma grande construção quadrada, com uma fileira de chaminés altas e negras, que se projetavam para o céu.

Os estragos do bombardeio eram extensos. Em diversos locais, eles puderam ver homens em trajes civis, carregando pranchetas, avaliando a destruição. Ao seu redor, turmas de homens em uniformes listrados estavam retirando entulho ou removendo tubulações ou equipamentos danificados. Outros se apressavam para lá e para cá, alguns sobrecarregados; ainda outros empurrando vagonetes por trilhos de bitola estreita ou puxando carrinhos de duas rodas. Outros estavam cavando. Por toda parte, a atividade frenética estava sendo impelida pelos porretes ou pelas grossas cordas com nós usados pelos *Kapos*.

— Isso não vai dar certo — disse um deles. — Nós nunca vamos encontrá-lo aqui. Isso está um caos.

— Devíamos perguntar a alguém — retrucou o outro. — Pode ser que o *Rapportführer* saiba onde ele está.

— Esquece. Conheço o *Rapportführer* daqui. Gessner. Não adianta falar com ele. Ele e Hustek não se dão.

— E alguém se dá com Hustek?

O primeiro revirou os olhos.

— Vamos até o campo. Pode ser que tenhamos mais sorte por lá.

No escritório de cadastro, eles encontraram o *Unterscharführer* Hoven.

— Estamos procurando pelo prisioneiro que chamam de Relojoeiro.

Hoven tirou os olhos da pasta que estava examinando em sua mesa.

— É mesmo? E exatamente quem é esse "nós"?

— A Gestapo.

Só essa palavra bastou para provocar um espasmo de ansiedade nas entranhas de Hoven.

— Exatamente o que é que vocês querem?

Os dois homens trocaram um olhar de cumplicidade. Eles já sabiam com quem estavam lidando.

— É só nos dizer onde podemos encontrá-lo.

Hoven voltou a atenção para a pasta.

— Pavilhão 27 — disse ele, sem olhar para os homens.

Assim que eles se foram, Hoven fechou a pasta e saiu do escritório. Eidenmüller estava no prédio seguinte. Ele ia querer saber que a Gestapo estava atrás do Relojoeiro.

Os dois homens da Gestapo escancararam a porta do pavilhão 27 e, sem se anunciar, entraram na sala de convivência. Dois homens estavam jogados em bancos de madeira ao longo da parede, dormindo. Ambos tinham triângulos verdes no paletó do uniforme. Sem cerimônia, o primeiro homem da Gestapo puxou as pernas deles para cima, fazendo com que caíssem no chão. Com um monte de palavrões, os prisioneiros se levantaram, esfregando com cuidado a carne, que logo apresentaria marcas de contusões.

— Que porra é essa? — perguntou um deles, furioso.

— Gestapo.

Emburrados, os prisioneiros olharam com ódio para os importunos.

— Estamos procurando o Relojoeiro. Disseram que ele fica neste pavilhão. Onde ele está?

Nenhum dos dois prisioneiros falou.

O homem da Gestapo tirou do bolso um bastão de borracha e o bateu com violência numa mesa.

— Não queremos tornar a vida difícil para vocês. Só nos digam onde ele está.

Os prisioneiros se mantiveram em silêncio.

Dessa vez, o bastão foi agitado debaixo do queixo de um deles.

— Só que não temos tanto tempo assim, sabem?

— Ele está na Buna *Werke* — disse um dos prisioneiros. — Todos eles estão na Buna *Werke*. Vão voltar de noite.

Havia cadeiras em torno da mesa. Os homens da Gestapo acomodaram-se nelas para esperar.

— O que vocês têm aí para comer? — perguntou um.

Os prisioneiros fizeram que não.

— Nada. Tomamos a ração de sopa ao meio-dia. Agora só vamos ter comida depois da hora da chamada.

— Merda — disse o homem da Gestapo. — Estou morrendo de fome.

* * *

Eidenmüller pegou a estrada a partir do *Stammlager* na direção de Oświęcim. Meissner estava absorto em seus próprios pensamentos. Por fim, ele perguntou:

— Esse seu amigo, Hoven, você confia nele?

— No fundo, não o conheço assim tão bem. Ele não gosta de Hustek, disso eu sei. Ele tem medo de Hustek. — Meissner voltou aos seus pensamentos. — O que vamos fazer, senhor? Se Hustek apanhar o Relojoeiro, nunca mais vamos vê-lo.

— É, eu sei disso — respondeu Meissner, irritado —, mas não sei o que vamos fazer. Estou tentando pensar em alguma coisa.

Quando eles chegaram a Monowitz, um plano já estava ganhando forma. O problema era a organização. Não havia como esconder um prisioneiro por mais do que algumas horas: a chamada duas vezes ao dia revelaria de imediato sua ausência. Não, se Hustek queria o Relojoeiro, ele descobriria um jeito de apanhá-lo.

Era preciso distrair a atenção de Hustek com alguma coisa mais importante.

Quando chegaram, eles foram direto ao escritório de Hoven.

— Feche a porta — ordenou Meissner. O *Unterscharführer* ficou alarmado.

— Em que posso lhe ser útil, senhor?

— Qual é sua posição quanto ao Relojoeiro? — perguntou Meissner.

— O Relojoeiro? Não sei o que senhor está querendo dizer.

— Homens de Hustek vieram procurá-lo. Você sabe o que isso quer dizer.

— Sei, senhor.

— Você quer deixar que Hustek o capture? Ou quer impedir que isso aconteça?

— Sim, senhor. Quer dizer, não, não quero que aquele filho da mãe ponha as mãos nele. Mas o que posso fazer?

— É muito simples. Esqueça que você viu os homens de Hustek. Eles nunca estiveram aqui. Entendido?

O entendimento apareceu no rosto do *Unterscharführer*.

— Mas...

— Sem nenhum "mas", *Unterscharführer*. Basta ater-se à sua história. Você nunca os viu. Se não se afastar disso, estará a salvo. Se hesitar, estará morto.

A oportunidade de se desforrar de Hustek o atraía. Era agora ou nunca.

— Sim, senhor. Eu nunca vi ninguém, senhor.

— E agora, senhor? — perguntou Eidenmüller, quando eles estavam novamente lá fora.

— Vamos entrar no campo. Precisamos encontrar Brack.

Brack estava perto das cozinhas, assistindo a dois prisioneiros que cuidavam da horta. A colheita parecia abundante: vagens, tomates e pepinos — artigos de luxo com os quais os prisioneiros só podiam sonhar.

Brack assumiu a posição de sentido quando viu Meissner.

— Não se dê ao trabalho — disse Meissner —, esta não é uma visita formal, e você não esteve conosco. Existe algum lugar onde possamos falar com privacidade?

Brack sorriu e apontou para um pavilhão próximo.

— Ali dentro. Estarei lá em cinco minutos.

Brack os tinha encaminhado para o bordel do campo. O lugar estava vazio. Meissner explicou a situação.

— Ao que nós saibamos — acrescentou ele —, os homens de Hustek estão neste momento no seu pavilhão.

O sonho de Brack de uma fortuna acumulada num banco suíço começou a se dissolver. Seu rosto franziu-se numa expressão de raiva.

— Hustek é um porco. Ele não vai conseguir o que quer. Não se eu puder fazer alguma coisa.

— Eu não sabia que você conhecia o Hustek — disse Eidenmüller.

— Ah, sim. Eu o conheço muito bem. E tenho uma conta ou duas a acertar com ele.

O pavilhão 27 ficava no perímetro norte do campo, junto da cerca.* Brack levou pouco tempo para reunir alguns companheiros, embora não conseguisse localizar Widmann em lugar nenhum. Sozinhos e aos pares, eles chegaram para se encontrar nos fundos do pavilhão, escondidos das torres de vigilância.

— Certo — disse Brack. — Todos prontos? — Ele esperou que cada um mostrasse uma arma. — Lembrem-se, nada de facas. E nada de brincadeira. Direto ao ponto.

---

* O campo de Monowitz era dividido em dois setores, norte e sul. Entre eles, uma estrada de serviço se estendia de leste a oeste, protegida por uma cerca dupla de arame farpado, com a cerca interna eletrificada para reforçar a segurança, e um portão em cada extremidade. A estrada de serviço não seguia direto até o limite leste, de modo que naquele ponto era possível passar andando de um setor para o outro.

Certo — repetiu ele. Brack estava nervoso. Aquilo ali era território desconhecido. — Vamos entrar e resolver isso logo.

Os homens da Gestapo foram surpreendidos quando quatro prisioneiros, de uniforme, saíram do dormitório para a sala de convivência e assumiram posições que bloqueavam a porta principal. Outros homens vieram atrás. Todos traziam pesados bastões de madeira.

Um olhar de relance bastou para os homens da Gestapo entenderem o que ia acontecer a eles. Um, com uma expressão de incredulidade e espanto, tentou dar uma de valente.

— Tratem de ir embora agora, se vocês tiverem juízo — disse ele, em voz alta.

— Pois é, esse é o problema, não é? — disse Brack, em tom ameaçador, enquanto fechava a porta com um empurrão. — Eu nunca tive juízo.

O outro homem da Gestapo sacou uma pistola. Com um berro de ódio, Brack baixou seu porrete no pulso dele. Ouviu-se um uivo momentâneo de dor, até uma bordoada na cabeça fazer com que ele se calasse.

O primeiro homem da Gestapo ergueu as mãos num gesto de súplica.

— Não! — ele implorou. — Não, por favor...

Tudo terminou rápido.

— Meu Deus — disse um dos homens de Brack, umedecendo os lábios como se eles de repente estivessem ressecados. — Vocês percebem o que a gente fez, não percebem?

— Pare de choramingar — disse Brack. — Agora não tem volta. Eu conheço o Hustek. Ele é diabólico. Se ele chegar a saber qualquer coisa sobre isso aqui, nós vamos ser jogados nos fornos ainda vivos. — Ele indicou os corpos com o porrete ensanguentado. — Esses dois nunca estiveram aqui. Nenhum de nós sabe nada a respeito deles. — Ele lançou um olhar ameaçador para os dois prisioneiros que tinham sido apanhados no pavilhão pelos homens da Gestapo. — Isso inclui vocês. A menos que vocês queiram se juntar a eles...

Por uma hora, eles trabalharam mais do que tinham trabalhado em todo o seu tempo em Auschwitz. A sala foi esfregada, e os corpos, despidos e jogados num carrinho de duas rodas lá fora.

Um dos homens de Brack olhou cobiçoso para a pilha de roupas a jogar fora.

— Uma pena — disse ele. — Em especial, as botas... quase novas.

— Elas também vão para o forno — ordenou Brack. — Não quero que sobre nenhum vestígio. — Já a pistola não poderia ser descartada com tanta facilidade. Ele precisaria pensar no que fazer com ela.

— E os corpos?

— Não se preocupe. Já está tudo providenciado.

Todos os dias morriam prisioneiros na fábrica de Buna. Eles eram carregados de volta por seus companheiros detentos para serem contados na hora da chamada. Depois, os restos mortais eram jogados num caminhão e levados para Birkenau para serem cremados. Não havia outra contagem. Hoje não seria diferente, exceto pelo fato de que haveria dois a mais. Se alguém tivesse se dado ao trabalho de olhar, talvez tivesse percebido duas cabeças com o cabelo recém-aparado e corpos que não eram esqueléticos. Isso poderia ter despertado suspeitas, e um exame mais atento teria revelado mãos que não estavam calejadas pelos trabalhos forçados, e pés que não estavam esfolados pelos tamancos de madeira que os prisioneiros usavam. Mas quem ia olhar? Dois a mais em meio a milhares não faziam a menor diferença. Além disso, as únicas pessoas que tocariam neles pertenciam ao *Sonderkommando* de Birkenau, prisioneiros cuja função era esvaziar as câmaras de gás e pôr os cadáveres nos crematórios.

Eles teriam ficado felizes ao saber que estavam pondo na fornalha os corpos de homens da Gestapo.

Dali a dois dias, Meissner recebeu uma visita.

— O *Oberscharführer* Hustek veio vê-lo, senhor — anunciou Eidenmüller.

Meissner parou de examinar os documentos que estavam espalhados na sua mesa.

— Sente-se, *Oberscharführer* — disse ele. — Em que posso lhe ser útil?

— Dois dos meus homens desapareceram — disse Hustek, ao se sentar. — Eu me perguntava se o senhor poderia saber onde eles estão.

— Eu? Por que eu haveria de saber onde eles estão?

— Eles estavam aqui, em Monowitz. Vieram por ordens minhas. Vieram buscar o Relojoeiro.

Meissner recostou-se na cadeira e uniu as mãos, como que em prece.

— Ainda não entendi por que você imagina que eu saiba onde eles estão. Não estou no comando aqui. O *Obersturmführer* Schottl é o *Lagerführer*. Deveria falar com ele.

— Já falei. Ninguém viu nenhum dos meus dois enviados. Ninguém. O senhor não acha estranho? Seria de imaginar que *alguém* os tivesse visto.

— Não sei. — Meissner estava concentrado em manter a expressão neutra. — Sempre há muitas idas e vindas, gente entrando e saindo do campo. Alguém poderia tê-los visto, mas sem prestar atenção. Isso não seria tão estranho, certo?

— Olhe, *Herr Hauptsturmführer*. — O homem da Gestapo tentou dar um sorriso simpático, como se estivesse fazendo uma confidência a Meissner. — Sei que começamos mal e que o senhor se considera protetor do Relojoeiro, mas eu tenho um motivo legítimo para querer interrogá-lo.

— É mesmo? Sobre o quê?

— Sobre os ataques aéreos à Buna *Werke*.

Meissner riu.

— Você acha que o Relojoeiro está trabalhando para os norte-americanos? Ora, isso é impagável.

Hustek contraiu os lábios, com desprezo.

— Foi só recentemente que Buna se tornou alvo. Estamos convencidos de que um movimento clandestino de poloneses passou a informação para os Aliados. Mas eles devem ter tido alguém do lado de dentro para lhes falar da fábrica, para começar. O Relojoeiro trabalha numa das oficinas de instrumentos. Fala com trabalhadores poloneses todos os dias. É um suspeito óbvio.

— Pelo amor de Deus, Hustek! Buna está cheia de operários poloneses. Milhares passam pelos portões da fábrica todos os dias. Eles não precisam que o Relojoeiro lhes diga o que acontece ali dentro. Além do mais, se você o conhecesse como eu conheço, saberia que não poderia ser ele.

— E por que não?

— Porque a única coisa que lhe interessa é o xadrez. Ele já não se importa com mais nada.

— Mas eu ainda estou com dois homens desaparecidos.

— Eles vão acabar aparecendo. Homens se ausentam sem autorização o tempo todo, mesmo na SS.

— Não na Gestapo.

— Suponho que você tenha verificado com as famílias.

Hustek respondeu com um olhar desdenhoso.

— Sinto muito, mas creio que não posso ajudá-lo.

— Não pode ou não quer?

Meissner não fez caso da pergunta.

— Se for só isso, tenho trabalho a fazer.

Hustek levantou-se e andou a passos largos até a porta. Ao pôr a mão na maçaneta, ele se voltou.

— Vou ter de jogar contra o judeu?

— Se não jogar, perderá por desistência.

Hustek fez que sim, com um ar que dizia que ele já sabia que era assim mesmo que seria.

— Bem — disse ele —, só sei que não quero ser aquele que salva um judeu da câmara de gás. — Um sorriso sinistro surgiu no seu rosto. — Sabe, *Herr Hauptsturmführer*, o senhor deveria fazer uma visita a Birkenau uma hora dessas, para ver como é. É bem impressionante ver as câmaras de gás: centenas de pessoas tão vivas num minuto e tão imóveis, como bonecos num museu de cera, no instante seguinte. E os berros, o senhor deveria ouvir os berros. Dá uma sensação verdadeira de um trabalho bem feito.

A máscara de impassibilidade que Meissner vinha usando desapareceu.

— Eu não teria como saber — respondeu ele, com a voz tensa de raiva reprimida. — As únicas mortes que presenciei foram do tipo em que explosões despedaçam homens, ou as em que eles morrem assados num tanque em chamas. E, quanto mais penso nisso, mais me dou conta de que esse seria um fim adequado para você.

Hustek estava decidido a ter a última palavra.

— Quem avisa amigo é, *Herr Hauptsturmführer*. Aquele seu diário... se eu fosse o senhor, eu o manteria guardado em lugar seguro. O senhor não ia querer que as pessoas erradas soubessem o que está escrito nele.

— Como você...?

Mas Hustek já tinha ido embora, deixando Meissner com a resposta para uma pergunta que o vinha atormentando havia meses.

1962

Kerk de Krijtberg, Amsterdã

— Foi então que percebi — disse Meissner — que eu não podia adiar mais meu pedido de transferência. Escrevi imediatamente para Peter Sommer, meu companheiro no antigo regimento. Àquela altura, eles já estavam de novo no front oriental, de modo que levou quase um mês para eu receber a resposta.

— O que ele disse? — Willi quis saber.

— Que os combates estavam mais brutais do que nunca, que ele tinha sido promovido mais uma vez, e que, sim, se eu quisesse, havia um lugar para mim como ajudante na chefia de gabinete, no quartel-general.

— Quando foi que isso teria acontecido? — perguntou Emil.

— No início de outubro, talvez uma semana antes da sua partida contra Hustek. Imaginei que ele teria voltado para apanhá-lo, mas ele nunca se aproximou. E depois houve o levante em Birkenau.

— Um levante? Dos prisioneiros?

— Foi. O *Sonderkommando* de um dos crematórios se rebelou. Houve um pequeno combate. Eles mataram alguns guardas e suboficiais e explodiram o crematório. Depois atravessaram a cerca e fugiram.

— O que aconteceu com eles?

— Não creio que muitos tenham escapado. Os que foram apanhados foram trazidos de volta e executados. Mas a pergunta que todos se faziam era como tinha sido possível que prisioneiros judeus em Auschwitz tivessem conseguido acesso a armas e explosivos. Era inconcebível. Bär ficou apoplético de ódio, e Hustek aguentou o rojão. Tinha ficado tão absorto na sua determinação de neutralizar Emil que deixara escapar o que estava acontecendo bem diante do seu nariz. Disseram-lhe em termos bem claros para investigar o caso a fundo. Acho que ele até se esqueceu dos homens desaparecidos.

— Então tudo ficou tranquilo no período que faltava até a partida?

— Não exatamente. O *Oberscharführer* Hustek ainda tinha uma carta na manga.

34.
A defesa Grünfeld

Outubro de 1944
Konzentrationslager Auschwitz-III, Monowitz

O campo está subjugado. Ao amanhecer, o sol ao leste está vermelho, sinal garantido de que por aí vem tempo ruim. O campo vem tentando ignorar a lenta chegada do inverno, pois sabe que a maioria dos prisioneiros não sobreviverá para ver a primavera; e que, para todos eles, cada dia será comprado com sofrimento e medido em nuvens de bafo gelado, nas batidas de pés no chão e no encolhimento dos ombros contra o vento enregelante.

Entre os prisioneiros, há uma inquietação crescente — como a de um tigre enjaulado, andando para lá e para cá sem descanso, rosnando. A essa altura, todos sabem do levante do *Sonderkommando* em Birkenau e de como ele foi reprimido com uma selvageria notável até mesmo para os padrões selvagens de Auschwitz. Agora os prisioneiros observam o pessoal da SS nas suas torres em torno do campo e em patrulhas ao longo da cerca, perguntando-se se essa mesma selvageria se voltará também contra eles.

Mas essa não é a principal fonte da inquietação. No verão, para dar um impulso à construção da fábrica de Buna, mais 2 mil prisioneiros foram trazidos para o campo de Monowitz. Eles foram abrigados em barracas perto da praça de chamada. Agora que o inverno se aproxima, esses homens foram transferidos para dentro dos pavilhões, tornando os alojamentos já superlotados ainda mais imundos.

Durante o verão, as *Selektionen* entre os prisioneiros tinham sido suspensas, enquanto as câmaras de gás e os crematórios de Birkenau trabalhavam sem cessar com a matança dos judeus húngaros. Agora que a *Aktion* húngara terminou, os mais antigos entre os prisioneiros preveem que as *Selektionen* vão recomeçar. Embora seja em consequência das suas próprias decisões, a SS não vai tolerar uma superlotação dessas por muito tempo.

Cada prisioneiro assegura a seu vizinho que eles não estarão entre os selecionados: somente os velhos, os fracos e os enfermos serão levados. Não importa que o vizinho seja velho, fraco ou enfermo, eles lhe dizem que não são velhos o suficiente, fracos o suficiente ou enfermos o suficiente. Todo mundo sabe que essas são palavras vazias. Os alemães são muito meticulosos.

A *Selektion* chega sem avisar, numa tarde de domingo. Os prisioneiros estão na fila para a ração de sopa. Soa a campainha. Todos devem voltar para seus pavilhões.

Brack sabe o que vai acontecer. Ele já passou muitas vezes pelo procedimento. Somente judeus são selecionados, e ele está com as *Häftling-Karten* prontas, com o número, nome, nacionalidade, idade e a informação de se tratar ou não de um trabalhador especializado.

Brack quer que tudo corra tranquilamente. Ele ordena que todos se dispam e vão para os beliches. Ele vai até o beliche número três, onde o Relojoeiro está com um novo companheiro dividindo o espaço do sono.

— Você sabe o que vem por aí, não sabe? — diz Brack.

Emil faz que sim.

— É claro.

— Não se preocupe, você está a salvo. Mesmo que sua ficha não estivesse marcada com a palavra "protegido", você é um trabalhador especializado e está com saúde.

Talvez tenham se passado duas horas, quando um médico da SS e guardas chegam ao pavilhão, e a *Selektion* tem início.

Começando na parte mais distante do dormitório, Brack e seus lacaios passam pelas fileiras de beliches, batendo neles com bastões de madeira, empurrando os prisioneiros temerosos para a sala de convivência. Logo, mais de duzentos homens nus, cada um segurando uma ficha com firmeza, são amontoados num espaço pequeno demais para eles.

Agora, a porta para o lado de fora é aberta. Ali à espera está um médico da SS. Brack está à direita dele e à sua esquerda está o *Blockschreiber*, Widmann. Ao longo do beco entre os pavilhões, abre-se a porta externa, que dá para o dormitório. Um a um, cada prisioneiro deve sair da sala de convivência, entregar sua ficha ao *Blockschreiber* e então correr nu pelo beco para voltar a entrar no dormitório. Durante esses poucos segundos, o médico decide se cada homem vai viver ou morrer.

Depois que tudo terminou, Brack olha sem conseguir acreditar para uma das fichas. Ele a leva de volta ao médico da SS.

— *Herr Obersturmführer* — diz ele —, acho que houve um erro.

O médico olha com frieza para o prisioneiro, com seu triângulo verde e seu uniforme limpo demais.

— Erro? Como assim?

— O *Häftling* 163291. Ele é operário especializado e está com boa saúde. Além disso, sua condição é de *Schutzhäftling*. Ele não é para a *Selektion*.

O médico hesita um instante e então fala.

— Vamos ver se é isso mesmo.

Brack entrega-lhe a ficha do Relojoeiro. O médico a examina com atenção.

— Onde está especificado que esse prisioneiro é especializado ou que ele está sob proteção? Ele vai para a *Selektion*. Trate de seguir adiante.

Brack olha espantado para a ficha. Não é a que ele preparou mais cedo. Ele entra de novo no pavilhão para encontrar a original. Não há nenhum sinal dela. Praguejando, ele sai à procura do *Blockschreiber*, mas não o encontra em parte alguma.

Encontra um dos seus cupinchas.

— Onde está o Widmann? — pergunta ele.

— Não sei. Não o vejo desde a hora da *Selektion*. Vai ver que foi à latrina.

— Aposto que ele foi muito mais longe que isso. Espalhe por aí. Quero o Widmann, e quero *agora*.

Mas ninguém vai conseguir encontrar Widmann. Ele está a caminho do *Stammlager* e da liberdade. Em troca da adulteração da ficha de registro do Relojoeiro, Hustek prometeu-lhe a liberdade. Amanhã, quando os prisioneiros selecionados forem enviados para Birkenau, Widmann estará num trem, indo rumo a Stuttgart, e, de lá, com sorte, para a Suíça.

Mas não há nada que Brack possa fazer agora a respeito de Widmann, ele tem um problema muito mais urgente. Ao amanhecer do dia seguinte, caminhões virão para levar os prisioneiros selecionados até as câmaras de gás. Antes disso, o *Hauptsturmführer* Meissner precisa ser informado do que aconteceu. Mas hoje é domingo. Ele não estará no gabinete, e não há como entrar em contato com ele. Só há uma coisa a ser feita.

É preciso esconder o Relojoeiro.

Não vai ser fácil. De manhã, depois que os *Kommandos* de trabalho tiverem partido para o dia, haverá mais uma chamada, a dos prisioneiros selecionados. Leva tempo para realizar duas chamadas, o que permite a Brack um pequeno intervalo para encontrar Meissner. Mas, quando a contagem da chamada não bater, os guardas da SS vasculharão o campo. Não levarão muito tempo. Os cães, com seu faro, logo descobrirão o prisioneiro escondido.

Ocorrem a Brack dois esconderijos: o bordel do campo e a ferraria. O bordel, porque é o último lugar onde os alemães vão procurar, e a ferraria porque o cheiro do lugar pode enganar os cães.

Se o Relojoeiro for encontrado antes que Brack chegue a falar com Meissner, é provável que ele seja fuzilado no mesmo instante.

Mas o Relojoeiro reluta em cooperar.

— Isso é coisa do Hustek — diz ele. — Para que lutar? Ele vai acabar me pegando, de algum modo. Não me resta nada. Minha família se foi. O único amigo que eu tinha se foi. Pelo menos, assim não vou precisar passar mais um inverno vendo as pessoas ao meu redor morrendo como moscas.

Brack fica estarrecido. Há anos ele vive num mundo em que os valores morais foram extintos. Mas no Relojoeiro ele viu alguma coisa rara. É mais do que essa sua incompreensível devoção ao xadrez, é algo que está na sua determinação obstinada a não sucumbir ao peso morto de indiferença que Auschwitz pendura no pescoço de todos os prisioneiros e na sua rejeição à ideia de que poderia lucrar com as vidas que salvou. Acima de tudo, é algo que fica evidente na forma com que o Relojoeiro se recusou a perder sua dignidade. Nenhum desses pontos está claro na cabeça de Brack; nem ele considera que qualquer um deles seja "bom", pois em Auschwitz o bem não existe. Mas, enquanto se esforça para entender, ele percebe que se trata de algo que é *certo*, que é como o mundo deveria ser se não houvesse a cerca de arame farpado que confina a todos eles. Uma pequena voz íntima lhe diz que ele deve lutar por isso.

Brack não consegue expressar nada disso. Sua reação é dar uma bofetada no Relojoeiro, aos berros.

— Você quer morrer?

— É claro que não — responde Emil, esfregando a face.

— Então faça o que estou mandando.

— Não.

Exasperado, Brack ergue a mão para atingir Emil de novo, mas, como sabe que Emil é indiferente à violência, ele a deixa cair.

De repente, Brack sai do pavilhão, para o ar frio da noite. Não vai longe. Só passa pelo pavilhão de punições e chega ao pavilhão 30. Está à procura de alguém.

Pouco depois, ele está de volta.

— Tem alguém que quero que você conheça — diz ele. E empurra um prisioneiro na direção do Relojoeiro.

— Quem é esse?

— Essa é a vida que você vai salvar quando derrotar Hustek. Fale com ele. Quero que você entenda que, se jogar fora sua própria vida, é quase certo que estará jogando fora a dele também.

O Relojoeiro recusa-se a olhar para o prisioneiro. Seu olhar está fixo em Brack.

— Não. O senhor não pode pôr essa responsabilidade nos meus ombros. Esse esquema não foi criado por mim.

— Não faz diferença. Tudo o que importa é que está ao seu alcance salvar a vida desse homem. Quero que você olhe nos olhos dele e lhe explique por que não vai fazê-lo.

Relutante, Emil contempla o homem. Ele é baixo, está com a cabeça raspada e com o rosto coberto de feridas, talvez resultantes de carência de vitaminas. Como todos, seu uniforme está remendado e imundo, mas ele não tem o ar derrotado que muitos prisioneiros têm. Seus olhos são atentos e penetrantes.

— Como o senhor se chama? — pergunta Emil.

— Daniel. Daniel Farhi.

— O senhor é francês?

O homem dá de ombros.

— Não exatamente. Minha mulher é francesa, e meu pai é franco-egípcio. Nasci no Cairo. Em 1940, estávamos visitando a família da minha mulher em Paris, quando fomos apanhados pelo avanço alemão. É uma longa história, *m'sieur*, mas cá estou eu.

— O que o senhor fazia no Cairo?

Eu negociava com ouro.

Emil faz que sim. Isso explica o interesse de Brack por esse homem.

— E sua família?

— Minha mulher fugiu para a Espanha. Meus filhos estão no Egito. Ao que eu saiba, estão bem.

— O senhor entende o risco que está correndo? O homem que vou enfrentar nessa partida não tem escrúpulos. Nenhum. Se eu perder, ele não vai se contentar em esperar que o senhor seja levado por uma *Selektion*. Ele é do tipo que o levará pessoalmente à câmara de gás e voltará de lá rindo o tempo todo.

Farhi sorri.

— Mas o senhor não vai perder. O senhor é o Relojoeiro.

Emil dá um suspiro. Volta-se para Brack.

— E quanto o senhor extorquiu desse aqui?

Farhi o interrompe.

— Se for uma questão de dinheiro, *m'sieur*...

— *Monsieur* Farhi, não é uma questão de dinheiro. Mas não se deixe enganar a ponto de acreditar que nosso estimado *Blockältester* esteja fazendo isso porque se importa com o senhor e seu bem-estar. Ele só se importa consigo mesmo.

Emil abaixa a cabeça, derrotado pela lógica inescapável de Auschwitz.

— Está bem, então. Diga o que preciso fazer.

O bordel é uma construção de madeira, como todos os outros prédios do campo. Num dos quartos do andar superior, há um espaço vazio por baixo das tábuas do assoalho. É um esconderijo para vários itens ilícitos contrabandeados para dentro e para fora do campo. É provável que usá-lo para esconder o Relojoeiro vá representar o fim da sua utilidade, mas não há como evitar isso.

O lugar é apertado, mas Emil consegue se espremer para caber ali.

— Não importa o que aconteça — diz Brack —, fique em silêncio total.

Às 6h50, o sol nasce. Brack imediatamente manda um dos seus auxiliares de confiança para procurar um guarda amistoso da SS. Ele precisa fazer chegar uma mensagem a Eidenmüller. Os prisioneiros não têm permissão de seguir para Buna no escuro, de modo que só saem às 7h15. Dez minutos depois, os prisioneiros escolhidos na *Selektion* começam a se reunir na *Appelplatz*. Eles demoram para formar fileiras — o que é compreensível. Podem ver os caminhões à sua espera na estrada de serviço, entre os portões que são trancados nas duas extremidades.

Apesar do vento frio, os guardas da SS não estão com pressa, e já são quase oito horas quando o *Rapportführer* é informado de que está faltando um. Ele ordena uma recontagem. Dessa vez, a verificação é mais rápida, e os guardas prestam mais atenção. O resultado é o mesmo. Os prisioneiros são deixados tremendo no frio, enquanto é organizada uma busca pelo campo.

Nesse meio-tempo, Eidenmüller está esperando ansioso do lado de fora do gabinete de Meissner. Às segundas, Meissner tem o hábito de chegar cedo. Mas não hoje. Na noite anterior, Meissner esteve na *Solahütte* conversando com Brossman sobre seus planos para voltar para sua unidade e insistindo com o colega para juntar-se a ele. Meissner não tem motivos para cumprir seus deveres com a mesma diligência de antes. Ele só chega ali pouco depois das oito.

— É o Relojoeiro — diz-lhe Eidenmüller, ofegante. — Houve uma *Selektion* ontem. Não sei como foi, mas ele acabou incluído. Brack o escondeu, mas nao vai demorar para ele ser encontrado.

Furioso, com os lábios crispados de raiva, Meissner sai. Eidenmüller vai logo atrás. No portão, eles têm permissão de passar, sob o olhar vigilante do *Lagerführer*, o *Obersturmführer* Schottl, que entra na sala da guarda e pega o telefone.

Meissner e Eidenmüller passam apressados pelos caminhões estacionados e pelo segundo portão. Brack está encostado na parede da enfermaria, atento à chegada deles.

— Afinal, o que houve? — pergunta Meissner.

Brack explica enquanto eles seguem até o bordel. Através da cerca, podem ver equipes de guardas com cães, revistando o depósito de roupas no lado norte do campo.

— Por aqui — diz Brack.

Lá dentro, ele afasta uma cama e levanta uma tábua do assoalho para revelar o Relojoeiro.

Meissner faz que sim.

— Venha comigo — diz ele.

Juntos, eles seguem pelo caminho que passa pelas cozinhas até a *Appelplatz*, onde Meissner apresenta o prisioneiro ao *Rapportführer*.

— Creio que é essa a pessoa que vocês estão procurando.

O *Rapportführer* reporta-se ao *Obersturmführer* Schottl. Ele está prestes a mandar o Relojoeiro entrar nas fileiras de outros prisioneiros, quando o *Lagerführer* chega.

— Obrigado, *Herr Hauptsturmführer* — diz Schottl a Meissner —, por encontrar nosso prisioneiro fugitivo. Não sei como teríamos conseguido sem o senhor. Agora podemos prosseguir e mandar essa escória para seu devido lugar.

— Não esse aqui — diz Meissner. — Esse prisioneiro tem status de protegido e não pode ser alvo de *Selektion*.

— Naturalmente — diz Schottl, com a fala mansa. — Ele pode voltar para o pavilhão, assim que o senhor me mostrar a *Häftling-Karte* dele. Enquanto isso... — Ele lança um olhar significativo para o *Rapportführer*.

Meissner olha para Brack.

— Você está com a ficha dele?

Brack faz que não.

— Ela foi trocada. Se não tivesse sido, eu teria resolvido isso ontem de noite.

Meissner volta-se para Eidenmüller.

— Por minha ordem. Leve o prisioneiro para meu gabinete. Agora.

— Sim, senhor.

Schottl já não está sorrindo.

— Não posso permitir isso, senhor. Esse prisioneiro foi selecionado para ser liquidado. — Ele dá uma ordem ao *Rapportführer*. — Ponha esse judeu fedido no caminhão... agora.

1962

Kerk de Krijtberg, Amsterdã

— Meu Deus — disse Willi. — E aí?

Emil olhou de relance para Paul.

— O que aconteceu em seguida foi uma surpresa para todos, especialmente para mim. Foi inacreditável.

— Mas o que foi?

Meissner abriu um sorriso.

— Eu saquei minha arma contra ele.

Willi ficou estupefato.

— Você sacou sua arma contra um oficial da SS, seu colega?

— Saquei. Você precisava ver a cara que ele fez. — Paul começou a rir.

— Como você achou que poderia se safar depois disso?

O riso de Paul tornou-se um ataque de tosse, que levou um tempo para se acalmar.

— Eu não tinha a menor ideia — disse ele, entre uma tossida e outra —, mas foi a única coisa que me ocorreu. Nós teríamos levado horas para fazer o que Schottl queria; e, quando conseguíssemos, já seria tarde demais.

— O que ele fez?

— O que ele podia fazer? Olhou para mim com um ar de espanto total. E disse: "Guarde essa arma. O senhor não vai usá-la."

— O que você disse?

— Acho que falei: "Tem certeza de que quer se arriscar?"

— E ele simplesmente o deixou levar Emil?

— Não — disse Emil. — Não foi assim que terminou. Enquanto você e o outro oficial da SS estavam se enfrentando, outra pessoa se aproximou.

Paul lembrou-se.

— Meu Deus, você está certo. Hustek.

— O que ele fez? — perguntou Willi.

— Nada — respondeu Paul. — Foi muito estranho. Depois, eu me dei conta de que ele devia ter estado por trás daquilo o tempo todo. De início, ele não pareceu estar com raiva, nem mesmo decepcionado, por sua manobra ter fracassado. Pelo contrário, a impressão era a de que ele estava esperando por isso. E então ele viu Brack. Num instante, sua atitude mudou. Ele esbravejou. "Brack, eu estava me perguntando onde você tinha se metido. Nunca pensei que você, logo você, fosse se tornar um amigo de judeus." E então sem mais uma palavra, ele deu meia-volta e foi embora. Schottl ainda gritou para ele: "O que devemos fazer com o judeu?" Sem olhar para trás, ele ordenou: "Deixe que ele vá com seus novos amigos."

— Quer dizer — comentou Willi — que, de todos aqueles homens selecionados, você foi o único que sobreviveu.

De repente, os três ficaram muito circunspectos.

— É — disse Emil. — Daqueles todos, eu fui o único.

35.
O CONTRAGOLPE CARO-KANN

1962

Kerk de Krijtberg, Amsterdã

No dia seguinte de manhã, Meissner tinha piorado muito. Precisava ser apoiado em travesseiros para ficar sentado, e sua respiração estava ruidosa e difícil. Quando tentava mudar de posição na cama, seu rosto se contorcia de dor. O médico foi chamado e uma enfermeira providenciada para vir administrar morfina, mas depois de apenas uma injeção o paciente se recusou a cooperar. A morfina embotava seu raciocínio. O médico tentou insistir, mas não tinha previsto a tenacidade de Meissner. Por fim, ele não teve escolha a não ser a de ceder. Se a sra. Brinckvoort deixasse um frasco medidor e o vidro de láudano junto da cama, o bispo poderia se servir sempre que a dor aumentasse demais.

Emil estava inquieto. Ele não almoçou direito, passando a comida no prato para lá e para cá, a esmo, até que, com ruído, largou o garfo.

— O que houve? — perguntou Willi.

Emil não respondeu. Afastou a cadeira da mesa e foi na direção da porta.

— Nos vemos mais tarde — disse ele.

Willi ficou sentado à cabeceira de Paul durante a maior parte daquela tarde, tagarelando ou lendo em voz alta para ele. Quando Emil voltou, Willi estava na cozinha.

— E Paul, como está? — perguntou Emil.

— Está dormindo. Mas esteve acordado, a intervalos, na maior parte do tempo em que você esteve fora.

— É bom. Ele deveria descansar enquanto pode.

— Ele perguntou por você. Queria saber onde você estava. Eu disse que não sabia.

— Eu me retirei do torneio.

Fez-se um breve silêncio.

— Eu tinha um palpite de que era isso o que você ia fazer — disse Willi. Ele se levantou e pôs a mão no ombro de Emil. — Foi uma decisão importante. Você poderia ter vencido. Acho que teria. E assim teria uma chance de participar do campeonato mundial.

— Talvez. Mas já não sinto a mesma paixão. — Emil dirigiu-se para a porta. — Vou dar uma olhada em Paul — disse ele. — Há coisas mais importantes que o xadrez.

Quando Meissner acordou, os dois homens assumiram seus lugares à cabeceira. Emil falou da sua decisão.

— Foi a decisão certa — disse Meissner, com a voz fraca e esganiçada.

— Você acha? Pensei que ia ficar decepcionado.

Meissner fez que não.

— Não. Você já jogou a partida mais importante da sua vida.

— Está falando da partida contra Hustek?

— Que outra? Como qualquer outra partida poderia chegar aos pés daquela? — Encolhendo-se de dor, Meissner conseguiu se levantar um pouco, apoiado nos travesseiros. Ele estava lívido. O láudano, intacto. — Estou tão cansado — sussurrou. — Você terá de contar a história a Willi. Mas não deixe nada de fora... vou ficar escutando.

— A primeira coisa — disse Emil — a mencionar é o lugar onde a partida foi disputada. Foi no clube de campo da SS; e, depois de quase um ano no campo de concentração, parecia que eu tinha sido transportado para o paraíso.

"Quem me levou até lá foi Eidenmüller. Ele tinha sido promovido a *Scharführer*. Sua atitude comigo tinha mudado muito, e ele me tratou de modo bastante razoável. Se isso era devido à influência de Paul, ou se era por alguma outra razão, realmente não sei. Antes de sairmos, ele fez com que eu tomasse um banho de chuveiro e me deu roupas limpas. Também me trouxe comida: pão branco e um pouco de queijo e salsicha. Por um tempo, eu me senti melhor do que conseguia me lembrar. Então, ele me levou de carro por uma floresta, subindo até o retiro de verão da SS.

"Era uma construção na encosta de um monte, acima de um rio, com vista para um vale. Chegava-se ali de repente. Num segundo, você estava na floresta fechada, e, no instante seguinte, surgia essa vista maravilhosa. Eidenmüller me escoltou até o prédio e me instruiu a não responder a nada que me dissessem, a menos que se tratasse de uma pergunta direta e sensata."

A cama rangeu. Paul tinha se mexido para mudar de posição, com o rosto se contraindo de dor. Emil lançou um olhar significativo de Willi para o vidro de láudano; mas, com um dedo, Paul fez um gesto para ele continuar.

— Você precisa entender — continuou Emil — que, depois de três partidas nas quais eu tinha derrotado seus colegas da SS, as emoções estavam exaltadas. Não me permitiram esperar na sala onde a partida seria disputada. Em vez disso, fui levado para uma sacada e deixado lá sozinho até chegar a hora do jogo. O tempo estava magnífico, sem uma nuvem no céu, mas o frio era cortante. Enquanto eu estava ali, ocorreu-me como era cruel a ironia de haver um lugar tão idílico tão perto de tamanho sofrimento e morte.

"Dali a algum tempo, Eidenmüller saiu para a sacada. 'Está na hora', disse ele. Parecia subjugado, ou talvez estivesse com raiva. Lá dentro, o ambiente era de um desafio quase desesperado, como se todos soubessem que o fim não estava longe, mas estivessem decididos a encerrar com chave de ouro. Depois das partidas anteriores, eu achava que sabia o que esperar. Eu tinha me preparado para suportar a hostilidade, os empurrões e as zombarias, mas nada poderia ter me preparado para a cena com que me deparei."

Sexta-feira, 13 de outubro de 1944
Solahütte, clube de campo da SS, Silésia ocupada pela Alemanha

O salão do clube de campo estava lotado. Só havia lugar em pé, o ar denso com a fumaça de cigarros. Garçons de paletó branco passavam para lá e para cá, portando bandejas carregadas com bebidas. O único espaço vazio era no centro, onde uma mesa e duas cadeiras tinham sido instaladas. Na mesa, havia um tabuleiro de xadrez simples, de madeira; só faltavam os jogadores.

Quando o Relojoeiro apareceu no vão da porta, um silêncio dominou a sala. Emil não tinha esperado por isso. Tinha se preparado para ser atormentado por gritos de "judeu de merda", "judeu fedido", "lixo". O silêncio era pior. Ele atravessou a sala, acompanhando Eidenmüller, com a cabeça baixa, os olhos fixos no chão. Continuava o silêncio sufocante com a sala inteira esperando, prendendo a respiração.

Ele parou à mesa. Ainda nenhum grito, nenhuma ameaça, nenhum som. E então um risinho. O Relojoeiro ergueu a cabeça, devagar. Os homens da SS estavam se esforçando para reprimir o riso. Emil acompanhou o olhar deles. O que viu revirou seu estômago.

Era outro prisioneiro. Estava usando grilhões pesados, e em torno do pescoço dele alguém tinha pendurado um cartaz de papelão com os seguintes dizeres: *Não fale comigo. Já estou morto.*

Com um sobressalto, Emil deu-se conta de quem era o prisioneiro: Daniel Farhi. Ele parecia apavorado.

O salão explodiu em gargalhadas e palmas; e copos eram batidos nas mesas para demonstrar aprovação pela brincadeira.

Sem ser visto pelo Relojoeiro, Hustek estava à margem da multidão, observando sua reação, com um sorriso desdenhoso no rosto.

Meissner estava no alpendre lá fora, para receber o *Kommandant*. Quando ele chegou, Meissner convidou-o a ocupar um lugar proeminente entre os espectadores, mas Bär se recusou. Ele observaria o andamento, disse ele, de certa distância.

Quando Meissner entrou no salão, viu o Relojoeiro em pé ao lado da mesa de xadrez. Hustek estava falando com ele, mas Meissner não conseguia ouvir o quê. Determinado a impedir que o homem da Gestapo intimidasse ainda mais o Relojoeiro, Meissner fez o possível para abrir caminho entre os espectadores.

— Dê uma boa olhada, seu judeu de merda — era o que Hustek estava dizendo, indicando Farhi com um movimento brusco da cabeça. — Você sabe quem ele é, não sabe? Não está se perguntando como eu sei do esqueminha que você e o Brack montaram juntos? Como vocês vão ficar ricos depois que a guerra terminar...? Então, preste atenção. Vou derrotar você. E, quando fizer isso, vou levar aquele cara ali e enfiá-lo na câmara de gás, eu mesmo. Depois volto para pegar você. — Ele fez uma pausa para suas palavras surtirem efeito. — Agora você não está tão arrogante assim, está?

— O que está havendo? — perguntou Meissner.

— Eu só estava explicando algumas verdades desagradáveis a seu amigo judeu, *Herr Hauptsturmführer* — respondeu Hustek.

— Não se importe com o que ele diz — disse Meissner ao Relojoeiro. — Seu status de protegido foi confirmado pelo *Kommandant*. Não há nada que ele possa fazer a respeito.

Hustek abriu um sorriso maldoso, confiante.

— É o que o senhor está dizendo, *Herr Hauptsturmführer*, mas sempre é possível dar um jeitinho, se o senhor me entende. — Ele ocupou seu lugar.

Meissner indicou ao Relojoeiro que também se sentasse e esperou que o barulho na sala diminuísse.

Como na partida anterior, o *Kommandant* tinha feito questão de que Hustek escolhesse a cor. Ele escolheu as brancas e avançou seu peão do rei duas casas. Imediatamente acendeu um cigarro, tragou fundo e soprou a fumaça no rosto do Relojoeiro.

— Ah, desculpe — disse ele, antes de fazer o mesmo mais uma vez.

O Relojoeiro não demonstrou reação e, com tranquilidade, avançou seu peão do bispo da rainha uma casa. A pulsação nos seus ouvidos era ensurdecedora.

Hustek avançou seu peão da rainha para se postar ao lado do companheiro. O peão da rainha das pretas avançou duas casas para ir ao seu encontro. Ignorando o gambito, Hustek avançou seu peão do rei uma casa. Emil saiu com seu bispo da rainha até o meio do tabuleiro. O bispo do rei branco avançou até a terceira fileira. O bispo preto precipitou-se para capturá-lo.

— Achou que foi uma jogada inteligente, não foi? — disse Hustek, e avançou sua rainha para capturar o bispo das pretas.

Emil não disse nada. Ele moveu seu peão do rei, avançando uma casa.

Hustek respondeu olhando fixo para Emil. Ele sabia que poucas pessoas conseguiam aguentar a pressão daquele olhar. Mas Emil olhou de volta sem titubear. No primeiro plano do seu pensamento ardia a letra hebraica *Zain*, representando a ordem de anjos chamada de principados, cuja essência está na conquista. Esse era seu escudo contra a malevolência de Hustek.

O homem da Gestapo desviou o olhar, lançando a cinza do cigarro no chão, antes de fazer seu peão do bispo do rei avançar duas casas. Emil adiantou seu peão do bispo mais uma casa. Novamente, Hustek não fez caso do sacrifício. Em vez de aceitá-lo, ele moveu seu peão do bispo da rainha uma casa. Os dedos de Emil pairavam acima do seu cavalo da rainha.

— Eu soube da sua mulher — disse Hustek, quase amistoso, como se essa fosse a conversa mais comum que se pudesse imaginar. Emil lançou-lhe um olhar penetrante, mas permaneceu em silêncio, avançando o cavalo de tal modo que, no movimento seguinte, pudesse ameaçar a rainha das brancas.

Hustek respondeu saindo com seu cavalo do rei.

— O Meissner lhe contou que ela foi morta a tiros tentando fugir? — Ele deu um risinho. — Pelo menos é isso o que estava no relatório.

Emil fechou os olhos, forçando *Zain* a voltar ao centro da sua consciência. Aparentemente por vontade própria, a rainha das pretas moveu-se três casas na diagonal.

Hustek fez roque, levando seu rei para um canto e liberando sua torre do rei.

— Fiz o que pude para ajudá-la. Eu a mantive em custódia sob minha proteção, mas seu amiguinho Meissner ficou sabendo e resolveu que ela precisava ser salva. Meteu os pés pelas mãos, é claro.

Emil fez sair o segundo cavalo das pretas.

Parecia que Hustek estava se armando para um ataque bem organizado, mas agora tudo o que fez foi avançar uma casa com seu peão do cavalo da rainha. O peão do bispo das pretas capturou o peão da rainha das brancas, parando diante da rainha das brancas. Fazendo que não, cheio de desdém, Hustek capturou o peão do bispo das pretas.

— Ela ainda estaria viva, se ele não tivesse se intrometido.

Emil fez sair seu cavalo do rei.

Hustek movimentou seu bispo da rainha uma casa para a esquerda, na diagonal. Seu ataque estava ganhando forma, com uma falange de peões dominando o centro do tabuleiro e um trio ameaçador de rainha, cavalo e bispo logo atrás. Em comparação, a posição das pretas parecia desorganizada e sem objetivo. Emil moveu sua torre da rainha duas casas para o lado.

Hustek avançou seu peão da torre da rainha uma casa.

— Ele lhe contou que pediu transferência de Auschwitz? — Emil tentou manter-se impassível, mas Hustek viu de imediato que suas palavras tinham surtido efeito. — Ah, vejo que ele não lhe contou. Não, parece que ele está louco para voltar para o serviço ativo. A vida aqui em nosso pequeno campo não é empolgante o suficiente para o heroico *Hauptsturmführer.* Mas se você quer saber minha opinião, eu diria que ele está fugindo de alguma coisa. — Ele esmagou o cigarro e acendeu outro. Mais uma vez, soprou a fumaça no rosto de Emil.

Emil levou seu cavalo da rainha para capturar o peão que estava diante da rainha das brancas. O tabuleiro agora parecia arrumado para uma veloz troca de peças.

Hustek levantou seu cavalo do rei.

— Eu queria saber por que ele não lhe contou. Você acha que é porque ele sabe que não vai poder protegê-lo quando se for? — Com um piparote desdenhoso, ele capturou o cavalo das pretas.

Emil avançou seu bispo do rei para ameaçar o cavalo das brancas. Hustek não podia tirá-lo dali, pois isso poria seu rei em xeque. Por um instante, sua confiança resvalou, mas então ele sorriu.

— Um pouco óbvio demais, não acha?

Ele moveu a torre do rei de lado até ela ficar atrás da rainha. Emil capturou o cavalo que estava protegendo o rei. Hustek franziu o cenho. Sem parar para pensar, ele avançou o bispo que lhe restava, para capturar o cavalo. Apesar da perda do cavalo, ele ainda estava em uma posição forte, com sua rainha atrás do bispo e uma torre numa linha direta atrás para dar apoio.

Imediatamente o bispo das pretas capturou o bispo das brancas.

— Xeque.

Enfurecido, Hustek capturou o bispo com sua rainha. Só então ele viu o perigo.

A estratégia do Relojoeiro tinha sido magistral. Ele tinha feito com que seus movimentos parecessem desconjuntados, desorganizados, como se não houvesse nenhum pensamento real a orientá-los, como se o tempo todo ele só tivesse sido capaz de reagir à estratégia superior de Hustek. Mas agora, do nada, ele tinha feito surgir um movimento vitorioso.

A torre das pretas atravessou o tabuleiro até a fileira do fundo, no lado das brancas.

Transtornado, Hustek procurou uma forma de enfrentar esse movimento, mas não havia solução. Ele não conseguia entender. Apenas momentos antes, sua posição tinha sido a mais forte. Como o Relojoeiro tinha conseguido inverter suas posições sem que ele se desse conta?

Meissner, sentado ao lado, percebeu que algo momentoso tinha acontecido.

O Relojoeiro falou.

— É sua vez, *Herr Oberscharführer*.

36.
O PRESENTE DE GREGO

1962

Kerk de Krijtberg, Amsterdã

— Incrível — disse Willi, baixinho. — Acompanhei cada movimento seu. Então você derrotou o campeão da SS e ganhou mais uma vida. Mas você devia saber que Hustek não cumpriria a parte dele no acerto que Paul tinha feito com você. Era verdade que Paul tinha solicitado transferência?

Dali da cama, Meissner levantou a mão.

— Lamento confirmar que é verdade — disse ele, com a voz desgastada de tanto tossir. — E eu sabia que era egoísmo da minha parte. Eu estava fugindo, mas não esperava sobreviver à guerra. A incidência de baixas na *Waffen-SS* era medonha, muito mais alta do que na *Wehrmacht*, e eu achava que na morte minha honra seria restaurada. — Ele foi tomado por mais um acesso de tosse. Willi ajudou-o a se sentar na cama, e Emil passou-lhe um copo d'água. Após alguns goles, o acesso se abrandou, mas o rosto de Meissner estava pálido de dor.

— Você quer um pouco de láudano? — perguntou Willi. — O médico disse que seria útil para a tosse tanto quanto para a dor.

Meissner fez que não.

— Foi o *Kommandant* que, de modo totalmente involuntário, deu a Emil a proteção de que Emil precisava depois que eu tinha ido embora. E foi através dele que o personagem final entrou na história do Relojoeiro.

— Mais um personagem? A essa altura do jogo? Quem?

Meissner tomou mais um gole de água antes de responder.

— Era você, Willi. Você também tinha um papel a desempenhar; e é provável que tenha ajudado a salvar a vida de Emil.

— Eu? — perguntou Willi, com a voz abalada. — Seria bom acreditar nisso, mas não vejo como. Nunca cheguei perto de Auschwitz.

— Por isso mesmo.

Sexta-feira, 13 de outubro de 1944

Solahütte, clube de campo da SS, Silésia ocupada pela Alemanha

Com um grito de fúria, Hustek virou o tabuleiro. Peças de xadrez voaram para todos os lados e se espalharam pelo chão. No silêncio perplexo que se seguiu, foi possível ouvi-las rolando até parar. Hustek pôs-se de pé, com o braço esticado e a pistola apontada para a cabeça do Relojoeiro, mas, de repente, o homem da Gestapo forçou um sorriso e abaixou a arma.

— Não — disse ele, com a voz baixa e ameaçadora. — Um tiro é bom demais para você, Relojoeiro.

Sem dizer mais nada, ele abriu caminho em meio à multidão apinhada, não se importando com quem empurrasse para tirar da sua frente.

E então houve uma comoção.

Gritos grosseiros e olhares enraivecidos foram dirigidos ao Relojoeiro. Um homem cuspiu nele; uma mulher jogou sua bebida em cima dele. Alguns em pé davam a impressão de querer espancá-lo, ou fazer alguma coisa pior.

Emil tentava não olhar para eles. Estava examinando a sala em busca de Daniel Farhi, que parecia ter sumido. E então ele o viu: agachado num canto, com as mãos unidas no alto da cabeça, tentando se esconder. Era o melhor que ele poderia ter feito enquanto a multidão continuava a dirigir sua raiva contra Emil, até Meissner postar-se na frente dele.

Meissner enfrentou a multidão, desafiando as pessoas a o atacarem também.

Do outro lado da sala, Eidenmüller conduziu Farhi ao longo do balcão do bar, rumo à saída.

— Vamos — disse Meissner, baixinho, para Emil. Segurando sua bengala à frente, como se estivesse ameaçando usá-la, caso fosse necessário, Meissner foi aos poucos atravessando a multidão, com o Relojoeiro logo atrás.

A porta de saída estava bloqueada pelo *Kommandant*, com o rosto vermelho de raiva.

— E então?

— Senhor — respondeu Meissner —, creio que essa não é a hora. Deveríamos esperar que os nervos se acalmem.

Ele olhou de relance para trás. O barulho não tinha cedido.

— Amigo de judeus! — berrou alguém.

— Acho que não dispomos de *todo* esse tempo, Meissner. Quero vê-lo em meu gabinete no início da manhã de segunda.

— Sim, senhor. *Heil Hitler.*

Segunda-feira, 16 de outubro de 1944
Prédio do Kommandantur, Konzentrationslager Auschwitz-I

O *Sturmbannführer* Richard Bär leu e releu o arquivo na mesa à sua frente. Estava procurando qualquer coisa que fornecesse uma pista para a deslealdade de Meissner. Até o mês de julho, não havia dúvida de que o *Hauptsturmführer* tinha sido um dos seus melhores oficiais: consciencioso e capaz; mas ele tinha mudado. De onde, perguntava-se Bär, tinha vindo a atitude derrotista de Meissner? E o que era mais importante, o que tinha acontecido para transformá-lo num amigo de judeus?

Distraído, ele coçou uma espinha que tinha surgido na ponta do seu nariz e se encolheu quando ela se rompeu. Uma gota de sangue caiu na folha aberta. Ele apanhou um lenço e tentou enxugá-la, mas só conseguiu espalhar o sangue sobre as palavras datilografadas com esmero. Era a solicitação de transferência de Meissner. Bär pegou a caneta e a assinou.

Houve uma batida à porta.

— O *Hauptsturmführer* Meissner, senhor — disse o ordenança.

Bär estava muito mais calmo do que tinha estado na noite de sexta. Ele achava que tinha encontrado uma solução para o problema do judeu "invencível". Seria a última tarefa de Meissner antes de ir embora.

— Mande-o entrar.

Meissner entrou e bateu os calcanhares, erguendo o braço numa saudação.

— *Heil Hitler.*

O *Kommandant* ignorou a saudação e não sugeriu que Meissner se sentasse. Em vez disso, ele se recostou na cadeira e observou atentamente seu oficial problemático, como se, ao observá-lo, pudesse descobrir a causa de sua rebeldia.

— Belo espetáculo que você aprontou na sexta à noite — acabou dizendo.

— Perdoe-me por salientar, *Herr Sturmbannführer*, mas não foi minha a ideia de realizar a partida na Solahütte, nem fui eu quem providenciou a presença de um prisioneiro agrilhoado num canto. Se alguém deve ser acusado de fazer um espetáculo, sem dúvida é o *Oberscharführer* Hustek.

— O engraçado, Meissner, é que agora que tive tempo de pensar no assunto, descobri que me preocupo muito menos com a comoção que você causou do que com sua deslealdade.

Meissner ficou indignado.

— Deslealdade? Em que sentido eu fui desleal?

— Você foi desleal para com seus colegas oficiais da SS, para com a SS e para com o *Führer*; e, acima de tudo, para com o sangue do *Volk* alemão.

— Por quê? Porque organizei algumas partidas de xadrez contra um judeu?

Bär crispou os lábios e fez que não.

— É claro que não. Você é desleal porque passou para o lado do judeu.

Meissner semicerrou os olhos, com raiva. E então olhou melhor: aquilo era sangue, no nariz do *Kommandant*?

— Senhor, não vou admitir isso — respondeu ele. — Eu nunca passei para o lado do judeu.

Uma gota de sangue pingou na túnica do *Kommandant*. Pareceu que ele não notou.

— Não? Então me dê uma prova. Liquide-o. Não me importa se fizer isso com suas próprias mãos ou se o mandar para a câmara de gás.

A resposta de Meissner foi imediata.

— Não, senhor. Isso eu não posso fazer.

Mais um pingo.

— Foi o que pensei.

— Senhor. Tudo o que procurei fazer foi manter minha honra nos meus acordos com ele. Eu lhe garanti que ele seria protegido se ganhasse as partidas. Sem dúvida, o senhor não iria querer que eu faltasse com minha palavra.

Só nessa hora o *Kommandant* pareceu perceber o sangue. Irritado, ele levou o lenço ao nariz.

— Não espero que você falte com sua palavra, Meissner, mas você o ajudou a vencer, não ajudou? É isso que é tão imperdoável.

Meissner olhava, fascinado, enquanto o substancioso sangue escuro do *Volk* alemão se infiltrava no lenço do *Kommandant*. Ele se forçou a desviar o olhar para a fotografia de Heinrich Luitpold Himmler na parede, ele próprio tão dado a invocar o *Volksblut*.

— Como? — perguntou ele, em tom neutro, procurando não ceder à provocação do *Kommandant*. — De que modo eu o ajudei a vencer?

Bär tirou o lenço do nariz para examiná-lo. Meissner flagrou-se olhando de novo. Sim, pensou, *dê uma boa olhada: é sangue. E é o mais perto de ser ferido em combate que você um dia vai chegar.*

As palavras do *Kommandant* interromperam suas reflexões.

— Você não pode negar que foram seus atos, Meissner, que impediram o *Oberscharführer* Hustek de derrotar o judeu.

— Com todo o respeito, senhor, eu não fiz nada para impedir Hustek de ganhar. Tudo o que fiz foi impedi-lo de trapacear. Veja o que ele conseguiu fazer, enquanto eu tentava impedir. O que ele teria feito se tivesse tido liberdade total?

O *Kommandant* deu pancadinhas com o lenço no nariz mais uma vez. Pareceu que o sangramento tinha parado. Ele voltou a atenção para Meissner.

— Já vi isso acontecer, Meissner. Casos em que um judeu inescrupuloso corrompe um alemão irrepreensível sob outros aspectos. O que você precisa fazer é reconhecer o que ele lhe fez e tratar de escapar da sua influência.

Meissner teve de se esforçar muito para não demonstrar sua exasperação.

— Senhor, eu protesto. Não estou sob nenhuma influência judaica. Se errei, foi por ter demasiada confiança na supremacia da SS.

Bär encarou o subordinado com frieza.

— Essa conversa não está levando a lugar nenhum. — Ele pegou uma folha de papel de cima da mesa e a passou para Meissner. — Já tomei minha decisão, na realidade duas decisões. Aqui está sua solicitação de transferência. Já a autorizei. Assim que você tiver sido designado para uma nova unidade, poderá ir embora. Só que, antes de você partir, precisamos de uma solução para nossa pequena questão judaica.

Havia um livro em cima da mesa. O *Kommandant* empurrou-o na direção de Meissner.

— Você sabe que livro é esse? — Meissner não sabia. — É uma cópia do registro da *Grossdeutscher Schachbund*, a Federação Alemã de Xadrez. Ele contém o nome e o endereço de todos os seus membros. O que decidi é o seguinte: vamos convidar para vir a Auschwitz o campeão de xadrez da Alemanha. Ele enfrentará nosso judeu invencível e porá um fim às pretensões dele de uma vez por todas.

Meissner ficou estarrecido.

— Isso não chega a ser justo, senhor. O Relojoeiro nunca jogou xadrez nesse nível.

Bär deu um murro na mesa.

— Justo? — vociferou ele. — Não me importo se é *justo* ou não, Meissner! Essa história já foi longe demais, e agora preciso pôr um ponto final nela. — Ele parou para recuperar o fôlego, antes de continuar com mais calma. — Você não entende? Aqui em Auschwitz, estamos no front de combate à judeuzada internacional. Não podemos perder uma única batalha, ou seremos devorados. Na guerra, vale tudo.

Meissner sabia que precisava escolher as palavras com cuidado.

— O senhor não acha que está levando isso muito a ferro e fogo? Não se esqueça de que o *Obersturmbannführer* Höss em pessoa apoiou a ideia. Ele disse que era bom que a SS fosse desafiada, que isso evitaria que ficássemos acomodados.

— Não me interessa o que Höss ou qualquer outra pessoa tenha a dizer — respondeu o *Kommandant*, enfurecido. — Sou *eu* que vou ser responsabilizado, se alguma coisa der errado. Só estou interessado em manter este campo em perfeita ordem, que suas ridículas ideias e suas noções de "jogo limpo" destruíram. Nós já precisamos sufocar uma rebelião este ano. Esse Relojoeiro deu esperança aos prisioneiros. Eles o viram derrotar a SS, até então invencível. Bem, eu preciso aniquilar essa esperança e erradicar suas ilusões. Portanto, você vai descobrir esse campeão de xadrez e tratar de trazê-lo aqui. É uma ordem.

Outubro de 1944
Ministério da Propaganda e Esclarecimento Público, Berlim
Willi chegou tarde, na volta do almoço. Ele se atrasava para tudo naquela época. Com os bombardeios sem trégua dos Aliados, e toda a escassez de produtos, nem mesmo o Ministério da Propaganda podia garantir comida na cantina. Além do mais, ninguém estava mais se importando; ele, menos que todos. A guerra estava praticamente perdida, embora ninguém se atrevesse a dizer isso.

Seu colega de trabalho, Georg, tinha morrido. Uma bomba inglesa tinha destruído seu prédio numa noite sem lua, cerca de dois meses antes. De início, Willi tinha sentido falta das queixas constantes do homem mais velho, sobre o fato de Willi se atrasar; e também sobre como era importante parecer estar ocupado; mas tudo isso tinha passado. Agora não havia mais do que uma simulação de trabalho no departamento; e os únicos homens que restavam eram os inválidos: Willi e outros como ele, que não eram capazes de segurar um fuzil. Fazia meses que ele não transava. As mulheres olhavam de esguelha para homens da idade dele que usassem trajes civis. Elas o provocavam: "Por que você não está no front?" Uma vez ou duas, ele tinha se sentido tentado a tirar a luva que cobria sua mão artificial e acenar para elas, mas no final ele nem se importava. Qual era o sentido? A guerra estava dando nos nervos de todos. Agora tudo o que ele queria era que ela terminasse.

Havia um pedaço de papel na sua mesa: um bilhete do seu chefe, Falthauser. Enquanto lia o bilhete, Willi se perguntou, com mau humor, "*Por que uma bomba dos Aliados não tinha acertado o chefe, em vez de Georg? Não existe justiça neste mundo*".

Não fazia sentido. Parecia que um oficial da SS tinha vindo procurá-lo. O que a SS poderia querer com ele, afinal? Guardando o bilhete no bolso, ele saiu para ir ver seu supervisor.

A maior intensidade dos bombardeios não tinha melhorado o humor de Falthauser.

— Não faço ideia do que eles querem com você — disse ele a Willi —, mas foi ordenado que você se apresente no subsecretariado econômico-administrativo da SS, na Prinz Albrecht Strasse, imediatamente.

Willi não postergou a visita. Não era como se ele tivesse algum trabalho que não pudesse esperar.

O quartel-general da SS tinha sido atingido pelos bombardeios, mas as pessoas ainda estavam trabalhando lá dentro. Ele foi encaminhado a um jovem *Untersturmführer*, cujo escritório consistia numa mesa num corredor.

— Você é Wilhelm Schweninger? — perguntou o oficial numa voz monocórdia.

— Sim, sou eu.

— Wilhelm Schweninger, o campeão de xadrez do *Reich*?

Willi revirou os olhos. Como muitos no Ministério da Propaganda, ele não gostava da SS — talvez um reflexo dos preconceitos de seu chefe, Goebbels.

— Sim — respondeu ele. — Sou Wilhelm Schweninger, o campeão de xadrez do *Reich*.

O oficial da SS olhou atento para ele como se achasse difícil acreditar que um espécime tão reles pudesse ser campeão de qualquer coisa.

— Recebemos um pedido bastante incomum — disse ele — do *Kommandant* do K-Z Auschwitz. Tenho ordens de alistá-lo como membro honorário da SS e de providenciar transporte para o campo de concentração.

— Auschwitz? Que razão poderia haver para eu ir a Auschwitz?

— Parece que sua presença está sendo requisitada para uma partida de xadrez.

1962

Kerk de Krijtberg, Amsterdã

— Eu mal podia acreditar na minha sorte — disse Willi, com um risinho. — Por fim eu tinha uma farda. É verdade que era uma farda da SS, e as pessoas no meu trabalho iam encará-la com ar de superioridade, mas fora do ministério ela impediria todas as zombarias e comentários sussurrados. Talvez, eu até conseguisse uma mulher ou duas de novo, especialmente tendo em vista que me deram a patente honorária de *Sturmbannführer*.

— Quando foi que isso aconteceu? — perguntou Emil.

— Fins de outubro, início de novembro.

— Mas você nunca chegou a Auschwitz, certo? — perguntou Emil. Willi fez que não. — Por que não? Você relutou em ir?

— De jeito nenhum... eu teria feito qualquer coisa para escapar dos bombardeios, mesmo que fosse só por um tempinho. Não. De dois em dois dias, eu voltava ao prédio da SS, usando meu uniforme novo, é claro, só para me dizerem que não havia transporte.

Meissner ergueu a mão da colcha, num fraco aceno.

— E foi porque você não conseguiu ir até lá que Emil sobreviveu. Disso, eu tenho certeza — disse ele, com a voz quase inaudível.

— Mas por quê?

A respiração de Meissner estava difícil, e ele se esforçou para conseguir responder.

— Minha transferência já estava atrasada. Meu antigo camarada de armas, Peter Sommer, era agora o chefe de gabinete do comandante da divisão. Eu tinha recebido ordens de ir para o oeste e assumir meu posto como seu auxiliar em Coblença, na preparação para a ofensiva das Ardenas em dezembro; mas, como você, Willi, eu também fiquei retido por falta de transporte.

Emil não entendia o que Paul estava querendo provar.

— Por que a impossibilidade de Willi chegar a Auschwitz teria algum peso sobre o que aconteceria comigo?

Meissner tentou se erguer um pouco na cama e gemeu de dor.

— Olhe — disse Willi, estendendo a mão para o frasco. — Pelo amor de Deus, homem, tome um pouco de láudano.

— Depois. Vou tomar um pouco quando chegar minha hora de dormir — disse Meissner, dispensando o frasco com um gesto. — Você não está entendendo, meu amigo? — prosseguiu ele. — Uma vez que eu tivesse deixado o campo de concentração, eu já não poderia protegê-lo. Mas você não foi atacado, porque Bär estava esperando que Willi chegasse e lhe ensinasse uma lição. O único modo de destruir a lenda do Relojoeiro invencível era você ser derrotado por alguém da SS.

— Quando foi que você conseguiu finalmente voltar para sua antiga unidade? — perguntou Willi.

— Só em dez de novembro. Foi uma época de enorme confusão. Bär chegou a me pedir para reconsiderar minha solicitação de transferência. Os russos tinham chegado aos subúrbios de Budapeste, que ficava a apenas quatrocentos quilômetros de distância. Acho que, àquela altura, até mesmo ele podia ver o que estava por vir. Mas eu não podia ficar. Eu sabia que Hitler nunca se renderia e eu queria enfrentar o fim ao lado dos meus antigos companheiros de armas, não numa rendição vergonhosa num campo de concentração cercado de milhares de prisioneiros famintos. — Ele respirou com enorme dificuldade. — Mas havia uma última coisa que eu pude fazer para proteger Emil.

— Que coisa foi essa?

— Algo que dei a Eidenmüller.

— O que você deu para ele?

Mas Meissner só conseguiu fazer que não. Ele estava exausto e, com um arquejo abafado, caiu de volta nos travesseiros.

Emil e Willi trocaram um olhar de preocupação.

— Queria que ele tomasse a droga do láudano — sussurrou Willi.

Emil concordou, mas fez uma ressalva.

— Posso entender por que ele se recusa.

Meissner não abriu os olhos, mas falou com a voz rouca.

— Eu ainda posso ouvir vocês, sabiam?

Willi abriu um sorriso.

— Não se preocupe, meu velho, não vamos forçá-lo a nada. Mas você precisa descansar. Voltamos mais tarde.

— Então vou tomar um pouco agora, antes de vocês irem — murmurou Meissner. — Mas prometam que vocês vão voltar. Quero saber como é o final.

Emil ajudou Paul a se sentar enquanto Willi media uma dose do narcótico. Meissner engasgou com o líquido amargo, e um pouco escorreu pelo seu queixo. Emil pegou um lenço para enxugar o líquido. A mão de Meissner subiu para segurar o braço de Emil. A força daquela mão deixou Emil surpreso.

— Prometa — disse Meissner, com a voz chiada.

— Não se preocupe, Paul. Eu prometo.

Daí a um minuto, Willi estendeu a mão do outro lado da cama, para tocar no braço de Paul.

— Acho que ele adormeceu — sussurrou ele. Levantou-se e foi na direção da porta sem fazer ruído. Emil foi atrás.

Mas Paul não está dormindo. Ele está percorrendo a Buna *Werke*, a passos largos, procurando transtornado por alguém, mas não sabe por quem. É então que lhe ocorre: o Relojoeiro. Ele precisa falar com ele com urgência. Ele pergunta a todos que vê onde está o Relojoeiro. Ninguém o viu. Ele deveria estar na oficina de instrumentos, mas não está lá. Paul entra num beco sem saída. À sua frente, está uma das torres de vigilância, de madeira, que geralmente se encontram espaçadas a intervalos ao longo dos limites do campo de concentração. Um homem está parado na plataforma no alto da torre; um homem com um sobretudo de couro, comprido e preto, usando um quepe da SS. Paul grita para ele.

— Onde está o Relojoeiro?

O homem volta-se para encará-lo. Paul demora um instante para reconhecê-lo. É Hustek, mas não é Hustek. Seu rosto se transformou numa caveira, com seus olhos sem pálpebras olhando fixamente, e os dentes e maxilares presos num sorriso medonho.

— O Relojoeiro? — diz a caveira. A voz de Hustek ecoa pelo beco, enchendo o ar, como se estivesse saindo de um alto-falante. — Ele não está aqui; ele virou fumaça e saiu pela chaminé. Onde é o seu lugar.

37. Fim de jogo: quatro cavalos

1962

Kerk de Krijtberg, Amsterdã

Embora o quarto esteja aquecido, Meissner não consegue parar de tremer. Ele não sabe ao certo onde está. Levanta a cabeça na esperança de ver os objetos familiares que definem sua vida: o genuflexório, o crucifixo, o breviário ao lado da cama; mas não vê nenhum desses objetos. Ele está num aposento espaçoso, cujas paredes estão cobertas por mapas, com símbolos misteriosos traçados de um lado a outro da superfície. A luz provém de antigos lustres de cristal suspensos do teto e passa por grandes janelas providas de mainéis, nas quais cada pequena vidraça está protegida com fita adesiva para impedir que ela se estilhace, caso ocorra uma explosão. Ele ouve o som estridente de telefones tocando; e em toda a sua volta há homens de farda. Agora ele sabe onde está. A noite inteira ele esteve tentando entrar em contato com o comando de logística no quartel-general do Sexto Exército Panzer, comandado por Dietrich. A Segunda Divisão Panzer da SS* realizou milagres. Eles abriram passagem através das linhas dos Aliados e estão avançando velozes; mas agora, a menos de quarenta quilômetros de Namur, estão ficando sem combustível. O telefone de campanha não está funcionando. Por mais que se esforce, Meissner não consegue entrar em contato. No entanto, ele precisa conseguir combustível para os tanques.

Só há uma solução, ele terá de ir pessoalmente. Ele procura o *Sturmscharführer* Schratt, que salvou sua vida na batalha em Voronezh. Como ele, Schratt é um sobrevivente; ferido e depois designado para tarefas administrativas. Schratt odeia a nova função. Ele diz a todos que é como cumprir uma sentença na prisão.

— Schratt! — grita Meissner. O suboficial aparece como que do nada. — Arrume algum transporte para nós. Vamos ao quartel-general de Dietrich.

* Divisão de tanques de Exército. Abreviação de Panzerkampfwagen.

O único veículo disponível é uma motocicleta com sidecar. Schratt a conduz pela lama enregelante como um homem possuído. Meissner está bem agachado no *sidecar*, com uma pistola automática atravessada no colo para a eventualidade de eles se depararem com o inimigo. Mas o inimigo com que se deparam não pode ser rechaçado com tanta facilidade: um caça Mustang vem zunindo em voo rasante sobre as árvores e os ataca com uma longa rajada de metralhadora. Schratt dá guinadas para lá e para cá, e Meissner esvazia o pente da sua arma, sem nenhum resultado. O avião dá uma volta para uma segunda tentativa. Dessa vez, Schratt não consegue evitar a saraivada de balas. Seu corpo é quase partido em dois, e a moto voa para cair numa vala. Meissner é lançado longe e volta a si horas depois num hospital de campanha.

Por milagre, os ferimentos de Meissner são superficiais. O médico diz que ele está de alta. Mas não há transporte algum. Meissner está uma fera. O resultado da ofensiva depende de ele conseguir combustível para os tanques da divisão Panzer. Por fim, ele consegue falar com sua divisão por um telefone de campanha.

— Eu estava tentando chegar ao grupo de logística no quartel-general de Dietrich — diz ele —, mas não consegui. Fomos atingidos por um avião norte-americano. — Ele então se lembra. — Schratt morreu. — O velho Schratt... Schratt, o indestrutível. Não há tempo agora para chorar sua morte. — Alguém precisa chegar até eles. Sem combustível, o ataque vai acabar ficando paralisado.

— Acalme-se, Paul. — É Peter Sommer. — Sinto muito pela morte de Schratt. Vamos ter de nos virar sem o combustível. Não há nenhum disponível.

— Nos virar sem... mas como?

— Só trate de voltar para cá, Paul. Sua presença é necessária.

Emil acordou sobressaltado, e se viu ainda na poltrona ao lado da cama de Paul.

O padre Scholten estava ao pé da cama, rezando um rosário calmamente.

— Ele está delirando — disse Scholten.

Paul tremia com a febre, resmungando e murmurando. De repente deu um grito:

— Schratt!

— Que horas são? — perguntou Emil, piscando os olhos para afastar o sono.

— É tarde.

— Tudo bem, padre — disse Emil. — Eu cuido dele. Só me dê um instante para eu acordar Willi. Tenho certeza de que ele ia querer estar aqui também. — Ele foi ao quarto de Willi e bateu à porta. — Willi? Paul não está muito bem. Acho melhor você vir. — E voltou para o quarto de Meissner.

Willi chegou, fechando o roupão sobre a barriga avantajada.

— Morreu... — murmurou Meissner. — ... nos virar... necessária aqui...

— Do que ele está falando? — perguntou Willi.

— Não faço a menor ideia.

— Ele está alucinando. Quanto láudano será que tomou?

Na manhã do dia seguinte, Meissner estava pálido, e sua pele tinha adquirido um tom ceroso. Sua respiração estava difícil, e ele só conseguia falar com um enorme esforço. A sra. Brinckvoort insistiu para ele tomar mais láudano. Ele estava fraco demais para discutir, mas não aceitou tomar toda a quantidade que ela mediu.

— Emil — murmurou ele —, minha parte na sua história terminou. Mas quero saber o que aconteceu nos últimos dias do campo de concentração e na marcha da morte.

— Marcha da morte? — perguntou Willi.

— A SS não queria que os prisioneiros caíssem nas mãos dos russos — explicou Emil. — No que lhe dizia respeito, nós ainda éramos capazes de trabalhar. Por isso, dias antes da chegada dos russos, os prisioneiros foram obrigados a sair do campo de concentração, em marcha.

— No meio do inverno? Como eles conseguiram sobreviver?

— Milhares não conseguiram. Ou eles caíam à beira do caminho e morriam congelados, ou eram fuzilados se não conseguissem acompanhar o ritmo. — Emil parou. De repente, o ar no quarto pareceu viciado. Ele foi até a janela para levantar um pouco a guilhotina. — Ninguém sabe como qualquer pessoa conseguiu sobreviver — disse ele, voltando para seu lugar. — Menos ainda os sobreviventes.

— E você estava nessa marcha da morte?

Meissner estendeu a mão para dar um puxãozinho fraco na manga de Willi.

— Por que você não o deixa contar a história?

16 de janeiro de 1945

Konzentrationslager Auschwitz-III, Monowitz

Está frio. Nos três anos que passou em Auschwitz, Eidenmüller não se lembra de ter estado tanto frio assim. Um espesso manto de geada branca cobre as árvores.

Há pingentes de gelo nos beirais e nos peitoris das janelas. Nevou há uns dois dias, e as estradas e caminhos estão cobertos de neve suja, derretida. Falta tudo: comida, combustível, até mesmo carvão. E Eidenmüller está farto de carne de boi ou de porco enlatada. Ele pode ouvir ao longe o ribombar de tiros. Não sabe ao certo a que distância estão, mas está ficando nervoso. Não quer ficar por ali para receber os russos. Meissner já lhe disse que, quando encontram pessoal da SS, os russos não fazem prisioneiros.

Um novo oficial, o *Untersturmführer* Walter, assumiu as funções de Meissner, mas ele acaba de sair da *Hitler Jügende* [Juventude Hitlerista] e não tem a menor noção de nada, a não ser de gritar e abusar da sua autoridade. Felizmente, não é difícil para Eidenmüller manter-se longe dele.

Até mesmo os prisioneiros sabem que o fim está próximo. As câmaras de gás foram fechadas, e cargas de explosivos foram postas nelas, prontas para a demolição.

A fábrica de Buna está deserta e devastada. Ela sofreu bombardeios repetidos no outono e, com os russos tão perto, não faz sentido tentar consertos. Até uma semana atrás, *Kommandos* de trabalhos forçados eram enviados todos os dias para recuperar o que pudesse ser desmontado facilmente e enviado para outro local; mas isso já não acontece. Mesmo que fosse possível remover mais material, não há transporte. Os prisioneiros estão fechados nos pavilhões num ócio forçado, situação intolerável para as autoridades do campo de concentração, mas algo que eles não têm como corrigir. O pessoal da SS já está preparado, à espera somente da ordem para abandonar o campo. Mas, embora estejam há dias aguardando por essa ordem, ela ainda não chegou.

O alojamento da SS tornou-se como a linha do front. Em sua maioria os praças estão bebendo muito, e as discussões são frequentes. Eidenmüller procura refúgio nos escritórios vazios da administração de Monowitz. Os arquivos foram todos incinerados e a maior parte dos equipamentos, removida. Tudo o que resta é a mobília, mesas de trabalho e cadeiras que ele vem desmontando e pondo no fogão como lenha. Ele se pergunta como o *Hauptsturmführer* Meissner estará se saindo. Ouviu falar da ofensiva nas Ardenas, que empurrará os Aliados de volta para o litoral, e sabe que a divisão do *Hauptsturmführer* está no meio do combate. Espera que Meissner não seja morto. Ele é o melhor oficial a quem Eidenmüller serviu.

Eidenmüller ouve passos na escada. Depressa, ele dobra um pano por cima da pistola que estava limpando e a guarda numa gaveta. Foi um presente de despedida do *Hauptsturmführer*, uma Tokarev T-33 semiautomática, russa, lembrança do front oriental. Seu projeto é mais simples do que o da Luger, a pistola padrão da SS. Ela dá uma impressão de solidez, e seu peso na mão é tranquilizador, como se lhe dissesse que ele pode ter certeza de que ela nunca vai negar fogo. Quando Eidenmüller perguntou ao *Hauptsturmführer* por que ele lhe estava dando aquela arma, o oficial respondeu que era só porque tinha uma sensação de que a arma poderia lhe ser útil um dia.

Os passos estão se aproximando. Uma tábua do assoalho range do lado de fora da porta e o *Untersturmführer* Walter entra.

— Eidenmüller — diz ele. — O que você está fazendo aqui?

— Não muita coisa, senhor. Eu estava me certificando de que não tínhamos deixado para trás nenhum arquivo dos que deveriam ter sido destruídos.

— Muito louvável — diz o *Untersturmführer*. — Agora venha comigo.

— Sim, senhor. Só preciso ir ao banheiro. Vou encontrá-lo lá embaixo.

O *Untersturmführer* volta por onde veio. Sem saber quando será possível retornar, Eidenmüller pega de novo a pistola e a guarda no bolso.

Lá fora, o oficial fala a Eidenmüller sobre os planos para evacuar o campo: os prisioneiros serão distribuídos entre outros campos de concentração na Alemanha e na Áustria, e os doentes serão deixados para trás para se virarem sozinhos. Eidenmüller pergunta como será providenciado transporte para tantos prisioneiros.

— Eles terão de ir a pé — responde o oficial.

O plano é uma insensatez. A última nevasca foi pesada, e é provável que mais neve esteja por vir. Como os prisioneiros vão conseguir andar num tempo desses, em seus tamancos de madeira de tamanho errado e seus uniformes puídos? Mas esse problema não é do *Untersturmführer*. Sua única preocupação é garantir que seus homens estejam preparados para a viagem. Quando? Depois de amanhã.

Walter não fica ali muito tempo. Ele está ansioso por ser visto como alguém que cumpre seu dever prontamente, e o melhor lugar para isso acontecer é na proximidade de um oficial superior.

Quando tem certeza de que Walter se foi, Eidenmüller entra no campo e vai até o pavilhão do Relojoeiro. Na sala de convivência, Brack e seus cupinchas estão reunidos em torno do fogão. Em sua maioria, os prisioneiros estão nos beliches, tentando manter-se aquecidos.

— Algum lugar onde a gente possa conversar? — pergunta Eidenmüller a Brack.

Brack sai junto com ele, e os dois vão andando a passos rápidos pelos caminhos cobertos de neve suja, com enormes nuvens de vapor saindo pela boca.

— Recebemos ordem de marchar.

Brack ergue uma sobrancelha.

— É mesmo? Quando?

— Não só nós. Todo mundo. Depois de amanhã.

Brack para.

— Todo mundo? Não. Não é possível. Esses homens não vão longe com um tempo desses. Eles vão morrer. Já é difícil andar até a fábrica de Buna e voltar.

Eidenmüller concorda.

— Olhe — diz ele —, há uma chance de alguns sobreviverem. Tenho conhecimento dos acertos que você fez com alguns dos judeus. Mas, se eles morrerem, imagino que seu investimento esteja perdido.

— O que você sugere?

— Faça com que entrem na *Krankenbau*. Você, o Relojoeiro e mais alguns. Os doentes vão ser deixados para trás. Os oficiais acham que o frio vai acabar com a maioria deles, mas, assim que nos formos, vocês podem começar a desmantelar os alojamentos para usar como lenha. O que acha?

— Parece um bom plano, mas o que você ganha com isso?

— Estive pensando. Depois da guerra, pessoas como eu, ex-membros da SS, vão enfrentar dificuldades. Vou deixar você também na enfermaria e mantê-lo a salvo de qualquer enxerido, quando nosso pessoal vier esvaziar o campo. Depois do fim da guerra, vou procurá-lo, e nós podemos chegar a um acordo.

Brack sorriu.

— Engraçado. Nunca achei que você fosse do tipo que confia nos outros.

— E não sou. Se você não jogar limpo comigo, não vai gostar das consequências, eu garanto. — Eidenmüller cuspiu na palma da mão e a estendeu para Brack. — Fechado?

Brack fez o mesmo.

— Fechado.

1962
Kerk de Krijtberg, Amsterdã

— É claro que de início eu não sabia de nada disso — disse Emil. — Brack me contou mais tarde, quando estávamos na enfermaria.

— Brack — disse Meissner, com um chiado na voz. — Era uma figura complicada. Só pensava nos seus próprios interesses. Mas acho que ele era mais do que isso. — Ele fechou os olhos.

— No dia seguinte de manhã fomos para a *Krankenbau*. Era óbvio que não estávamos doentes, mas Eidenmüller tinha inventado uma história sobre um médico da SS que suspeitava que estivéssemos com tifo. O médico judeu não se deixou convencer, até um maço de cigarros surgir. Com isso, suas preocupações sumiram.

— Então você, Brack e esses outros entraram na enfermaria e esperaram a chegada dos russos?

— Se ao menos tivesse sido assim tão simples, Willi. — Emil voltou-se para Meissner. — Você ainda está ouvindo, Paul? — Um aperto na mão mostrou que ele estava.

— Naquela noite recebemos uma visita.

— Quem?

— Hustek. — Emil sentiu que Meissner se retesou à menção desse nome. — Ele estava procurando por mim. Brack tentou mantê-lo a distância, dizendo que eu estava com tifo. "Então, traga-o aqui para fora", disse Hustek. "Se ele estiver com tifo, já está quase morto de qualquer maneira. Melhor deixar que o frio acabe com ele. No fundo, seria menos sofrimento." Mas Brack fez que não. "Não vai dar", disse ele. Mas eram palavras vazias, e ele sabia disso.

"Quando saí, Hustek estava ali, com uma pistola na mão. Quase achei que ele ia me dar um tiro ali mesmo, mas ele acenou com a arma e disse 'Venha comigo'. Eu mal tinha dado um passo, quando ele pensou melhor e apontou a arma para Brack. 'Você também', disse ele.

"Ele nos fez atravessar o campo sob a mira da arma, passando pela estrada de serviço, pelos portões, e entrando no prédio da administração. O prédio estava vazio, e Hustek nos fez subir a escada até o antigo gabinete de Paul."

Hustek fez Brack e o Relojoeiro se postarem nos dois cantos mais distantes da porta. Havia um lampião de querosene em cima da mesa. Ele o acendeu, escarranchou-se numa cadeira, de costas para a porta, e pegou um maço de cigarros.

— Quer fumar, Brack? — disse ele. Como não recebeu resposta, deu de ombros e guardou os cigarros de volta no bolso.

— Por que você nos trouxe para cá? — perguntou Brack.

— Eu teria imaginado que era óbvio. — Hustek usou seu cigarro ainda por acender para indicar o Relojoeiro. — Matar esse seu amigo judeu... isso não me causaria nenhum problema. Mas matar você, Brack? Poderiam fazer perguntas. Eu dificilmente poderia dizer que você foi morto a tiros quando tentava fugir, certo? Não, eu precisava de algum lugar onde você só fosse encontrado quando fosse tarde demais para fazer diferença. — Ele deu um sorriso afetado, riscou um fósforo e tragou fundo, soprando a fumaça para o teto. — Acho que eu deveria lhe perguntar se você tem um último desejo. — Pareceu que ele achou isso muito engraçado, e riu tanto que começou a tossir. Quando se recuperou, continuou. — Por sinal, Brack, achei que você ia querer saber que Widmann me contou toda a história do arranjo que vocês dois criaram. Ideia sua, é claro. Widmann não tinha inteligência para tanto, mas teve suficiente para perceber que precisava de um novo sócio. Eu.

Brack amarrou a cara para Hustek, mas não disse nada. Seu cérebro estava trabalhando a mil. Havia uma mínima chance de ele conseguir sobreviver, desde que Hustek atirasse primeiro no judeu. E então, no corredor lá fora, uma tábua do assoalho estalou.

Eidenmüller não quisera passar a noite no alojamento da SS. A noite anterior já tinha sido ruim o suficiente, com a maioria dos seus companheiros bêbados e se queixando o tempo todo de precisar escoltar prisioneiros num tempo daqueles. Por isso, ele tinha trazido sua cama de campanha para seu antigo escritório.

O som de alguém rindo o acordara. Havia luz no gabinete do *Hauptsturmführer*. Em silêncio, ele tinha se levantado e se aproximado da porta.

À luz bruxuleante, Eidenmüller pôde ver o Relojoeiro no canto mais distante. Segurando a pistola soviética com firmeza, ele deu um passo à frente.

Hustek girou na cadeira, tentando enxergar na escuridão.

— Largue a arma, Hustek — disse Eidenmüller.

Hustek recuperou-se depressa. Ele moveu a arma para apontar para o Relojoeiro.

— Você não vai atirar em mim — disse ele. — Não por um judeu fedido.

— Eu não teria tanta certeza. — O rosto de Eidenmüller reluzia à luz do lampião. — Eu como que me afeiçoei a ele. Ele não é má pessoa, para um judeu. Por outro lado, ninguém gosta da gentalha da Gestapo, nem mesmo suas próprias mães.

Hustek não hesitou. Manteve a pistola apontada para o Relojoeiro.

— Não seja tão idiota. Você poderia sair ganhando, por enquanto. Mas, de manhã, eu volto com um grupo dos meus homens e pego o judeu, quer você goste, quer não. Vai ser muito mais fácil para você se for embora agora. Vou me esquecer até mesmo de que você esteve aqui.

Eidenmüller fez que não.

— Você é um safado arrogante, não é? Eu sabia que era isso o que você ia dizer. E soube o que eu teria de fazer no instante em que vi que era você.

Hustek estava furioso. Por que ele não tinha verificado as outras salas? Era muito provável que aquele panaca da SS não conseguisse acertar a parede de um celeiro a cinco metros de distância, mas era totalmente certo que Brack e o judeu o atacariam antes que ele pudesse dizer uma droga de *Heil Hitler.*

— Você pode me dar um tiro — disse ele, tentando manter a voz calma. — Mas assim que eu perceber seu dedo apertando esse gatilho, eu mato seu precioso judeuzinho. Não importa o que você faça, ele morre. Então vamos agir racionalmente, certo?

Hustek percebeu um movimento levíssimo. Com um rosnado de ódio, ele puxou o gatilho.

Numa fração de segundo, três tiros foram disparados, e dois homens caíram ao chão. Um foi Hustek. A bala de Eidenmüller o tinha atingido direto na cabeça. O outro foi Brack.

Brack tinha uma pistola também, aninhada na cintura da sua calça. Era a Luger que ele tomou do homem da Gestapo que ele e seus cupinchas tinham assassinado. Ele sabia que Hustek pretendia matá-lo, mas não era nenhum judeu para ir para a morte com resignação.

Assistindo à conversa entre Hustek e Eidenmüller, ele detectou uma hesitação momentânea quando o olhar do homem da Gestapo vacilou, e sacou sua pistola. Percebendo o perigo, Hustek mudou de alvo. Eles atiraram um no outro quase simultaneamente. Brack errou o tiro, mas levou uma bala na barriga.

Emil sentiu uma súbita pressão na mão.

— Eidenmüller — murmurou Paul, lutando para se erguer. — O que aconteceu com Eidenmüller?

— Ao que eu saiba, Eidenmüller está vivo e mora em algum lugar, usando o nome de Leon Nadelmann. — Ele captou o olhar de dúvida em Willi, mas prosseguiu.

— Brack não tinha morrido, mas estava ferido e sangrando muito. Nós arrancamos a camisa de Hustek e a usamos para tentar estancar a hemorragia. Então, juntos, nós o carregamos de volta para a enfermaria.

"Ele morreu uma hora depois. Não havia ninguém para chorar sua morte e, como de costume, seu corpo foi jogado do lado de fora, para ser levado para a cremação. Quando amanhecesse, ele já estaria duro como um bloco de gelo. Eidenmüller percebeu sua chance: 'Um sai, outro entra', disse ele. Alguns prisioneiros morreram naquela noite. Ele assumiu a identidade de um deles.

"No dia seguinte, o campo foi evacuado. Os prisioneiros foram enfileirados na neve e forçados a andar. Nunca mais vi nenhum deles. Depois de mais ou menos uma semana, os russos chegaram."

A história do Relojoeiro tinha chegado ao fim. Meissner deu um suspiro entrecortado.

— Obrigado — sussurrou ele, tão baixo que Emil quase não o ouviu. — Da última vez que nos afastamos, acabei não me despedindo. Não desta vez. Fique com Deus, Relojoeiro.

A bateria da artilharia — três obuseiros leves Wespe, autopropulsionados, sob o comando de um jovem *SS-Obersturmführer* — tinha ocupado uma posição por trás do povoado russo, para atingir posições dos soviéticos a cerca de três quilômetros de distância. O oficial tinha estacionado os tanques atrás de uma pequena crista, que foi o motivo pelo qual ninguém viu a aproximação de um esquadrão de tanques russos T-34, que vinham avançando através do povoado. Se uma rajada de vento não tivesse trazido o som dos motores, sua surpresa teria sido total.

Num instante, os olhos extraordinariamente azuis do oficial captaram toda a situação. Com calma, ele ordenou uma retirada e subiu no último veículo.

— Ligue para o QG — gritou ele para o rádio-operador. — Diga que precisamos de um ataque de Stukas ou estamos perdidos.

O primeiro tanque surgiu no alto da crista. Com uma forte explosão, seu canhão disparou. Um monte de terra voou pelos ares ao lado do primeiro Wespe. A tática dos russos era lógica: se o primeiro Wespe fosse posto fora de combate, os outros seriam forçados a desacelerar para se desviar dele. Um segundo tanque apareceu e disparou contra os Wespes em retirada. Também não acertou. Mas o *Obersturmführer* sabia que sua sorte não poderia durar muito. Os tanques eram mais velozes do que eles. Então surgiram um terceiro e um quarto tanques. Eles não continuaram a perseguição, mas ficaram parados ali.

— Merda — disse o *Scharführer* no comando do Wespe. — Eles não precisam nos perseguir. Vão mirar em nós antes que cheguemos à próxima crista do terreno.

Foram feitos dois disparos quase em uníssono. Um levantou uma pluma de terra à frente do primeiro Wespe; o outro atingiu o segundo. Os Wespes dispunham apenas de uma blindagem leve, e o projétil do T-34 abriu um buraco no seu lado, além de arrancar a esteira ali abaixo. Em meio a berros de dor da tripulação, o Wespe acabou parando.

— Schratt — gritou o *Obersturmführer* para seu imediato —, vá até o número dois! Ajude o pessoal a sair. Eu assumo aqui. — O oficial espremeu-se para ocupar seu lugar. — Motorista — gritou ele —, dê meia-volta. Mire no primeiro tanque. — Ele se voltou para os atiradores. — Carreguem o canhão e baixem totalmente o cano. Assim que tiverem terminado, vamos atirar com a mira aberta.

O motorista travou a lagarta da esquerda e fez o Wespe virar. A manobra foi uma surpresa para os russos. O Wespe atirou direto e arrancou a torre do primeiro tanque russo, atingindo a munição lá dentro, o que gerou um turbilhão de fogo e fumaça.

— O seguinte — ordenou o oficial. O motorista tentava enxergar através da fumaça, procurando alinhar seu veículo com o próximo T-34.

— Fogo. — Mais um acerto no alvo. Não uma destruição total, mas o tanque ficou imobilizado.

Então, uma explosão ao lado dos T-34s que tinham parado. O primeiro Wespe tinha seguido seu exemplo e também dado meia-volta para enfrentar o inimigo.

O oficial vibrou, dominado pela alegria do combate.

E então seu mundo foi destroçado. Houve um trovão tão forte que fez zunir seus ouvidos, e o Wespe foi levantado do chão, como que pela mão de um gigante. Ele foi atirado longe. Quando olhou, viu que o Wespe estava de lado, queimando. *Meu Deus*, pensou ele. Era melhor ele sair dali antes que as chamas chegassem à munição.

Meissner tentou se levantar, mas, onde seu pé esquerdo deveria estar, tudo o que restava era um coto ensanguentado. Era estranho, mas ele não sentia nenhuma dor. Ao seu redor, a batalha estava encarniçada: dois *Tigers* tinham chegado ao cume do morro e começado a disparar contra os T-34s. Ele estava no centro de um remoinho de metal incandescente, mas parecia imune. Era como se tudo estivesse se movimentando em câmera lenta.

Então viu Schratt vindo na sua direção. O *Scharführer* acenava para ele. Quando chegou perto, Schratt estava sorrindo, com a mão estendida para ajudá-lo a se levantar. Meissner segurou-a. O aperto de Schratt era firme e frio. Ele o puxou até Meissner ficar em pé.

Para espanto de Meissner, seu pé já não estava ferido.

— *Obersturmführer* Meissner — disse Schratt. — Mandaram que eu viesse buscá-lo.

— Me buscar? — perguntou Meissner. — Como isso pode estar acontecendo? Achei que você tinha morrido.

Schratt fez que não.

— Velhos soldados nunca morrem — disse ele.

Pareceu que Meissner não captou a ideia.

— Nunca?

— Não, senhor. Nunca.

38.
O Jogo Imortal*

1963

Konzentrationslager Auschwitz-II, Birkenau

É cedo. Por trás de uma longa cerca de moirões de concreto, fileiras de pavilhões de alojamentos surgem do meio do nevoeiro da manhã, como criaturas sombrias, primevas. Chaminés em deterioração erguem-se, severas, em contraste com um céu desbotado, como mastros de navios encalhados.

Emil limpa a condensaçao da janela do carro para olhar lá para fora. Estão numa estrada estreita que passa ao lado do que restou de uma longa cerca. De quando em quando, ele vê os tocos de uma torre de vigia que se projetam do chão como dentes quebrados, pretos e apodrecidos.

Esse não é o Auschwitz de que ele se lembra. Achava que o campo de Monowitz era grande, mas isso aqui é *imenso*.

O motorista para o carro ao lado de uma torre de tijolos vermelhos construída acima de um arco, pelo qual passa um ramal ferroviário. Ele aponta para a construção ao lado. Um homem está ali, à espera, batendo os pés no frio.

— *Dzicń dobry* — diz Emil, tentando se lembrar do pouco polonês que conseguiu aprender no campo. — *Nazywam się Emil Clément.*

— Bom dia — responde o homem. — Felizmente, eu falo alemão.

O homem é um professor da Universidade de Cracóvia, supervisor do trabalho de preservação que está sendo realizado. Birkenau deve transformar-se em museu. A fábrica de Buna está sendo administrada pelo governo polonês.

O professor não está nem um pouco satisfeito com Emil e seus companheiros terem chegado para perturbar seu trabalho.

---

* "O Jogo Imortal" foi a partida disputada por Adolf Anderssen e Lionel Kieseritzky, em Londres, em 1851. Numa série de movimentos aparentemente afoitos, Anderssen sacrificou a maioria de suas peças importantes — a rainha, as duas torres e um bispo — para então conseguir o xeque-mate com o bispo e os cavalos que lhe restavam. Ela é considerada uma partida inigualável.

— Podemos nos apressar, por favor? — diz ele. — Tudo isso é extremamente irregular.

Desde a morte de Paul, tudo está sendo irregular. Segundo as autoridades católicas dos Países Baixos, foi irregular que um sacerdote alemão fosse mandado para "casa" para morrer em Amsterdã. Depois veio a questão do testamento. Paul tinha poucos bens, fora seu amado aparelho de café — que ele deixou para a sra. Brinckvoort — e seus diários, que deixou para Emil.

Seu desejo de ser cremado causou consternação.

— A Igreja Católica não aprova a cremação — explicou o padre Scholten, tenso.

— Mas era isso o que ele queria — insistiu Emil.

— Mas ele era um sacerdote — contrapôs Scholten, por sua vez.

Willi interveio.

— Exatamente — disse ele. — Meissner sabia o que estava pedindo. Sem dúvida, a Igreja não negaria seu último desejo.

No final, foi o último pedido de Paul que causou os maiores problemas.

Emil e Willi tentaram se informar no consulado polonês em Amsterdã. Estava fora de cogitação, foi o que lhes disseram. Quanto aos vistos, obtê-los raramente era uma tarefa simples, menos ainda com o que eles tinham em mente.

Por alguns dias, Emil e Willi quebraram a cabeça à procura de uma solução.

— O que precisamos é de alguém que conheça o caminho das pedras — disse Willi, depois de alguns tragos.

Emil bateu com a mão na testa.

— É isso, Willi! Você acertou na mosca. E quem Paul disse que era a pessoa mais habilidosa que ele conhecia para resolver situações complicadas?

— Eidenmüller.

Eles o encontraram num bar na pequena cidade holandesa de Simpelveld, a apenas dois quilômetros da fronteira alemã, perto de Aachen.

O barman, que estava polindo um copo, olhou quando dois homens entraram no bar.

— Boa tarde — disse ele. — O que posso servir aos senhores?

Emil reconheceu-o de imediato. E estendeu a mão.

— Eidenmüller — disse ele, baixinho, falando em alemão. — Há quanto tempo!

Uma sombra passou pelo rosto do barman.

— Acho que o senhor está enganado — disse ele, depressa. — Eu me chamo Nadelmann. Nunca ouvi falar desse... como é mesmo?

— Eidenmüller — disse Willi e acrescentou em voz mais alta. — Somos amigos do *Hauptsturmführer* Paul Meissner.

Um ar de alarme passou rápido pelo rosto do barman.

— Falem baixo, por favor — disse ele, com a voz chiada. — Quem são vocês?

— Você realmente não me reconhece? — perguntou Emil.

O barman fez que não.

— E eu deveria reconhecê-lo?

— Sim. Sou o Relojoeiro.

O barman parou de polir o copo.

— Meu Deus — disse ele. — Por que veio aqui?

— Estamos tentando realizar o último desejo de um velho amigo; e temos esperança de que você consiga nos ajudar.

Eidenmüller pareceu confuso.

— Velho amigo? Quem?

— Paul Meissner. Ele morreu há algumas semanas.

A notícia foi uma surpresa para Eidenmüller.

— É mesmo? Paul Meissner? Ele estava na divisão *Das Reich*, sabem? Eram uns durões... não sobraram muitos depois que os russos deram cabo deles. Mas meu velho *Hauptsturmführer* conseguiu sobreviver. Ora, é incrível... — Ele baixou a cabeça, concordando. — Mesmo assim, lamento saber que ele morreu. Era uma boa pessoa, para um oficial. — Ele levantou os olhos. — Mas espere aí. Você disse que ele era um velho amigo. Eu não teria imaginado...

— Nem eu — disse Emil. — Mas ele me ajudou a encontrar algo de precioso que eu achava que estava perdido para sempre.

— É? E o que era?

— A mim mesmo.

Felizmente o bar estava vazio. Eidenmüller virou o cartaz na porta para "Fechado".

— Exatamente o que vocês acham que eu posso fazer? — perguntou ele.

— Não sabemos ao certo — respondeu Willi. — Mas Paul disse que na SS você conseguia dar um jeito para resolver qualquer coisa.

Eidenmüller sorriu constrangido.

— Por favor, não deixe ninguém ouvi-lo dizer uma coisa dessas. Procurei deixar para trás esses tempos.

A solução para o problema deles, concluiu Eidenmüller, tinha dois aspectos: em primeiro lugar, eles precisavam ter uma história que fosse plausível e resistisse a um exame superficial; em segundo, eles precisavam de dinheiro.

— Dinheiro? Por que precisamos de dinheiro?

— É o comunismo — respondeu Eidenmüller. — Parece errado, eu sei, mas o que os comunistas querem mais que qualquer coisa é dinheiro. Aposto que não há na Polônia muitos comunistas de verdade, mas vocês podem ter certeza de que há uma enorme quantidade de pobres. Nós costumávamos dizer que um polonês sempre está aberto a um suborno. Aposto que isso não mudou desde a guerra. No mínimo deve ter piorado, na minha opinião. Mas nós talvez precisemos subornar muita gente. De modo que é provável que precisemos de muito dinheiro.

— Então não há o que fazer — disse Willi. — Eu não diria que estou mal de vida, mas não tenho muito de sobra.

— Então somos dois — disse Emil.

— Três — acrescentou Eidenmüller. — Tudo o que tenho é este lugar. E não posso pensar só em mim.

— Você se casou? — perguntou Emil. Eidenmüller fez que sim. — Ela sabe da... você sabe...?

— Sim. Eu contei tudo para ela.

— Filhos?

— Sim. Dois meninos.

— E como eles se chamam?

— Paul... e Freddy. Esse era o segundo nome do *Hauptsturmführer*.

— Eu não sabia.

— Uma vez, dei uma espiada na folha de serviços dele. Foi um homem valente.

— É, foi mesmo — disse Willi. — Até o final. Portanto, precisamos de dinheiro, mas não temos nenhum. A menos que assaltemos um banco, onde vamos conseguir dinheiro?

— Acho que eu talvez saiba onde — disse Emil.

* * *

A casa parecia deslocada. A rua, Oudedijk, era bastante agradável, com árvores ao longo das calçadas largas; mas, em meio a modernos prédios de apartamentos, a grande mansão do século XIX, em centro de terreno, parecia ter sido plantada ali por um capricho anárquico. Contudo, o nome na placa de latão abaixo da campainha era aquele de que Emil se lembrava: *Kastein*.

— Posso falar com *Mijnheer* Kastein? — perguntou ele, quando uma criada, num antiquado uniforme preto com gola e punhos brancos, atendeu a porta.

— Quem devo dizer que o procura?

— Diga... Diga-lhe que é o Relojoeiro.

Kastein foi fiel à sua palavra de vinte anos antes e ele quase se precipitou pela porta para arrastar Emil para dentro, apertando sua mão e se recusando a soltá-la.

Foi servido café numa suntuosa sala de visitas.

— Sinto muito por ter perdido o contato com você, Relojoeiro — disse ele. — Mas agora que está aqui, precisamos nos certificar de que isso não volte a ocorrer.

— Se tivesse acompanhado o mundo do xadrez, teria sido bem fácil para você me encontrar.

— Eu nunca soube que havia um mundo do xadrez a acompanhar. Tudo o que eu conhecia era aquele nosso clubinho de xadrez em Auschwitz. Você, eu, Brack, aquele oficial da SS e o auxiliar dele.

— Pode parecer um pouco estranho, mas é por isso que estou aqui.

Kastein foi uma bênção. Não só seu dinheiro ajudou a facilitar as coisas para eles, mas ele tinha contatos. No prazo de dias, quatro vistos tinham sido providenciados.

— Quatro? — perguntou Emil, surpreso.

— Eu vou com vocês.

Kastein ofereceu-se para fretar um avião particular para eles, mas quanto a isso Emil foi irredutível. Um avião não era certo, disse ele. Não se tratava de uma simples viagem. Era uma peregrinação. Eles iriam de trem.

E agora eles estão parados diante dos portões de Birkenau.

— Quem dos senhores está com o dinheiro? — pergunta o professor. É por esse motivo que vieram tão cedo. Para não haver testemunhas. Kastein vai fazer uma doação substancial para o fundo dos trabalhos de restauração: dez mil dólares. Se for pelos canais oficiais, o valor desaparecerá. A corrupção é tão endêmica entre os comunistas quanto o tifo era no campo de concentração. O professor promete que o dinheiro será gasto com critério.

Agora ele os conduz ao longo dos trilhos da ferrovia até as ruínas dos crematórios. A névoa baixa sobe do chão em espirais como fantasmas em torno dos seus pés, enquanto eles caminham.

Eles entram num pequeno bosque de bétulas. Tudo está muito quieto, quase em silêncio. Não se ouve nem mesmo o canto de pássaros.

À sua direita, uma confusão de tijolos e concreto destroçado: um prédio que foi demolido e abandonado.

— Os alemães o explodiram. Vocês o veem exatamente como eles o deixaram — explica o professor. — Há quem diga que ele deveria ser restaurado para que as pessoas possam ver o que acontecia ali dentro. Há outros, entre os quais eu me incluo, que acham que ele deveria ser deixado como está, como um monumento em homenagem aos que morreram.

Para Emil, a resposta é óbvia.

— Deveria ser deixado como está. Todo mundo sabe o que acontecia ali dentro.

— Vou deixá-los à vontade para o que vieram fazer — diz o professor. — Nos vemos novamente junto do portão. Mas não demorem demais.

Não demorem demais... As palavras do professor parecem fora de propósito. Ele não entende que o tempo não significa nada para os prisioneiros de Auschwitz, vivos ou mortos.

Emil afasta-se dos outros e anda até a borda das árvores, refletindo sobre a quietude sobrenatural. O silêncio é sufocante, não tranquilo. Se ele escutar com atenção, será que vai conseguir ouvir os gritos dos espíritos que habitam esse lugar? Será que vai ouvir as últimas frases da sua mãe e dos filhos? Ele tenta ouvir as vozes que circulam ao seu redor no silêncio. Mas todas falam ao mesmo tempo, e ele não consegue distinguir o que nenhuma delas está dizendo.

E, agora que está aqui, uma nova incerteza vem se apresentar — um acréscimo importuno às muitas incertezas que ele teve desde que saiu de Auschwitz. Esse local é uma cripta sagrada. É o lar dos milhares que aqui pereceram. Que direito ele tem de acrescentar a essa multidão alguém que estava entre os opressores?

Ele tinha se perguntado como seria voltar ali, mas agora que voltou, não sabe ao certo como se sente. Está de volta, mas não está de volta. Nesse lugar, nada lhe é familiar.

Esse é um Auschwitz diferente, e as lembranças que permeiam esse lugar não são dele.

Tudo o que lhe resta é a convicção de que deve cumprir o último pedido de Meissner. Ele tira da mochila um recipiente metálico. Com as mãos trêmulas, abre a tampa e um pouco de pó fino, de cor clara, cai na terra.

Por um bom tempo, Emil segura a lata, como se não soubesse o que fazer com ela. Depois ele entra no bosque de bétulas, espalhando as cinzas enquanto anda. Faz isso às pressas, a uma velocidade muito maior do que tinha pretendido, como se temesse mudar de ideia antes de terminar. Quando a lata está vazia, ele fica ali parado, acompanhando com os olhos os desenhos que as cinzas traçaram no chão. Não vão ficar muito tempo ali: uma brisa forte ou uma chuvarada, e elas desaparecerão.

Não haverá lápide para Paul Meissner. O único vestígio de que suas cinzas foram deixadas ali estará na memória de quatro homens. Emil sente uma fisgada de culpa: deveria ter espalhado as cinzas devagar. Teria sido mais respeitoso, mas agora é tarde. Os outros — Willi, Eidenmüller e Kastein — são testemunhas silenciosas. Nada é dito até Emil voltar a se juntar a eles.

— Suponho que um de nós deveria dizer alguma coisa — sugere Willi.

Eidenmüller não consegue. Seu rosto está lavado de lágrimas.

— Devíamos rezar o Kadish — diz Emil.

Mas isso é demais para Kastein.

— Fiz uma promessa para você, Relojoeiro, e honrei minha palavra, mas isso... — Ele se afasta para se postar ao lado das ruínas do crematório. Quando volta a falar, sua voz parece gritar no meio do silêncio. — Para ele, não. Não posso rezar o Kadish por *ele*.

— Não só por ele — diz Emil, com a voz mansa. — Por todos eles.

É um pedido enorme. As lembranças de Kastein não são as de Emil. Kastein não tem nenhum conhecimento do caminho que Meissner trilhou. Tem somente suas próprias recordações: de morte, de perda, de privação e sofrimento, de injustiça e ódio; e, para ele, o lugar da lembrança de Meissner é no meio dessas.

Relutante, ele dá as costas às ruínas e volta a se juntar aos outros.

— Obrigado — murmura Emil. Da bolsa, ele tira um livro. Lendo o que está no livro, numa voz altissonante, ele começa a recitar em hebraico. Os outros abaixam a cabeça. A prece não demora muito.

— O que ela significa? — pergunta Eidenmüller, quando a prece termina.

— Essa é a oração pelos mortos. Não é fácil de traduzir exatamente, mas é mais ou menos assim: "Que o nome de Deus seja enaltecido e louvado por toda a criação, segundo Sua vontade. Que Seu reino se estabeleça, que Sua graça redentora se manifeste e que Seu Messias seja encontrado entre vós durante os dias de vossa vida e durante os dias da casa de Israel, pronta e brevemente. Amém e Amém."

— O que não entendo — diz Kastein, esforçando-se para manter a voz neutra — é por que um oficial da SS ia querer que suas cinzas fossem espalhadas aqui. Eu teria imaginado que essa seria a última coisa que ele fosse querer.

— Meissner era um homem mudado — fala Emil. — Ele disse que não conseguia pensar em nenhum outro lugar mais adequado na Terra. Disse que passaria a eternidade pedindo perdão.

Kastein ergue os olhos abismado para as nuvens de um cinza-chumbo lá no alto. A eternidade está além da capacidade da sua imaginação.

Eidenmüller puxa um pouco a manga para cima para dar uma olhada no relógio de pulso.

— Devíamos ir antes que o professor venha nos procurar.

— Há mais uma coisa que precisamos fazer — diz Emil. Ele enfia a mão na bolsa, tira uma caixinha e a entrega a Willi.

— O que é? — pergunta Kastein.

— É um tabuleiro de xadrez de bolso — diz Willi, começando a sorrir. — Vamos jogar aqui?

— Vamos. A partida que deveríamos ter disputado todos aqueles anos atrás. Você consegue pensar numa melhor forma de homenageá-lo?

— Não. Seria melhor nós tratarmos de que seja uma boa partida.

Willi escolheu as brancas. Avançou duas casas com seu peão do rei. Emil fez o mesmo movimento. Uma leve brisa agitou as árvores. Willi olhou por cima do ombro para o lugar onde Emil tinha espalhado as cinzas de Meissner.

— Você acha que ele está aqui agora, nos observando?

Emil sorriu.

— Não acho. Tenho certeza.

Patentes/Graduações da SS usadas em *O clube de xadrez da morte*

Patente/Graduação da SS	*Equivalente no Exército britânico*
Reichsführer-SS	Nenhuma. Durante toda a guerra, essa posição foi ocupada por Heinrich Himmler
SS-Gruppenführer	General de divisão
SS-Standartenführer	Coronel
SS-Obersturmbannführer	Tenente-coronel
SS-Sturmbannführer	Major
SS-Hauptsturmführer	Capitão
SS-Obersturmführer	Primeiro-tenente
SS-Untersturmführer	Segundo-tenente
SS-Sturmscharführer	Sargento-ajudante
SS-Hauptscharführer	Primeiro-sargento
SS-Oberscharführer	Segundo-sargento
SS-Scharführer	Terceiro-sargento
SS-Unterscharführer	Cabo
SS-Rottenführer	Soldado em função de cabo

Glossário de termos estrangeiros

Termo estrangeiro	Tradução
Achtung	Atenção, sentido
Blockältester	Prisioneiro chefe dos pavilhões
Einsatzgrüppen	Esquadrões da morte da SS que acompanharam o Exército na invasão da Polônia e da Rússia e realizaram chacinas de comunistas e judeus
Häftling / Häftlinge	Prisioneiro / prisioneiros
Häftling-Karte	Ficha de prisioneiro
Hundstaffel	Regimento canino
Kerk	Igreja, em holandês
Krankenbau / K-B	Enfermaria
Kübelwagen	Um modelo específico de carro da Volkswagen, feito especialmente para os militares alemães na época da Segunda Guerra
Piepel	Rapazes adolescentes que eram usados como criados particulares por alguns Prominenten. Alguns eram explorados sexualmente
Prominenten	Prisioneiros privilegiados que se encarregam do campo para a SS
Prosit	Saúde, em alemão
Raus	Fora, em alemão
Scheissministers	Zeladores de latrinas
Schutzhäftling	Prisioneiro sob proteção
Selektionen / Selektion	Quando médicos da SS eram enviados ao campo de concentração para escolher os prisioneiros que estivessem enfraquecidos por enfermidades ou pela inanição e já não pudessem executar o trabalho forçado
SIPO / Sicherheitspolizei	Polícia de Segurança do Estado. Seus oficiais eram membros da SS
Stammlager	Acampamento principal
Stubendienst	Servente do pavilhão. Prisioneiro responsável por manter o local limpo e arrumado. Suas funções não incluíam o trabalho fora do pavilhão, como as dos outros prisioneiros
Totenkopfverbände	Unidades que tomavam conta do campo de concentração
Volk / Volksblut	Povo / sangue do povo
Wehrmacht	Forças Armadas
Werke	Trabalho, em alemão
Zwetschgenkuchen	Bolo de ameixa

Comentários históricos

Introdução

O clube de xadrez da morte é uma obra de ficção, mas sua ambientação é feita durante o pior crime contra a humanidade nos registros da História. Nas palavras de Hans Frank, governador-geral da Polônia ocupada pelos nazistas durante a Segunda Guerra Mundial, "Os judeus são uma raça que deve ser totalmente exterminada."

De todos os campos de extermínio, Auschwitz desempenhou o maior papel nesse genocídio. Um cálculo aproximado estima que mais de 1,1 milhão de pessoas morreram em Auschwitz durante seus quatro anos e meio como campo de concentração e extermínio, sendo a grande maioria delas de judeus de toda a Europa.

Auschwitz — o campo

Auschwitz foi originalmente projetado como um campo de concentração, um lugar onde os inimigos do Estado nazista poderiam ser encarcerados, longe dos olhos da população. Entre eles estavam inimigos políticos (principalmente comunistas), homossexuais, ciganos, Testemunhas de Jeová e judeus.

Os campos de concentração na Alemanha (como Dachau e Sachsenhausen) e os princípios segundo os quais funcionavam estavam estabelecidos de longa data. Os prisioneiros eram sujeitos a uma disciplina brutal, às vezes impulsiva, alojados em condições primitivas, com alimentação insuficiente, e os trabalhos forçados eram impostos de modo impiedoso. Isso era o que se esperava quando o *SS-Hauptsturmführer* Rudolf Höss foi nomeado como o primeiro *Kommandant* de Auschwitz para estabelecer um dos primeiros campos de concentração nos territórios recém-conquistados (Silésia), tendo chegado em 30 de abril de 1940. Auschwitz foi instituído como campo penal de trabalhos forçados no local onde antes havia um quartel do Exército polonês. Seu início não foi promissor. O quartel estava em péssimas condições e infestado de ratos e insetos, enquanto os recursos disponíveis a Höss eram escassos; mas sua nomeação para *Kommandant* foi judiciosa. Ele era criativo, esforçado e totalmente dedicado à sua tarefa.

À medida que se expandiu o número de campos incluídos sob a cobertura de Auschwitz, esse primeiro campo seria designado Auschwitz-I, o *Stammlager*. Com o tempo, haveria três campos principais: Auschwitz-I, Auschwitz-II Birkenau e Auschwitz-III Monowitz.

Foi com a expansão para Birkenau que a função de Auschwitz passou a ser a de uma associação de campo de trabalhos forçados e de campo de extermínio (diferentemente de outros campos na Polônia, como os de Chełmno, Sobibór e Treblinka, que eram exclusivamente campos de extermínio). Em fins do verão de 1941, enquanto Höss estava ausente do campo, seu adjunto, Fritzsch, realizou um experimento, matando prisioneiros de guerra russos com uso do pesticida *Zyklon Blausäure* (cianeto Zyklon®), que até então tinha sido usado para matar infestações de insetos. Quando Höss retornou, Fritzsch demonstrou o novo método de extermínio, o qual recebeu total aprovação de Höss, que mais tarde escreveu que estava aliviado com a descoberta desse método, pois ele lhe pouparia um "banho de sangue". Daquele momento até o verão de 1942, Höss supervisionou a construção das primeiras câmaras de gás em Birkenau destinadas ao assassinato em massa com o uso do Zyklon-B®.

Durante esse período, o colosso da indústria alemã IG Farben apresentou a proposta de construção de uma fábrica na Silésia, para produzir borracha e óleo sintéticos a partir do carvão de grau inferior que era abundante na região. A fábrica faria parte do complexo de Auschwitz e seria construída com uso de mão de obra do campo de trabalhos forçados. Esse campo foi denominado Auschwitz-III Monowitz. É ali que a história do Relojoeiro se desenrola.

A vida de Auschwitz como campo de concentração chegou ao fim em janeiro de 1945. No dia 18 de janeiro, com unidades do Exército Vermelho a alguns quilômetros de distância, a SS forçou cerca de 60 mil prisioneiros que foram considerados aptos a saírem do campo, em marcha, rumo ao oeste, em condições meteorológicas estarrecedoras. Essa foi a infame marcha da morte. Já enfraquecidos por rações destinadas a causar a inanição e usando apenas as roupas esfarrapadas e os tamancos do uniforme do campo, milhares morreram: alguns caíram e morreram de frio; outros, que retardavam a marcha, eram mortos a tiros. Quando soldados russos chegaram ao campo em 27 de janeiro, encontraram quase 8 mil prisioneiros que tinham sido deixados para trás, quase 6 mil em Birkenau, pouco mais de mil no *Stammlager* e cerca de 600 em Monowitz. Entre os sobreviventes de Monowitz estava Primo Levi.

Na realidade, as ordens dadas pelo comandante regional da SS, o *Obergruppenführer* Schmauser, eram de que os prisioneiros considerados fracos demais para serem incluídos no êxodo deveriam ser fuzilados. Mas o rápido avanço dos russos deixou o pessoal da SS do campo nervoso e, no final, eles estavam mais preocupados em salvar a própria pele do que com o destino de alguns prisioneiros que, de qualquer maneira, eles achavam provável que fossem morrer de doença ou de fome.

Personagens históricos em O clube de xadrez da morte

Os personagens principais, Emil, Paul, Willi, Bodo Brack, são ficcionais. Alguns dos personagens coadjuvantes são figuras históricas. São os seguintes:

- Rudolf Höss — primeiro *Kommandant* de Auschwitz
- Arthur Liebehenschel — seu sucessor
- Richard Bär — terceiro (e último) *Kommandant* de Auschwitz
- Otto Brossman — comandante da guarda
- Eduard Wirths — médico-chefe da guarnição em Auschwitz
- Vinzenz Schottl — *Lagerführer* do campo de Monowitz
- Richard Glücks — chefe da Inspetoria dos Campos de Concentração

O personagem de Klaus Hustek foi baseado em Josef Erber, *Oberscharführer* da SS (Gestapo).

Após a Segunda Guerra, ocorreu uma série de julgamentos de crimes de guerra. Entre 1946 e 1948, cerca de mil ex-integrantes da SS em Auschwitz foram extraditados para a Polônia, onde foi criada uma quantidade de tribunais especiais, entre eles o Supremo Tribunal Nacional, que julgou os criminosos mais importantes. Em março de 1947, o primeiro *Kommandant* de Auschwitz, Rudolf Höss, foi julgado em Varsóvia e condenado à morte. Em novembro e dezembro do mesmo ano, na Cracóvia, quarenta ex-integrantes da SS em Auschwitz foram julgados. Desses, 23 foram condenados à morte, entre eles o segundo *Kommandant* de Auschwitz, Arthur Liebehenschel. Outros receberam penas que iam de três anos à prisão perpétua. Em 1950, depois de muitos recursos, o ex-*SS-Hauptsturmführer* Otto Brossman foi absolvido da acusação de crimes de guerra pelo tribunal da Cracóvia.

Alguns ex-integrantes da SS de Auschwitz foram julgados e condenados por crimes distintos daqueles cometidos em Auschwitz. Entre esses estava Vinzenz Schottl, que, já em 1945, foi condenado, por um tribunal de crimes de guerra dos EUA, à pena de morte.

Eduard Wirths e Richard Glücks cometeram suicídio.

Entre 1949 e 1980, outros ex-integrantes da SS foram julgados na República Federal da Alemanha. O último *Kommandant* de Auschwitz, Richard Bär, foi preso em 1960 e morreu na prisão à espera do julgamento. O ex-*Oberscharführer* da SS Josef Erber (nome que adotou no lugar de Hustek) foi preso em 1962 e levado a julgamento em Frankfurt, em dezembro de 1965. Foi condenado à prisão perpétua, mas acabou sendo liberado em 1986. Ele morreu um ano depois.

Xadrez

Em sua maioria, os títulos dos capítulos estão ligados a movimentos do xadrez. Os movimentos foram escolhidos para refletir algum aspecto do conteúdo do capítulo. Não sei se havia ou não um clube de xadrez para a SS em Auschwitz; e na minha pesquisa não encontrei indícios que confirmassem ou negassem sua existência. A Olimpíada de xadrez, em caráter não oficial, realmente foi realizada em Munique em 1936, em circunstâncias como as descritas no capítulo 21, embora, naturalmente, a participação de Wilhelm Schweninger seja ficcional. A equipe da Polônia e a da Hungria eram compostas por judeus, e ambas derrotaram a equipe alemã. A Hungria venceu o torneio com facilidade, com vinte vitórias em sequência, algo que só veio a se repetir em 1960. A Polônia terminou em segundo lugar, com Najdorf recebendo uma medalha de ouro individual.

Agradecimentos

Minha gratidão aos muitos que me inspiraram ou me ajudaram nessa jornada.

Encontrei enorme inspiração nos relatos pessoais angustiantes e corajosos dos que sobreviveram a Auschwitz, em especial, Primo Levi, Filip Müller e Elie Wiesel, bem como aos daqueles que não sobreviveram e cujos nomes estão praticamente esquecidos nos dias de hoje: Zalman Gradowski, Dayan Langfus e Zalman Leventhal. Eles estavam entre os que faziam parte do *Sonderkommando*, tendo seus diários sido descobertos depois da guerra. Eu também jamais poderia ter escrito este livro sem os estudos meticulosos de inúmeros historiadores que documentaram vários aspectos do Estado nazista, da SS, do Holocausto e de Auschwitz.

Gostaria de expressar meu agradecimento às pessoas que ajudaram a tornar este livro uma realidade: minha agente, Carolyn Whitaker, por ter fé; Ravi Mirchandani, por ter me dado uma chance; e James Roxburgh, Belinda Jones e Ileene Smith, por sua paciência sem limites e suas construtivas sugestões de revisão.

E à minha família — Barbara, Hannah, Laura, Andrew e Jack —, sempre agradeço a vocês por seu amor e compreensão constantes.

A todos os que sofreram ou morreram em consequência do Holocausto, dedico respeitosamente este livro.

Impressão e Acabamento:
LIS GRÁFICA E EDITORA LIDA.